# CHARLES DEN TEX

# REPAIR CLUB

Der Countdown läuft

THRILLER

Aus dem Niederländischen von
Simone Schroth

HarperCollins

Die Originalausgabe erschien 2023 unter dem Titel
*Trauma* bei HarperCollins Holland, Amsterdam.

**N** ederlands
**letterenfonds**
**dutch foundation**
**for literature**

The publisher gratefully acknowledges the support
of the Dutch Foundation for Literature.

1. Auflage 2025
© 2023 by Charles den Tex
Deutsche Erstausgabe
© 2025 für die deutschsprachige Ausgabe
HarperCollins in der
Verlagsgruppe HarperCollins Deutschland GmbH
Valentinskamp 24 · 20354 Hamburg
info@harpercollins.de
Umschlaggestaltung von Hauptmann & Kompanie, Zürich
unter Verwendung von Shutterstock
Gesetzt aus der Minion Pro
von GGP Media GmbH, Pößneck
Druck und Bindung von GGP Media GmbH, Pößneck
Printed in Germany
ISBN 978-3-365-00990-1
www.harpercollins.de

**Es gibt keine andere Seite.**

*Anne Vegter*

# 1

## JOHN ANTINK

Nasse Fußabdrücke auf dem verschlissenen Linoleum. Im Saal des Gemeindezentrums ist viel los. Draußen schüttet es, drinnen kommen die Menschen zusammen und stehen mit ihren reparaturbedürftigen Elektrogeräten Schlange, bis sie an der Reihe sind. Nur Lydia schaut miesepetrig drein. Sehr miesepetrig. Das kennt John gar nicht von ihr, im Gegenteil. Wenn sich der Repair Club trifft, ist sie sonst immer besonders gut gelaunt. Vor allem jetzt gäbe es dazu allen Grund: Der Lockdown ist vorbei, die Maskenpflicht ebenfalls. John, George und Kenzi haben bereits ihre zweite Impfung bekommen. Lydia wohl auch, auch wenn John das nicht mit Sicherheit weiß, da sie das Thema nie erwähnt hat. Das ist auch nicht notwendig, denn John kann es sich bei ihrer Erfahrung in der Pflege gar nicht anders vorstellen. Trotzdem wirkt Lydia, als hätte sie irgendwo Schmerzen. Ganz offensichtlich ist etwas nicht in Ordnung.

Ich frage sie gleich, sagt er sich. Aber erst die Arbeit. John und sein Team reparieren Dinge, an denen die Leute hängen oder bei denen ihnen das Geld fehlt, sie zu ersetzen. Überall sieht man Männer und Frauen mit Plastiktüten, da ist sogar jemand mit einem Koffer. Sie schleppen ihre liebgewonnenen Geräte heran:

einen Fön, einen Freischneider, eine Nähmaschine, einen Grillofen oder einen Rasensprenger, egal was. Beim Repair Club ist man auf den Umgang mit alten Geräten spezialisiert, weil gerade diese scheinbar wertlosen Besitztümer unglaublich wertvoll sein können. Die Reparaturarbeit erledigen sie alle mit vollem Einsatz, denn alles, was gerettet werden kann, landet nicht auf dem Müllberg, der sowieso schon groß genug ist. Jedes Gerät hat das Recht auf Reparatur, auch wenn sich nicht alle Reparaturen gleich einfach gestalten.

Jetzt, wo alle außer Kenzi im Ruhestand sind, können sie sich durch den Club weiterhin sehen. Ihre erlernten Fähigkeiten aus ihren früheren Berufen halten sie an den Reparaturtischen frisch. Die Regeln des Clubs sind einfach: nichts kaputtmachen, ruhig bleiben, sorgfältig arbeiten, ein anderes Mitglied fragen, wenn man etwas nicht weiß, und wo nichts kaputt ist, muss auch nichts repariert werden. Die vier kennen einander schon seit Jahren, nur Kenzi ist neu zur Gruppe hinzugekommen. Zusammen sind sie der Repair Club, ein ganz besonderer Club, der keine neuen Mitglieder aufnimmt. Und es gibt eine weitere Regel, die auf die elektrische Kaffeemühle zutrifft, die John gerade in den Händen hält. Er steckt den Stecker in eine Steckdose und drückt auf den Einschaltknopf. Nichts passiert. Zuerst überprüft er den Stecker; der ist in Ordnung. Dann den Schalter, und dabei stellt er fest: Der ist mit so viel Schmutz und Fett verklebt, dass er sich kaum noch bewegt. So schmutzig, dass kein Kontakt mehr zustande kommt. John greift nach einer Nadel und pult das alte Fett aus den Zwischenräumen, sodass der Schalter freigelegt wird. Als John jetzt auf den Knopf drückt, läuft die Mühle wieder.

»Fertig«, verkündet John.

»Ist das alles?« Die Frau, die die Kaffeemühle gebracht hat, schaut verblüfft auf das Gerät. »Haben Sie das Ding schon repariert?«

»Damit man etwas reparieren kann, muss es zunächst einmal kaputt sein«, gibt John zurück. Er erklärt, dass das Gerät einfach nur schmutzig ist und die Frau es einmal gründlich reinigen muss. »Aber nicht mit Wasser«, fügt er sicherheitshalber hinzu. Man weiß nie, am Ende versucht sie, das im Spülbecken zu erledigen. Man muss immer an alles denken.

Einmal im Monat stellen sie irgendwo ihre Tische auf, wie hier in einem Saal in einem Wohnviertel. Die Luft im Raum ist warm und feucht, die Menschen sind froh, drinnen zu sein, nicht draußen im Regen. Erleichtert sind sie, doch wegen des miesen Wetters auch schlecht gelaunt. Alles hat zwei Seiten.

Mit nassen Jacken und Schuhen warten alle, bis sie an der Reihe sind. John sitzt an seinem Arbeitstisch, sein Werkzeugkasten steht geöffnet auf dem Boden. Rechts neben ihm arbeitet Lydia, und offensichtlich hat sie Schwierigkeiten. Sie steht am Tisch und plagt sich mit einem alten Staubsauger ab. Er hört, wie sie leise flucht. Jetzt fällt ihm auch auf, dass sie schlecht aussieht. Vorhin hat er das auf das fahle Kunstlicht geschoben, aber als er jetzt genauer hinschaut, stellt er fest, wie blass Lydia wirkt. Ihr Blick ist müde, und auch das kennt er nicht von ihr. Er geht zu ihr, um ihr zu helfen, und bemerkt sofort, dass sie einen Schritt im Reparaturablauf übersprungen hat.

»Wenn du erst diese Schraube hier löst ...«, setzt er an, aber weiter kommt er nicht.

»Halt dich einfach raus«, schnauzt sie ihn an.

John erschrickt, denn Lydia klingt unverhohlen aggressiv. Er versucht es noch einmal, aber sie will das ganz eindeutig nicht.

»Hau ab«, sagt sie und bewegt wild einen Arm, so plötzlich und so heftig, dass sie fast das Gleichgewicht verliert. »Schau, was du angerichtet hast.«

Als wäre es seine Schuld. Absolut unfair, denkt er. Eigentlich will er etwas erwidern, überlegt es sich jedoch anders. Er will sie nicht noch wütender machen, als sie sowieso schon ist. Er schaut zu Kenzi hinüber, der links von ihm seinen Tisch hat. Kenzi versucht gerade einem Kunden zu erklären, was mit dessen Mixer los ist und wie er den reparieren wird. Kenzi ist fast vierzig Jahre jünger als John, seine Finger sind geschmeidiger und schlanker, er kommt leichter an die unerreichbaren Stellen. John könnte direkt eifersüchtig werden, wenn er nicht so dringend zur Toilette müsste. Er dreht sich um und steht plötzlich Auge in Auge mit einem Mann. Dem tropft das Regenwasser aus dem braunen Haar. Er ist ungefähr so groß wie John, trägt einen halblangen Mantel, eine dunkle Hose und ordentliche Lederschuhe. Er sagt nichts, wirkt völlig erstarrt, und John überfällt ein Gefühl, das er schon ganz lange nicht mehr verspürt hat. Ihm werden die Knie weich. Der Mann ist etwas jünger als er, Anfang sechzig, und seine dunkelbraunen Augen brennen wie Laserstrahlen. Keineswegs aggressiv, sondern genau das Gegenteil, sein Blick ist warm und anziehend, und John gerät durch diesen Blick in Verwirrung. Er muss etwas sagen, etwas Normales, an dem er sich festhalten kann, sonst werden ihn seine Fantasien davontragen. Träume. Als ob das möglich wäre. Hat er die überhaupt noch, Träume?

»Kann ich Ihnen irgendwie helfen?«, erkundigt er sich und versucht dabei, den Druck auf seiner Blase zu ignorieren. Er deutet auf den Stuhl gegenüber von seinem Tisch. Er fühlt sich unbehaglich und zugleich aufgeregt.

Der Mann bewegt sich träge, fast elegant. In der linken Hand hat er eine Tasche, in der rechten einen Wasserkocher. John geht davon aus, dass der repariert werden soll. Er streckt schon eine Hand aus, um das Gerät entgegenzunehmen und es sich anzuschauen. Doch zu seiner Überraschung bückt sich der Mann und stellt es auf den Boden. Dann richtet er sich wieder auf, geschmeidig und graziös, als würde er tanzen. John kann den Blick nicht von ihm abwenden, er ist fasziniert. Am liebsten würde er den Mann anfassen.

»Mein Name ist Wasim«, sagt der Mann.

Da geschieht es. Es ist der Klang seiner Stimme. Sein Name senkt sich wie ein Duft aus dem Morgenland auf John herab. Es ist der Blick in seinen Augen, es ist die Art und Weise, wie er sich bewegt. Das und noch einiges andere bringt John aus dem Gleichgewicht, und eine aus dem Nichts aufwallende Verliebtheit überfällt ihn, als wäre er wieder zwanzig. Er hätte nicht geglaubt, dass ihm das jemals passieren würde, und jetzt weiß er überhaupt nicht, wie er mit diesem Gefühl umgehen soll. Seine erste Reaktion besteht darin, all dem nicht nachzugeben, sich nichts anmerken zu lassen. Währenddessen schaut er noch mal hin. Was ist los mit diesem Mann? Er wirkt gefasst, strahlt eine Würde aus, die man einfach wahrnehmen muss.

Wie durch einen Nebel sieht John, dass der Mann etwas aus einer Tasche holt und mitten auf den Arbeitstisch stellt. Eine kleine Kassette, ähnlich wie die Geldkassen, die man früher auf Märkten verwendet hat. Die Kassette ist aus grauem Metall und hat glatte, abgerundete Ecken. Sie wirkt wie neu, es gibt keine Abriebspuren oder Dellen. Das Grau glänzt, als hätte es jemand blank geputzt, wie funkelnagelneu. Im Schloss steckt ein Schlüssel. Der Mann bedeutet John durch eine Handbewegung, das Behältnis zu öffnen. Vorsichtig dreht John den Schlüssel im Schloss und klappt den Deckel auf.

In der Kassette liegt ein kleines Foto. Zögernd nimmt John es heraus und schaut es sich an. Ihm zittern die Hände. Die Nerven. Der Mann und dieses Foto. In seiner Vergangenheit hat John Dinge erlebt, an die er sich nicht mehr genau erinnert, manche Erinnerungen sind schmerzlich und unerwünscht, und dieses Bild gehört dazu. Was er da sieht, schnürt ihm die Kehle zu. Eine

Frau, die in einer kargen Wüstenlandschaft tot auf dem Boden liegt, Blut in einer dunklen Lache rund um Kopf und Körper. Neben ihr auf dem Boden sitzt ein schreiendes Kind, noch nicht einmal ein Kleinkind. Das Foto hat keinen Ton, das Schreien des Kindes ist nicht zu hören, aber John nimmt die gellenden Laute trotzdem in seinem Kopf wahr.

Das Bild eines zerstörten Lebens. Hoffnung, Sicherheit, Geborgenheit, Liebe, nichts ist davon übrig. Nur eine unfassbar schlimme Grausamkeit ist zu sehen. Er zittert, dreht das Foto schnell um und legt es auf den Tisch, sodass er das Bild nicht mehr sieht. Er will es nicht sehen. Wenn er es zu lange anschaut, bekommt er Angst, Angst vor dem, was sich tief in seinem Inneren befindet, denn er weiß ganz genau, wo dieses Foto aufgenommen wurde. Er legt beide Hände darauf, um das Bild noch weiter von sich zu schieben, und in seinem Kopf hört er eine Stimme, die ihm aus der Vergangenheit etwas zubrüllt: »*DON'T MOVE! DON'T MOVE! DON'T MOVE!*«

John stößt sich vom Tisch ab, die Erinnerung ist zu brutal, zu scharf, sie zerschneidet ihm den Kopf, die Seele.

»Was ist das?«, fragt er.

Ruhig dreht der Mann das Foto wieder um, sodass es mit dem Bild nach oben daliegt.

»Repariere das hier, wenn du kannst«, sagt er. Die Emotionen lassen seine Stimme brechen. John sieht, dass er leicht zittert, die Anspannung ist deutlich in seinen Händen und Armen wahrnehmbar.

Dann schaut John wieder in die Kassette und entdeckt die Uhr, die unter dem Foto verborgen war. Diese Uhr läuft: 335 Stunden, 58 Minuten und 10 Sekunden.

Ihn durchfährt ein tiefer Schrecken. Das bedeutet Gefahr. Sein Körper reagiert unmittelbar, er spürt die Angst im Hals, im Bauch. Was ist das? Eine Bombe?

Hier läuft ein Countdown.

9.

8.

7 ...

# 2

## AFGHANISTAN

Er war dabei. Vor achtzehn Jahren wurde die Frau auf dem Foto erschossen, und er hat den Mann mit dem Gewehr gesehen, außerdem aus den Augenwinkeln den sich kräuselnden Pulverdampf, und gespürt, wie sich seine Gesichtszüge krampfhaft verzogen, während er auf die sterbende Frau herunterschaute. Irgendwo auf dem Foto wird John bestimmt seine eigenen Füße entdecken. Er weiß alles, er kann das Knallen der Schüsse und den Schrei der Frau noch hören. Und die Stille, die sich danach über alles senkte. Das weinende Kind, um das sich erst niemand kümmerte – auch er nicht. Er wagte es nicht, er war machtlos. Er kannte nicht einmal den Namen der Frau, den hatte niemand ausgesprochen, niemand hatte nach ihr gerufen, nur das Kind. Und dessen Schreie ertranken in der Gewalt.

Den Mann mit dem Gewehr, den kennt er, er hat sein Gesicht gesehen. Ein Gesicht, an das er sich nicht mehr erinnern kann, die Augen hinter einer Sonnenbrille verborgen, Mund und Kinn unter einer dunklen Schicht aus Bartstoppeln. John weiß nicht, wer dieser Mann ist, seinen Namen hat er nie gekannt. Der Schütze war ein Mann aus seiner Einheit, nicht vom Geheimdienst. Der Fotograf auch. Beide gehörten zu einer in dieser Region aktiven Truppe.

Sie waren vor Ort, sie hatten Menschen im Einsatz, die Informationen besorgen konnten. In den Tagen, die dem Vorfall vorausgegangen waren, hatte ein Selbstmordanschlag eine andere Einheit getroffen, ein durch eine Frau verübter Anschlag. Gewalt, extreme Gewalt, gab es überall. Hier wurde eine Rechnung beglichen. Auf dem Foto war der Sprengstoffgürtel der Frau nicht zu sehen. Das war das Schlimme: Sie hatten sie gerade noch rechtzeitig erwischt. Das erkennt man auf dem Foto nicht, das Bild zeigt nur die tote Frau und das nicht zu tröstende Kind. Darin besteht die Macht des Bildes. Und es handelt sich nicht einmal um Fake News, das Bild ist echt, und dennoch bildet es nicht die Wahrheit ab. So kommen Gerüchte in die Welt. Und Schlimmeres. Mutter kaltblütig von aufgestacheltem Soldaten erschossen. Das sieht man, und das denken auch alle.

John interessiert sich nicht dafür, was Menschen so reden und an Gerüchten von sich geben. Er will die Wahrheit. Das ist etwas anderes, eine andere Kategorie. Gerüchte sind ein Abfallprodukt, Fakten sind der Nährboden. Auf diesem Nährboden bewegen wir uns. Extremistische Muslimin mit Sprengstoffgürtel ausgeschaltet, mindestens fünfzehn Leben gerettet. Das ist auf dem Foto nicht zu sehen. Genauso wenig wie das schwarze Loch, das er in sich trägt.

Wie war er dort gelandet? In dieser Hölle? Wie konnte es dazu kommen, dass er sich an jenem Ort befand, als der Anschlag und die Vergeltung sich ereigneten? Er war wegen eines ganz anderen Auftrags vor Ort, und seiner Erinnerung nach gehörte das überhaupt nicht zusammen. Es hatte seine ganze Einstellung zum Krieg mit einem Film der Grausamkeit und der Vergebung überzogen. Die Grenze zwischen den beiden ist blutgetränkt, und sie verschiebt sich immer und immer wieder.

# 3

## ALISHA CALDER

»Dolmetscherkompetenz? Was soll ich mit jemandem mit Dolmetscherkompetenz?«

Alisha Calder ist nicht interessiert. Ein Mitarbeiterteam des militärischen Abschirmdienstes hat irgendwo versagt, und jetzt versucht man die Verantwortung auf sie abzuschieben. Das kann sie nicht zulassen. Das Verhältnis zwischen den verschiedenen Geheimdiensten ist schon schwierig genug. Sie leitet den Allgemeinen Inlands- sowie Auslandsgeheimdienst, Tauwman eine Abteilung mit dem Unheil verkündenden Namen JISTARC. Calder muss immer an *Star Trek* denken, wenn sie ihn hört. Das *Joint Intelligence, Surveillance, Target Acquisition and Reconnaissance Commando* ist Teil des Militärischen Sicherheitsdienstes. Also Konkurrenz ihres eigenen, und Calder will die Grenzen so deutlich wie möglich ziehen. Aus diesem Grund tritt sie streng auf.

»Ihr habt den Dolmetscher angeschleppt, nicht wir. Also fällt er in euren Zuständigkeitsbereich, und euer Dienst muss sich darum kümmern, nicht meiner.«

»Dort, ja, aber nicht hier.«

Tauwman verkündet das ganz ungeniert, als würde alles, was sich innerhalb der Niederlande abspielt, ganz automatisch in die Verantwortung des Allgemeinen Sicherheitsdienstes und damit auf ihren Schreibtisch gehören. Blödsinn. Das Ganze betraf seinen Dolmetscher, also soll er sich gefälligst auch darum kümmern. JISTARC wurde ins Leben gerufen, um Operationen verschiedener Stufen der Gewalt durchzuführen, und zwar fast überall auf der Welt. Das Ziel besteht im Sammeln nachrichtendienstlicher Informationen und Erkenntnisse an die operativen Befehlshaber und die zu unterstützende Einheit. Es sind vor allem Aussagen wie »verschiedene Stufen der Gewalt, und zwar fast überall auf der Welt«, die man im Blick behalten muss. Die JISTARC-Leute gehen bei ihren Operationen alles andere als zimperlich vor, und Tauwman ist ihr Chef.

»Außerdem ist es niemand mit echter Dolmetscherkompetenz«, fügt er hinzu.

»Ach nein? Welchen Beruf hat der Mann denn sonst?«

»Es geht auch nicht um einen Mann.«

»Also um einen Dolmetscher, der kein Dolmetscher ist, und auch kein Mann, sondern eine Frau. Kommt diese Frau denn überhaupt aus Afghanistan? Rob, ich will Informationen, denen ich vertrauen kann. Das brauche ich dir doch wohl nicht zu erklären?«

Robert Willem Maria Tauwman ist katholisch bis in die Haarspitzen und wurde von Jesuiten erzogen, also von Männern, von Geschäftsleuten, die mit allen Wassern gewaschen sind, die einem sämtliche Prinzipien unter diesem Himmelszelt aufquatschen können. Tauwman hat das auch drauf, aber mit Alisha bekommt er eine zähe Gegnerin, denn sie ist in einer Familie aus Suriname aufgewachsen. Bei ihr zu Hause galten andere Normen als auf dem schicken Internat, das Tauwman besucht hat. Bei ihr zu Hause gehörte der Glaube in die Kirche, nicht in den Beruf. Tauwman steht ihr in ihrem Büro gegenüber, in den Händen eine Akte, die sie demonstrativ nicht entgegennimmt. Sie wird sich die Akte erst ansehen, wenn die Verantwortungsbereiche geklärt sind. Vorher nicht. »Wir haben die Frau hergeholt, bevor in Afghanistan alles zusammenbricht, denn das wird mit Sicherheit passieren, auch wenn gewisse Damen im Ministerium das nicht glauben wollen. Diese Frau war eine der Ersten vom Personal vor Ort, für deren Sicherheit wir sorgen mussten. Dolmetschen, ja, solche Aufgaben hat sie auch übernommen. Aber auch sie selbst stellte eine Informationsquelle dar.«

Alisha Calder fällt es schwer, bei diesem Eiertanz ihres Gesprächspartners dranzubleiben. Er hat die Frau verloren, und jetzt stellt sie ein Sicherheitsrisiko dar. Denn je mehr Informationen sie den Niederlanden verschafft hat, desto mehr hat sie auch über die Niederlande erfahren.

»Du weißt doch, wie das läuft.«

Das weiß Alisha nur allzu gut. Einer wirklich wertvollen Quelle muss man selbst auch mehr preisgeben, um das gegenseitige Vertrauen zu stärken. In einem solchen Austausch kann man viel mit Desinformation arbeiten, aber im Kern muss es etwas Wahres geben. Eine gute Quelle besitzt einen Instinkt für die Qualität der erhaltenen Informationen, also der Informationen, die man findet, erhält oder stiehlt. Dafür braucht man eine Nase, sonst ist man nie sicher, was man da weitergibt.

»Sie weiß also zu viel.«

Tauwman nickt.

»Sag es einfach laut«, fordert ihn Alisha auf. »Danach wirst du dich besser fühlen.«

»Sie weiß zu viel. Viel zu viel.«

»Und? Das erleichtert einen doch, oder? Es spricht sich leichter, wenn man nicht ständig um den heißen Brei herumredet. Die Frau ist weg, und jetzt soll ich sie finden? Habe ich das richtig verstanden?«

Dieses Gespräch stellt auch eine Verhandlung dar. Tauwman soll begreifen, dass sie ihm einen Dienst erweist und dass er sich irgendwann dafür wird erkenntlich zeigen müssen.

»Es geht dabei nicht nur um mich«, erklärt er. »Es geht um breitere Interessen.«

Darum geht es immer, niemand kümmert sich nur um eigene Belange oder lediglich um die seines eigenen Dienstes oder seiner eigenen Abteilung. Es geht immer um das Land, darunter läuft bei ihnen nichts. In Wirklichkeit hat jeder Dienst entsetzliche Angst davor, allein zurückzubleiben. Erfolg wird nicht geteilt, eine Niederlage schon. In diesem Fall kann sich Alisha selbst ausrechnen, worum es geht. Wenn diese Frau aus Afghanistan über die Niederlande betreffende Intel verfügt, steht sie mit sehr großer Wahrscheinlichkeit mit Terrororganisationen in Kontakt. Ihre Kenntnisse werden damit lebensgefährlich, und das Aufspüren der Frau fällt ganz ohne Zweifel in ihren, Alishas, Zuständigkeitsbereich. Der Militärische Nachrichtendienst sorgt für die innere Sicherheit. Zusammen mit dem nationalen Koordinator zur Terrorismusbekämpfung und der Polizei gehören das Aufspüren, Kontrollieren und Unschädlichmachen solcher Gruppen zu den wichtigsten Aufgaben ihres Dienstes.

»Danke für die Informationen«, sagt sie. Normalerweise gehört so etwas nicht zu den Dingen, die direkt zwischen den beiden Direktionsleitungen besprochen werden müssen. Ein verschwundener Informant ist unangenehm und lästig, weiter nichts. Prinzipiell löst man so etwas, ohne überhaupt darüber zu sprechen. Aber diese Frau stammt aus dem Kriegsgebiet, in dem die Konfrontation mit dem fundamentalistischen Islam am schlimmsten ist, Schutz und Überwachung kommt die höchste Priorität zu. Und in dieser Hinsicht gab es einen Misserfolg. Darüber kann sich Calder jetzt aufregen, aber das hätte keinen Sinn.

Das Problem ist echt und akut, und ihr bleibt nichts anderes übrig, als sich mit vollem Einsatz darum zu kümmern.

»Gut, dann gib mir jetzt diese Akte.«

Tauwman legt ihr einen Ordner auf den Tisch. Darin befindet sich ein Foto der Frau, außerdem ein Überblick über ihre Daten. Alter, Geburtsort, Name, Körpergröße, Gewicht, Haar- und Augenfarbe, Schuhgröße. Calder liest konzentriert.

»Ich gehe davon aus, dass lediglich ihre Körper- und die Schuhgröße verlässliche Informationen darstellen. Den Rest kann sie verändern, so oft sie will. Selbst ihre Augenfarbe.«

Das ist bei solchen Leuten das größte Problem. Man glaubt, alles über sie zu wissen, bis sie verschwinden. Dann stellt sich heraus, dass alles ausgedacht war. In einem Land wie Afghanistan kann man sich eine falsche Identität leichter zusammenbasteln als hier. Dort gibt es noch keine biometrischen Pässe, und Ausweise werden noch manuell hergestellt. Persönliche Daten und Geburtsurkunden befinden sich in Archiven, die das nächste Stadium des Krieges vielleicht nicht überstehen werden.

»Habt ihr denn wenigstens ihre Fingerabdrücke?« Calder kann ihre Verwunderung nicht verbergen. »Oder ein besseres Foto?« Mit einem guten Bild ließe sich die Gesichtserkennung einsetzen, das ist dann wenigstens etwas.

»Hatten wir, nur ist bei der Flucht aus dem Land ein Teil ihrer Akte nicht mitgekommen. Kann sein, dass noch mehr irgendwo in der niederländischen Botschaft liegt, aber dann …«

»Dann muss jemand dorthin, um es zu suchen.«

»Das wird auch passieren.«

Tauwman schweigt, und es ist ein unangenehmes Schweigen. Kein Schweigen, sondern ein Verschweigen, und der Unterschied ist an seinem Blick und seinem Gesichtsausdruck zu erkennen. Er will, dass sie mitarbeitet, und das wird sie auch tun, denn diese Frau muss gefunden, zurückgeholt werden. Trotzdem will er seine Geheimnisse weiterhin für sich behalten. Das merkt Calder, sie spürt es. Er hält etwas zurück, etwas, womit er in der Zukunft noch eine gewisse Macht über sie ausüben kann.

»Was ist da noch?«, fragt sie. »Was verschweigst du mir, Rob?«

»Sie hat ...« Weiter kommt er nicht. »Mehr kann ich dir nicht sagen, es ist vertraulich.«

Alisha schlägt die Akte zu und wirft sie ihm über den Schreibtisch hin.

»Vertraulich? Und deshalb darf ich es nicht wissen? Was soll der Quatsch, Rob? Vertraulich bedeutet, dass ich es wissen *muss*. Hier bestimme *ich*, was vertraulich ist. Nicht du. Also raus damit!«

Tauwman windet sich, zögert. Er öffnet den Mund, um etwas zu sagen, schließt ihn dann aber sofort wieder. Auf seiner Stirn bilden sich Schweißtropfen, Alisha sieht, wie sie erscheinen, aus dem Nichts, und dann begreift sie, was da los ist. Ihm geht es nicht darum, die Kontrolle zu behalten, sondern er verschweigt ihr etwas, weil er sich schämt, weil er nicht zuzugeben wagt, was da geschehen ist – dass er versagt hat. Image, Selbstwertgefühl, Ego, Machogehabe, all das spielt hier eine Rolle. Das ist das Schwerste. Höchste Zeit, ihm das ordentlich unter die Nase zu reiben.

»Rob, Rob, Rob ... Hat sie etwas mitgenommen? Geht es darum?«

Deshalb also steht Robert Willem Maria Tauwman hier so kleinlaut vor ihrer Nase, der katholische Junge, der weiß, dass er in der Beichte wird bekennen müssen, was er getan hat, und der das viel lieber bleiben lassen würde.

»Ihre eigene Akte? Sie hat ihre eigene Akte mitgenommen?«

Tauwman zögert mit der Antwort. Er muss einen inneren Widerstand überwinden, bevor er sprechen kann.

»Sie hat unsere Akte, unsere Intel aus Afghanistan. Alles.«

Das lässt Calder verstummen. Tauwman hat gerade zugegeben, dass diese Frau alles über alle Niederländerinnen und Niederländer weiß, die in Afghanistan aktiv waren oder die sich dort an Operationen beteiligen. All diese Menschen sind nun in Gefahr – in akuter Gefahr. Innerhalb des Geheimdienstes ist so etwas eine Todsünde. Zwei »Gegrüßet seist du, Maria« und ein »Vaterunser« können hier nichts mehr ausrichten – um das zu erkennen, braucht man nicht katholisch zu sein. Wie hat er so etwas geschehen lassen können?

»Amateur«, sagt sie.

Er reagiert nicht auf die Beleidigung, sondern bleibt bewegungslos stehen, weiß, dass Calder recht hat, und auf eine ganz bestimmte Art und Weise hat das eine erleichternde Wirkung. Das Schlimmste ist ausgesprochen.

Calder fallen einige weitere Kraftausdrücke ein, die sie jetzt gern benutzen würde. Sie kennt die Schwäche des Militärischen Nachrichtendienstes; diese Leute haben immer Schwierigkeiten damit, militärische Disziplin und Respekt im Umgang mit dem Protokoll damit zusammenzubringen, dass sie bis an die Grenzen des gesetzlich Zugelassenen gehen und dort fünf gerade sein lassen, wenn das für die richtige Human Intelligence notwendig wird. Es sind Agenten, die wissen, wann sie die Regeln ignorieren müssen. Calder hält sich zurück. Sie ist Direktorin des Militärischen Nachrichten- und Sicherheitsdienstes, ja, aber sie bleibt immer eine Schwarze Frau, die man allein wegen ihrer Herkunft immer und überall ausbooten kann. Dass sie sich mehr hat anstrengen müssen als all ihre niederländischen weißen Kolleginnen und Kollegen zusammen, hat sie auch härter gemacht, und gerade mit dieser Härte können nicht alle umgehen. Nicht bei einer Schwarzen Frau. Und sie muss sich mit diesem weißen Scheißhaufen abgeben.

»Ich habe einen Termin mit der Ministerin, und wenn dir etwas daran liegt, dass ich diese Sache unerwähnt lasse, sorgst du dafür, dass ich alle relevanten Informationen auf den Schreibtisch bekomme. Und zwar wirklich alle.«

Aber so leicht lässt sich Tauwman nicht in Schach halten. Nicht ohne Auseinandersetzung.

»Ein einziges Wort über die Sache gegenüber der Ministerin, und du wirst am nächsten Tag in der Zeitung dein Foto entdecken, als Illustration zu einem bekannten Artikel über deine möglichen Beziehungen zu russischen Geldgeschäften.«

Seine Drohung schlägt ein wie eine Mittelstreckenrakete. Niemand weiß etwas über das russische Kapital, das kurz vor dem Fall der Berliner Mauer in den Westen geschleust wurde. Niemand weiß, dass der Nachrichten- und Sicherheitsdienst damit etwas zu tun hatte. Und schon gar niemand, dass sie diese Information besitzt. Woher weiß es also Tauwman? Wenn davon auch nur ein Wort durchsickert, kann sie einpacken.

»Wage es also nicht«, sagt Tauwman.

# 4

## CHECK

Energisch schließt John die Kassette, als könnte er damit die ablaufende Uhr zum Stillstand bringen und seine eigene Angst bezwingen.

»Was ist das?«, fragt er. »Was hat das zu bedeuten? Warum tickt da eine Uhr?« So eine Uhr kann nur eines bedeuten: dass irgendwo eine Explosion stattfinden wird, wenn sie abgelaufen ist. In diesem Fall dauert es bis dahin noch 335 Stunden, zwei Wochen, also hat das Ganze keine akut lebensbedrohliche Eile. Und doch ist die Drohung unverkennbar. Mit der Hand auf dem Kassettendeckel wartet er auf eine Antwort des Mannes, und währenddessen wird er innerlich durch widerstreitende Gefühle zerrissen.

»Wer bist du?«

»Wasim, das habe ich doch schon gesagt. Und du bist ein Mörder.« Er sagt es laut und sehr deutlich, und dann wiederholt er es. »Mörder!«

Um sie herum halten Menschen inne und schauen in ihre Richtung.

John versucht, die Unruhe zu ignorieren. Er ist kein Mörder, und bestimmt nicht der Mörder der Frau auf dem Foto. Diese

Beschuldigung ist haltlos. Trotzdem muss er sich anhören, was dieser Wasim zu sagen hat. Er sitzt hier mit einer tickenden Uhr und einem Mann, der ihn ganz und gar aus der Fassung bringt. Wenn er ihm in die Augen schaut, überkommt ihn völlige Hilflosigkeit. Wasim. Hier passiert zu viel gleichzeitig. Die Situation kann jeden Moment außer Kontrolle geraten. Er schiebt die Kassette samt Inhalt wieder in die Richtung des Mannes.

»Es ist schrecklich. Das Foto, was dort geschehen ist, das ist sehr schlimm.« Er versucht die eskalierenden Emotionen zu dämpfen. »Ich weiß nicht, worum es geht oder wer die Frau ist, ich sehe dieses Foto zum ersten Mal im Leben.« Er lügt zum Teil, doch unter den gegebenen Umständen scheint es ihm das Beste, den Ball flach zu halten. Allerdings kostet es ihn große Mühe, zu tun, als wüsste er nichts über das Foto. »Ich kann mir vorstellen, dass du deswegen sehr aufgewühlt bist.« Er schiebt die Kassette noch ein wenig weiter auf Wasim zu. Jetzt greift er auf sein altes Training zurück. Die Geschehnisse verlangsamen und die Kontrolle wiedererlangen. »Wir reparieren hier nur Dinge, die nicht mehr funktionieren. Hast du also vielleicht etwas, was ich reparieren kann? Den Wasserkocher da zum Beispiel?«

Beim Aussprechen dieser Worte wird ihm bewusst, was hier möglicherweise die Gefahrenquelle darstellt. Der Wasserkocher und die Zeitschaltuhr könnten miteinander verbunden sein. Der Wasserkocher ist die perfekte Tarnung für eine kleine Bombe, und auch wenn die Uhr noch zwei Wochen laufen wird, weiß John noch nichts über die Einstellungen. Vielleicht wurde ja alles auch so manipuliert, dass das Ganze schon in den kommenden drei Minuten hochgeht. Wasim schiebt ihm die Kassette wieder hin.

»Die ist für dich«, sagt er. »Es geht um das Foto.«

»Und die tickende Uhr darunter? Was bedeutet die?«

Wasim macht eine achtlose Geste. Theatralisch. Schön. Gefährlich. »Die ist uninteressant. Die tickt einfach nur. Das findest du schon selbst heraus. Es geht um das Foto, darauf musst du dich konzentrieren.«

John hat dieses Foto noch nie gesehen, aber damit ist alles gesagt, denn er hat selbst dem Mann gegenübergestanden, der das Foto gemacht hat. Und jetzt, an einem Arbeitstisch seines Repair Clubs, wird er von einer Erinnerung überfallen, die er nicht will, aber auch nicht von sich abhalten kann. Am liebsten würde er schreiend weglaufen. In der Kassette befindet sich eine Vergangenheit, die schmerzt, und hier in diesem feuchtwarmen Saal darf er sich davon nichts anmerken lassen. Das ist bei der ganzen Sache am schwierigsten: so zu tun, als wüsste er von nichts.

»Schau dir das Foto an! Ich verlange, dass du die Sache reparierst. Dafür seid ihr doch zuständig?« Mit jedem Wort wird Wasims Stimme schärfer und härter.

»Repair?!! Das hier?«, ruft John, als wäre er überrascht. Und zwar so laut, dass Lydia, George und Kenzi es hören können. Aus den Augenwinkeln sieht er, wie sie reagieren. Mit dem Codewort *Repair!* alarmieren sie einander, es funktioniert wie ein Alarmknopf, und diesen Knopf hat John gerade gedrückt.

»Reparieren, ja!«, erwidert Wasim. »Mach deine Sache gut. Aus der Nummer kommst du nicht raus.«

Menschen sammeln sich um seinen Tisch herum und schauen auf die beiden Männer, die einander drohend gegenüberstehen. John bleibt ruhig, er ist nur wenig älter als Wasim und versucht zu erfassen, woher diese Beschuldigung kommt. Wie kann Wasim wissen, dass John vor Ort, dass er Zeuge war, als dieses Foto entstanden ist? Erinnerungen sausen ihm durch den Kopf, und keine einzige von ihnen ist vollständig. Es sind Fetzen, schwarze Fetzen, die er nicht zuordnen kann. Das Foto ist in Afghanistan entstanden, vor mehr als fünfzehn Jahren, das weiß er. Aber worum ging es da? Was war los? Und an welchem Tag? Mit wem war er dort? Wer war der Schütze? All diese Details liegen unter einer dicken Schutzschicht verborgen, wie radioaktiver Abfall, je tiefer, desto besser. So ist er trainiert worden, seine Zeit beim Geheimdienst hat ihn geprägt, und einige Gewohnheiten und Abläufe wird er nie wieder loswerden. Das würde er auch nicht einmal wollen. Er mag zwar siebzig Jahre alt sein, ist aber noch nicht alt. Seine Reflexe sind gut, sowohl körperlich als auch mental, auch wenn alles nicht mehr so schnell geht wie früher. Sein Gedächtnis ist träger geworden. Nun will er seine Leute vom Repair Club um sich haben, er braucht Beistand. Durch seinen Ruf stehen sie bereit, sie behalten ihn im Auge. Das beruhigt ihn, und er kann wieder nachdenken.

Wasim. Woher kommt dieser Mann? Auch aus Afghanistan? Vor fünfzehn Jahren war dieser Mann Anfang vierzig, schätzt John. Auf dem Foto ist ein kleines Kind abgebildet. Das kann also nicht Wasim gewesen sein. Aber wer ist er dann? Warum kommt er mit diesem Foto hier an? War er ein Bruder der Frau? Wird der Mann, der John nun gegenübersteht, zu ihrer Familie? War er ihr Mann? Der Vater des kleinen Jungen, der neben seiner Mutter so herzzerreißend weinte? Das kann fast nicht sein. John schaut noch einmal hin, diesmal genauer, sucht nach etwas Erkennbarem in Wasims Gesicht. In dem Gesicht, das ihn vor wenigen Minuten noch in Versuchung gebracht hat. Auch jetzt, auch wenn die Attraktivität des Mannes durch das verzerrt wird, was er alles in John wachruft. Nichts ist unmöglich.

John steht auf und schaut so nonchalant wie möglich zum Wasserkocher. Er steht noch da, wo Wasim ihn abgestellt hat, fleckiger rostfreier Stahl, mit einem Griff aus schwarzem Kunststoff. Check.

John streckt die Hand aus, um anzudeuten, dass er nichts Böses im Schilde führt, um diesem Gespräch die Anspannung zu nehmen. Kurz scheint das auch zu gelingen, denn Wasim drückt ihm mit einem Lächeln im Gesicht die Hand. Langsam schließen sich ihre Finger umeinander, John spürt die warme Haut des anderen und versinkt ganz kurz in einer unmöglichen Fantasie. Dann bemerkt er die Kraft, mit der ihn Wasim in die Hand kneift – zu fest. Alarmsignale schießen wie Pfeile durch Johns Körper. Wasim verlagert sein Gewicht und reißt John mit einem kräftigen Ruck auf sich zu. Das Ganze ist eine einzige aggressive, von Stärke geprägte Bewegung, und John reagiert instinktiv; sein Training hat sich so tief und unauslöschlich in ihm verankert, dass er nicht einmal darüber nachzudenken braucht: bei einem Angriff mitbewegen, sodass man die Kraft des Angreifers in einen Gegenangriff umleiten kann. Er spürt den Druck an seinem Arm und taucht mit der Bewegung mit. Dadurch ist der Effekt viel größer, als Wasim erwarten konnte. John fliegt durch die Luft, reißt den ganzen Tisch mit sich, Geräte fliegen durch die Gegend, der Arbeitstisch kippt, fällt um, und John landet auf Wasim, stützt sich mit einem Arm auf dessen Luftröhre. Leute schreien. John nicht, er weiß es besser. Die Umstehenden treten ein paar Schritte zurück. Andere hingegen kommen näher, um zu helfen. Er bewegt die Lippen dicht an Wasims Ohr und flüstert: »Mach das nicht noch mal.«

Lydia, George und Kenzi sind hinter ihren Tischen hervorgekommen und laufen aus verschiedenen Richtungen auf ihn zu, langsam. Bevor sie alle zusammen selbst eingreifen, warten sie ab, ob John sich selbst helfen kann.

Vorsichtig rappelt sich John auf, ohne dabei Wasims Arm loszulassen, weil er nicht sicher ist, ob der Mann einen weiteren Angriff auf ihn riskieren wird. Beim Sturz mit dem Tisch ist er selbst ungünstig aufgekommen; die Knie tun ihm weh, und die Hüfte auch. Er schwankt, hält sich an Wasim fest, um aufrecht stehen bleiben zu können. Um sich herum hört er Stimmen, Kommentare der Zuschauenden, alles wirkt weit entfernt, so sehr konzentriert er sich auf seinen Gegner.

Dann stehen sie beide aufrecht da, dicht beieinander. Keuchen einander ins Gesicht. Zwei angespannte Körper, bereit, wieder in Aktion zu treten, sollte das nötig sein. Erst jetzt schaut sich John um und bemerkt eine Mauer aus Handys. Alle in der Nähe haben ihre Handys zum Vorschein geholt und filmen mit. Was hier geschieht, ist schon jetzt auf den sozialen Medien zu sehen, auf Facebook, Instagram, TikTok, egal wo. Ihre Gesichter sind überall, Wasim und er sind innerhalb einer Minute einem unbekannten Publikum bekannt geworden, dessen Urteil bereits feststeht. Das geht rasend schnell. Schauen, sehen, urteilen. Ganz grob zählt er mehr als fünfzehn Telefone, das sind fünfzehn Konten, jedes mit fünfzig bis fünfhundert Followern. Wenn sich unter ihnen ein Superspreader befindet, also jemand mit mehr als tausend Followern, geht das Ganze noch schneller. Dann werden diese Aufnahmen trenden, und das ist das Letzte, was John will. Das steht in diametralem Kontrast zu allem, was er repräsentiert. Er agiert im Hintergrund, außerhalb der Sicht anderer Leute, hinter den Kulissen, nicht auf Displays. Trotzdem wird das hier passieren, und darum wird er etwas unternehmen. Er muss selbst bestimmen, wie ihn die Menschen wahrnehmen. Nicht als Täter, sondern als Opfer. Er macht eine unglückliche Bewegung, und mit einer Grimasse lässt er sein linkes Bein nachgeben; er lässt Wasim los und fasst sich ans Knie. Dann schreit er laut, als wäre er verletzt.

# 5

## KOMMISSION

Sie sitzt bei der Ministerin und muss sich zurückhalten, um Tauwmans Versagen nicht zu erwähnen. Mit halbem Ohr lauscht Alisha Calder einer ganzen Litanei an Klagen.

»Organisiertes Verbrechen, Abrechnungen innerhalb und außerhalb bestimmter Kreise, Rechtsanwälte, die ermordet werden, Richter und Bürgermeister, die man bedroht. Es ist kaum zu glauben, aber es passiert. Jeden Tag. Und es gelingt uns einfach nicht, diese Entwicklung zu stoppen. Darum.«

Die Ministerin steht neben ihrem Schreibtisch, hoch aufgerichtet und kerzengerade auf ihren Absätzen, wie ein Totempfahl erstarrter Autorität.

Alisha hält den Mund, denn die Ministerin ist noch lange nicht fertig. Man wird eine Kommission einsetzen müssen, um zu untersuchen, warum das Aufspüren und die Umsetzung so sehr zu wünschen übrig lassen. Die Ministerin empfindet das als unmittelbare Anklage gegen sich selbst, und das verträgt sie schlecht. Sie kann nicht verhindern, dass diese Kommission eingesetzt wird, sie muss mitarbeiten, aber das wird sie nicht aus vollem Herzen tun können.

Wieder eine Untersuchungskommission. All die Nachforschungen, das ganze Graben in der Vergangenheit, hindern einen am Regieren.

»Sie begreifen also, warum Sie hier sitzen«, fährt die Ministerin fort. »Warum schafft es der niederländische Nachrichten- und Sicherheitsdienst einfach nicht, die Kriminellen unter Kontrolle zu bekommen, die unser Land unregierbar machen? Wenn das so weitergeht, will keiner mehr ins Bürgermeisteramt oder in den Magistrat gewählt werden.«

Alisha begreift die Ministerin nur zu gut. Alle gehen davon aus, der Geheimdienst könnte problemlos alles in Ordnung bringen, was geregelt werden muss. Aber so funktioniert das nicht. Herauszufinden, welche kriminelle Organisation wo agiert und wer dazugehört, ist Schwerstarbeit.

Oft glauben die Menschen, ein Gerücht wäre bereits ein Beweis. Wenn die Nachforschungen hinterherhinken, richtet man rasch den Blick auf den Geheimdienst, und die Fragen fliegen nur so durch die Zweite Kammer. Warum wissen wir nicht, wer dahintersteckt? Warum sind wir immer zu spät? Warum greift man nicht ein, wenn der Geheimdienst einen Täter bereits im Blick hat? Warum läuft das so träge ab? Die Antwort ist fast immer dieselbe. Weil auch der Geheimdienst an Regeln gebunden ist. Alisha ist Direktorin des Geheimdienstes und weiß besser als alle anderen, dass er beim Kampf gegen das organisierte Verbrechen unverzichtbar ist, denn gute Informationen sind von entscheidender Wichtigkeit. Doch sie weiß auch, dass sie ihre Ministerin ernsthaft in Verlegenheit bringt, wenn der Geheimdienst außerhalb seiner Zuständigkeiten aktiv wird. Und die Ministerin in Verlegenheit zu bringen, ist das Schlimmste, was eine Beamtin tun kann.

»Und wer wird an der Spitze dieser Kommission stehen?«, erkundigt sie sich. Innerlich kann sie einen Seufzer nicht unterdrücken. Die meisten Kommissionen sind politisch motiviert, um keine Partei zu verstimmen. Je mehr die Zweite Kammer in bedeutungslose Fraktionen zersplittert ist, desto stärker das Bedürfnis, kleine Parteien zu ködern, wo immer das möglich ist. Alle müssen irgendwann einmal Recht bekommen, die hoffnungslose Polizeitrainingsmission in der Kundus-Provinz stellt in diesem Zusammenhang das ärgste Beispiel dar. Alle wussten, das Ganze war Unsinn, rausgeworfenes Geld, und die Aktion lieferte auch keinen wesentlichen Beitrag zur Mission in Afghanistan, brachte womöglich sogar die eigenen Leute in Gefahr. Trotzdem musste das Ganze durchgeführt werden, weil es eine einzige politische Partei gab, die auch einmal Recht bekommen musste. Wenn sie *darauf* einmal eine besonders eifrige Kommission ansetzen würden – das wäre eine gute Sache. Manchmal ist Alishas Frust über die niederländische Parteipolitik einfach riesengroß, und sie muss sich zwingen, ihre Gefühle im Zaum zu halten.

»Wer den Vorsitz führt, meinen Sie? Ja, ja, dazu komme ich gleich.« Erst möchte die Ministerin noch etwas loswerden. »Wichtig ist, dass alles auf den Tisch kommt, das brauche ich Ihnen ja wohl nicht zu erklären. Beim Geheimdienst dreht sich alles um Informationen.«

Mit ausdrucksloser Miene schweigt Alisha. Am liebsten würde sie der Ministerin laut und deutlich zu verstehen geben, dass ein Geheimdienst niemals alle Informationen will, und vor allem nicht, dass alle Informationen auf den Tisch kommen. Der Geheimdienst will die korrekten Informationen – und zwar nur für die richtigen Leute. Aber das hier ist nicht der richtige Augenblick, um der Ministerin die Prinzipien ihrer Arbeit zu erläutern.

»Diese Untersuchung muss zu einem guten Ergebnis führen«, sagt die Ministerin. »Sie muss professionell, ruhig und tadellos durchgeführt werden, sodass alle sehen können, es liegt nicht an uns.«

Alisha würde am liebsten laut schreien. In der Regierung kümmern sich offensichtlich alle immer nur ums Image – es ist zum Verrücktwerden.

»Selbstverständlich«, erwidert sie. Sie sitzt hier, um die Ministerin zu unterstützen, und das hat oberste Priorität.

»Ich hatte an Ihren Vorgänger gedacht, Antink. Er ist ein guter Mann.«

»Ach ja?« John als Vorsitzender der Kommission?

»Er weiß, wie es hier läuft, er verfügt über eine besondere Expertise und ist nicht mit irgendwelchen Interessen in das Ganze verstrickt. Was wollen Sie mehr?«

Nicht mit irgendwelchen Interessen in das Ganze verstrickt? Wie kann sie das so sagen? Die Ministerin hat doch keine Ahnung. Ganz offensichtlich schadet ihr die Luft dort oben auf ihren hohen Absätzen. Jemand, der einmal den Geheimdienst geleitet hat, ist immer mit irgendwelchen Interessen involviert. Die verschwinden nicht, wenn man in den Ruhestand tritt, die bleiben immer, gehen mit einem Menschen ins Grab. Keine Interessen? Alisha flucht innerlich.

»Habe ich etwas Falsches gesagt?« Die Ministerin mustert sie mit eisigem Blick.

»Etwas Falsches? Aber nein. Ginge das denn überhaupt?«

Sie lachen wie Amateurschauspielerinnen über einen schlechten Witz. Die Antink-Kommission. Das hat Alicia gerade noch gefehlt.

»In diesem Fall ist mir allerdings sehr daran gelegen, dass Sie mit dieser Entscheidung einverstanden sind. Schließlich ist er Ihr Vorgänger. Und ich würde ungern einen Schritt unternehmen, der Sie in Verlegenheit bringen könnte.« Die Ministerin schaltet jetzt auf Management-Talk um.

Das ist das größte Problem, denkt Alisha. Es gibt keine Überzeugung mehr, alles ist auf Dinge reduziert, die sich regeln lassen. Regeln Sie dies, regeln Sie das.

»Machen Sie sich keine Sorgen«, erwidert sie.

»Gut. Wollen Sie ihn fragen? Danach übernehme ich das Ganze. Wenn möglich, noch heute. In Ordnung?«

Warum auch nicht, der Tag ist sowieso ruiniert. Jetzt also auch noch John. Wenn sie sich zwischen Tauwman und der Ministerin entscheiden müsste, würde das Alisha schwerfallen. Aus Loyalität würde sie dann trotz allem ihren Kollegen wählen. Den Idioten.

# 6

## MITNEHMEN

Die eine Hälfte der Handys ist jetzt auf Wasim gerichtet, die andere immer noch auf John. Laut jammernd liegt er auf dem Boden, umklammert mit beiden Händen sein Knie. Dafür braucht er nur teilweise zu schauspielern, denn der Schmerz ist real. Unter anderen Umständen hätte er ihn ignoriert, einfach weitergemacht. Jetzt gelingt ihm das nicht, das Foto hat etwas Unkontrollierbares in ihm freigesetzt. Dem muss er nachgeben, ob er will oder nicht, und es ist, als würde sein Empfinden dadurch geschärft. Um sich herum hört er Leute rufen.

»Behandelt man so einen alten Mann?«

Niemand greift ein. Niemand tut etwas.

»Der Kerl ist Moslem!«, ruft jemand, und danach bricht das völlige Chaos aus. Rufe fliegen durch den Saal: Terrorist! Bombe! Anschlag! Panik greift um sich. Wasim befindet sich im Auge eines Sturms, der ihn zu umschließen scheint.

John schaut nicht hin, hält stattdessen den Kopf nach unten und bleibt still liegen. Dabei bekämpft er eine dunkle Angst, die immer tiefer in ihn eindringt. Bis er ein ihm bekanntes Paar Schuhe neben sich sieht: Kenzis bunte Sneaker.

»Alles in Ordnung?« Kenzi geht in die Knie und berührt John an der Schulter.

John zieht ihn näher zu sich heran.

»Foto«, sagt er.

Kenzi zückt sein Handy, seine Finger fliegen über das Display. Innerhalb einiger Sekunden macht er mehrere Fotos von Wasim.

»Erledigt.«

»Hol mich hier raus«, sagt John.

Kenzi weiß genug. Dieser Satz setzt bei ihm ein Protokoll in Gang. John und Kenzi haben einen gemeinsamen, vom Geheimdienst geprägten Hintergrund, und durch diese Erfahrung begreifen sie einander blind. Sorge für deine Leute, lass sie niemals irgendwo zurück. Kenzi weiß nicht, was los ist, aber er weiß, worum es jetzt geht. »Hol mich hier raus« ist ein Auftrag. Er soll dafür sorgen, dass John so schnell wie möglich hier wegkommt, weg aus der Menge, aus dem Gebäude. Weg. In Sicherheit.

Kenzi pfeift kurz und scharf auf den Fingern, und wenig später stehen Lydia und George neben ihm. Zusammen schaffen sie ein wenig mehr Platz, mit ruhigen und eindringlichen Gebärden sorgen sie dafür, dass die Menschen einige Schritte zurückweichen, einen größeren Abstand einhalten, bis sie allein mit John und Wasim mitten in einem Kreis aus Zuschauenden stehen. Kenzi hilft John auf, während Lydia und George Wasim zu isolieren versuchen. Noch bevor Kenzi einen Rückzug in den hinteren Teil des Raumes organisiert hat, sieht John, wie der Mann in die Menge abtaucht und darin verschwindet.

»Bleibt an ihm dran!«, ruft er.

Lydia und George rennen Wasim nach. Die Kassette steht noch auf dem Arbeitstisch. John deutet darauf, schreit: »Mitnehmen!«

Kenzi schnappt sich die Kassette vom Tisch, legt einen Arm um John, zieht ihn hoch und schleppt ihn aus der Menge weg, aus dem Saal.

»Nichts gebrochen?«, fragt Kenzi. Er macht sich Sorgen. John ist nicht mehr der Jüngste, und wenn er ungünstig stürzt, kann das schlimme Folgen haben.

»Ich glaube nicht«, erwidert John. »Das Ganze ist unangenehm, mehr nicht. Aber weißt du, das Unangenehme ist dein Freund, das Angenehme dein Feind. Eigentlich müsste ich also dankbar für das hier sein.«

Er stellt sich aufrecht hin, schüttelt die Arme, Schultern und Knie aus. »Ich musste mich verhalten wie das Opfer eines Angriffs. Es muss so aussehen, als hätte man mir wehgetan. Die Leute, die die Bilder sehen, sollen sich auf ihn konzentrieren, nicht auf mich.« Er versucht, seinen Bericht so sachlich wie möglich zu halten, aber er schwankt, als ob ganz plötzlich ein Fieber in ihm auflodert. Mit einer Hand stützt er sich an der Wand ab. Er kann nicht mehr, er fühlt sich wie nach einer Niederlage.

»Ich muss …« An dieser Stelle bleibt er hängen. Er weiß nicht mehr, was er sagen wollte.

»Was?«, fragt Kenzi nach.

»Ich muss mal.« John dreht sich um und geht zu den Toiletten. Als die Tür hinter ihm zugefallen ist, verriegelt er sie, zieht die Hose nach unten, setzt sich auf die Toilette und pinkelt. Er muss sehr dringend, aber das ist nicht der Grund, warum er das Ganze nicht im Stehen erledigt. Er beugt sich vor, stützt die Ellbogen auf den Knien ab, hält den Kopf in den Händen, während ihm die Hose an den Knöcheln hängt.

»Was geht hier vor sich?«, flüstert er. Dunkle Nebelschwaden füllen seinen Kopf mit einer Finsternis, in der er keinen Raum mehr wahrzunehmen vermag, keine Richtung. Schwarze Schwaden sind es, in denen er verschwindet und aus denen er dann wieder zum Vorschein kommt. In einem dieser lichten Momente reißt er sich zusammen. Er schlägt den Kopf gegen die Wand, und die Wucht zwingt ihn aus dem düsteren Strudel heraus. Er muss etwas tun, er braucht Hilfe – Hilfe, die ihm der Repair Club nicht bieten kann. Er nimmt sein Handy und wählt eine Nummer, die er nicht nachzuschauen braucht. Am anderen Ende der Leitung klingelt das Telefon zweimal. Eine schwere Männerstimme sagt ein einziges Wort.

»Ja?«

Diese Stimme erklingt aus sehr weiter Entfernung und ist noch genauso brüsk wie damals. A386 war nie ein Mann vieler Worte. Vom Reden wird man nicht klüger, vom Zuhören schon. So lautete seine Einstellung.

»Ich bin's, John.«

»Weiß ich.«

»Es ist etwas passiert.«

»Und?«

Der Mann klingt noch härter als früher, selbst nach so vielen Jahren hört man einen enormen Groll in den wenigen Worten, die er von sich gibt.

»Ich brauche dich«, sagt John.

»Pech für dich. Ich brauche dich nicht.«

Ohne ein weiteres Wort unterbricht der Mann die Verbindung. Noch bevor John irgendetwas hat sagen oder fragen können, hat sich der andere geweigert, auch nur mit ihm zu reden. Agent 386 ist der Einzige, der ihm helfen kann, der Einzige, der weiß, wer damals wo war, der Einzige, der ihm Anweisungen geben kann. John war selbst auch vor Ort, aber er war es nicht, der die Vereinbarungen traf. Das taten 173 und 386, und 173 lebt nicht mehr. John findet sich nicht mit der Situation ab, sondern wählt die Nummer noch einmal.

Diesmal wird das Gespräch nicht angenommen. Nach sieben Mal Klingeln schaltet der Apparat auf die Mailbox um, und John hinterlässt eine Nachricht.

»Das hier ist dringend. Es gibt eine akute Bedrohung. Sprich mit mir!«

# 1

## ERINNERUNGEN

»Alles in Ordnung?«, ruft Kenzi vom Gang.

John kämpft sich aus der Kabine und murmelt etwas über sein Knie. Er schüttelt das Bein aus, läuft eine Runde und zieht dabei die Beine übertrieben hoch. Als er über den Tisch gerissen wurde, hat er sich irgendeine Zerrung geholt, das geht fast gar nicht anders. Jetzt ist er froh über den geringen Schmerz, der seine Aufmerksamkeit von schlimmeren Dingen ablenkt. Er versucht, seine Gedanken zu ordnen.

Sie stehen in einem Gang. John öffnet die Tür einen Spalt und schaut in den Saal, zu seinem Arbeitstisch hin. Wasim ist weg, Lydia und George sind auch nicht da. Was aber noch mehr auffällt: Ein Großteil der Leute, die mit ihren Handys alles fotografiert und gefilmt haben, sind ebenfalls nicht mehr vor Ort. Es ist, als wären sie mit Wasim verschwunden. Der Rest der Kunden läuft verloren herum, halb reparierte Gegenstände liegen noch auf den Arbeitstischen.

»Kannst du George und Lydia erreichen?«, erkundigt er sich bei Kenzi. »Der Mann heißt Wasim.«

Kenzi schreibt den beiden eine WhatsApp-Nachricht mit dem Namen und wartet. Es kommt keine Antwort, und John macht sich Sorgen. Den Repair Club gibt es schon seit fast sechs Jahren, aber sie kennen einander viel länger. Mit Ausnahme von Kenzi, der ist vor anderthalb Jahren dazugekommen, nachdem eines der Mitglieder, Jaap, eine Aktion nicht überlebt hat. Kenzi ist jung, sie sind alt. Damals, als sich Lydia, George, Jaap und John kennenlernten, waren sie ungefähr so alt wie Kenzi jetzt. Zu dieser Zeit waren sie noch kein Repair Club, aber bereits ein Team, denn John hatte außerhalb des Geheimdienstes eine Gruppe zusammengestellt, an die er sich bei Bedarf wenden konnte.

Für John hat der Club eine große Bedeutung. Nach einer Phase, in der sein ganzes Leben auf den Kopf gestellt wurde, verspürt er ein Bedürfnis nach der Unterstützung und der Sicherheit, die ihm seine Freunde schenken. Er ist von seiner Mutter und von seiner Frau verraten worden, und seitdem ist der Club die einzige Gruppe, in der er sich zu Hause fühlt. Das hier sind die Leute, denen er durch und durch vertrauen kann. Innerhalb der Gruppe stützt er sich vor allem auf Lydia. Zwischen ihm und ihr besteht ein besonderes Band, das auf den Anfang zurückgeht, auf ihre ersten Begegnungen. Lydia kam als ambulante Pflegekraft zu seiner Mutter ins Haus, als deren Demenz immer stärker wurde und sie das Leben nicht mehr allein meistern konnte. John war die zuständige Kontaktperson, alle Angelegenheiten im Hinblick auf die Gesundheit und die Pflege seiner Mutter wurden mit ihm besprochen. Er hatte Lydia als Frau kennengelernt, die sämtliche Regeln auswendig kannte, und in der Pflege sind das sehr viele. Außerdem wusste sie sehr gut, wann sie diese Regeln zu ignorieren hatte. Lydia Wilmen konnte nichts erschüttern, sie ließ sich von keinem Vorgesetzten der Welt vorschreiben, was sie tun durfte und was nicht. In ihr erkannte John etwas von sich selbst wieder, von dem Geheimagenten, der im Einsatz beschließt, was zu geschehen hat, und der die Umstände dieses Einsatzes kennt wie niemand sonst.

»Das braucht niemand zu wissen« gehörte zu ihren Lieblingsaussprüchen, wenn sie wieder eine der Richtlinien übertreten hatte. Und John war immer zu hundert Prozent mit ihr einer Meinung gewesen. Er hätte es selbst nicht besser formulieren können. Lydia blieb häufig länger als offiziell vorgesehen, erledigte die Wäsche, putzte manchmal, und einmal hatte er sie auf dem Sofa vorgefunden, einen Arm um seine Mutter geschlungen, die an ihrer Schulter eingeschlafen war. Lydia hatte ihn angerufen, weil sie seine Mutter nicht aufwecken und sie dann allein lassen wollte. Die alte Frau war ohnehin schon so verwirrt. An jenem Nachmittag erkannte er, dass man Lydia nicht nur vertrauen, sondern dass sie auch ein Geheimnis für sich behalten konnte. Diese Eigenschaft trug sie in sich, wie er auch. Niemanden ging es etwas an, was sie tat.

Nach einer fehlgeschlagenen Operation in Ostdeutschland brauchte John ein Versteck zum Untertauchen, das selbst der Geheimdienst nicht kannte. Er hatte sich im Schuppen im hinteren Garten seiner Mutter verkrochen und dort gewartet, bis Lydia kam. Dann hatte er sie gefragt, ob sie eine Adresse kenne, für ein oder zwei Wochen, wo man ihn versorgen und keine Fragen stellen würde. Seine Einschätzung hatte sich als richtig erwiesen: Lydia blinzelte zweimal und zögerte nicht.

»Ich dachte, Sie arbeiten für das Auswärtige Amt?«, fragte sie.

»Das stimmt auch. Beinahe zumindest. Das erkläre ich Ihnen ein anderes Mal. Jetzt muss ich ganz dringend verschwinden.«

Die Worte »ganz dringend« begriff Lydia sehr gut. Sie brachte ihn ins Gästezimmer im ersten Stock und beschwor ihn, unbedingt dort zu bleiben, bis sie zurückkäme.

»Das kann eine Weile dauern«, hatte sie gesagt. »Ich weiß, wo ich Sie hinbringen kann, aber das Zimmer muss vorbereitet werden, und ich muss schon im Vorfeld dafür sorgen, dass niemand Fragen stellt. Das verstehen Sie sicher.«

Am folgenden Morgen wurde er von George abgeholt, dem Mann mit der Werkstatt, in der Lydia immer ihr Auto warten ließ. Georg war ganz offensichtlich ein Profi. Er erschien in einem Kleinbus des Pflegedienstes. Im hinteren Teil konnte John eine Art Schlafanzug anziehen. George klappte einen Rollstuhl auf, wickelte John in eine Decke und fuhr ihn im Rollstuhl in ein Pflegeheim, wo ihn Lydia erwartete. Sie hatte ein Zimmer für ihn organisiert, in dem ihn niemand jemals finden würde. Erfasst war er unter dem Namen »Karel Braathaven«. Wie sie das hinbekommen hatte, blieb ihr Geheimnis.

So fing es an. Lydia und George stammten beide aus Den Haag und teilten eine angeborene Abscheu vor Autorität. Nach anderthalb Wochen im Pflegeheim waren die drei ein Team. Aus der Sicherheit des Zimmers heraus konnte sich John um die losen Enden der aus dem Ruder gelaufenen Aktion kümmern. Als ambulante Pflegekraft hatte Lydia überall Zugang, ohne dass jemand Fragen gestellt hätte. George besorgte ihnen jedes Fortbewegungsmittel, das sie brauchten. Und als ein Einbruch in der ostdeutschen Botschaft nötig war, um belastendes Material zu entfernen, gab es da Jaap, den durch nichts zu erschütternden Hausmeister einer Sekundarschule mit der größten Schlüsselsammlung, die John je gesehen hatte.

»Betrachtet das Ganze als Reparatur, die ich ausführen muss«, hatte John gesagt, und von diesem Tag an waren sie der Repair Club.

Jetzt steht der Club unter größerem Druck als je zuvor, das Ganze entwickelt sich vor Johns Augen. Lydia ist anders als sonst, sie wirkt böse. Sie verschweigt etwas, und es fällt ihm schwer, das zu akzeptieren. Aber das größte Problem des Clubs ist er selbst. Wasim hat ihm einen unmöglich zu erledigenden Auftrag und eine unerbittliche Frist aufgezwungen. Normalerweise würde ihn das nicht so sehr beeindrucken – er hat sein ganzes Leben lang unmöglich zu erledigende Aufträge ausgeführt, und wie es aussieht, hat er den hier auch noch zu Recht bekommen. Repariere ein zerstörtes Leben. Tu dein Bestes. Damit kann er umgehen. Das größte Problem ist in seinem Inneren, es sind die Erinnerungen, die er nicht erträgt. Das Foto und der Auftrag werden etwas in ihm entfesseln, vor dem er Angst hat.

Und dann ist da noch etwas. Wasim gegenüber fühlt er sich machtlos.

# 8

## DANKE JEDENFALLS

Draußen auf der Straße ist alles anders. Auf dem großen Parkplatz im Regen hängt Wasim sie fast sofort ab. Der Mann rennt zu einem wartenden Auto, steigt auf der Beifahrerseite ein, und der Wagen fährt noch mit offener Tür los. Ein Peugeot 208, die schnelle Version. Georges Wagen steht ein Stück weiter weg, zu weit entfernt.

Während George zu seinem Auto rennt, verfolgt Lydia Wasim zu Fuß, das Handy im Anschlag. Sie macht Fotos von dem Peugeot, der unauffällig, ohne die Aufmerksamkeit auf sich zu lenken, den Parkplatz verlässt.

George steigt in seinen Toyota. Das ist ein guter Wagen, alles funktioniert, ist ausgezeichnet gewartet, dafür hat er persönlich gesorgt, aber der alte Yaris hat gegen den neueren Peugeot keine Chance. George muss Vollgas geben, um an Wasim und seinem Fahrer dranzubleiben. An der Ausfahrt sammelt er Lydia ein, die ihm heftig winkend bedeutet, in welche Richtung er fahren soll.

»Er ist die N14 hoch«, ruft sie. »Links, Links! Du musst nach links, in Richtung A4.«

George fährt so schnell, wie das mit dem Yaris geht, durch die ungünstig hohe Ergonomie schert er in den Kurven gefährlich aus, der hintere Wagenteil wackelt, der vordere ächzt unter den auf ihn einwirkenden Kräften. Lydia hängt mit der rechten Hand am Haltegriff oberhalb der Autotür, mit der linken deutet sie vor sich.

»Da!«

Ein Stück weiter vorn auf der belebten Straße sieht George den Peugeot, dessen glitzerndes Blaumetallic einem gar nicht entgehen kann. Er fährt nicht schnell; ganz offensichtlich haben die beiden Personen im Wagen nicht bemerkt, dass sie verfolgt werden, sondern gehen davon aus, George und Lydia schon auf dem Parkplatz abgehängt zu haben. Das sind kleine Vorteile, die George nutzen kann. Kurz vor dem Tunnel wechselt er auf die linke Spur, überholt ein paar Autos und kehrt dann auf die rechte Spur zurück. Etwas näher an dem anderen Wagen, aber nicht zu nahe. Aus dieser Distanz kann er ihn gut verfolgen, ohne dass die Männer ihn bemerken. Lydia ist unruhig, rutscht auf ihrem Sitz hin und her, kratzt sich am Kopf und an den Handgelenken und starrt ständig auf ihr Handy.

»Hast du das Kennzeichen?«, fragt George. Sofort teilt sie es mit, auswendig. »Ich habe auch ein Foto davon, mach dir also keine Gedanken.«

Genau diese Sorte Bemerkungen sind George immer ein Rätsel. Er macht sich keine Gedanken, er hat nur eine Frage gestellt. Warum kann Lydia die nicht einfach beantworten? Es ist ein Zeichen, dass sie selbst unter Anspannung steht. Auch er hat bereits im Gemeindesaal bemerkt, dass sie nicht so gelassen wie sonst ist, nicht wie die Frau, die unter allen Umständen die Ruhe bewahrt.

»Ich mache mir keine Gedanken«, gibt er zurück.

»Und du passt auch nicht auf. Da!« Sie zeigt hin, und er sieht, dass der Peugeot links abbiegt. Hastig manövriert er den Yaris in dieselbe Richtung, und als er sich der Ausfahrt nähert, springt die Ampel auf Gelb um. Der Wagen vor ihm bremst ab. George schaut vor sich und sieht, wie der Peugeot vor ihnen rechts abbiegt. Wenn er jetzt nicht weiterfährt, werden sie abgehängt. Er gibt Gas, schlängelt sich mit dem Yaris zwischen den beiden Wagenreihen hindurch, fährt mit quietschenden Reifen über die rote Ampel und schießt vor dem sich auf der anderen Seite nähernden Verkehr auf die Abbiegespur. Lydia klammert sich immer noch mit einer Hand an den Haltegriff.

»Wenn du dir jetzt keinen Strafzettel eingefangen hast, würde mich das sehr wundern.« Lydia hat ihr Handy in der Hand und entdeckt die WhatsApp-Nachricht von Kenzi. Sie hat keine Zeit, eine Antwort zu schicken. Vor den beiden beschleunigt der Peugeot, und George muss es ihm gleichtun. Der Yaris stöhnt und ächzt, während er den viel schnelleren Peugeot 208 verfolgt. George holt das Äußerste aus dem kleinen Motor seines Autos heraus. Das Risiko, dass sie entdeckt werden, wächst stetig. Dann können sie die Sache genauso gut aufgeben, aber wenn er jetzt den Peugeot aus den Augen verliert, war ihr ganzer Einsatz umsonst. Georges Aufmerksamkeit ist völlig auf den Wagen vor sich fokussiert, auf seine eigenen Manöver.

Neben ihm stöhnt Lydia genauso laut wie der Yaris. Sie schlägt sich mit beiden Händen vor den Kopf, umschlingt dann fest ihren Bauch. An ihrem Gesichtsausdruck ist zu sehen, wie elend sie sich fühlt. George erschrickt bei ihrem Anblick.

»Alles in Ordnung?«, erkundigt er sich. Er hat kaum Zeit, sie richtig anzuschauen, weil sie jetzt einen Stadtteil mit mehr Verkehr erreicht haben. Überall sind Autos.

»Lydi? Sag doch was. Was ist denn los?«

Er schaltet, zieht den Yaris in einer scharfen Kurve nach rechts. Lydia lässt sich gegen ihn sinken. Sie hängt an seiner Schulter, und dann fängt sie zu schreien an, scheinbar ohne jeden Grund, ganz dicht an seinem Ohr. Sie brüllt ohne jede Hemmung, tief aus ihrem Inneren heraus. Ihr Schrei durchschneidet seine Konzentration, er kann fast nicht mehr weiterfahren. Die ganzen Autos und Fahrräder um ihn herum, Lydia an ihn gepresst, vor ihm schießt ein Motorroller vorbei, Fußgänger springen auf dem Bürgersteig zurück. George kämpft, um die Kontrolle über den Yaris nicht zu verlieren, seine Geschwindigkeit ist zu hoch, bremsen kann er nicht. Er muss weiterfahren. Mit der rechten Hand packt er Lydia am Kragen ihres Mantels und stößt sie heftig von sich weg.

»Hör auf, Lydi!«

Jetzt hat er erneut beide Hände am Lenkrad und den Peugeot immer noch im Blick. Seine Konzentration kehrt zurück, und ganz kurz wirkt die Situation wieder normal. Bis ein zweiter Ausbruch von Lydia folgt. Sie ist nicht zu kontrollieren. In dem kleinen Wagen gibt es nicht genug Platz, um auf Distanz zu ihr zu gehen oder ihr Ruhe zu vermitteln, weil sie beide zu dicht nebeneinandersitzen. George denkt nicht mehr nach, sondern holt aus, stößt sie an der Schulter an, und als das ohne Wirkung bleibt, fühlt er sich einen Augenblick lang ratlos. Er ist Mechaniker, er kann um jeden Winkel herum ganz genau dort hinfassen, wo er hinfassen will, aber das hier will er auf gar keinen Fall tun. Lydia zu schlagen, steht allem entgegen, was sie für ihn verkörpert und seinem Bild von sich selbst. Lydia und er sind befreundet, er würde ihr sein Leben anvertrauen, und sie ihm umgekehrt genauso. Trotzdem muss es sein. Sie ist hysterisch, und diesem Anfall muss ein Ende gemacht werden. Mit physischer Gewalt. Er holt aus.

Sie ist ganz plötzlich still. Schockiert starrt sie durch die Windschutzscheibe nach draußen. Sie schaut ihn nicht an, sie sagt nichts, es ist, als hätte er jegliches Vertrauen aus ihr herausgeschlagen.

George versucht zu verdrängen, was er da getan hat, konzentriert sich auf den Verkehr und auf den blauen Peugeot, der nun endlich langsamer wird und vor einem Hochhaus stehen bleibt. In sicherem Abstand stellt George den Yaris ab und starrt keuchend durch die Windschutzscheibe. Lydia wagt er nicht anzuschauen.

»Arschloch«, sagt sie.

»Lydi, es ging nicht anders. Ich musste handeln.«

Sie scheint ihn gar nicht zu hören, deutet stattdessen vor sich.

»Da«, sagt sie.

Wasim steigt aus. Durch das offene Wagenfenster boxt er den Fahrer und geht dann zum Eingang des Hochhauses.

»Vielleicht hast du recht. Diesen Schlag habe ich wohl gebraucht. Danke jedenfalls. Ich weiß in letzter Zeit überhaupt nicht, was mit mir los ist.«

»Aber jetzt weißt du's wieder?«

»Für den Moment schon.« Sie hat sich wieder im Griff. »Du verfolgst den Wagen, ich verfolge den Kerl.« Sie wartet seine Antwort nicht ab, öffnet die Wagentür, steigt aus, beugt sich noch einmal zu ihm ins Wageninnere. »Und pass auf John auf!«, sagt sie. Dann schließt sie die Tür, läuft rasch über den Bürgersteig zum Hochhaus und geht hinein. Nicht wiederzuerkennen, wenn man an die Frau denkt, die noch vor ein paar Minuten einen Zusammenbruch zu erleiden schien. Es ist, als gäbe es zwei Lydias. Eine, die von einem unerträglichen Schmerz verzehrt wird, und eine, die sich durch nichts beeindrucken lässt. Diese beiden Lydias bringt George im Kopf nicht zusammen. Er weiß nur eines: Die zweite, die Lydia, die sich durch nichts beeindrucken lässt, ist gerade aus dem Auto gestiegen.

Er fährt weiter und folgt dem Peugeot, der sich jetzt ganz ruhig seinen Weg durch den Stadtteil sucht. Er ist erleichtert, weil Lydia letzten Endes so beherrscht reagiert hat, aber auch völlig verwirrt wegen ihres Verhaltens. Von einem Extrem ins andere. Und dann dieser eine Satz: Pass auf John auf! Was soll der Blödsinn? Er hätte sie fragen müssen, was passiert ist, was sie hat, denn eines ist sonnenklar: Mit Lydia stimmt etwas ganz und gar nicht.

# 9

## TICK, TICK, TICK

Die Kassette, das Foto, die Uhr, der Wasserkocher, Wasims Aggression und die fotografierende Menge: John versucht das alles gedanklich zusammenzubringen. Er bespricht sich mit Kenzi. Die schwarze Angst in seinem Kopf erwähnt er nicht, die scheint abzunehmen; es ist, als könnte er sie bezwingen, auch wenn er weiß, dass er sich damit selbst zum Narren hält. Er bezwingt nichts, er leugnet es, und dieses Leugnen hat Grenzen. Es wird ein Tag kommen, an dem das Ignorieren nicht mehr funktioniert. Fürs Erste geht es nicht anders. Wieder schaut er durch die geöffnete Tür in den Saal, in dem sich beinahe niemand mehr aufhält.

»Diese ganzen fotografierenden Leute sind mit einem Schlag weg. Da stimmt etwas nicht. Normale Leute bleiben vor Ort, die wollen wissen, was los ist, stellen Fragen, kommentieren das Gesehene. Diese Leute nicht. Die haben Aufnahmen gemacht und sind verschwunden.«

»Als Gruppe, meinst du?«, fragt Kenzi.

Genau das macht John nervös. Eine Gruppe bedeutet, dass das Ganze im Vorfeld geplant wurde, dass organisatorisches Kalkül dahintersteckt, dass jemand die Aktion leitet, dass er es mit mehr zu tun hat als nur mit Wasim.

»Es war keine Gruppe, ganz bestimmt nicht«, fährt Kenzi fort. »Kein Muster, kein System, kein konzertiertes Vorgehen. Alles ganz zufällig. Das waren einfach nur Leute.« Er nimmt die Kassette in die Hand. »Was ist übrigens hier drin?«

»Nicht aufmachen. Wir warten, bis die anderen wieder da sind«, sagt John. Er übernimmt die Kassette, und zusammen gehen sie zum Arbeitstisch im Saal. Während Kenzi rasch nach draußen läuft, um Lydia und George zu suchen, stellt John den Tisch wieder auf und beginnt das Durcheinander darum herum aufzuräumen. Sein Werkzeug, die Ersatzteile, die Schrauben und Muttern – ein Teil nach dem anderen hebt er auf. Systematisch. Und je mehr er Ordnung ins Chaos bringt, desto stärker fällt auf, dass ein ganz bestimmtes Objekt fehlt. Sosehr John auch Ausschau hält und sucht, der Wasserkocher ist weg. Und auch das ergibt keinen Sinn. Wie hat der Mann das hinbekommen? Mitten im Chaos des Kampfes und den Versuchen von Lydia und George, ihn zurückzuhalten, ist er entkommen und hat den Wasserkocher mitgenommen. Wenn hier wirklich eine Gruppe agiert, kann auch jemand anders den Wasserkocher entfernt haben. Dann handelt es sich bei dem Ganzen um ein Ablenkungsmanöver. Aber warum? Dahinter steht keine Logik. Jetzt, wo der Mann nicht mehr da ist, spürt John die Bedrohung noch stärker, und er ist froh, als Kenzi den Saal wieder betritt.

»Sie sind weg. Sie verfolgen den Kerl«, sagt er. »Worum geht es hier eigentlich überhaupt?«

»Um das hier«, gibt John zurück. Statt auf die anderen zu warten, öffnet er jetzt doch die Kassette und zeigt Kenzi den Inhalt. Das Foto und die Uhr darunter, die gleichmäßig weiter die Sekunden herunterzählt.

335 Stunden, 29 Minuten und 12 Sekunden.

Tick, Tick, Tick ...

Der ganze Aufstand hat in nicht einmal einer halben Stunde ein großes Chaos verursacht.

»Hast du dir diesen Timer schon genauer angeschaut?«

»Noch nicht, nur das Foto.« John legt das Bild mit dem Gesicht nach unten auf den Tisch. Er will die ermordete Frau nicht sehen. Seine ganze Konzentration widmet er der Uhr, die unerschütterlich die Sekunden zählt. Rote LED-Ziffern.

»Darf ich das Ding rausholen? Nachschauen, was drunter ist?«

Das ist die Frage. Das Ganze wirkt zu klein für ein Behältnis mit Sprengstoff. Möglicherweise befindet sich ein Sender darunter, oder ein Handy, oder irgendetwas sonst, das Kontakt zu einem anderen Apparat herstellt. Wenn man den Timer bewegt, aktiviert man möglicherweise einen Schalter, sodass irgendwo anders etwas passiert. Darin besteht das Risiko. Können sie hier in dem leeren Saal des Gemeindezentrums einen unbekannten Apparat auseinandernehmen? Kenzi weiß, was er tut, er ist zuverlässig, vertrauenswürdig und kennt sich perfekt mit Technik aus. Er hat eine Ausbildung und Trainingseinheiten absolviert, und wenn John ganz ehrlich ist, bleibt ihnen beiden keine Wahl.

Sie haben keine Zeit, um mit dem Behälter in eine ultrasichere Umgebung zu gehen und jemanden im Schutzanzug einzubestellen. Wasim ist geflüchtet und hat die Kassette aus einem ganz bestimmten Grund zurückgelassen. Je eher John dahinterkommt, worin dieser Grund besteht, desto besser.

»Sei ganz vorsichtig. Beim geringsten Zweifel hörst du auf und machst auch nicht weiter. Okay?«

Kenzi steckt beide Hände in die Kassette, legt die Finger um den Timer.

»Ich muss erst wissen, ob da noch was drunter ist«, sagt er. Er hat die langen, geschmeidigen Finger eines jüngeren Mannes und ist es gewohnt, mit Elektrotechnik umzugehen. Er schaut geradeaus, während sich seine Finger immer weiter um den Timer bewegen. »Ich kann keine Drähte oder Verbindungen ertasten. Wenn ich mich nicht irre, ist dieses Ding nur an einer einzigen Stelle befestigt.« Er fummelt ein wenig herum, und der Timer bewegt sich in der Kassette auf und ab. Kenzis Finger verschwinden noch ein wenig tiefer unter dem Apparat. Jetzt schließt er die Augen, um seine gesamte Aufmerksamkeit auf seinen Tastsinn zu richten. Er befühlt den Apparat von allen Seiten, immer ein wenig weiter.

»Klettband«, verkündet er dann. »Das Ganze ist mit einem Stück Klettband am Boden der Kassette befestigt. Sonst gibt es da nichts. Wenn du willst, ziehe ich das Ding einfach raus.«

»Bist du dir sicher?«

»Was heißt schon sicher? Zu hundert Prozent? Oder zu 99? 95? Ab wann fängt man an zu raten? Weißt du das?« Kenzi bewegt den Timer noch einmal hin und her, hoch und runter. Mit jeder Bewegung wird er ein wenig mehr gelockert.

»Pass auf!«

John tritt ein paar Schritte zurück und wartet, bis Kenzi so weit ist.

»Da erreicht man immer einen ganz bestimmten Punkt«, sagt Kenzi. Er zögert noch. »Ich weiß, was es ist, ich weiß, ich habe recht, ich weiß es; es ist Klettband, nichts sonst, und dieses Klettband kann ich einfach so lösen. Aber das auch wirklich zu tun, ist ein gewaltiger Schritt, und dann zweifelt man doch. Was, wenn ich etwas übersehen habe? Was, wenn da noch etwas ist? Was passiert dann? Es fühlt sich ein bisschen so an, als würde man von einem Klippenrand aus den Fuß ins Nichts bewegen. Oder?« Bei diesen letzten Worten zieht er den Timer hoch, und sie hören nur das typische reißende Geräusch von Klettband, das losgemacht wird.

Kenzi hält den Apparat in den Händen, eine kleine schwarze Kunststoffschachtel. Auf der Oberseite befindet sich ein LED-Display, auf dem die Zahlen immer weiter herunterzählen, untendrunter eine Luke, hinter der sich die Batterie befindet. Einen

Verbindungsdraht gibt es nicht, eine Antenne scheint auch nicht da zu sein. Kenzi dreht und wendet die Schachtel in den Händen.

»Ist da etwas drin?«, fragt er.

So läuft das immer, auf den ersten Schritt folgt der zweite. Nie gibt es nur einen ersten Schritt, nie ist man gleich fertig. Es gibt immer wieder eine nächste Entscheidung, eine nächste Gefahr.

Kenzi bewegt den Timer vorsichtig auf und ab, öffnet die Luke und findet tatsächlich zwei Batterien vor, AA, ordentlich nebeneinander.

»Wenn ich die raushole, hält der Timer an. Dann haben wir das auch erledigt.«

»Lass sie nur drin«, erwidert John, und währenddessen fragt er sich, ob das wirklich alles sein soll. Das Ganze ergibt für ihn einfach keinen Sinn. Ist der Timer mit allem Drum und Dran überhaupt mit irgendetwas verbunden oder handelt es sich um eine Art Scherz?

»Und was ist das?« Kenzi deutet auf einen zusammengefalteten Zettel auf dem Boden der Kassette. Vorsichtig holt er ihn heraus, faltet ihn auseinander und liest. Mit aufgerissenen Augen reicht er ihn John.

*Repariere das. Finde den Mörder und bringe ihn zu mir.*
*Der Timer läuft. Sonst ist Esther als Nächste dran.*


Ein Zittern durchläuft Johns Körper. Die Nachricht geht ihm unter die Haut. Mehr ist nicht nötig, um die Angst in ihrer ganzen Heftigkeit zurückkehren zu lassen. John hat keine Kontrolle darüber. Er versucht sich zusammenzureißen, schließlich ist er nicht zum ersten Mal in einer gefährlichen Situation, aber jetzt kostet es ihn Mühe, den Überblick zu behalten. Der Timer ist an eine Drohung gekoppelt.

»Wer ist Esther?«, fragt Kenzi.

John hat wirklich keine Ahnung. Er kennt niemanden mit diesem Namen. Wasim geht davon aus, dass er weiß, wer Esther ist, und dass er alles tun wird, um sie zu beschützen, doch er steht vor einem Rätsel.

Was die Drohung betrifft, können sie im Moment nichts tun, aber in den kommenden beiden Wochen wird alles, was er tut, im Zeichen dieses Zettels stehen. Er nimmt das Foto in die Hand, dreht es um und legt es wieder mitten auf den Tisch.

»Finde den Mörder«, sagt Kenzi. »So lautet der Auftrag. Der Mörder, ist das derselbe Mann, der dieses Foto gemacht hat? Weißt du, wer das ist?«

»Nein.« Seine Antwort stimmt nur zum Teil. Er sollte wissen, wer es ist, irgendwo in seinem Gedächtnis muss es diese Information geben, aber die Erinnerung ist unerreichbar geworden. Es war in Afghanistan, das weiß er. Er war auf einer eigenen Mission dort unterwegs, angeschlossen an die Aktion einer Gruppe der Special Forces, auch das weiß er. In der ersten Phase der ISAF, der International Security Assistance Force, die nach den Anschlägen auf das World Trade Center in New York am 11. September 2001 in Afghanistan eingedrungen war, um die Taliban zu vertreiben. Vierzig Länder bildeten zusammen die internationale Schutztruppe, die dort zum Einsatz kam. Die Niederlande gehörten dazu, schon sehr bald waren niederländische Marinesoldaten vor Ort, als Teil der dorthin entsandten aktiven Schutztruppe. Das weiß John. Das sind nackte Tatsachen, wie die Zusammenfassung eines Berichts. Aber was dort vorgefallen ist, dafür muss er tiefer in seinem Gedächtnis graben, und sobald er das versucht, funktioniert etwas nicht.

Repariere das. Finde den Mörder und bringe ihn zu mir. Das hat Wasim gesagt. Der Countdown läuft.

Sonst ist Esther als Nächste dran. Eine völlig unbegreifliche Ergänzung, denn wer ist diese Esther, und was hat sie mit der ganzen Sache zu tun? War sie in Afghanistan? John war dort. Mit Anfang fünfzig und als Geheimagent mit einer Mission in dem Gebiet entlang der Grenze zu Pakistan, um mit eigenen Augen zu sehen, was dort vor sich ging, um selbst Kontakte zu knüpfen. Informationen sind wichtig, denn man muss sie immer zuordnen können. Und er war dort, um tiefer in die geheimen Netzwerke der Taliban und des pakistanischen Geheimdienstes vorzudringen. Das weiß er, aber was genau vorgefallen ist, weiß er nicht mehr. Diese Erinnerungen sind blockiert, und alles, was in ihre Nähe kommt, setzt eine physische Reaktion in Gang, die er nicht aushält.

Aus irgendeinem Grund weiß Wasim, was damals geschehen ist, er weiß, dass John vor Ort war. Er hat die unbekannte Esther als Zielscheibe ausgewählt, um John unter Druck zu setzen. Ganz offensichtlich weiß Wasim auch, dass John alles tun wird, um sie zu beschützen, obwohl er sie nicht kennt. Aber das bedeutet, dass er zwei Menschen wird finden müssen.

»Einer reicht. Wenn du es rechtzeitig schaffst und den Mann findest, der die Frau erschossen hat, brauchst du nicht einmal zu wissen, wer diese Esther ist«, folgert Kenzi.

So funktioniert es nicht. John hat Angst vor seiner eigenen Vergangenheit, und er ist böse, wütend, weil man ihm die Schuld für etwas zuzuschieben scheint, an das er sich nicht mehr erinnert. Dort sind Dinge vorgefallen, die nicht bekannt werden dürfen. Er schaudert.

»Aber was immer du tust, beeilen musst du dich«, kommentiert Kenzi.

335 Stunden, 27 Minuten und 32 Sekunden. Der Countdown läuft.

31.

30.

29 …

# 10

## DIE NIEDERLANDE
### – 2002 –

Die Wut gab es schon während der Gespräche nach seiner Rückkehr aus Afghanistan, nach einem Debriefing und einer psychologischen Evaluation. Ersteres war Standard, Letzteres außergewöhnlich. Die Evaluation wurde durchgeführt, um zu überprüfen, ob er mit den Erfahrungen aus Afghanistan wirklich umgehen konnte – eine lächerliche Angelegenheit. Sie wussten nicht einmal, welche Erfahrungen er dort gemacht hatte, denn die waren im Debriefing nicht zur Sprache gekommen, weil er über bestimmte Aktionen nicht reden durfte. Aber da gab es noch etwas. Während der psychologischen Evaluation hatte in jeder Frage die Erwartung angeklungen, er hätte mit gar nichts ein Problem. Es gab nur wenig Verständnis für Menschen, die den Druck und die grausamen Erfahrungen nicht aushielten. Ein Trauma, das bedeutete eine Schusswunde oder die Folgen eines selbst gebauten Sprengsatzes, mit einem Trauma landete man auf der Intensivstation eines Krankenhauses. Traumata befanden sich nicht im Kopf, und wenn doch, war man ein Jammerlappen, und niemand wollte ein Jammerlappen sein. Er selbst auch nicht. Jammern hätte er als unter seiner Würde empfunden. Er musste stabil sein und Widerstandsfähigkeit beweisen, vor allem

Letzteres war wichtig. Widerstandsfähigkeit gegen den Druck auf der Arbeit und die emotionale Belastung, die sich daraus ergab. Große Worte, schöne Sätze. John Antink, Agent 53, verfügt über ausreichende Widerstandsfähigkeit. Mehr als ausreichend. So lautete das einzige akzeptable Ergebnis jeder Evaluation. Als er dann irgendwann vor der jungen Psychologin L. H. Feltz saß, litt John unter Schlafstörungen, hatte manchmal Wahnvorstellungen und halluzinierte Erinnerungen, die er nicht einordnen konnte, er litt immer wieder unerwartet unter Angstschweiß und konnte mit absoluter Sicherheit sagen, dass in Afghanistan nichts vorgefallen war.

»Nichts?«

»Nicht viel. Wenn man sich nicht gerade in der *Warzone* befindet, ist es häufig auffallend ruhig und entspannt dort. Ein schönes Land.«

»Das höre ich öfter.«

Die Psychologin hatte gezögert, das weiß er noch. Er sieht den Zweifel in ihrem Blick noch vor sich, bevor sie die nächste Frage stellte. Als hätte sie gespürt, dass das keine gute Idee war.

»Aber Sie waren doch gerade in einem Kriegsgebiet, oder habe ich das falsch verstanden?«

Bei überprüfbaren Tatsachen durfte man nie lügen, nie die Wahrheit abstreiten, gleichzeitig aber nie etwas zugeben. Auch während der psychologischen Evaluation hatte er es mit der amtlichen Seite der Arbeit zu tun. Hier regierte der Schatten der eigenen Existenz: Fakten, Gesprächsprotokolle, Bemerkungen, Beobachtungen, Meinungen und Fotos wurden in Akten und Berichten festgehalten. Sie würden bis in alle Ewigkeit archiviert und auffindbar bleiben. Durch seine Antworten konnte er diesen Schatten so klein wie möglich halten, das war entscheidend. Sein Schatten musste immer kleiner bleiben als er selbst. Die Antwort auf diese Frage war entscheidend für den weiteren Verlauf des

Gesprächs. Das geringste Anzeichen eines Problems würde den Anlass für viele weitere Fragen bieten, die immer tiefer graben würden. Er hatte die Tür mit viel Kraft geschlossen gehalten. »Im Kriegsgebiet, ja, so nennt man das. Aber nun ja, kein Kriegsgebiet ist wie das andere.«

»Natürlich.« Feltz lachte zurückhaltend, um anzudeuten, dass sie John begriff. Sie selbst war noch nie in einem Kriegsgebiet gewesen, deswegen hatte sie keine Ahnung. Sie konnte nur bestätigen, dass das Ganze logisch klang, dass kein Kriegsgebiet einem anderen glich. Genauso wie kein Vergnügungspark genauso ist wie der andere. Logisch. Was sie nicht wusste: Kriegsgebiete sind nicht logisch. Nie. Was das betrifft, sind sie alle gleich.

Feltz ließ nicht locker, denn ihre Ausbildung hatte sie auf Gespräche mit Personen vorbereitet, die bestimmten Themen lieber aus dem Weg gehen wollten: »Und dort, wo Sie waren, war es also relativ ruhig?«, erkundigte sie sich.

Das entsprach der Wahrheit, es war dort auffallend ruhig gewesen, das konnte er ohne Zögern bestätigen. Zu ruhig war es gewesen. Zum Zeitpunkt seiner Ankunft hatte das Abschlachten bereits stattgefunden, und es herrschte eine unwirkliche Stille. Leichen sind sehr ruhig, vor allem die ohne Kopf. Das hätte ihn auf das Kommende vorbereiten können, aber darum ging es hier nicht. Er war nur einer der Leute in der Gruppe, und die Gruppe bewegt sich, die Gruppe handelt, die Gruppe folgt. Innerhalb der Gruppe hatte er sehr wohl seine eigenen Gedanken, aber die blieben untergeordnet. Die Special Forces leiten die Aktion, und alle befolgten ihre Anweisungen und Kommandos ohne Zweifel oder Zögern. Darauf basierte ihre eigene Sicherheit. Wenn jemand davon abwich und eigene Ideen verfolgte, konnte das die ganze Gruppe in Gefahr bringen. Zuhören, aufpassen und Anordnungen befolgen, so lautete die Ansage. Und dabei den Mund halten. Dort hatte das Leugnen bereits begonnen. Bei John handelte es sich um eine Kombination aus Training, Erfahrung und mit Geheimnissen zu leben. Es hatte ihn überraschend wenig Mühe gekostet, nicht nachzugeben.

»Afghanistan ist fünfzehnmal so groß wie die Niederlande, und dort wohnen etwa doppelt so viele Menschen. Sie begreifen also sicher, dass es weite Teile des Landes gibt, in denen man nicht so viel erlebt.«

Anderthalb Stunden später hatte er den Raum in der festen Überzeugung verlassen, es könne nichts mehr schiefgehen. Dieses Kapitel war abgeschlossen, einen Weg zurück gab es nicht. Die Wut über das Chaos, das niemand sehen wollte, kann er kontrollieren. Wut ist einfach. Bis Wasim mit einem einzigen Bild, einem einzigen Foto alles an die Oberfläche holt und sich herausstellt, dass John diesmal keine Widerstandsfähigkeit besitzt.

Nichts ist abgeschlossen.

Nichts ist weg.

Tick. Tick. Tick.

# 11

## LYDIA WILMEN

Sie blinzelt unaufhörlich. Ihr zittern die Hände, ihr Körper bebt leicht, und diese unwillkürlichen Bewegungen verraten den riesengroßen Stress, der ihr tief in den Körper gekrochen ist. Sie hat starke Kopfschmerzen, die einfach nicht mehr weggehen wollen, schon seit Tagen, kann nicht einmal mehr schlafen deswegen. Sie zittert vor Übermüdung. Über die Treppen des Hochhauses folgt sie dem Mann nach oben. Er heißt Wasim. Sie hat die WhatsApp-Nachricht von Kenzi zwar gesehen, aber nicht darauf reagiert. Dafür ist später noch Zeit. Ihr Ziel besteht nicht darin, den Mann festzuhalten; sie braucht nur zu wissen, welche Wohnung er betritt. Mehr nicht. Adresse, Nummer, Kennzeichen. Informationen, darum geht es, Informationen, über die sie Wasims Identität ermitteln können. Ein Vorname allein reicht nicht, vor allem nicht, wenn man davon ausgeht, dass es sich nicht um seinen echten Namen handelt. Es muss einen konkreten Anknüpfungspunkt geben. Jeder Einwohner dieses Landes ist in den administrativen Systemen der Regierung erfasst. Sogar Illegale sind bekannt. Sobald man über eine einzige verlässliche Information verfügt, kann man jemanden finden. Wenn Wasim hier wohnt, unter dieser Adresse, lässt sich seine Identität klären, denn unter dieser Adresse ist jemand registriert, hier hat jemand einen Miet-vertrag, bezahlt Gas- und Stromrechnungen, und jemand hat ein Bankkonto, von dem diese Kosten abgebucht werden. Man braucht nur ein einziges dieser Details zu kennen, um ein Ge-samtbild entwickeln zu können.

Von den Stufen aus sieht Lydia, wie Wasim den Schlüssel ins Schloss einer Wohnungstür steckt und das Apartment betritt. Ly-dia lehnt sich gegen die Betonwand, ihr ist schwindlig. Sie wartet eine Minute und geht dann langsam über den Laubengang zur Tür.

Nummer 59. Fünfter Stock, Apartment 9. Lydia bleibt nicht stehen, schaut kaum hin, geht einfach weiter bis zu den Treppen auf der anderen Seite und nimmt von dort aus den Aufzug nach unten. Sie ist völlig fertig. Sie sehnt sich nach Ruhe. Weit weg von allen anderen. Wäre sie nur erlöst von dem ständigen Gefühl, verfolgt zu werden, beobachtet zu werden. Von Unbekannten, die sie nicht sehen kann und die trotzdem da sind. Jeden Tag spürt sie ihre Anwesenheit. Darum will sie überhaupt keine Menschen um sich haben, auch nicht zu ihrer Sicherheit. Es klingt logisch, aber es fühlt sich sehr falsch an.

Manchmal ist dieses Gefühl so stark, als würde jemand direkt hinter ihr stehen. Die ersten paar Male hat sie sich umgeschaut, um das zu überprüfen, um herauszufinden, wer sie so beobach-tete. Da war niemand. Im Laufe der Zeit hat sie damit aufgehört. Sie hat nie jemanden ertappen können, und vom dauernden Um-drehen wurde sie nur noch unsicherer. Dieser Zweifel nagt an ihr und zieht sie immer tiefer in sich selbst hinein. Durch Nachden-ken hat sie dahinterzukommen versucht, wer sie da wohl ständig beobachtet, wem es wichtig ist zu wissen, was sie tut und wohin sie geht. Steckt die Regierung oder die Polizei dahinter? Lydia weiß es nicht, sie kennt diese Leute nicht, aber man folgt ihr, und man beobachtet sie. Davon ist sie überzeugt. Die letzte Aktion des Repair Clubs bestand aus einer direkten Konfrontation mit dem russischen Geheimdienst, und seitdem gibt es zwei Parteien, die ihr möglicherweise folgen: die Russen und der niederländische Geheimdienst. Vor allem Letzteren hat sie im Verdacht; die Leute dort haben immer vermutet, dass sie nicht die Wahrheit gesagt, etwas vor ihnen verheimlicht hat. Und wenn es etwas gibt, was einem Geheimdienst ganz und gar nicht gefällt, ist es das.

Am liebsten würde sie alles mit John besprechen; er ist derjenige, der weiß, wie es läuft und was man tun muss. Aber sie zweifelt. Kann sie John überhaupt noch vertrauen? Er ist zwar im Ruhestand, aber der Geheimdienst ist immer noch »sein« Dienst. An dieser Einstellung wird sich auch nie etwas ändern, das weiß sie. Was er tun würde, wenn sie ihm alles erzählt, weiß sie nicht. Würde er ihr zuhören oder sofort zu Alisha Calder rennen, um ihr davon zu berichten? Oder es mit Kenzi besprechen, der noch für den Geheimdienst arbeitet? Das sind Risiken, die sie nicht eingehen will. Sie weiß es nicht, sie weiß gar nichts, und das bringt sie fast um.

Mit der Zeit wird das Misstrauen unerträglich, das Schweigen und das Vorgeben, sie hätte kein Problem. Sie leidet unter körperlichen Beschwerden. Sie muss sich Hilfe suchen, auch das weiß sie. Manchmal bereitet es ihr außerdem Mühe, sich gut an Dinge zu erinnern, als würde sie unter einer fortschreitenden Demenz leiden. Das löst weitere Zweifel in ihr aus, denn wenn ihr Gedächtnis nicht gut funktioniert, weiß sie nicht, worum es hier überhaupt geht. Darum fühlt es sich an, als könnte sie niemandem mehr vertrauen. Nicht einmal sich selbst.

Ihre professionelle Einstellung hat großen Einfluss auf sie. Keine Anstellerei, kein kindisches Getue. Bei ihrer lebenslangen Arbeit in der Pflege hat sie das sehr gut lernen können. Man darf alles gefühlsmäßig nicht zu sehr an sich heranlassen. Mit dieser No-Nonsense-Strategie ist sie jahrzehntelang gut gefahren, hat nie Beschwerden gehabt. Die haben erst vor ein paar Monaten begonnen. Hin und wieder wird ihr ohne unmittelbaren Anlass übel, sie hat den Eindruck, weniger gut zu hören, und gleichzeitig nimmt sie seltsame Geräusche wahr. Das ist verwirrend, beängstigend.

Jetzt steht Lydia vor dem Hochhaus. George ist schon lange weg, verfolgt den Wagen. Innerlich löst sie sich auf, wie eine Sandburg bei Flut.

Das geht schneller als man denkt, als man hofft. Sie kämpft dagegen an, es ist zu spät, als dass sie jetzt alles aus den Händen gleiten lassen könnte.

Ruhig atmen, nicht zu tief. Das befiehlt sie sich selbst. Es ist die Basis für jegliche Kontrolle über ihren Körper. Die Atmung. Es scheint ihr zu gelingen.

Wasim. Wohnung 59. Darum geht es. Sie schickt die Adresse per WhatsApp an George. Das Autokennzeichen hat er bereits. Jetzt ist sie selbst an der Reihe.

# 12

## NARBEN

Wie auf Autopilot folgt er dem blauen Peugeot, biegt links und rechts ab, aber mit dem Kopf ist er nicht dabei. Lydia geistert durch seine Gedanken, wie sie sich ihm an die Schulter geworfen hat, ihm ins Ohr geschrien – er kann das Kreischen noch hören. So wie heute hat er sie noch nie erlebt. Ihre heftige Reaktion – worauf, weiß er nicht – hat ihn aus dem Gleichgewicht gebracht. Er fühlt sich schuldig, weil er sie geschlagen hat. Er hatte keine Wahl, das sagt er sich selbst immer wieder. Oder hätte er am Straßenrand anhalten sollen, um sie zu beruhigen? Um sich Zeit für sie zu nehmen, um dahinterzukommen, was mit ihr los war? Dann hätten sie den Peugeot und den Mann aus den Augen verloren. Das steht fest. Ist das wichtiger als ihr Wohlbefinden, als ihr Gefühlszustand?

Diese Fragen sind neu für ihn, und trotz seiner Zweifel kennt er die Antwort. Der Auftrag geht vor, persönliches Leid zählt nicht, das ist die Wahl, die sie im Vorfeld getroffen haben. Sie auch. Lydia ist diesbezüglich noch strenger als John und er selbst. Schmerz vergeht, Emotionen sind ein Störfaktor, um die kann man sich später immer noch kümmern, wenn das Gefühl dann noch vorhanden ist. Wut und Tränen haben etwas von einem

Feuerwerk: Das Ganze sieht eindrucksvoll aus, aber danach liegt vor allem viel Abfall auf der Straße. Der Auftrag kommt zuerst, die Informationen, die man jetzt finden kann, gibt es morgen vielleicht nicht mehr. Sosehr er auch mit ihr fühlt, er würde es jederzeit wieder so machen – und sie auch. In der Vergangenheit hat sie es selbst auch so gehandhabt. Als Jaap mit seinem Motorroller in schlimme Schwierigkeiten geraten war, haben sie beide auch keine Sekunde lang gezögert. Sie haben ihn zurückgelassen, um sicherzustellen, dass der Auftrag ausgeführt wurde. Jaap hat das nicht überlebt, und deswegen tragen sie beide jetzt Narben.

Er hört sein Handy piepsen, weil eine WhatsApp-Nachricht eingeht. Aus dem Augenwinkel schaut er hin. Von Lydia, mit Adresse und Hausnummer. Als er an einer Ampel steht, schreibt er zurück.

Sehr gut. Alles in Ordnung?

Nur ein Häkchen. Die Nachricht ist verschickt, aber nicht angekommen. Die Ampel springt auf Grün um, zwei Autos vor George biegt der Peugeot rechts ab, er folgt ihm, ohne das Handy wegzulegen. Immer noch nur ein einziges Häkchen. Er schaut sich um. Wo um Himmels willen sind sie hier? Diese Gegend von Den Haag kennt er nicht, dabei wohnt er schon sein ganzes Leben in dieser Stadt. Der Peugeot biegt links ab, der Verkehr nimmt zu. Schnell schaut George wieder auf sein Handy. Immer noch sieht er nur ein einziges Häkchen. Dann legt er das Handy auf den Sitz neben sich. Er muss aufpassen. Lydia wird schon reagieren, wenn es ihr passt. Loslassen, Vertrauen, darum geht es. Niemals das Vertrauen verlieren. Bestimmt nicht das Vertrauen in Lydia, dafür ist sie zu wichtig für ihn. Sie hat ihn am Leben gehalten, als er an seinen Verletzungen fast gestorben wäre. Das liegt Jahre zurück und gehört in die Zeit, als John von einigen Agenten der Securitate, dem rumänischen Geheimdienst

Nicolae Ceauşescus, bis in die Niederlande verfolgt worden war. Damals hatte er George gebeten, ihn in Sicherheit zu bringen, ihn zu verstecken, wo man ihn nicht würde finden können. Die Securitate war wegen ihrer Grausamkeit berüchtigt, und wegen des Fanatismus, den sie bei der Jagd auf Feinde an den Tag legte. Nach einer misslungenen Infiltration war John geflüchtet, überzeugt, seine Verfolger so weit wie möglich ins eigene Land locken zu müssen, um die eigene Identität zu schützen. Im Jahr 1986 gab es noch keine Mobiltelefone oder andere moderne Kommunikationsmittel, mit denen die Agenten Kontakt zu ihrer Basis hätten halten können. Wenn er sie aus ihrer Heimat weglocken könnte, wären die Agenten der Securitate auf sich allein gestellt. Nur sie wussten, wer John war, und so sollte es aus seiner Sicht auch bleiben. Erst im südholländischen Waddinxveen war es ihnen geglückt, die beiden auszuschalten. Das ging nicht ohne einige Schrammen ab, lief aber im Großen und Ganzen so, wie John das wollte. Auf diese Weise konnte der niederländische Geheimdienst immer leugnen, etwas mit dem Verschwinden dieser beiden rumänischen Agenten zu tun zu haben, weil niemand etwas von der Sache wusste. Ihre Leichen entdeckte man erst viel später in den französischen Ardennen. George und John selbst landeten in der Scheune eines Bauern. John hatte das Ganze relativ gut überstanden, die schwereren Verletzungen hatte George abbekommen: Messerstiche und eine Schusswunde in der Schulter. Danach sollte er den linken Arm nie wieder problemlos heben können. Das war später. Nach dem Kampf lag er in der Scheune, dort hat ihn Lydia gepflegt, bis er wieder zu Kräften gekommen war. Auch das gehört zu ihrer Vergangenheit.

Diese Aktion hat ihm verhärtete Narben auf der Haut beschert, aber auch die Erinnerung an die endlose Geduld und die Hilfsbereitschaft, mit der sie ihn gepflegt hat. Er liebt sie, und das hat nichts mit Verliebtheit oder Geilheit zu tun. Es ist etwas anderes.

Er liebt sie ohne Hintergedanken. Sie hat mit ihren eigenen Händen die Blutung gestoppt und seinen Körper zusammengeflickt. Ohne sie wäre er nie lebend aus dieser Scheune herausgekommen. Darum liebt er sie.

Der Laakhaven, jetzt kennt er die Umgebung wieder. In den letzten Jahren wurde hier ein ganz neues Viertel aus dem Boden gestampft. Um die Haagse Hoogeschool herum fahren sie zum riesigen Möbelkaufhaus. Der Peugeot nimmt die Auffahrt zum Parkdeck, und George lässt sich von einigen Autos überholen, um nicht direkt hinter dem Peugeot zu sein. So kann er Abstand halten. Kurz darauf steuert er den Yaris auf das Dach des Gebäudes und sieht in der weiter entfernten Ecke den Peugeot stehen. Die Wagentür öffnet sich, ein Mann steigt aus. Er trägt eine Jeans und eine dunkle Jacke. Er ist zu weit weg, als dass man sein Gesicht erkennen könnte. Normale Körpergröße, normales Gewicht. Noch bevor George seinen eigenen Wagen abgestellt hat, verschwindet der Mann im Eingang. George flucht, wieder muss er sich entscheiden. Entweder so schnell wie möglich hinter dem Mann her oder hier auf dem Parkdeck warten, bis der wiederkommt. So schwierig ist die Entscheidung nicht, denn den Mann wird er drinnen auf keinen Fall wiederfinden. Seine Kleidung ist zu unauffällig, es gibt zu viele Männer, die in etwa das Gleiche anhaben. Also stellt George sein Auto in sicherer Distanz ab und wartet.

Nach ein paar Minuten steigt er aus und geht zu dem Peugeot. Durch die Scheiben schaut er ins Wageninnere. Im Auto herrscht Chaos. Auf dem Rücksitz liegen leere Red-Bull- und Cola-Dosen, außerdem Papierservietten von einem Grillrestaurant. Er fotografiert das Nummernschild und geht wieder zurück zu seinem eigenen Wagen. Dort schickt er die Informationen, die sie inzwischen haben, per WhatsApp an Kenzi. Der soll herausfinden, zu wem das Kennzeichen gehört, wessen Auto das ist und wo der Besitzer wohnt. Und wer unter der Adresse der Wohnung gemeldet ist, die Wasim betreten hat. Kenzi verspricht, alles zu erledigen, sobald er wieder im Büro ist. Dort hat er Zugang zu allem. George wartet.

Die Nachricht an Lydia hat immer noch nur ein einziges Häkchen. Sie hat die Worte nicht gelesen, denn sie sind nicht einmal bei ihr angekommen. Er ruft sie an und lauscht der blechernen Stimme der Telefongesellschaft. Die Nummer ist nicht erreichbar.

Er beugt sich in seinem Sitz vor und denkt nach. Jetzt hat er Zeit dazu, er muss hier sowieso warten, bis der Typ zurückkommt. Was ist eigentlich genau passiert? John war in einen Kampf verwickelt worden, Kenzi hat ihn aus der Situation geholt, und Lydia und er selbst haben den Angreifer verfolgt. So handhaben sie das. Wenn jemand zuschlägt, schlägt man nicht zurück, sondern findet heraus, wer es ist. Erst wenn man die notwendigen Informationen hat, weiß man, was zu tun ist. Das wurde George eingebläut, und erst jetzt kommen die Fragen.

Was hat Lydia nur mit ihrer Bemerkung gemeint? Pass auf John auf! Warum hat sie das gesagt? Meinte sie damit, dass er auf John aufpassen muss, weil etwas bei ihm nicht in Ordnung ist? Oder dass er John im Auge behalten soll, weil der etwas im Schilde führt? Ihre Worte kamen nicht aus einer Aufwallung heraus und wurden auch nicht von den starken Emotionen ausgelöst, die sie Minuten zuvor völlig beherrscht hatten. Sie hatte sie ruhig und ganz bewusst ausgesprochen. Pass auf John auf! Hatte sie damit gemeint, dass beim Repair-Club-Termin etwas anderes vorgefallen war, als er dachte? Dass er die Situation falsch erfasst hatte? Dass nicht dieser Moslem, sondern John der Angreifer war?

Er schließt die Augen und versucht, sich die chaotische Situation im Saal noch einmal vorzustellen. Was hat er denn gesehen? Eigentlich sehr wenig. Erst als John »*Repair!*« gerufen hat, hat er hingeschaut. Lydia und Kenzi auch, er hat sich davon überzeugt, dass sie den Ausruf ebenfalls gehört hatten, und alle drei haben sich Johns Arbeitstisch zugewandt. Und sie haben alle drei gesehen, dass John und der Mann einander gegenüberstanden, dass John die Hand in dessen Richtung ausstreckte und im nächsten Augenblick über den Tisch flog, alles umwarf und auf dem Mann aufkam. Das hat er gesehen. John wurde über den Tisch gerissen. Oder war er gesprungen? Was kann er selbst mit Sicherheit sagen? Und warum hat sich Lydia so wild aufgeführt? Hat das mit Johns Aktion zu tun? Darf man John nicht mehr vertrauen?

Er steigt aus dem Wagen, schlägt die Tür zu und geht mit stampfenden Schritten um sein Auto herum, als wollte er sich den Gedanken aus dem Körper schütteln. John kann man vertrauen, das ist der Ausgangspunkt, und George weigert sich, auch nur den geringsten Zweifel zuzulassen. Das darf er nicht, und er will es auch nicht. Trotzdem geschieht es.

Inzwischen wartet er weiter; der Mann aus dem blauen Peugeot kommt wohl nie wieder zurück. George sitzt hier wie ein Depp. Und die Nachricht an Lydia hat immer noch nur ein einziges Häkchen.

# 13

## DAS FOTO

Mit nervendem Piepsen treffen die WhatsApp-Nachrichten ein. Eine nach der anderen.

»Von George«, verkündet Kenzi. Er zeigt John die Aufnahme des Nummernschildes und der Adresse. »Ich schaue gleich nach.«

John zögert, sein Knie tut wirklich weh. Seine Schulter zudem auch. »Eins noch«, sagt er. »Das Foto, das du von dem Mann gemacht hast, taugt das was?«

»Das ist ganz in Ordnung, glaube ich.« Kenzi ruft seine Bilder auf und zeigt sie John. In aller Eile hat er drei Aufnahmen gemacht. Zwei sind ein bisschen verschwommen, weil sich John und Wasim bewegt haben. Die dritte ist gestochen scharf. Wasim schaut direkt in die Kamera.

»Schick mir die bitte.«

»Okay. Also keinen Ausdruck? Du willst doch normalerweise nichts digital?«

Das stimmt tatsächlich. John vermeidet möglichst jeden digitalen Kontakt, jede Spur im Cyberspace. Jetzt nicht. Er will das Bild dieses Mannes bei sich haben.

»Per E-Mail ist in Ordnung.«

»Dann mache ich das gleich, bevor du es dir anders überlegst!«
Kenzi vollführt ein paar schnelle Bewegungen auf dem Display.
»Erledigt.« Und weg ist er.

John steht allein mitten im Chaos des Repair-Club-Treffens.
Nach dem Kampf sind alle abgezogen, Kenzi hat seinen eigenen
Arbeitstisch und die Tische von Lydia und George aufgeräumt.
Nur der Verwalter ist noch vor Ort.

Der Mann kommt auf ihn zu und fragt, ob er abschließen kann
oder ob John noch lange braucht.

»Gleich fertig«, gibt John zurück. Eine irreführende Antwort, denn John ist noch lange nicht fertig. Das Foto liegt noch
mit dem Gesicht nach unten auf dem Tisch. Er legt es wieder
in die Kassette zurück und schließt den Deckel. Dadurch hofft
er die Vergangenheit für den Moment sicher zu verstauen. Vergeblich.

Wie viele Menschen waren dabei, als das Foto entstand? Und
wer waren sie? Auf dem Foto kann man lediglich die Frau und das
Kind zur Gänze sehen, außerdem einen kleinen Teil ihrer Umgebung. Das Foto befindet sich in der Kassette, er braucht das Bild
nicht vor sich zu haben, um zu wissen, was sich darauf erkennen
lässt. John war dort, an einem geheimen Ort, weit außerhalb der
afghanischen Hauptstadt. Das weiß er, aber jedes Mal, wenn er
versucht, in seinem Gedächtnis zu diesem Tag zurückzukehren,
gerät er in die Sackgasse einer Vergangenheit, die er nicht in den
Blick nehmen kann. Die Rückseite des Fotos erträgt er, eine fahl-
weiße Fläche, auf der schräg der Name des Fotopapierherstellers
aufgedruckt ist, mehrfach, in kleinen roten Buchstaben: Kodak.
Und das Datum, an dem der Abzug entstanden ist, im Mai 2002.
Unzählige Details strömen John unstrukturiert durch den Kopf.
Jedes Mal, wenn er versucht, seine Erinnerungen zu ordnen, ist
es, als würden sie vor ihm fliehen und seine Hände ins Leere greifen. Wenn es ihm dann hin und wieder gelingt, eine Erinnerung

an diesen Tag festzuhalten, kommt er zu dicht heran und verschließt sich selbst. Dann versteift er sich.

»*DON'T MOVE! DON'T MOVE! DON'T MOVE!*«

Das hat ihm jemand zugebrüllt, jemand hat ihn zu schützen versucht. Der Schrei durchbricht seine sämtlichen Blockaden. Eine Stimme, eine ganz bestimmte, die einer Frau. Ein Gesicht hat er in diesem Zusammenhang nicht vor Augen, er weiß nicht mehr, wer da geschrien hat, nur noch, dass er sich nicht rühren durfte und dass er seitdem sämtliche Erinnerungen an das damals Geschehene eingefroren hat. Nichts bewegt sich mehr, und er kann sich diesen Erinnerungen nicht mehr nähern, ohne eine physische, Übelkeit erregende Reaktion auszulösen.

Dort ist etwas vorgefallen, was er unter einer dicken Schicht des Leugnens verdrängt hat. All die Jahre hat er geglaubt, es auf diese Weise losgeworden zu sein, sich nicht mehr darum kümmern zu müssen. So hat man ihn ausgebildet und gehärtet, zur Selbstbeherrschung bis zum Äußersten, sodass jede Emotion in sicherem Abstand gehalten wird.

»*DON'T MOVE! DON'T MOVE! DON'T MOVE!*«

Wasim hat eine Lücke in seine Verteidigungsmauer geschlagen, und Leugnen ist keine Option mehr. Irgendwann wird John in seine Erinnerungen zurückkehren müssen, die Bruchstelle abdichten, den Fehler reparieren, denn es ist, als liefe er seit fast zwanzig Jahren mit einem gebrochenen Bein herum. Zurück. Er könnte in den Tiefen der Archive nachforschen, um die Herkunft des Fotos zu klären. Die muss irgendwie festzustellen sein. Das Foto stammt aus einer Zeit, in der es noch nicht überall Mobiltelefone mit eingebauten Kameras gab. Die Aufnahme wurde mit einer altmodischen Kleinbildkamera mit Filmrolle gemacht, und die niederländischen Streitkräfte haben in dieser Hinsicht einen schlechten Ruf. Filmrollen verschwinden bekanntlich. Die einzige Möglichkeit, in seine Erinnerung zurückzuholen, was damals geschehen ist und wer dafür die Verantwortung trägt, eröffnet sich über den Anfang, ab seiner Ankunft in Afghanistan; er muss jeden einzelnen Schritt nachvollziehen. Und hoffen, dass er das durchhält.

Doch Wasim hat noch etwas anderes in John geweckt: eine Sehnsucht. Er hatte geglaubt, so etwas nie wieder zu empfinden, und jetzt überfallen ihn diese Gefühle mit voller Wucht. Angst und Verliebtheit – zwei Urkräfte, die ihn zu zerreißen scheinen. Darum wollte er dieses Foto haben. Er will Wasims Gesicht sehen, es bei sich haben können. Das ist der Beginn jeder Liebe.

# 14

## KABUL

### – 2002 –

Für die Sicherheit auf dem KAIA-Airport waren belgische Militärs zuständig. Das vermittelte einem ein vertrautes Gefühl, und das brauchte man auch sehr, denn auf dem Flughafen gab es nur ein äußerst begrenztes System zur Flugverkehrskontrolle. Die Kommunikation mit dem Piloten war nur über Satellitentelefon möglich. Die Landung in Kabul erfolgte auf gut Glück; man musste auf Kontakt mit jemandem hoffen, der über die Vorgänge am Boden informiert war. Befand man sich erst einmal sicher auf der Landebahn, fing die Umgewöhnung an. In Afghanistan war es heiß und staubig, in diesem Land wurde jeder Schritt von Gruppierungen bekämpft, die nichts voneinander wissen wollten. Die Warlords aus dem Norden hatten den Anführern aus dem Süden nur wenig zu sagen, und hier, in diesem verteilten Land, wurde die große Vergeltung durchgeführt. Hier schlug der Westen nach den Attentaten vom 11. September 2001 zurück; in diesem unwirtlichen Land wollten die USA und ihre Bundesgenossen ihre Macht demonstrieren. Der ziemlich hochtrabende Name *Operation Enduring Freedom* stand für den weltweiten Krieg gegen den Terror, mit dem die USA in Afghanistan in den Krieg zogen. Sehr bald darauf beschlossen die Vereinten Nationen den Einsatz der

International Security Assistance Force, der ISAF, um zumindest in und um Kabul herum ein gewisses Maß an Stabilität zu garantieren. Nach zwei Jahren übernahm die NATO das Kommando, und man weitete den Einsatz in den Süden des Landes aus, weil die Bedrohung durch bewaffnete Milizen und durch die Taliban noch immer präsent war.

Bereits vor dieser Phase flog John dorthin, mit einem Zwischenstopp in Istanbul, der offiziellen Hauptstadt aller Geheimdienste. Nach der Wiedervereinigung Berlins stellte diese Stadt den Nabel der Welt zwischen Ost und West dar. Jetzt war das wieder der Fall. Die Türkei hatte einen Präsidenten, der alles dafür tat, mit allen Großmächten befreundet zu bleiben. Mitglied der NATO, in Wartestellung für eine Aufnahme in die Europäische Union. Waffen bestellte man in Russland, China wurde umworben, der Islam in einem säkularen Land verteidigt. Hier kamen alle Extreme zusammen, und das bot der Arbeit von Geheimdiensten einen fruchtbaren Nährboden. Weil hier alle Parteien vertreten waren, wollten sich auch alle gegenseitig beobachten – an erster Stelle stand dabei der türkische Geheimdienst.

In Kabul begann eine andere Welt. Die Taliban hatten der Stadt den Stecker gezogen, Regierungsgebäude glichen eher besetzten Häusern, durch Panzer- und Raketengefechte verwüstete Stadtteile hatte man nicht wiederaufgebaut. Das ehemalige Hotel Ariana, in dem sich früher viele Menschen aus dem Ausland einquartiert hatten, lag in Trümmern. Nach der Vertreibung der Taliban schien das Leben dort wieder in Gang zu kommen. Die Betriebsamkeit war überwältigend, John spürte die Aufregung und die geballte Sehnsucht danach, aus einer erstickenden Vergangenheit auszubrechen. Gleichzeitig lauerte permanent die Gefahr: Wenn die Menschen in Afghanistan irgendetwas gewohnt waren, dann die Tatsache, dass Besatzungsmächte einander abwechselten. Eine war etwas besser als die andere, manchmal zeigten sich die Unterschiede weniger deutlich als gedacht. Immer handelte es sich um Fremde, die keine Wurzeln im Land besaßen und trotzdem zu wissen glaubten, wie es laufen sollte, wie man die Führung Afghanistans zu gestalten hätte. Die Russen, die Amerikaner, al-Qaida. Nur die Taliban stammten aus der Region selbst, und darin lag ihre verborgene Stärke. Als sie sich nach Waziristan zurückzogen, jenseits der Grenze mit Pakistan, waren sie dort ebenso zu Hause wie in der Kundus-Provinz, in Kandahar oder in Kabul. Niemand war zu irgendeiner Zeit wirklich sicher vor ihrem kriegerischen Glauben. Diese Überzeugung blieb genauso lebendig wie die Hoffnung auf bessere Zeiten. Diese Gegensätze surrten um John herum. Während die politischen Entscheidungsträger in seiner Heimat noch zweifelten, ob man sich beteiligen sollte oder nicht, gab es die ersten Berichte, der enorme Angriff auf Tora Bora habe kaum einen Effekt gehabt, die Taliban seien noch lange nicht besiegt und würden durch den pakistanischen Geheimdienst unterstützt, durch Directorate S. Dort arbeiteten internationale Kollegen von John. Darum war er vor Ort.

Er hatte nur eine einzige Aufgabe, einen einzigen Auftrag: Er sollte herausfinden, wie viele Offiziere und Agenten des ISI, des zentralen pakistanischen Militärgeheimdienstes, aktiv mit den Taliban zusammenarbeiteten. Der ISI verfügte über mehr als 25.000 Mitarbeitende, und man vermutete, dass diese viel stärker und tiefgehender mit den Taliban in Verbindung standen, als sie das jemals hätten zugeben wollen. Informationen über die genauen Umstände dieser Zusammenarbeit waren entscheidend für den Kampf. Die lebenswichtige Bedeutung ergab sich daraus, dass Pakistan zwar die Seite des Westens gewählt hatte und in der Zusammenarbeit über viele geheime Informationen verfügte, diese Entscheidung jedoch mit sichtbarem Widerwillen getroffen hatte. Pakistan konnte es sich nicht erlauben, sich gegen den

Westen zu stellen; im andauernden Kampf mit Indien wäre es unklug gewesen, die Vereinigten Staaten gegen sich aufzubringen. Doch die Taliban lebten in ihrem Land, sie gehörten zu ihrer islamischen Identität und zu der Auseinandersetzung mit Indien. Sie zu verraten, war unmöglich. Und darum tat man beides: Man stellte sich an die Seite der Amerikaner und unterstützte gleichzeitig die Taliban, so weit wie möglich.

John war einer Mission mit lebensgefährlichem Ziel zugeteilt worden. Es ging darum, einen oder mehrere Taliban-Kämpfer im Grenzgebiet von Afghanistan und Pakistan aufzugreifen und dafür zu sorgen, dass sie nicht der CIA in die Hände fielen – unter gar keinen Umständen. Denn dann hätte man sie verstümmelt und ermordet, ohne etwas von ihnen zu erfahren. Die CIA glaubt an stahlharte Verhörmethoden, bis an die Grenzen und darüber hinaus. Sonst weiß man schließlich nie, ob man wirklich eine Grenze überschritten hat. Hoffnungslos. Sein Auftrag war klar und deutlich, bei der Ausführung sah das ganz anders aus. Die war störanfällig, kompliziert, extrem gefährlich und geheim. Im Grenzgebiet zu Pakistan galten andere Regeln. Dort musste er hin. In Kabul sollte er Kontakt zu einer kleinen Gruppe aufnehmen, die bereits zuvor im Land angekommen war. Er erreichte die Stadt als Letzter von ihnen.

John brachte eine breite Erfahrung mit; er war im Libanon und in Syrien gewesen, außerdem vor dem Mauerfall in Ostdeutschland, doch noch nie hatte er sich so weit weg von zu Hause gefühlt. Er orientierte sich in der Ankunftshalle des Flughafens und entdeckte einen Soldaten, der ein Blatt Papier mit einem Namen darauf hochhielt: WALTER. Diesen Namen verwendete John hier. Der Mann mit dem Blatt Papier war Niederländer, er hieß Ruud Hassman, und erst als sich John bei ihm gemeldet hatte, bemerkte er, dass ein weiterer Soldat anwesend war. Die beiden brachten ihn zu einem bereitstehenden gepanzerten Wagen mit

Fahrer. Der Motor lief. John wurde in den hinteren Teil des Wagens gesetzt, Ruud Hassman neben ihn. Die beiden anderen auf den Vordersitzen kamen aus England. Alle drei Männer gehörten der Control Risk Group an, einer privaten Sicherheitsfirma, die Security-Aufgaben für die niederländische Botschaft übernommen hatte. Ehemalige Mitglieder der Special Forces, manchmal auch Niederländer, die nun vertraglich geregelte Transport- und Sicherheitsaufträge ausführten.

Mit hoher Geschwindigkeit fuhren sie los, doch außerhalb des Flughafenterrains ging das weniger schnell. In der Stadt herrschte Verkehrschaos, fast nirgends kam man uneingeschränkt durch. Hassman gab ihm einen kurzen Überblick über die Situation in Kabul und über sein Programm für den Rest des Tages. Im Telegrammstil. Drei oder vier Sätze, mehr nicht. Das Briefing gehörte nicht zu seinen Aufgaben, dafür war jemand anders verantwortlich. Die niederländische Anwesenheit in Afghanistan befand sich noch in der Aufbauphase, und eines begriff John sehr schnell: Keine der ursprünglichen Absprachen hatte noch Gültigkeit.

»Hier verändert sich alles andauernd«, sagte Hassman. »Planen ist ein Albtraum.« Er gab John eine Karte mit aktuellen Informationen über das Gebiet, in das er reisen sollte.

Die beiden Wachleute auf den Vordersitzen beobachteten ständig die unmittelbare Umgebung. Wenn jemand auf der Straße losrannte oder auch nur in die Richtung des Wagens kam, gingen sie in Habachtstellung. Jeder Afghane konnte ein Attentat auf zwei Beinen sein.

»Das Hotelzimmer wurde storniert. Die Bedrohungslage in der unmittelbaren Umgebung ist zu stark. Gestern gab es ein Attentat auf ein Hotel in der Gegend. Wir fahren in die Botschaft.«

Viele internationale Gäste kamen im International Hotel unter, das lag zentral und war normalerweise eine gute und vertrauenswürdige Adresse. Dort logierten die Experten im Feld, die Spezialisten, zum Beispiel Anthropologen, die die Kultur und die Bräuche kannten, die die Sprachen beherrschten, Paschtu und Dari, und die ohne Dolmetscher mit Militärs und Einwohnern sprechen konnten. Solche Menschen waren unverzichtbar, wenn man begreifen wollte, was man tat, und er würde sie nötig haben, wenn er die Art und Weise genauer erforschen wollte, wie die Taliban und al-Qaida die Region im Griff behielten. Macht funktioniert überall gleich, anders sind immer die Menschen, über die diese Macht ausgeübt wird.

Am liebsten wäre er unbemerkt und inoffiziell ins Land gelangt, denn dann fühlte er sich in seinem Element. Er hätte selbst in einem Hotel eingecheckt und wäre anschließend im Einsatz unsichtbar geworden, doch selbst in den renommierten Hotels war man im Augenblick nicht sicher. Er musste sich an die Regeln halten, er hielt sich als Undercover-Spezialist hier auf, und dann galten andere Regeln. Die Sicherheit der Besucher stand an erster Stelle, für die Männer von der Control Risk Group bedeutete ihre Aufgabe blutigen Ernst. Der Krieg war überall – die Eskorte aus drei bewaffneten Männern in einem gepanzerten Wagen wirkte übertrieben, doch das war sie nicht.

Ein Gebiet von etwa 14 Quadratkilometern rund um die wichtigsten Gebäude der Stadt hieß »die Grüne Zone«, das war sicheres Terrain. Um diese Zone zu erreichen, musste das Auto mit seinen Insassen eine Sicherheitsschleuse passieren. Das erste Tor öffnete sich, der Wagen fuhr hindurch und hielt an. Hinter ihm schloss sich das Tor, und nun stand das Auto auf einem umschlossenen Straßenstück, umgeben von hohen Zäunen, Stacheldraht, Betonblöcken und schwer bewaffneten Soldaten. Die Bewachung war hoch, und trotzdem gab es immer noch Anschläge an Stellen, an denen man das kaum für möglich gehalten hätte. In der Schleuse konnten sie weder vor noch zurück. Der Wagen wurde von allen Seiten kontrolliert, über Spiegel nahm man die Unterseite in Augenschein, um sicher sein zu können, dass auf dem Weg vom Flughafen bis zur Grünen Zone niemand eine Bombe an dem Fahrzeug befestigt hatte. Nichts wurde dem Zufall überlassen, die Internationale Gemeinschaft bewachte das eigene sichere Terrain mit einer beeindruckenden Machtdemonstration.

Die niederländische Botschaft lag etwa in der Mitte der Grünen Zone, neben der Botschaft von Aserbaidschan und etwa 750 Meter Luftlinie von der amerikanischen Botschaft entfernt, die sich wiederum im ehemaligen Präsidentenpalast am Tigris befand. Ein zweiter starker Sicherheitsgürtel umgab das Botschaftsgebäude. Niemand kam einfach so herein oder heraus. Jede Bewegung von Personen oder Fahrzeugen begann mit Security-Maßnahmen und endete mit Security-Maßnahmen. Ein geschlossenes System, das rund um die Uhr das Leben bestimmte.

»Hier gibt es Leute, die nie normalen Boden unter den Füßen haben«, kommentierte Hassman.

Normaler Boden war ungesicherter Boden, der Boden des Landes, auf dem sich keine ausländischen Militärs befanden, um alles zu überwachen.

Normaler Boden? In diesem Land war nichts mehr normal.

# 15

## JETZT NOCH NICHT

Zunächst erhält er eine Nachricht mit der Frage, ob sie anrufen kann, und sobald John die gesehen hat und bei ihr die Häkchen blau aufleuchten, ruft sie an. So arbeitet Alisha Calder. Darum gehen ihm diese Nachrichtendienste auf die Nerven.

»Alisha, was kann ich für dich tun?« Seine Nachfolgerin beim Nachrichten- und Sicherheitsdienst ist wirklich die Allerletzte, die er jetzt sprechen will. In seinem Kopf toben die Emotionen, Erinnerungsfetzen und Bilder, und sie bringen ihn aus dem Gleichgewicht.

»Nicht am Telefon«, gibt Calder zurück.

Das hat ihm gerade noch gefehlt.

»Wann kannst du hier kurz vorbeikommen? Gerne ein bisschen pronto.«

»Wenn du schon so anfängst ...«

»Ich weiß, dass ich dich nicht zwingen kann.«

»Und ich weiß, dass du es trotzdem probieren wirst.«

Sie kennen einander schon seit Jahren, und John hätte sich keine bessere Nachfolgerin beim Dienst wünschen können. Alisha Calder ist die Sorte Agentin, mit der man einen Einsatz durchführen will: schnell, stark und gnadenlos effektiv. Wenn sie etwas von ihm will, geht er zu ihr.

Aber jetzt noch nicht.

# 16

## NACHRICHT

Sie heißt Karishma Noorullah und ist 43 Jahre alt. Auf dem Foto trägt sie eine afghanische Tracht, ein langes, dunkles kaftanartiges Kleid und ein Kopftuch, das so eng anliegt, dass sich die Form ihres Kopfes abzeichnet. Sie steht zwischen zwei niederländischen Soldaten auf einer Basis. Kahler Boden und feste Schuhe. Der eine Soldat ist einen Kopf größer als sie, der andere etwa gleich groß. Neben den Männern wirkt sie zierlich, doch Calder ist davon überzeugt, dass sich diese Frau im Notfall sehr gut zu helfen weiß. Ein Blick in ihre Augen verrät die tiefe Überzeugung dahinter. Dieselbe Überzeugung schaut Calder beim Blick in den Spiegel entgegen, und wenn das irgendwann einmal nicht mehr der Fall ist, wird sie noch am selben Tag den Dienst quittieren.

Sie überprüft die Angaben. Körpergröße 1,68 Meter, steht in der Akte. Haarfarbe braun. Die ist auf dem Foto nicht zu erkennen. Calder hat sämtliche Fühler des Geheimdienstes ausgestreckt, um diese Frau zu finden. Mann hatte sie als besondere Geheimagentin an den Einwanderungsbehörden vorbei in die Niederlande geschleust. Dann wurde sie zu einer sicheren Safe-House-Adresse gebracht, wo sie auf Dokumente und eine Aufenthaltserlaubnis warten sollte. Gerade weil sie so viel weiß, hat man sie als Erste ins Land geholt, obwohl noch nicht bekannt ist, wie Afghanistan auf ihre Ausschleusung reagiert. Der militärische Nachrichtendienst musste extrem vorsichtig mit ihr umgehen. Wenn man zu lange wartete, wäre die Chance zu groß geworden, dass sie den Taliban in die Hände fiel. Je weiter die Terrorgruppe wieder im Land vorrückte, desto weniger relevant wurden außerdem die Informationen, die sie lieferte, denn die Entwicklungen vollzogen sich zu rasch. Es war wichtiger, sie zu schützen und ihr Wissen zu sichern. Sie wurde abgeholt und aus dem Land gebracht. Auf dem Militärflughafen von Eindhoven stieg sie aus einer KDC-10. In der Akte befand sich außerdem das Foto einer Frau, die mit einer Gruppe Männer vom Flugzeug zu einem bereitstehenden Kleinbus geht. Die Kleidung ist so anders, dass Calder die Frau zuerst nicht einmal erkennt. Auf dem zweiten Bild trägt sie eine Kappe, den Schild etwas nach unten gezogen, darunter eine dunkle Pilotenbrille und eine Uniform der Niederländischen Luftstreitkräfte. Sie ist hier tatsächlich angekommen, schon im Mai.

Karishma Noorullah wurde an einen besonderen Ort gebracht, ein Einfamilienhaus in Uden, klein und übersichtlich. Für das Überwachungspersonal gab es ein eigenes Schlafzimmer. Sie blieb dort, bis der Geheimdienst einen neuen Pass für sie organisiert hatte und sie über alle erforderlichen Dokumente und Stempel verfügte. An alles hatte man gedacht, sie war geimpft und hatte einen QR-Code zum Nachweisen ihres Covid-Impfstatus', sogar ein Bankkonto mit Geld darauf und eine Geldkarte zum Bezahlen von Einkäufen. Als sie zum ersten Mal mehr oder weniger selbstständig in den Supermarkt ging, um dort Einkäufe zu erledigen, begleitete sie das Sicherheitspersonal noch, allerdings mit einigem Abstand. Sie hob mit der Geldkarte 100 Euro von ihrem Konto ab. Mit einer Maske vor Mund und Nase ging sie durch die Eingangstür des Lidl-Marktes ins Geschäft und kam nicht wieder heraus. Erst nach einer Stunde betrat der Mann vom Sicherheitsdienst den Laden, um nach ihr zu suchen. Zu spät. Sie hatte den Lidl durch den Lieferanteneingang wieder verlassen, und nachdem sie aus dem Erfassungsbereich der Überwachungskamera auf der Rückseite des Gebäudes getreten war, war sie nirgendwo mehr aufgetaucht.

Calder schaut sich alles ganz genau an, jedes einzelne Wort in der Akte, jedes einzelne Wort der Berichte. Aus der ganzen Aktion zeigt sich eine sorgfältige Vorbereitung. Hinter dem Supermarkt, außerhalb des Kameraerfassungsbereichs, muss jemand mit einem Auto auf sie gewartet haben. Das bedeutet, ihr Supermarktbesuch war abgesprochen, es hatte einen Kontakt zwischen Karishma und jemandem gegeben, der sich bereits in den Niederlanden aufhielt. Und das bedeutet, dass sie der Aufmerksamkeit der sie Überwachenden schon vorher entkommen war, denn es lag kein einziger Bericht über telefonischen oder digitalen Kontakt zwischen ihr und irgendeiner anderen Person vor. Im Safe House verfügte sie weder über ein eigenes Handy noch über einen eigenen Computer.

Wo ist die Sache schiefgelaufen?

Calder öffnet das Logbuch des Wachpersonals und liest es, Zeile für Zeile, Seite für Seite. In diesem Tagebuch wird jede Aktivität erfasst und kurz beschrieben, auch die Spaziergänge in Begleitung stehen darin. Es war unmöglich, sie während dieser ganzen Zeit im Haus zu halten. Drei- oder viermal pro Woche durfte sie unter Aufsicht nach draußen, frische Luft schnappen. Mehr war da nicht. Solange sie sich im Safe House aufhielt, durfte sie nicht einkaufen gehen, das erledigten JISTARC-Leute für sie.

Irgendwann auf einem dieser Spaziergänge muss sie Kontakt mit jemandem aufgenommen haben, anders geht es nicht. Und ihre einzige Möglichkeit bestand darin, irgendwo eine handschriftliche Nachricht zurückzulassen. Eine Nachricht, die später von jemandem abgeholt werden konnte. Aber wo? Und wann? Calder bastelt sich einen möglichen Ablauf zusammen. Sie liest weiter. Wie häufig wurde in dieser Phase derselbe Spaziergang gemacht? Vom Safe House aus gab es mehrere Möglichkeiten, aber nicht sehr viele. Sie liest und gräbt in den Informationen, und schnell kommt sie dahinter, dass es nur drei verschiedene Spaziergänge waren. Jeder von ihnen wurde Dutzende von Malen absolviert. Die Routen stehen im Logbuch beschrieben, darum hat Calder keinen Zweifel, wie der nächste Schritt aussehen muss. Die Routen müssen nachvollzogen werden, eine nach der anderen, buchstäblich abgelaufen, um zu sehen, wo Karishma die Gelegenheit hatte, Nachrichten zu hinterlassen.

So muss es gewesen sein. Während ihres Aufenthalts im Safe House hat sie nichts erhalten. Aus eigener Erfahrung weiß Calder, dass es viel einfacher ist, irgendwo einen Zettel fallen zu lassen, als einen aufzuheben. Das hätte die Begleitung doch auf jeden Fall mitbekommen. Außer ...

Ihre Gedanken geraten ins Stocken. Es gibt noch eine weitere Möglichkeit, eine viel schlimmere, die gleichzeitig aber viel logischer ist. Möglicherweise hat ihr auch jemand vom Wachpersonal geholfen. So hätte es auch funktionieren können, doch dann steht im wahrsten Sinne des Wortes alles auf dem Kopf, denn dann gibt es im Team eine Macht, der nicht zu vertrauen ist. Calder zögert, diesen Gedanken zuzulassen. Doch je länger sie nachdenkt, desto weniger zweifelt sie. Eine Entscheidung steht an, und zwar eine, die ihr keinen Dank einbringen wird. Alle Leute vom Wachpersonal müssen befragt und erneut überprüft werden, eine Person nach der anderen. Denn eine unter ihnen befindet sich nicht auf ihrer Seite.

Als hätte sie nicht schon genug Feinde.

# 17

## KENZI

John Antink befand sich vor Ort, also ist das Foto in der Kassette während einer Aktion entstanden, an der der Geheimdienst beteiligt war. Das braucht Kenzi niemand zu erklären. John will die heutige Chefin des Dienstes nicht in die Sache hineinziehen. So ist er. Nach gut einem Jahr der Zusammenarbeit mit dem alten Antink weiß Kenzi sehr gut, wie das bei dem Mann funktioniert. Dem Repair Club widmet sich Kenzi in seiner Freizeit, weil ihn mit Antink etwas ganz Besonderes verbindet. Ihn faszinieren die Aktionen der Vergangenheit und das Ausmaß, in dem ihre Folgen bis heute spürbar sind. Diese Angelegenheit gehört dazu, hier handelt es sich um eine Gefahr aus einem Land, in dem die Niederlande militärisch aktiv sind und in dem sich als hochgefährlich einzustufende islamistische Terrorgruppen aufhalten. Keine Angelegenheit für den Club, kein Hobby, sondern Teil seiner Arbeit. Und zur Arbeit gehört die Chefin. Calder muss von der Sache erfahren.

»Wenn du sie nicht einschaltest, tue ich es«, verkündet er.

Antink könnte sein Opa sein, so groß ist der Altersunterschied zwischen ihnen, und trotzdem versteht er den ehemaligen Geheimdienstchef wie niemand sonst. Man darf nie zu schnell andere hinzuziehen; solange Informationen geheim sind, ist es besser, den Kreis so klein wie möglich zu halten. Dann kann man handeln, manövrieren. Je mehr Leute Bescheid wissen, desto stärker wird die eigene Bewegungsfreiheit eingeschränkt, und das kann Lebensgefahr bedeuten.

Kenzi hat das Foto gesehen, aber Antink hat ihm noch nichts darüber erzählt, was darauf abgebildet ist, nichts über die Frau, die da auf dem Boden lag, nichts über den Ort, an dem die Aufnahme entstand. Das war auch nicht notwendig, denn man konnte auf einem uniformierten Arm das OEF-Emblem deutlich erkennen. »OEF« steht für »Operation Enduring Freedom«. Er kennt die Geschichte des niederländischen Einsatzes. Mehr braucht er nicht, um erste Schlussfolgerungen zu ziehen, eins plus eins ergibt immer noch zwei. Wenn Antink nun den Auftrag erhält, den Täter zu finden, dann, weil er selbst dabei war, Teil der OEF, dort in Afghanistan. Warum sonst sollte ihn jemand dazu auffordern? Bevor John in den Ruhestand gegangen ist, war er als Repräsentant des Geheimdienstes dort, und wenn das alles stimmt, hat diese Drohung unmittelbar mit seiner Arbeit zu tun. So etwas muss Kenzi melden. Wenn er das nicht tut, bringt er möglicherweise seine Chefin, Calder, in eine unhaltbare Position. Antink weiß das, er hat selbst vor solchen Entscheidungen gestanden. Ihm braucht man nichts zu erklären, auch wenn das nicht bedeutet, dass der ehemalige Chef schnell mit Kenzi einer Meinung ist.

Durch den Repair Club befindet sich Kenzi zwischen zwei Menschen, die einander gegenüber und beide über ihm stehen: zwischen der Chefin und dem ehemaligen Chef des Geheimdienstes. Alle wissen voneinander, was sie tun: Calder ist bekannt, dass Kenzi Antink regelmäßig trifft und mit ihm Elektrogeräte repariert. Normalerweise würde sie ihn an einer kürzeren Leine führen wollen, aber in diesem Fall ist es praktisch, einen eigenen

Mann zu haben, der direkt mit dem ehemaligen Geheimdienstchef in Kontakt steht. Antink weiß das. Er weiß, dass Calder ihn im Blick behalten will. Und Kenzi genießt seine Position. Sie ist ideal für einen Agenten. Er genießt das volle Vertrauen zweier Gegenpole. Es gibt nichts Schöneres, als sich in diesem Bewusstsein zu suhlen.

Jetzt muss er sich entscheiden, er muss Antink begreiflich machen, dass seine eigenen Prioritäten dem Dienst gehören, seiner richtigen Chefin, nicht einem Hobbyclub mit Reparaturleuten.

»Gib mir 48 Stunden«, bittet ihn John.

Damit räumt er ein, dass Calder tatsächlich informiert werden muss, und das beruhigt Kenzi. 48 Stunden sind ein übersichtlicher Zeitraum, so lange kann er schon noch warten.

»Was glaubst du in dieser Zeit erreichen zu können?«

»Einen Namen«, gibt John zurück. »Ich brauche wenigstens einen Namen.«

»Den Namen von dem Kerl kannst du doch über den Dienst schneller herausfinden«, meint Kenzi. »Das erledigt man per Computer, wenn man sich in den Systemen gut auskennt.«

»Das hier muss ich selbst erledigen.«

»Verstehe ich nicht. Es ist nicht logisch, das selbst zu übernehmen.«

»Logik ist nicht alles.«

Ausrede Nummer 1. Wenn jemand behauptet, etwas brauche nicht logisch zu sein, verschweigt er etwas, und dieses Gefühl hat Kenzi gerade sehr stark. Antink muss ihm wirklich ein besseres Argument liefern, auf das hier fällt er nicht herein, dafür ist er zu gut, und das sollte Antink eigentlich auch wissen.

»Wie gesagt: Es ist nicht logisch. Ganz oben auf der Prioritätenliste steht dieser Name, den brauchst du. Warum setzt du also nicht alle Kräfte darauf an, die dem Dienst zur Verfügung stehen?«

»Weil der Dienst mir diesen Namen nicht besorgen kann.«

Da ist also der Haken. Kenzi hört, was der ehemalige Geheimdienstchef sagt, aber er begreift es nicht. Warum sollte der Geheimdienst den Namen dieses Mannes nicht besorgen können? Warum sollte er geheim bleiben müssen? Antink war bei dem entscheidenden Ereignis doch selbst vor Ort, also ist er der Erste, der den Namen erfahren darf.

»Wenn du vor zwanzig Jahren besser aufgepasst hättest, bräuchtest du jetzt gar nichts herauszufinden, dann wäre alles ganz einfach.«

Kurz scheint John zu zweifeln, er wirkt, als suche er sich vorsichtig den Weg durch ein Minenfeld. Kenzi kann sich keinen Begriff von dem Kampf machen, der sich gerade in Johns Kopf abspielt. Er hat keine Ahnung von dem schwarzen Schmerz, der John zerreißt. Es dauert lange, bis John wieder in der Lage ist, etwas zu sagen.

»Da ging viel mehr vor sich, als man hier auf diesem Foto sehen kann. Dinge, die niemand mehr sehen will«, erklärt er. »Gib mir 48 Stunden.«

»Ich weiß nicht, ob ich das kann.«

»Unsinn. Die Entscheidung liegt bei dir. Ein richtiger Agent weiß, wann er sich an einen Vorgesetzten wenden muss und wann nicht. Und Letzteres ist wichtiger als Ersteres. Was machst du also? Kann ich auf dich vertrauen? Ich brauche Zeit, um herauszufinden, was hier los ist. Ich kann doch nicht völlig kopflos mit irgendeiner Geschichte beim Dienst auftauchen, wenn ich selbst nicht einmal weiß, worum es geht? Denk also nach, bevor du etwas unternimmst.«

Johns Worte klingen viel selbstbewusster, als er sich fühlt, denn innerlich erlebt er förmlich einen Schiffbruch. Kenzi ist hart, sogar noch härter als die Uhr, denn die gibt ihm zwei Wochen. Kenzi zweifelt schon, wenn es 48 Stunden betrifft.

»Wage es nicht, hinter meinem Rücken zu deiner Chefin zu gehen«, sagt er in einem letzten Versuch, Kenzi umzustimmen.

»48 Stunden. In Ordnung. Danach informiere ich Calder.«

»Abgemacht.«

»Es ist, wie es ist«, gibt Kenzi zurück. Diesen Spruch verwendet er häufiger. Darin klingt eine Gelassenheit an, die John neidisch werden lässt. Ein Akzeptieren der unbedeutenden Details.

Beide speichern die Angaben vom Timer in ihren Handys, um jederzeit überprüfen zu können, wie weit sie sind, wie viel Zeit noch übrig bleibt.

334 Stunden, 31 Minuten.

Und 49 Sekunden.

48.

47.

# 18

## ERINNERUNG

Woran erinnert er sich wirklich? Das ist die Frage. In letzter Zeit kostet es ihn größere Mühe, sich Vergangenes vor Augen zu führen, und dadurch verändert sich sein Gedächtnis. Der Erinnerungsprozess beginnt mit Bildern, Gerüchen, Geschmacksempfindungen, Details, an denen eine ganze Vergangenheit hängt. Darin liegen die Tatsachen und die Orte, die Geburtsdaten und die Namen von Menschen. All diese Informationen treiben umher, solange man nicht nach ihnen sucht. Was sich in Afghanistan abgespielt hat, ist mit politischen Umständen verbunden, mit Angriffen und Kämpfen, damit, wer an der Macht war und wer geschlagen wurde, damit, woher das Geld kam und wohin es floss. Sich erinnern bedeutet, Dinge erneut aneinanderzufügen, und genau darin kommen die Unterschiede zum Vorschein. John weiß sicher, dass seine Erinnerung eine ganz andere sein wird als die von jemand anderem. Der Timer und der Auftrag setzen ihn gerade an dieser empfindlichen Stelle unter Druck, nämlich dort, wo sich sein Gedächtnis aufzulösen beginnt. Er braucht Zeit, um seinen Weg zu finden, und ausgerechnet Zeit hat er nicht mehr. Alles ist eilig, alles muss sofort passieren, unmittelbar, unverzüglich, unter ständiger Anspannung, und dafür ist er noch nicht bereit.

Der Geheimdienst frisst einen auf, ohne einen dann auszuspucken. Nie wieder spuckt er einen aus. Er nistet sich in den Knochen ein, in den Eingeweiden. Er höhlt einen aus und füllt einen mit Geheimnissen, Vereinbarungen und Protokollen, mit Dingen, die niemand wissen, niemand sehen, niemand hören darf. Mit eisernem Schweigen.

John hat versucht, sich dagegen zu wappnen, von Anfang an hat er verborgen, wer er wirklich ist. Der Dienst hat jemanden verschlungen, den es nicht gibt, den er ablegen kann wie einen alten Anzug. Lange Zeit war das seine Rettung, sein Selbsterhalt. Doch diese Zeit ist vorbei, denn die folgende Generation ist schneller und schärfer.

Kenzi, kaum dreißig Jahre alt, ist ein Naturtalent. Vor etwas mehr als einem Jahr hat er Johns Fassade freigelegt und dahinter geschaut, ohne dass John das wusste. Er hat entdeckt, wer John wirklich ist, und durch diese Information hat er sich als waschechter Geheimagent erwiesen. Kenzi ist der Einzige, der seinen richtigen Namen kennt, selbst bei Lydia und George ist das nicht der Fall.

Geboren wurde John als Victor de Jolais, als Sohn eines französisch-algerischen Mannes und einer Frau aus Nijmegen. Knapp anderthalb Jahre war er alt, als François Dominique de Jolais und Hester Veer 1954 in Algerien verschwanden. Man hat nie wieder etwas von ihnen gehört. John hat alle Instrumente des Geheimdienstes eingesetzt, um herauszufinden, was mit seinen Eltern geschehen ist. Seine Suche endete in Tlemcen in einer Sackgasse, einer Stadt im Nordwesten Algeriens, in der sein Vater zur Welt gekommen war. Ein echter *pied-noir*, ein Algerienfranzose. Seine Mutter kam als junge Frau nach Algerien, um bei der Verbreitung von Gottes Wort mitzuhelfen. Dann begegnete sie François, und alles andere war plötzlich nicht mehr so wichtig. John weiß zu wenig darüber, er trägt eine unvollständige Vergangenheit mit sich herum. Das Wenige, was er hat, bewahrt er in einem alten Schuhkarton auf. Der Unterschied zu seinem beeinträchtigten Gedächtnis ist manchmal verwirrend. Von seinen Eltern weiß er bestimmte Dinge *nicht*, von seinen Erfahrungen in Afghanistan *nicht mehr*.

Kenzi reizt ihn. Es ist, wie es ist. Mit diesen Worten akzeptiert seine Generation, dass sich bestimmte Dinge nicht zusammenbringen lassen, man sich keinen Reim darauf machen kann. In den modernen Zeiten trifft das tatsächlich auf viele Ereignisse zu. Auf die Tatsache, dass man von seinem Feind abhängig ist, dass man mit demjenigen Handel treibt, den man bekämpft. Das hat John anders gelernt, er stammt noch aus der Schule, in der man immer nach dem Zusammenhang gesucht hat, nach der Verbindung, dem Netzwerk im Chaos. Kenzi nimmt das Chaos als gegeben hin, und manchmal beneidet ihn John um seine Fähigkeit, das Unmögliche anzugehen. Sich einen Reim auf Dinge machen zu wollen, ist übrigens sehr altmodisch.

Innerhalb des Geheimdienstes ist Kenzi auch der Einzige, der von den geheimen Aktivitäten des Repair Clubs weiß. Seine Chefin, Calder, hat keine Ahnung davon. Sie weiß nicht, dass der Club nicht nur alte Radios und Hochdruckreiniger repariert, sondern auch Fehler aus der Vergangenheit behebt, Verräter ausschaltet und Lecks abdichtet. Der Repair Club arbeitet schnell und unsichtbar. Das weiß Kenzi, er weiß zu viel. Das ist ungünstig.

Trotzdem vertraut John dem jungen Agenten ohne jeden Vorbehalt. Kenzi erinnert ihn in vielerlei Hinsicht an sich selbst. Er tut, was er sagt, er steht zu seinem Wort, und in diesem Fall weiß John auch, dass er recht hat. Allein das Foto der erschossenen Frau reicht als Grund, um den Geheimdienst einzuschalten. Die Aufnahme geht auf eine der längsten und meistdiskutierten Auslandsmissionen zurück, die die Niederlande jemals auf sich genommen haben. Auch wenn die Niederlande offiziell nicht Teil der OEF ausmachten, handelt es sich um eine Operation, die nach zwanzig Jahren großer Anstrengungen und Opfer durch Militärs und Zivilisten zu einer entsetzlichen Niederlage zu werden droht. Und was das betrifft, gehören die Niederlande sehr wohl aktiv dazu. Der Fall Afghanistans scheint nur noch eine Frage der Zeit zu sein, und die Evakuierung der Niederländer und ihrer Verbündeten aus dem Land wird eine höllische Aufgabe darstellen. Alles sich darauf Beziehende ist Intel und kann Folgen für die niederländische Sicherheitsposition haben. Die Konsequenzen dieser Umstände lassen sich nicht ohne Weiteres überblicken, auch für John ist das nicht einfach. Die Erfahrung hat ihn gelehrt, dass man in einem solchen Fall niemandem gegenüber ein Wort verlieren darf und die eigenen Karten gut vor Blicken schützen muss. Jede Frage, die der Dienst dem System stellt, ist an einen Namen gekoppelt, an einen Auftraggeber und ein Ziel. Nichts bleibt anonym, weder für die Leitung noch für die Spezialisten. Die beeindruckende Effizienz des Dienstes hat einen Preis, den John nicht zu zahlen bereit ist.

Was John braucht, ist ein hohes Recherchetempo und Einblick. Darum zögert er. Wenn der Dienst sich der Sache annimmt, wird er selbst die Kontrolle abgeben müssen. Er hat zwei Wochen, um den Auftrag zu erledigen, zwei Wochen, um den Mann zu finden, der die Frau getötet hat, mit ihm abzurechnen, die unbekannte Esther zu finden und ihre Sicherheit zu garantieren. Und er hat zwei Wochen, um seine lähmende Vergangenheit zu verarbeiten. Die hat er in all den Jahren unterdrückt und von sich geschoben – wie ihm das jetzt gelingen soll, hat er keine Ahnung. Diese Vergangenheit ist größer als er, und wenn er das zulässt, wird er daran zugrunde gehen. Außerdem hat er zwei Wochen, um Wasim in seiner Nähe zu halten, eine Aussicht, die ihn zugleich erregt und abschreckt. So doppelbödig sind seine Gefühle.

John geht davon aus, dass Wasim wieder erscheinen wird, wenn das nötig ist, genau wie heute. Aber darauf wird John nicht warten.

Lydia hat John Wasims Adresse bereits geschickt, und deswegen wird ihn John selbst suchen. Diesen Mann will er nicht einfach so entkommen lassen.

Wenn John zum Geheimdienst ginge und zuließe, dass sich Calder um das Problem kümmert, würden ihm viele Arbeitskräfte und viel Kapazität zur Verfügung gestellt. Doch ob der Dienst den Namen des Schützen schneller finden kann als er, ist nicht einmal sicher. Auch der Dienst muss sich an Protokolle und Prozeduren halten, muss sich verantwortlich zeigen und erklären können, wie Leute eingesetzt wurden, und bei diesen ganzen Verantwortlichkeiten und Verpflichtungen bleibt unsicher, ob er die Frist des Timers einhalten kann. Der wahre Vorteil des Dienstes besteht darin, dass dieser unmittelbar Sicherheitsmaßnahmen einsetzen kann. Aber will John das? Mit einer solchen Bewachung kann er nirgendwo mehr hin, dann ließe sich der Kontakt zu Wasim nicht mehr geheim halten.

# 19

## ANRUFEN

Das Telefon klingelt fünfmal und leitet den Anruf dann auf die Mailbox weiter. John hinterlässt eine Nachricht.

»Rede mit mir! Ich muss dich sprechen. Ich muss dich sehen. So schnell wie möglich. Ruf mich zurück.«

Er unterbricht die Verbindung und starrt sein Handy an. Solange er auch wartet, der Rückruf kommt nicht. Sollte A386 seine Nummer blockiert haben, sodass ihn John nie wieder wird erreichen können? John denkt nach. Nein, unmöglich, denn dann würde er nicht auf der Mailbox landen. Blockiert hat man ihn also nicht. A386 will, dass John eine Nachricht hinterlässt, er will ihn betteln hören, und selbst dann antwortet er nicht. Auf diese Weise hat er John in der Hand. Das ist es, was er will. Jedes Mal, wenn John anruft, sieht A386 seinen Namen auf dem Display und nimmt das Gespräch nicht an.

John braucht eine andere Nummer, eine nagelneue, eine, die das Handy von A386 nicht erkennt. Denn er muss ihn erreichen.

# 20

## BEI CALDER

Da sitzt er jetzt, auf einem unbequemen Stuhl an einem zu niedrigen Tisch in ihrem Büro im Gebäude des Nachrichten- und Sicherheitsdienstes in Zoetermeer. Das Gebäude aus den Siebzigerjahren, in dem sich früher das Ministerium für Bildung, Kultur und Wissenschaft befunden hat, wurde im Jahr 2002 für Kosten in Millionenhöhe umgebaut, um den viel höheren Sicherheitsansprüchen des Dienstes zu genügen. Seitdem wurden nur noch sehr wenige Modernisierungen vorgenommen, und das ist unübersehbar. John muss seine Ungeduld im Zaum halten, denn er will so schnell wie möglich wieder weg. Eigentlich sollte er überhaupt nicht hier sein, sondern bei George und Lydia. Er sollte herausfinden, wer dieser Wasim ist, wer die Frau auf dem Foto erschossen hat. Er muss den Agenten 386 sprechen. Die Dringlichkeit hämmert ihm durch Kopf und Körper. Was bedeutet dieser Timer? Worauf bezieht er sich? Was wird geschehen, wenn die Null erreicht ist? John muss sich mit seiner eigenen Vergangenheit auseinandersetzen. All das muss er tun. Aber wenn Calder ihn zu sich ruft, hat er zu erscheinen. So funktioniert das. Die mit dem Geheimdienst verbundene Verpflichtung ist mächtig. Er konnte diesen Besuch nicht länger hinauszögern, das hätte seine

Nachfolgerin nicht akzeptiert. Dann hätte sie ihn einfach abholen lassen. Das hat sie schon einmal getan, und das hat John damals gar nicht gefallen.

Calder ist rastlos, sie geht im Zimmer auf und ab und redet ohne Punkt und Komma über die Untersuchung und die Kommission, und darüber, dass er der Vorsitzende dieser Kommission werden soll. John darf gar nicht daran denken – eine Untersuchungskommission ist eine Katastrophe. Er hat so eine Aufgabe schon einmal übernommen, und seine Erfahrungen auf diesem Gebiet sind nicht gerade positiv. Eine solche Kommission klingt interessant und wichtig, aber in der Praxis läuft das Ganze auf ein Ringen mit einem Beamtensystem hinaus, das nie mit einem zusammenarbeitet. Und die Kommission »Unterminieren« soll auch noch in lebensgefährlichen Angelegenheiten Nachforschungen anstellen. Wenn schon Anwälte ihres Lebens nicht mehr sicher sind, müssen die Mitglieder einer solchen Kommission mit dem Schlimmsten rechnen.

»Darf ich die Beteiligung auch ablehnen?«

»Von mir aus gern. Aber ich erledige das nicht für dich.«

»Gut, wenn ich das Ganze also ablehnen möchte, muss ich es persönlich tun?«

»Ganz genau. Du erstattest dann der Ministerin Bericht.«

»Nicht dir?«

Sie schüttelt ihren imposanten Kopf. Mit der Bewegung von links nach rechts und zurück beschreibt sie ein großes, breites NEIN.

»Das wäre besser gewesen, aber ich habe in dieser Angelegenheit nichts zu sagen. Die Ministerin will dich, weil sie denkt, dass du keine eigenen Interessen in dieser Sache hast.«

John kann ein Lachen nicht unterdrücken. Diese Vorstellung ist zu absurd, darum schallt seine Erheiterung ungehemmt durch das Büro.

»Keine eigenen Interessen?«, wiederholt er, wenn auch nur, um sicherzustellen, dass er das Ganze nicht falsch verstanden hat. »Wie kommen die denn darauf?«

Diese kurze Frage aus fünf Wörtern sagt alles. Die Politik kommt auf solche Dinge, und man ist machtlos dagegen. Tiefer kann man Johns Ansicht nach nicht sinken. Jeder sagt möglicherweise irgendwann einmal etwas, was nicht stimmt; er weiß, wie das läuft. Manchmal gibt man etwas von sich, ohne vorher nachzudenken, manchmal meint man eigentlich etwas anderes und formuliert seine Gedanken nicht richtig, manchmal will man diplomatisch sein und sagt gerade deshalb etwas Beleidigendes. Das kommt vor. Ihm passiert das auch hin und wieder, und dann fühlt er sich danach besonders dumm. Darin liegt der Unterschied; man muss einschätzen können, was aus dem eigenen Mund kommt. Wenn er Calder glauben darf, ist das der Ministerin nicht bewusst, nicht einmal, wenn man es ihr sagt. Dann wird sie erwidern, dass man das Ganze nicht versteht.

Macht hat diese Wirkung auf Menschen: Wenn man Macht hat, wird einem häufiger recht gegeben. Der bisher am längsten amtierende Ministerpräsident weiß das nur zu gut, und er begreift wie kein anderer, wie er das verbergen muss. So kreativ. Ein Zeichen dafür, dass John besonders vorsichtig sein muss – wer kreativ ist, sieht die Risiken nicht klar und deutlich.

»Ich soll keine eigenen Interessen haben? So dumm ist doch niemand, das zu glauben«, gibt er zurück, und Alisha und er begreifen gleichzeitig, was er da sagt. So dumm ist niemand, und eine Ministerin schon gar nicht. Sie weiß ganz genau, was sie tut, und gerade aus diesem Grund hat sie sich für John Antink entschieden.

»Halt, warte mal«, sagt John. »Sie will mich, um dich in die Enge zu treiben.«

»Kann sein«, erwidert Calder. »Aber ich will dich auch dabei-haben. Da gehen Dinge vor sich, bei denen ich dich brauche, und dann ist es von Vorteil, wenn du in der Nähe bist.«

Auf die letzte Bemerkung geht John nicht ein. Er tut, als hätte er sie nicht gehört. »Hat das Ganze Eile?«

»Nach Ansicht der Ministerin schon.«

»Von einer Ministerin, die Eile hat, muss man sich fernhalten.« Es soll wie ein Witz klingen, er meint es jedoch ernster, als er sich anmerken lässt. Indem er von der Ministerin spricht, verschiebt er die Aufmerksamkeit, denn soweit John das Ganze überblickt, hat Calder ebenso große Eile. Sie will etwas von ihm, und dafür hat er keine Zeit. Weg hier, bevor sie mit ihrer Frage kommt. Er steht auf.

»Ich muss kurz zur Toilette.« Er entschuldigt sich. »Als alter Mann muss man darauf achten.«

»Als Frau auch«, erwidert Calder. »Du weißt ja, wo.«

Er verlässt das Büro, schließt die Tür hinter sich, nimmt seine Jacke von der Garderobe und fährt im Aufzug nach unten, gibt seine Zugangskarte ab und steht wenig später vor dem Gebäude.

So alt ist er nun auch wieder nicht.

# 21

## WIEDER ANRUFEN

Auf dem kleinen Platz vor dem Handyladen versucht John mit einer neuen SIM-Karte einen weiteren Anruf. Diese Nummer kennt noch nicht einmal er selbst.

Es klingelt fünfmal, dann wird der Anruf auf die Mailbox weitergeleitet. John seufzt. Auch dieser Versuch ist fehlgeschlagen. A386 lässt nun alle Anrufe zuerst an die Mailbox weiterleiten. Aktives Filtern betreibt er. So kann er selbst entscheiden, mit wem er spricht und mit wem nicht, genau so wie das John selbst bei der Ministerin handhabt. Er hinterlässt eine Nachricht.

»Ruf mich zurück, bitte. Ich flehe dich an. Ich brauche dich.«

Kurz darauf erhält er eine SMS mit einem Datum, einer Uhrzeit und einer Adresse in der Levendaalstraat in Leiden. Gebettelt hat er. Das fühlt sich zwar nicht gut an, aber es funktioniert.

# 22

## FINDE DIESEN MANN

Auf dem Boden neben seinem Schreibtisch steht die Tasche mit dem Werkzeug für den Repair Club. Schraubenzieher, Zangen, Klammern, ein Lötgerät, eine Ahle, Steckschlüssel, Maulschlüssel und ein Inbusschlüssel, sogar ein Potentiometer. Kenzi ist vom Clubtreffen direkt zur Arbeit gegangen: Seine Chefin sitzt ihm im Nacken, denn eine große Untersuchung steht an, mehr als zehn Vernehmungen müssen geführt werden. Auf seinem Schreibtisch befinden sich eine Tastatur, eine Maus und zwei Bildschirme. Kenzi selbst sitzt dazwischen. »Old school«- und »New school«-Ansätze – die Verbindung zwischen beiden eröffnet einem eine neue Dimension, einen Raum, den Kenzi vorher nicht wahrgenommen hat. Bei allem, was er digital tut, sieht er nun die Konsequenzen in der nicht virtuellen Welt. Wenn er mit der Maus klickt und sucht, stellt er sich vor, mit einem Schraubenzieher eine Abdeckung zu lösen und abzunehmen, sodass er mit den Fingern ins Innere des Apparats vordringen kann. Die digitale Welt geht nie wieder weg, das ist die andere Seite der Wahrheit. Die Speicherung von Daten wird immer größer und komplexer. Wer sich darin nicht zurechtfindet, hat beim Geheimdienst immer weniger zu suchen. Das Kartieren des Feindes beginnt mit dem Stehlen und Hacken von Computern und dem genauen Durchsuchen von Festplatten nach Namen und Adressen. So baut der Dienst eine Datenbank möglicher Verdächtiger auf. Personen, die irgendwann irgendwo zum Vorschein kommen und möglicherweise eine Bedrohung darstellen. Irgendwo zwischen den Tausenden von Namen muss sich der des Mannes befinden, den sie jetzt suchen. Kenzis Chefin wird noch ein wenig warten müssen. Erst der Kerl mit dem Timer.

»Mein Name ist Wasim«, hat er gesagt, aber das bedeutet nichts. In dieser Art Situation halten Menschen ihren richtigen Namen oft geheim, bis sie wissen, dass es sicher genug ist, ihre wahre Identität preiszugeben. In einigen Fällen geschieht das auch nie. Ohne Nachnamen hat Kenzi nur wenig in der Hand.

Er kopiert das Foto, das er von Wasim gemacht hat, auf seinen Computer und schaut es sich vergrößert auf dem Bildschirm an. Die Aufnahme ist gut gelungen, der Mann schaut direkt in die Kamera. Klar und deutlich. Finde diesen Mann, so lautet Auftrag Nummer 1. Wer ist das? Kenzi importiert das Foto in das Gesichtserkennungsprogramm des Geheimdienstes und aktiviert die Suchfunktion. Die Software reduziert Wasim auf ein digitalisiertes Gesicht, eine Zusammenstellung von Kennzeichen, die ein Computer erfassen und verarbeiten kann. Die Gesichtsstruktur, der Abstand zwischen Augen, Stirn und Kinn, all das wird in einer Komposition aus Linien wiedergegeben, in einem Schema. So lässt sich ein wiedererkennbares Modell von jedem Menschen erstellen. Der Computer braucht nichts über einen zu wissen, nichts darüber, ob man schön oder hässlich ist, intelligent oder dumm, gut oder weniger gut ausgebildet, geschickt oder ungeschickt, nett, lieb und fürsorglich oder im Gegenteil hart und egoistisch, ob man aus einem Land geflüchtet ist oder reich geerbt hat. All das ist uninteressant. Die Software erstellt eine Checkliste zu einem Gesicht und setzt Häkchen. Mehr steckt nicht dahinter.

Bei einer ausreichenden Anzahl Übereinstimmungen mit jemandem in der Datenbank wird ein Match angezeigt. Und Kenzi hat große Hoffnung, dass man irgendwo in den vielen Systemen ein Foto von Wasim gespeichert hat. Ein Fremder aus einem Kriegsgebiet, ein Moslem, wahrscheinlich ist er als Geflüchteter in die Niederlande gekommen. So jemand wird registriert, so läuft das nun einmal bei der Einwanderungsbehörde.

Während der Computer seine Arbeit erledigt, befasst sich Kenzi mit der zweiten Frage: mit der nach dem Timer. Warum ist er auf zwei Wochen eingestellt? Fällt diese Frist mit etwas anderem zusammen? Wird nach Ablauf der Zeit etwas geschehen, steht ein Ereignis an? Eine Konferenz oder Zusammenkunft? Eine Demonstration? Kommt dann jemand aus Afghanistan in die Niederlande? Oder jemand aus Amerika? Bezieht sich das Ganze auf eine NATO-Übung? Warum hat Wasim dieses Datum ausgewählt?

Eine schnelle Überprüfung in den Kalendern der Regierung bleibt ergebnislos; in diesem Zeitraum ist kein einziger wichtiger Termin verzeichnet. Kein Empfang, keine Besprechung, kein Auslandsbesuch, weder in Afghanistan noch hier. Es sind einfache Kontrollen, die Kenzi durchführt und von denen er auch keine Resultate erwartet. Trotzdem sind es die ersten Kontrollen, die er vornehmen muss. Zuerst hat man das auf der Hand Liegende zu überprüfen. Nichts ist selbstverständlich. Und nichts so dumm wie das Überspringen von Schritt eins.

Weder die Datenbanken der Einwanderungsbehörde noch die des Geheimdienstes liefern irgendwelche Ergebnisse, nirgendwo ergibt sich ein Match für Wasims Gesicht. Das ist seltsam, der Mann müsste doch irgendwo registriert sein, mit Passfoto und allem Drum und Dran.

Als Nächstes überprüft Kenzi das Kennzeichen des blauen Peugeot, das er von George bekommen hat, und fragt die Daten im System ab. Der Wagen ist bei einer Reinigungsfirma gemeldet, und die gehört einem gewissen Meneer Halim. Auch diesen Namen gibt Kenzi ins System ein, und während er auf das Ergebnis wartet, checkt er die Adresse der Wohnung. Diesmal bekommt er sofort einen Treffer. Das Apartment gehört einer GmbH namens Dune Invest, die große Investitionen auf dem Immobilienmarkt tätigt. Ein kurzer Check zeigt ihm, dass Dune Invest in Den Haag mehr als 80 Gebäude und Wohnungen besitzt. Der Mietvertrag dieses ganz bestimmten Apartments läuft auf den Namen eines Niederländers, F. Kranssen. An dem Namen ist nichts Afghanisches.

Kenzi hält inne. Erstaunt schaut er auf den Monitor. Nirgendwo ist der Name Wasim erfasst. George und Lydia zufolge hat der Mann die Wohnung mit einem Schlüssel betreten. Kranssens Wohnung. Wasim kennt man auch bei der Einwanderungsbehörde nicht, und nirgendwo als Mieter. Falls er sich für eine Vergeltungsaktion hier aufhält, worauf der Timer hinzudeuten scheint, müssen sie unbedingt dahinterkommen, wer Wasim ist. Es sieht so aus, als würde er in dem Apartment wohnen, übernachten oder es als Untermieter benutzen, und dann wird die Sache schwieriger. Wenn sie Glück haben, weiß Meneer Kranssen aber, wem er die Wohnung untervermietet hat. Doch als Kenzi Kranssen zu finden versucht, landet er in Deutschland, in Frankfurt am Main. Das gefällt ihm nicht. Dieser Wasim ist nicht einfach irgendjemand. Wasim, Kranssen, Halim. Wer sind diese Leute? Die Frage bleibt in der Luft hängen, denn Calder reißt ihn ohne Erbarmen aus seinen Recherchen.

»Kuipers, wir warten auf Sie!«

# 23

## UNAUFFÄLLIGKEIT IST EIN AUSWAHLKRITERIUM

Sie haben das gesamte für die Bewachung der verschwundenen Karishma Noorullah zuständige Team einbestellt. Elf Männer und Frauen. Fünf unmittelbar involvierte Wachleute, die im Wechsel bei ihr im Safe House wohnten, fünf weitere, die ihr folgten und sie im Auge behielten, wenn sie das Haus verließ, und jemand für die Koordination. Es gab ein Rotationssystem, damit bei allen stets die Wachsamkeit erhalten blieb und sie weniger auffielen. Nacheinander betreten sie den Vernehmungsraum und nehmen Platz, die Übrigen warten getrennt voneinander, bis sie an der Reihe sind.

»Kuipers, Sie übernehmen das hier«, ordnet Calder an.

Eine viel komplexere Aufgabe, als man auf den ersten Blick meinen würde. Kenzi kann die Wachleute auf den Monitoren im Vernehmungsraum sehen. In jedem Warteraum hängen zwei kleine Kameras an der Decke. Er beobachtet die Männer und Frauen unterschiedlicher Altersstufen, zwischen dreißig und über fünfzig. Die eine Hälfte von ihnen ist weiß, die andere nicht. Niemand so dunkel wie Alisha Calder. Sie haben dunkles, blondes oder graues Haar, sind hochgewachsen oder weniger groß.

Eine auffällige Körpergröße hat niemand, weder in die eine noch in die andere Richtung. Die meisten sind mittelgroß. Unauffälligkeit ist ein Auswahlkriterium.

Zu den Voraussetzungen gehört außerdem, sich untereinander nicht zu kennen, nicht einmal vom Sehen. Die Mitglieder eines Personenschutzteams werden meistens unabhängig ausgewählt; je weniger sie voneinander wissen, desto besser und sicherer. Gut möglich, dass einige der Personen aus den Warteräumen einander auf dem Flur begegnet sind, ohne überhaupt eine Ahnung zu haben, dass es sich bei den anderen um Kollegen handelt.

Ein einziger Mann stellt eine Ausnahme dar: der Koordinator. Er kennt alle Beteiligten und tut sein Bestes, um das nicht zu zeigen. Hier sitzen elf Personen, die darauf trainiert wurden, mit ihrer Umgebung zu verschmelzen.

»Einer von den elf hier ist es«, sagt Calder. »Ohne Hilfe von außen hätte die Dolmetscherin niemals so mühelos und so rasch verschwinden können. Das glaube ich einfach nicht. Die Aufgabe ist also simpel: Finden Sie den Verräter.«

Kenzi lässt den Blick über die Bildschirme schweifen und versucht sich die einzelnen Gesichter einzuprägen. Eine Person nach der anderen betrachtet er, ihre Namen erscheinen unten auf den Monitoren. Elf Namen, die ihm nichts sagen.

Immer wieder schaut er hin, aber was er da sieht, bleibt nicht hängen. Seine Gedanken lassen sich nicht zwingen. Der Zusammenhang zwischen der Aufgabe hier und dem, was im Repair Club passiert ist, ist zu deutlich, auch wenn die Übereinstimmung nur aus einem einzigen Wort besteht, aus einem Land: Afghanistan. Er hat seine Chefin noch nicht über Wasim, das Foto und den ablaufenden Timer informiert. Von dem Augenblick an, als sie sein Büro betreten hat, wurde er zu seiner aktuellen Aufgabe gelenkt, der innerhalb des Dienstes nun die höchste

Priorität zukommt. Und auch in dieser Hinsicht kreisen die Gedanken wild in seinem Kopf. Hier suchen sie eine entkommene Dolmetscherin, beim Repair Club einen unauffindbaren Soldaten. Beide mit Informationen über Leute, Ereignisse und Aktionen, die geheim bleiben müssen. Kenzi weiß nicht mehr, was er tun soll. Er ist das jüngste Mitglied des Clubs – erst seit anderthalb Jahren dabei –, und er weiß kaum etwas über die Vergangenheit der anderen, über ihre Belange. Von seinem resoluten Auftreten gegenüber John ist wenig übrig geblieben, er fürchtet, die Verwirrung schlimmer zu machen. Auch in dieser Hinsicht zweifelt er. Verwirrung ist eines der effektivsten Instrumente, um an Informationen zu kommen, um Menschen aus ihrem vertrauten, sicheren Rhythmus zu zwingen.

Das ist nicht der Ansatz, den Calder schätzt. Sie will die elf Betroffenen vielmehr in Sicherheit wiegen, erreichen, dass sie sich entspannt fühlen.

»Diese Leute sind Experten. Wenn sie merken, dass sie unter Verdacht geraten sind, machen sie dicht, und wir erfahren nichts mehr.«

Die Namen der elf Männer und Frauen werden in einer anderen Abteilung in Suchsysteme eingegeben. Alles, was man über sie weiß, wird ans Licht geholt und beurteilt. Ihre Herkunft, wie sie groß geworden sind, ihre Schulzeit, Freunde und Freundinnen, welchen Clubs sie angehören oder angehört haben, ihre Zeitschriftenabonnements, welche Kneipen sie besuchen, in welche Länder sie gern in Urlaub fahren, Telefondaten, WhatsApp-Gruppen, Facebook-Kontakte, Dating-Apps, besuchte Webseiten. Alles.

»Wenn Sie mit ihnen sprechen, müssen Sie ihnen Raum geben. Wir brauchen diese Leute, sie müssen sich besser fühlen als Sie selbst. Bei den Weißen ist das doch sicher kein Problem?«

Calder lacht über ihren eigenen Witz. Sie ist beim Dienst die große Urmutter aus Suriname, und Kenzi weiß, was sie meint. Er soll das ihren weißen Mitmenschen eigene Überlegenheitsgefühl nutzen, ihren unbewussten Schwachpunkt. Kenzis Hautfarbe ist zwar nicht so dunkel wie die seiner Chefin, doch einige äußere Merkmale seiner algerischen Mutter lassen sich ganz eindeutig erkennen.

Seine Aufgabe besteht darin, die haarfeinen Risse in den sorgfältig kontrollierten Rollen zu finden, die diese Menschen rund um ihre Tätigkeit aufgebaut haben. Unwillkürlich denkt er an den Repair Club, an die Arbeit auf einer Fläche von einem Quadratzentimeter, wenn man einen alten Drucker oder Projektor wieder in Gang zu bringen versucht. Man muss vorsichtig mit den Fingern das unsichtbare Innere eines Apparats ertasten. So etwas liebt er. So muss er jetzt auch vorgehen. Die Informationen, die er aus diesen Leuten herausholen kann, werden dann mit den Daten aus dem System kombiniert. Darin liegt irgendwo eine Antwort verborgen.

»Noch Fragen?« Calder hat es eilig. »Je länger es dauert, bis wir diese Dolmetscherin gefunden haben, desto größer ist das Risiko eines Anschlags.«

Zwei Wochen, denkt Kenzi. Wasims Timer. Ob diese beiden Phänomene miteinander zu tun haben? Bleiben ihnen hier auch zwei Wochen Zeit, bevor etwas passiert? Diese Fragen hämmern in seinem Kopf. Er hat Antink versprochen, 48 Stunden zu warten und Calder gegenüber den Mund zu halten. Und daran hält er sich. Zum ersten Mal verschweigt er seiner Chefin so bewusst Informationen, und er hofft, sie kommt nicht dahinter. Wenn man für den Dienst arbeitet, bedeutet das, dass es immer Informationen gibt, die man nicht mit anderen teilen kann. Man weiß, was man selbst weiß, was andere wissen und was andere nicht wissen. Ein dauerndes Verschieben von Positionen und

Informationen, selbst zwischen der Chefin und einer ihr untergeordneten Person wie ihm. Aber er muss unbedingt aufpassen, er muss das Ganze erzählen, bevor Calder es selbst herausfindet und ihn damit konfrontiert. Wenn er es darauf ankommen lässt, verpasst er den richtigen Moment. Dann wird er dabei ertappt, dass er etwas verschwiegen hat, und das kann Folgen haben. Etwas verschweigen ist schlecht, Informationen zur richtigen Zeit weitergeben ist gut. Einfache Entscheidungen.

Er ist fest entschlossen, keine Minute länger zu warten. Sobald die Frist verstrichen ist, wird er sich bei Calder melden, um sie einzuweihen. Er kann es sich nicht leisten, länger Antinks Seite zu wählen, so verführerisch das auch scheinen mag, denn der alte Mann übt eine unwiderstehliche Anziehungskraft auf ihn aus. In ihm erkennt Kenzi etwas, was er beim Geheimdienst oft vermisst; bei Antink ist alles persönlicher. Der begnügt sich nie mit Computerrecherchen und digitalen Analysen. Er will den Gegner selbst kennenlernen, ihm in die Augen sehen und wenn irgend möglich mit den Leuten sprechen. Nicht hinter dicken Mauern verborgen, sondern direkt, in der Konfrontation. Er weiß, wann er sichtbar sein muss und wann nicht. Wenn nötig, ist der Alte unauffindbar. Er verfügt über eine Erfahrung, die dem jungen Analytiker Kenzi fehlt und die er von seinem Platz hinter den Monitoren aus auch nicht erwerben kann. Über diese Selbsterkenntnis verfügt Kenzi, und darum entscheidet er sich vorerst für den Repair Club. Solange das möglich ist. Er überprüft den Timer auf seinem Handy: 317 Stunden, 5 Minuten und 27 Sekunden. Noch 31 Stunden, das wird ja wohl machbar sein. Vorausgesetzt, John kommt in die Gänge und nutzt diese Zeit, um einen Namen herauszufinden.

»Oder wollen Sie noch irgendetwas sagen?«

Jetzt muss er reden. Er zögert, und das merkt Calder sofort. Sie kann ihn lesen wie ein internes Memo.

»Raus damit, Kuipers. Wenn es etwas zu sagen gibt, sagen Sie es jetzt.«

Er schweigt.

# 24

## ANRUF DER MINISTERIN

»Meneer Antink?«

»Wer sind Sie?«

»Ich versuche Meneer Antink zu erreichen.«

»Das sagten Sie bereits. Aber wer sind Sie? Unbekannte erhalten keine Informationen.«

»Mein Name ist Ariëlla Vismara, ich bin die Assistentin der Ministerin für Inneres und ...«

»Meneer Antink ist leider nicht zu sprechen. Darf ich etwas ausrichten?«

Er soll weitergeben, dass sie angerufen hat und dass die Ministerin ihn sprechen möchte. Dringend.

»Wird erledigt. Wie war Ihr Name noch mal, bitte?«

»Vismara.«

»Vismala. Interessanter Name.«

»Vismara. Mit r.«

»Ja, danke. Ich richte es aus.«

»Es ist dringend.«

Er unterbricht die Verbindung. Mevrouw Vismara weiß nicht, mit wem sie gerade gesprochen hat. Sollte sie noch einmal anrufen, wird er auf Englisch antworten. Oder auf Russisch. Alles, wenn er nur diese grässliche Untersuchungskommission auf Distanz halten kann. Wenn er lange genug nicht reagiert, werden sie sich schon jemand anderen suchen. Oder ihn holen kommen. Auch gut. Das sieht er dann schon. Aber jetzt nicht. Jetzt muss er Kontakt zu seiner eigenen Vergangenheit aufnehmen.

# 25

## LYDI

*291 Stunden, 43 Minuten und 12 Sekunden*

Er nimmt sie mit in die Innenstadt, zum Kaffee im 't Goude Hooft. Im geräumigen Cafébereich finden sie einen schönen Platz, ohne zu viele Leute um sie herum. Er möchte wissen, was los ist, und es erschien ihm besser, für dieses Gespräch einen neutralen Ort zu wählen. Lydia ist empfindlich, reizbar, und so kennt er sie nicht. Darum will er ihr ein Gefühl der Ruhe vermitteln. Dafür gibt es keinen geeigneteren Ort als das älteste Gasthaus im Herzen von Den Haag, das seit fast sechshundert Jahren Reisende willkommen heißt. Obwohl das Gebäude im Laufe der Jahrhunderte einigen Veränderungen unterzogen und sogar von Grund auf renoviert wurde, ist es immer noch ein beliebter Treffpunkt mit einer langen Tradition.

Lydia trinkt ihren Kaffee und sagt nicht viel. John weiß auch gar nicht genau, was er fragen soll. Die Informationen, um die es geht, sind persönlicher Art und betreffen damit einen Bereich, in dem er sich unsicher fühlt. Wenn es um Gesundheit oder um Emotionen geht, überfällt ihn eine Art unangebrachter Verlegenheit. Lydia beschwört ihn, es gehe ihr gut, er brauche sich keine

Sorgen zu machen. Sie beruhigt ihn, und er lässt sich beruhigen. Zwei einander bestärkende Seiten.

Sie verlassen das Gebäude, fast Arm in Arm, und gehen über den Dagelijkse Groentemarkt. Hier ist viel los, wie immer in Den Haags Mitte mit der Grote Halstraat, der Hoogstraat, der Gravenstraat und der Venestraat. Sie befinden sich im Herzen der Einkaufsstadt. Vorbei am H&M, am ehemaligen Bekleidungsgeschäft Maison de Bonneterie, und John überfällt ganz plötzlich eine heftige Sehnsucht nach einer Zeit, die nie wiederkommen wird. Hier ist er so oft entlanggegangen, mit Vera, in den Jahren, als seine Ehe mit ihr noch eine echte Ehe war, lange bevor er herausfand, dass sie ihn verraten hatte und sein Leben in tausend Stücke zerfiel. Das Leben von damals ist nur noch eine Erinnerung. Vera gibt es nicht mehr, sie hat sich nicht durch die Zeit retten können, genauso wenig wie die Geschäfte aus jener Zeit. Die Hassgefühle, die sie in ihm hinterlassen hat, schwinden bereits. Jetzt spaziert er hier mit Lydi entlang, sie überqueren schräg den Buitenhof, gehen am Gevangenenpoort-Museum und am Plaats entlang zum Kneuterdijk. All diese Straßen verlaufen buchstäblich am Rand der Macht, die sich mit dem niederländischen Parlament im Binnenhof niedergelassen hat. Das vermittelt John ein vertrautes Gefühl, er weiß, wo er sich befindet, denn für diese Macht hat er immer gearbeitet.

Das Auto fällt ihm nicht auf, und hinterher wird er nicht einmal die Marke nennen können. Vom Nummernschild ganz zu schweigen.

Es ist ein silbergrauer Wagen, das sieht er. Eine Farbe, die einem überall begegnet, bei Autos wahrscheinlich sogar die häufigste. Die Scheibe ist heruntergefahren, das bemerkt er erst, als der Schuss zu hören ist. Zwischen dem Lärm der anderen Autos und einer vorbeifahrenden Straßenbahn nimmt er ihn kaum wahr. Aber er hört ihn, ein Geräusch, das er immer erkennen wird, das direkt mit den Nerven verbunden zu sein scheint, die seinen Körper durchlaufen.

Neben ihm schreit Lydia kurz und laut auf, sackt dann in sich zusammen. John schaut nicht auf das Auto, er schaut nur auf sie, fängt sie auf, fühlt ihr warmes Blut auf den Händen, zwischen den Fingern. Er spürt ihre Wunde in seinem Herzen. Als er wieder aufschaut, sieht er den Wagen den Lange Vijverberg herunterfahren und weiß, dass der Schütze innerhalb von Minuten die Utrechtsebaan erreichen und so die Stadt verlassen kann.

Er hält Lydi fest, so sanft und zugleich mit starken Armen, wie er kann. Und er macht einen Anruf.

# 26

## IM KOMA

Sie ist die Nüchternste im Club, diejenige, die in schwierigen Situationen einen kühlen Kopf bewahrt und einen Verbandskasten bereithält. Sie ist auf alles vorbereitet, weil sie ihr Leben lang Erfahrung mit dem Tod hat. Die Pflege älterer Menschen hat sie gelehrt, dass man sich den Ereignissen überlassen muss. Der Tod kommt unangekündigt, ein Kalender nutzt einem nichts. Darum hat sie selbst auch nie Angst vor dem Ende gehabt.

»Der Tod kommt, wenn er kommt«, lautete einer ihrer Lieblingsaussprüche, und jetzt liegt sie selbst verwundet im Krankenhaus.

»Hat sie noch irgendwas gesagt?« George kann gar nicht glauben, dass sie einfach so niedergeschossen wurde. Lydi. Diejenigen mit den Verletzungen und Verwundungen, das waren immer John und er. Und dann hat Lydia sie wieder zusammengeflickt. So muss es sein, nicht andersherum.

»Da ist noch etwas, was du wissen solltest«, sagt er zu John, und dann erzählt er ihm von Lydias Ausbruch im Auto. »Völlig außer Kontrolle, wirklich. Und ein paar Minuten später war sie wieder die Alte.«

Was er nicht erwähnt: Lydias letzte Bemerkung. Pass auf John auf! Die lässt er aus, weil er nicht weiß, wie er sie einordnen soll. Wenn Lydia recht hat, darf er ihre Worte ganz sicher nicht erwähnen. Aber worauf soll er aufpassen? Warum? Warum hat sie ihn nicht gebeten, ein bisschen auf *sie* aufzupassen? Oder liegt die Sache anders? Sollte eigentlich John getroffen werden, und sie stand im Weg? Oder hat sie ihn zu retten versucht? Pass auf John auf!

Wieder und wieder gehen sie die Ereignisse durch. Was ist hier vorgefallen? Was haben sie getan? Lydia hat Wasim verfolgt, ist ihm hinterhergegangen, hat die Hausnummer George geschickt. Das hatte geklappt. Sollte danach noch etwas schiefgegangen sein?

»Ist sie entdeckt worden?«

Fragen stellen sich ganz von allein, das ist immer so. Es gibt so viele Fragen. Man muss die richtigen kennen.

»Von wem denn? Und wo? Wann?«

John spürt, wie er langsam in eine Situation hineingleitet, die er nicht mehr überblicken kann. Wasim, der Timer, das Foto, die Forderung, die Drohung, und jetzt ein Mitglied des Clubs im Krankenhaus. Als er gestern aufgestanden und zum Repair Club gefahren ist, war noch alles in Ordnung. Jetzt fallen die Probleme von allen Seiten über ihn her. Lydia wurde in ein Koma versetzt.

»George, sie *kann* gar nichts sagen.«

All ihre Fragen müssen warten, bis Lydia wieder bei Bewusstsein ist, und wie lange das noch dauern wird, wissen sie nicht. Die Ärzte sprechen von Tagen, nicht von Stunden. So viel Zeit haben sie nicht. Wasim und der Timer, das Foto und derjenige, der die Frau getötet hat. Und dieses Foto ist nun wirklich das Letzte, woran John denken möchte.

»Erst kommt Lydia«, sagt er. Er will bei ihr zu Hause nachsehen, ob sich vielleicht irgendetwas findet, ein Hinweis, durch den sie verstehen können, was passiert ist.

Sie wohnt in einem anständig wirkenden Apartment aus den Siebzigerjahren in der Brantingstraat, einem Viertel, das John nicht kennt, in Rijswijk. Er ist noch nie dort gewesen, und nun warten George und er vor Lydias Tür. In der Straße ist es still, die kleinen Vorgärten schaffen kaum Abstand zum Bürgersteig. Hier wohnt sie, und seit sie hierher umgezogen ist, hat er sie nicht besucht.

»Hast du einen Schlüssel?«, fragt George.

John flucht innerlich. Den Schlüssel hat er vergessen, den hätte er aus dem Krankenhaus mitnehmen müssen.

»Egal, dann gehen wir hintenrum«, sagt George.

In der Bunchestraat entdecken sie den Pfad zwischen den Gärten zum Hintereingang. An jedem Haus gibt es das gleiche Holztor am Schuppen hinten im Garten. Das Tor ist nicht einmal abgeschlossen, sie können einfach so durch. Erstaunt schaut John auf einen sorgfältig angelegten Heidegarten, mit Steinen und Erhebungen und geraden Beeträndern. Kein einziges Blatt Unkraut weit und breit, kein Grashalm zwischen den Pflasterfugen. Lydia hat alles fein säuberlich unterhalten.

»Warst du schon mal hier?«, fragt er George.

»Ein einziges Mal. Als ich ihr beim Umzug geholfen habe. Sie hatte mich darum gebeten.«

»Mich nicht.«

»Weiß ich.«

George widmet sich dem Schloss der Hintertür, und keine Minute später stehen sie im Haus. John geht vorneweg, George schließt die Tür hinter sich, und dann umgibt sie die Stille eines leeren Hauses, die deutlich spürbar ist: tiefer, umfassender, als wenn jemand anwesend wäre.

Durch die Küche gehen sie in den Flur, ins Esszimmer, ins Wohnzimmer, in den Vorraum. Das Haus wirkt aufgeräumt und sauber. Es ist klein und übersichtlich. Vom Flur aus gehen sie über die Treppe nach oben. Zwei Schlafzimmer gibt es, ein Bad und ein drittes Zimmer, das abgeschlossen ist. Oben an der Treppe ruft er. Es bleibt still. John rüttelt an der Tür und macht dann Platz für George, der auch dieses Schloss schnell geöffnet hat. Vorsichtig stoßen sie die Tür auf.

»Wonach suchen wir eigentlich?«

»Nach einem Grund.«

»Wenn das nur so einfach wäre.« Es klingt so simpel, für alles muss es einen Grund geben, wenn man nur richtig sucht, kann man diesen Grund auch finden. Das stimmt überhaupt nicht. Oft gibt es keinen Grund, auch nicht, wenn man danach sucht. »Lass mich vorgehen«, sagt George.

Langsam betritt er das Zimmer. Drinnen ist es stockdunkel. George knipst das Licht an, und sie sehen einen spärlich eingerichteten Raum. In der Mitte stehen ein Stuhl und ein rechteckiger Tisch, an der Wand ist ein Einzelbett zu erkennen. Es ist sorgfältig gemacht, die Decke liegt glatt auf der Matratze, die Kissen darunter. Man kann nicht erkennen, ob vor Kurzem noch jemand in diesem Bett geschlafen hat. George schlägt die Decke zurück, und ein ordentlich zusammengefaltetes Nachthemd kommt zum Vorschein.

»Ob sie hier auch schläft?«, fragt er.

Einen weiteren Hinweis darauf gibt es nicht. Neben dem Bett steht ein Nachttisch mit einem Wecker, einem Buch, einer Lampe. Es interessiert John eigentlich nicht, ob Lydia in diesem Zimmer schläft. Jedenfalls jetzt nicht – solange sie im Krankenhaus liegt, schläft sie dort.

Routiniert durchsuchen sie das ganze Haus, von der Toilette bis zum Dachboden. Auf jeder Treppenstufe spürt er, dass Lydia nicht da ist, spürt seinen klapprigen Körper.

# 21

## DÄMONEN

*283 Stunden, 59 Minuten und 48 Sekunden*

»Wie lange haben Sie damit schon Probleme?« Dr. Vanbruine legt die Hände auf Johns Knie und betastet es, lässt seine Finger vorsichtig auf und ab gleiten.

»Eine Weile.« John sitzt auf der Behandlungsliege im Sprechzimmer seines Hausarztes. Sein Handy steckt ausgeschaltet in der Innentasche seiner Jacke, die über der Rückenlehne eines Stuhls hängt. Die Stunden gleiten davon. Er muss sich um Lydia kümmern, und um sich selbst. Vor ihm sitzt der Arzt auf einem kleinen Hocker. Vanbruine und er kennen einander, seit John in den Ruhestand gegangen ist. Als er beim Dienst aufgehört hat, wollte er einen neuen Hausarzt, einen, der ihn nur als Pensionär kennt. Der Dienstarzt war für ihn zudem auch nicht mehr verfügbar. Darum sitzt er jetzt hier. Vanbruine ist ein ganzes Stück jünger als er, Anfang vierzig, und ein genauer Beobachter. Das gefällt John, er mag es, wenn jemand ganz unauffällig die richtigen Fragen stellen kann, und wenn er weiß, dass irgendetwas John beschäftigt. Der Mann heißt Martin, aber John nennt ihn konsequent »Doktor« oder »Vanbruine«, das passt besser.

»Eine Weile? Was habe ich mir denn darunter vorzustellen? Eine Woche?«

»So in etwa.«

»Können Sie ein wenig präziser sein, John?«

»Ein paar Tage.«

Der Arzt hört ihm zu, er nimmt Johns Unterschenkel in beide Hände, streckt und beugt das Knie, befühlt gleichzeitig das Gelenk.

»Ist denn irgendetwas passiert? Haben Sie eine komische Bewegung gemacht? Sind Sie gestürzt?«

»Es gab da einen kleinen Zwischenfall«, sagt John und berichtet, dass er auf seinen Arbeitstisch gefallen und danach mit dem Tisch und allem Drum und Dran auf dem Boden gelandet ist. Den Grund dafür gibt er nicht an. Den braucht der Arzt auch nicht zu kennen.

»Und dabei sind Sie auf diesem Knie gelandet.«

Eine Feststellung, keine Frage. Der Arzt dreht Johns Fuß ein wenig nach links und nach rechts, sodass Druck auf das Gelenk ausgeübt wird. John reagiert entsprechend.

»Tut das weh?«

Alles tut weh, sein Knie ist aber sein geringstes Problem. Es scheint nur, als wollten seine sämtlichen körperlichen Probleme durch sein Knie an die Oberfläche kommen.

»John?«

»Ja?«

»Ich habe Sie gefragt, ob diese Bewegung wehtut.«

»Richtig, ja. Ach, was soll ich sagen?«

Vanbruine lässt Johns Bein los und rollt mit dem Hocker ein Stück nach hinten. In etwa zwei Metern Entfernung bleibt er stehen und schaut zu John hinüber, der auf der Liege sitzt, die Beine über den Rand baumeln lässt.

»Was ist denn genau passiert?«

»Mit dem Knie, meinen Sie? Ich hatte ein Treffen vom Repair Club, es war viel los, der Boden war nass, es hat geregnet, und dann kommen die Leute mit ihren nassen Schuhen und Mänteln zu einem rein, da kann der Boden glatt werden, und ...« John redet immer weiter, und ohne es zu merken erzählt er eine andere Version als vorher. »Ich stand also da und wollte diesen Wasserkocher vom Boden aufheben, und dabei bin ich ausgerutscht und ...« In seinem Kopf vermischen sich die Ereignisse, teilweise weiß er nicht einmal mehr selbst genau, wie der Ablauf war, die Details scheinen aus der einen Erinnerung in eine andere zu gleiten. Richtig erinnert er sich nur noch an die Bedrohung, die er überall wahrnimmt. Seit dem Foto und dem tickenden Timer will er alles im Blick behalten, und das gelingt ihm nicht.

Vanbruine unterbricht ihn nicht, sondern lässt John in aller Ruhe ausreden, bis der Strom seiner Worte von selbst versiegt.

»So etwas ist immer eine lästige Angelegenheit«, kommentiert er dann. »Man hat sich nichts gebrochen und glaubt darum, das Ganze wäre nicht so dramatisch, und dann stellen sich die Beschwerden oft erst später ein.«

John hört am Ton von Vanbruines Stimme, dass sich der Arzt bedeckt hält, bewusst nicht auf alles eingeht, was ihm da erzählt wurde, und das verunsichert ihn. Ein Arzt, der nichts sagt, ist unheimlich.

»Bitte ziehen Sie doch mal das Hemd aus«, fordert ihn Vanbruine auf. Mit dem Stethoskop hört er Johns Brust und Rücken ab, fühlt ihm den Puls, klopft ihm dann auf den Rücken, und währenddessen stellt er Fragen.

»Schlafen Sie denn gut?«

»Im Allgemeinen schon.« John lügt bewusst. Er schläft kaum. Durchwachte Nächte gehören bei ihm zur Normalität. Das ist er gewohnt, und er spricht nicht darüber, dann braucht er auch nichts zu erklären. Drei oder vier Stunden stellen das Maximum dar.

»Keine unangenehmen Träume oder so?«

»Ich träume nicht.«

»Ach? Wirklich nicht? Sind Sie da ganz sicher? Gar nicht? Das höre ich nicht oft.«

»Sollte ich unangenehme Träume haben, kann ich mich jedenfalls nicht an sie erinnern, wenn ich aufwache.« Seine Albträume erwähnt John nicht. Die hat er, aber dafür braucht er nicht im Bett zu liegen. Halluzinationen. Flashbacks. An die will er sich nicht erinnern. »Ich bin traumdement.«

Vanbruine lacht. »Alzheimer haben Sie bestimmt nicht. Machen Sie sich keine Sorgen. Und wie sieht es mit der Konzentration aus? Alles in Ordnung?«

»Meistens schon. Wenn ich etwas reparieren will, kann ich noch sehr gut bei der Sache bleiben.«

»Schön. Und gibt es Dinge, die Sie irritieren oder ärgern?«

»Zum Beispiel?«

»Tja, gute Frage. Aber fällt Ihnen da nichts ein?«

»Spontan nicht, nein.«

»Kopfschmerzen? Bauchschmerzen?«

Vanbruine geht eine ganze Liste durch, und danach hüllt er sich in ein langes Schweigen, während er sich Notizen macht. John wartet geduldig, bis der Arzt fertig ist, und dann sitzen die beiden einander eine Zeit lang schweigend gegenüber.

»Gibt es da etwas, was Ihnen zu schaffen macht?«, erkundigt sich Vanbruine.

John starrt den anderen an. Etwas, was ihm zu schaffen macht. Das klingt so gewöhnlich, so nichtig, so normal. Jeder hat hin und wieder etwas, was ihm zu schaffen macht. Aber ihm macht etwas so sehr zu schaffen, dass er das gar nicht mehr als solches wahrnimmt. Seine einzige Empfindung grenzt an Panik.

»Wieso?«

»Das war mein Eindruck.«

John überlegt. Was genau hat er auf die Fragen des Arztes geantwortet? Warum denkt Vanbruine das? Hat sich John unbewusst etwas von seiner Reaktion auf dieses Foto anmerken lassen? Diese Hilflosigkeit, das Gefühl, die Kontrolle über sich selbst zu verlieren, in einer Bibliothek ohne Index zu versinken – hat er davon etwas gezeigt?

»Sie wirken ein wenig abwesend, und ich dachte, Sie vermissen vielleicht Ihre Frau. Vielleicht setzt Ihnen der Verlust noch sehr zu. Ist das möglich?«

Der Gute, denkt John. Vanbruine glaubt, der Verlust von Vera mache ihm noch Schwierigkeiten. Das ist auch so, aber nicht auf die Art und Weise, wie es der Arzt vermutet. Vera hatte ihn dem Feind zum Fraß vorgeworfen, und dafür hat John persönlich die höchste Strafe vollstreckt. Bei ihr. »Vermissen« ist nicht das richtige Wort. John leidet unter einer Wut, die seit der Abrechnung in ihm tobt und die sich über die ganze andere Gewalt gelegt hat, die sich bereits in seinem Inneren befunden hat. Er wünschte, er könnte Vera vermissen, aber nach dem, was sie getan hat, ist das unmöglich. Stattdessen wird er von einer Unsicherheit verzehrt. Er wird nie herausfinden können, wie tief der Verrat seiner Frau sein Leben durchdrungen hatte. Nie wird er wissen, ob sie auch über seine Mission in Afghanistan Bescheid wusste, ob sie diejenige war, die diese Mission negativ beeinflusst hat. Er denkt darüber noch täglich nach, und die Fragen des Hausarztes führen ihn erneut zu dieser Frage. Trotzdem ist er immer noch davon überzeugt, dass es jemand anders gewesen ist. Selbst wenn Vera von der Mission gewusst hätte, hätte sie keinen Grund gehabt, ihn zu verraten. Sie war eine russische Spionin, und die Russen waren schon lange aus Afghanistan abgezogen und arbeiteten kaum mit den Taliban oder mit Pakistan zusammen. Russland hätte keinen Vorteil davon gehabt, die Aktion zum Scheitern zu bringen. Die Russen hatten selbst aus Leibeskräften gegen die Taliban gekämpft. Auch wenn A386 noch so sehr davon überzeugt ist, dass Vera alles zu verantworten, dass seine Frau die Sache verraten hat, und dass er, John Antink, darum die Schuld am Tod von A173 trägt. Das kann einfach nicht sein, es ist unmöglich.

»Nein?«, fragt der Arzt.

»Nun ja ...« John verabscheut sich gerade selbst. Diese Erkenntnis überfällt ihn hier in der Hausarztpraxis ganz heftig, und es überfordert ihn. Dem Arzt gegenüber darf er das auf keinen Fall erwähnen, dafür ist das Gefühl zu scharf, deshalb versteckt er sich hinter der Zustimmung zu allem, was Vanbruine als mögliche Erklärung nahelegt.

»Der Verlust von Vera hat sicher damit zu tun«, sagt er. Danach, wie das nach Ansicht des Arztes genau aussehen soll, fragt er nicht, denn über dieses Thema möchte er auf keinen Fall sprechen.

»Haben Sie vielleicht in der Vergangenheit etwas erlebt, was ...« Vanbruine hält kurz inne. »Ich will hier keinen auf Psychiater machen, verstehen Sie mich nicht falsch, aber eine traumatische Erfahrung kann einen noch Jahre später in ein ziemliches Chaos stürzen.«

Der Arzt schaut John fragend an. Ohne es zu wissen, hat Vanbruine den Finger in die Wunde gelegt. Mit beängstigender Präzision dringt er zum Kern vor. Er stellt die Frage, die John nicht hören will, und dabei schaut er drein, als hätte er sich nach etwas ganz Gewöhnlichem erkundigt. Das macht das Ganze noch bedrohlicher. Es ist, als wüsste Vanbruine, dass er richtigliegt, wollte John aber nicht abschrecken. Das bewirkt das Gegenteil. John hält den Atem an. Wenn Vanbruine jetzt nur nicht weiter bohrt, wenn er es nur dabei belässt, den bewussten Punkt zu berühren, dann schafft es John aus dieser Situation heraus. John zwingt sich zu einem Lächeln. Seine Geheimnisse sind stärker als die Wahrheit. Er tut einfach, als hätte er die Frage gar nicht gehört. Leugnen, leugnen, leugnen.

»Noch mal wegen meinem Knie«, sagt er. »Gibt es irgendetwas, was ich selbst tun kann? Oder brauche ich einen Stützverband?«

»Dafür habe ich hier was«, erwidert Vanbruine. Er lässt die vorherige Frage fallen, schaltet nahtlos auf praktische Hilfe um, holt einen elastischen Knieverband aus dem Schrank und hilft John beim Anlegen. »Das Beste wäre, dem Knie ein wenig Schonung und Ruhe zu gönnen. Passen Sie also bitte in nächster Zeit gut auf und kommen Sie in ein paar Wochen wieder, in Ordnung?«

Ruhe – schon der Gedanke daran macht John nervös. Stillsitzen ist nichts für ihn, war es auch noch nie. Durch Aktivität kann er seine Dämonen am besten zum Schweigen bringen.

Draußen vor der Praxis stellt er sein Handy wieder an und hört die Mailbox ab: eine Nachricht von Kenzi. Die irritiert ihn. Kenzi ist gut, aber er überlässt sich zu schnell seiner Aufregung. Und er ruft zu viel an, spricht Dinge auf die Mailbox, die dort nichts zu suchen haben. Das gefällt John überhaupt nicht. Er löscht die Nachricht und weiß dabei nur zu gut, dass das überhaupt keinen Zweck hat. Durch das Löschen gibt es die Nachricht auf seiner Mailbox nicht mehr, auf dem Server der Telefongesellschaft aber immer noch. Kenzi vertraut der modernen Technologie zu sehr. John nicht, John vertraut nur einem persönlichen Gespräch, an einem Ort, der nicht abgehört wird.

Sein Knie ist immer noch ganz schön empfindlich. Daran kann kein Verband der Welt etwas ändern, denn was John in seinem Knie spürt, kommt von einer ganz anderen Stelle.

# 28

## ÜBER DEN EIGENEN HORIZONT HINAUS

Die Gespräche mit den elf Wachleuten sind auf vier Agenten verteilt. Kenzi selbst spricht mit dreien von ihnen, und er koordiniert die Berichterstattung. Eine zeitaufwendige, zähe Angelegenheit. Hochkonzentriert lauscht er dem Mann, den er als Ersten hereingebeten hat, Kevin Stager, 47 Jahre alt. Stager wurde mit 23 vom militärischen Geheimdienst aus dem Heer heraus rekrutiert. Er ist weiß, fit und gibt sich lakonisch, und er hat schon so viele Leute beschattet, dass er den Überblick darüber verloren hat, wie viele es waren.

»Manchmal kommt es schon vor, dass man jemanden verliert«, berichtet er. »Das soll natürlich nicht passieren, aber es kommt vor.« Der Mann spricht mit einer gespielten Nonchalance. Die vorgetäuschte Gleichgültigkeit soll dazu dienen, sich vor Menschen außerhalb des eigenen Teams zu schützen. So sind sie alle. Kenzi erkennt das auch bei sich selbst; es ist eine zweite Haut, die man automatisch um sich herum bildet, sobald Außenstehende einem zu nahe kommen. Es ist auch Schauspielerei; eigentlich denkt der Mann ganz anders über das Entkommen der Person, die sein Team hätte beschatten sollen. Wenn er seine wirkliche Meinung äußern sollte, würde er einen Kollegen beschuldigen, und das ist innerhalb des Teams eine Todsünde. Man lässt sich gegenseitig niemals fallen, der Mann kann also nicht anders. Er ist gefangen zwischen Loyalität und Gesichtsverlust.

Geduldig lässt Kenzi den anderen ausreden, spricht ihn auf seine Erfahrung an und fragt nach Informationen über Karishma Noorullah, die Frau, die Stager observieren musste. Sie ist an einem Tag entwischt, als Stager keinen Dienst hatte, an ihm hat es also nicht gelegen. Wer Dienst hatte, weiß er nicht. Das weiß nur der Koordinator. Kenzi auch, der Ausdruck des Dienstplans befindet sich in der Mappe vor ihm. Drinnen in der Wohnung war Anil Riahi zuständig, draußen folgte Magda de Leeuw Karishma Noorullah. Beide wurden bereits von ihrem eigenen Dienst in die Mangel genommen, und die Wahrscheinlichkeit, dass eine der beiden etwas mit dem Entkommen der zu schützenden Person zu tun hat, ist gering. Das wäre zu offensichtlich. Wenn es einen Verräter im Team gibt, hat der sich für den betreffenden Tag ein wasserdichtes Alibi besorgt. Darum ist das Gespräch mit Kevin Stager wichtig: Er fühlt sich sicher, weil er beweisen kann, dass er an einem anderen Ort war, und weil er sich so unangreifbar wähnt, wird er möglicherweise unbeabsichtigt etwas preisgeben, ohne es zu wollen.

»Was können Sie mir über Karishma erzählen?«, fragt Kenzi. Mit großer Wahrscheinlichkeit weiß er selbst mehr über die Frau aus Afghanistan als Stager. Doch er tut, als wäre das nicht der Fall, und hofft, dass Stager den Köder schlucken wird.

»Anfang dreißig, schätze ich. Besonders viel weiß ich gar nicht über sie. Wir erfahren nur das Nötige, und das ist sehr wenig. Wenn man jemanden beschattet, braucht man einen leeren Kopf. Die gesamte Aufmerksamkeit muss auf das gerichtet sein, was man sieht. Die ganze Zeit. Schauen, sehen, beurteilen und wieder schauen. Schauen, schauen, schauen. Wenn die Gedanken abschweifen, sieht man nicht mehr gut hin, und dann entgehen einem Dinge. Das passiert wie von selbst. Ein leerer Kopf ist am besten.« Dann schweigt er, denn was er sagt, ist unmöglich. Niemand kann nur schauen, ohne etwas zu denken.

Kenzi nimmt wahr, dass sich der andere zurückhält. Er sagt erst einmal nichts, sondern wartet ab, bis der Mann weiterspricht, aus eigenem Antrieb weitererzählt. Die Versuchung, zu zeigen, dass er mehr weiß als der Halbalgerier da ihm gegenüber, ist größer als seine professionelle Zurückhaltung. So etwas würde Stager nie laut aussprechen, aber Kenzi spürt es; das Überlegenheitsgefühl des Mannes ist unverkennbar.

»Man denkt sich natürlich trotzdem etwas, das kann man gar nicht stoppen. Und wenn man nichts hört, sucht man sich die Informationen selbst und ordnet sie. Denn darüber sprechen wir doch hier? Über eine schöne Frau, das ist sie nämlich, aus einem Kriegsgebiet. Die ist nicht einfach so hergekommen. Die ist nicht irgendein Soldatenliebchen. Dann hätte man sie nicht in einem Safe House untergebracht. Sie weiß also etwas, hat etwas gesehen. Aber was? Was hat sie gesehen? Was hat sie erlebt? Wir haben alle unseren Dienst absolviert, ich auch, und ich habe Situationen durchgemacht, die ihre Spuren hinterlassen haben. Sie auch. Eine starke Frau, das sieht man gleich. Stolz. Und da gibt es in ihrem Innern diese Verletzung, die man von außen nicht sehen kann. Damit kenne ich mich aus. Das können Sie mir glauben.«

Kenzi notiert: *Trauma? Wo?* Nicht in Afghanistan. In Stagers Akte steht, dass er in Kuwait stationiert war. In einem anderen Land, einem anderen Krieg, bei anderen Leuten. Und trotzdem. Ein Trauma? Nach Stagers Kenntnis hat Karishma nie zu irgendjemandem außer zu den Wachleuten Kontakt gehabt. Er kann auch nicht sagen, wie und wo sich ein solcher externer Kontakt hätte ergeben können. »Wusste sie, dass Sie sie beschattet haben?«

»Sie wusste, dass sie observiert wurde, aber nicht, von wem. Mich hat sie nie gesehen, davon bin ich überzeugt. Und dafür habe ich auch mein Bestes tun müssen, denn sie hatte Erfahrung, das konnte man sofort merken. Sie war es gewohnt, Verfolger zu erkennen. Wie sollte das auch anders sein? Das ging ja auch gar nicht anders. Diese Person kam aus einem Kriegsgebiet, in der jeder Schritt ihr letzter sein konnte. Das sind Bedingungen, die wir nicht kennen. Sie weiß mehr als Sie und ich, also mehr als Sie jedenfalls.« Kenzi schreibt sich etwas auf.

Warum sagt Stager das? Warum sagt er explizit, dass Karishma mehr weiß als er, Kenzi?

»Was denn? Können Sie mir da ein Beispiel geben?«

»So jemand hat ein anderes Bewusstsein. Wenn man noch nie in einer War Zone war, lässt sich das nur schwer erklären.«

Diese Bemerkung soll Kenzi, den Mann ohne richtige Erfahrung, in die Schranken weisen. Kenzi ist tatsächlich noch nie in einem Kriegsgebiet gewesen; Stager weiß das und setzt es ein, um Kenzi klein zu machen. Das gehört zum Gefecht zwischen den beiden Geheimdiensten, dem militärischen und dem allgemeinen. Kenzi lässt es von sich abperlen, es berührt ihn nicht. Auf Druck folgt Bruch, sagt seine Mutter oft. Dem Druck, den ein anderer ausübt, sollte man sich entziehen.

»Versuchen Sie es trotzdem«, fordert er Stager auf.

Der tut offensichtlich nichts lieber als das, stützt sich auf den Ellbogen ab und lehnt sich über den Tisch nach vorn, um Kenzi seine Worte näherzubringen. So ein Mann ist er.

»Im Krieg verändern sich das Sehvermögen und das Tempo, mit dem das Gehirn Informationen verarbeiten kann. Wenn man aus einem solchen Gebiet hierherkommt, verfügt man über einen Vorsprung, den wir nicht einholen können, auch nicht mit zehn Mann. Das müssen Sie wissen, sonst finden Sie sie nie. Sie müssen über den eigenen Horizont hinausschauen. Können Sie das?«

Kenzi braucht Stagers Frage nicht zu beantworten, so funktioniert das Verhältnis zwischen ihnen beiden nicht. Er stellt hier die Fragen, Stager hat sie zu beantworten. Also beendet er das Gespräch, denn der andere wird ihm nicht mehr mitteilen. Er zeigt gern, wie gut er ist, aber in seinem Auftreten ist kein Riss, keine Unebenheit zu erkennen. Kenzi dankt ihm und begleitet ihn zum Ausgang. Weg mit dem Mann. Die Gespräche irritieren ihn. Es fühlt sich an, als würde man ihn zum Einkaufen losschicken, während der Repair Club in Flammen steht. Er holt sich einen Becher Tee, geht zurück in den Vernehmungsraum, trinkt kleine Schlucke, bis er sich beruhigt hat, und schaut seine Aufzeichnungen durch.

»Sie weiß mehr als ich«, hat Stager gesagt. Nicht einfach so, sondern ganz bewusst. Auf Kenzis Bitte, dafür ein Beispiel zu nennen, hat er nicht reagiert, stattdessen nur vages Gelaber von sich gegeben, Gemeinplätze über den Krieg. Warum? Warum hat er erst etwas gesagt, um dann ebenso bewusst nicht weiter darauf einzugehen? Stager hat sich in Allgemeinheiten ergangen, um etwas zu verbergen. An sich ist das nicht verwunderlich, für einen Agenten sogar einfach nur normal. Es bedeutet, dass er eine Grenze festlegt, einen Horizont, und über diesen Horizont muss Kenzi hinausschauen können. Doch so sorgfältig er seine Notizen auch durchgeht, er sieht nichts, und gerade das ist verdächtig.

# 29

## DAS SANFTE LÄCHELN

Die dritte Person, mit der er spricht, ist eine Frau. Jules Ommaz, 29 Jahre alt, 1,73 Meter groß, blondes Haar, blaue Augen und mit einem Mund, auf dem sich ein sanftes Lächeln niedergelassen hat. Ein anziehendes Lächeln, sagt er sich.

Ein solcher Gedanke passt nicht in eine Vernehmung, doch Kenzi hat keinen Einfluss darauf. Sie betritt den Raum, setzt sich hin, und um Kenzi ist es geschehen. Ein schlechter Anfang, aber sie hat so ein schönes Lächeln. Unprofessionell.

»Denken Sie gerade an etwas Amüsantes?«, erkundigt er sich.

»Nein. Sollte ich das?«

Es ist, als würde sie ihn auslachen. Kenzi fühlt sich in diesem Moment sehr unbehaglich. Verlegen blättert er in den Unterlagen in seinem Ordner. Auf dem Foto hat sie längeres Haar, es wirkt auch ein wenig dunkler. Jules Ommaz ist die Tochter einer niederländischen Mutter und eines Vaters aus Südfrankreich.

»Warum fragen Sie mich das?«

»Weil Sie aussehen, als würden Sie lachen.«

»Ach, ich verstehe. Machen Sie sich keine Sorgen, wenn ich wirklich lache, merken Sie das schon.«

Sie ist sachlich und trocken. Auf jede seiner Fragen hat sie eine gute Antwort ohne überflüssige Informationen, ohne Hinzufügungen und ohne Zögern. Es ist, als müsste sie nicht einmal nachdenken, hätte alles im Kopf parat. Man drückt auf einen Knopf, und sie legt los. Anfangs ist das angenehm, und Kenzi hat das Gefühl, es mit einer professionellen Person zu tun zu haben, mit einem Gegenüber, das seine ganze Aufmerksamkeit auf das Gespräch richtet und sich auf das Thema konzentriert. Sie liefert Informationen, die ihm etwas bringen. Karishma hatte bestimmte Angewohnheiten, die der Überwachenden beim Observieren auf der Straße aufgefallen sind. Sie beschreibt, dass die afghanische Dolmetscherin immer den Bürgersteig benutzte und dann auf die Straße wechselte, wenn es kurz unübersichtlich wurde. Ob ihr Autos, Motor- oder Fahrräder entgegenkamen, interessierte sie nicht.

»Genau als wäre sie wieder in Kabul. Verkehrschaos war sie gewohnt, anderes hat sie vermieden.«

»Zum Beispiel?«

»Wenn mehrere Leute vor dem Eingang zu einem Geschäft standen. Dann hat sie den Bürgersteig verlassen und einen Bogen um die Gruppe gemacht. Sie ist auch nie genau dieselbe Route gegangen. Nie. Sie hat immer dafür gesorgt, dass es im Vergleich zum vorigen Spaziergang eine Variation gab. Manchmal waren das nur ganz kleine Dinge, sodass man sich fragte: Ist es nicht egal, ob du jetzt links oder rechts um diesen Laternenpfahl herumgehst? Verstehen Sie? Sie lief nie an zwei Mülleimern nacheinander vorbei. Wenn sie einen passiert hatte, überquerte sie die Straße, bis der nächste kam. Kleinigkeiten. Ich habe sie mehr als einen Monat observiert, und ich weiß, wovon ich rede. Ich habe es selbst gesehen, ich habe Aufzeichnungen darüber. Nicht als Teil des offiziellen Berichts, dafür waren diese Beobachtungen zu unwichtig. Sie haben mir auch nichts genutzt. Ich hätte nicht sagen können: Achtung, hier tut sie dies oder das. Eigentlich war es gar nichts, aber sie hat sich so verhalten.«

»Haben Sie diese Notizen noch? Darf ich sie sehen?«

Jules Ommaz nimmt ihr Handy, öffnet ihre Notiz-App, scrollt ein wenig herum und hält Kenzi das Display hin. Kenzi beugt sich vor, will das Handy von ihr übernehmen, doch als er die Hand ausstreckt, zieht sie ihre zurück.

»Wenn Sie mein Handy wollen, müssen Sie zuerst meinen Chef fragen. Sonst geht das nicht.«

»Können Sie mir diese Aufzeichnungen denn schicken?« Er nimmt sich die Akte, die er vor sich hat, und schreibt seine Handynummer vorn auf den Deckel.

Dieses unbestimmte Lachen hängt noch immer auf ihren Lippen, doch als sie jetzt etwas sagt, ist sie todernst.

»Wenn ich Ihnen die schicke, haben Sie meine Nummer.«

»Und Sie meine.«

»Ach? Geht es hier um ein Tauschgeschäft oder so etwas?«

Sie hat das Gespräch mit einem Schlag zu einem persönlichen gemacht. Ihre Arbeit, ihr Einsatzbereich, der Auftrag, die entkommene afghanische Dolmetscherin, alles wurde in den Hintergrund geschoben. Das hier läuft zwischen ihm und ihr ab, und sie hat nicht vor, ihm ihre Telefonnummer zu geben. »Wenn Sie die wollen, gilt dasselbe wie gerade eben: Fragen Sie meinen Chef. Wenn er sagt, ich soll sie herausgeben, denke ich noch einmal darüber nach.«

Kenzi schiebt ihr den Ordner mit der Akte zu und drängt sie, sich auf jeden Fall seine Nummer aufzuschreiben, damit sie ihm später notfalls von einem anderen Handy aus ihre Aufzeichnungen zukommen lassen kann. Das lässt sich auch erledigen, ohne dass er ihre Nummer herausfinden kann.

»Schreiben Sie sich die Nummer auf.«

»Nein.«

Er kommt keinen Zentimeter weiter bei ihr. Durch ihr Lachen kann er ihr Verhalten auch nicht interpretieren. Was in ihr vorgeht, lässt sich unmöglich erkennen, weil sie ständig diesen vergnügten Gesichtsausdruck hat. Ganz offensichtlich kann sie das nicht beeinflussen, und ihm wird bewusst, dass sie dadurch ein ganz großartiges Pokerface besitzt. Und dann muss er an etwas denken, was Antink gesagt hat.

»Das Unangenehme ist dein Freund, das Angenehme dein Feind.«

Hier sind zwei Gegensätze aktiv. Sein eigenes Unbehagen ist ein Freund, seinem Unbehagen muss er vertrauen. In der aktuellen Situation stimmt etwas nicht, deswegen empfindet er Unbehagen. Aber für sie gilt dasselbe, und sie lässt sich kein Unbehagen anmerken. Nichts. Sie radelt förmlich durch das Gespräch, als säße sie auf einem E-Bike. Sie lässt sich ausschließlich Angenehmes anmerken, und dieses Angenehme ist ihr Feind. Für ihn ist es eine Mauer, die er durchbrechen muss.

Aber nicht hier. Hier hat sie ihre Seite der Geschichte bereits nach allen Seiten abgedichtet.

»Auch gut«, gibt er zurück. »Es war nur eine Frage. Außerdem kann ich mir Ihre Nummer einfach aus dem System holen, wenn ich will. So schwierig ist das nicht.« Zur Ablenkung blättert er kurz in der Akte. »Wo waren Sie am Dienstag, dem 18. April, zwischen zehn Uhr morgens und fünf Uhr nachmittags?«

»Das habe ich schon erzählt, und es steht auch alles in der Akte.«

»Weiß ich. Aber ich will es von Ihnen hören. Also erzählen Sie.«

Schulterzuckend willigt Ommaz ein und legt los. Kenzi hat ihre bereits gemachte Aussage vor sich und liest mit, während sie spricht, und es ist, als würde sie den Text vorlesen. Was sie sagt, ist wortwörtlich dasselbe, was da steht. Alle Sätze sind genau identisch. Sie hat sie auswendig gelernt. Darum läuft das Ganze so gut. Und darum stimmt es nicht.

Sie lacht noch immer. In Kenzis Hosentasche vibriert sein Handy unaufhörlich. Er ignoriert es, schaut nicht einmal kurz auf das Display, um herauszufinden, wer ihn denn da so dringend sprechen muss. Er schaut nur sie an, Mevrouw Ommaz, die ganz offensichtlich Informationen zurückhält. Sie gibt einen auswendig gelernten Text von sich, und sosehr er es auch versucht, er kommt nicht durch. Er kann nichts anderes aus ihr herausholen. Sie lässt sich von seinen Fragen nicht beeindrucken, und das reizt ihn.

Als er sie am Ende der Vernehmung zum Ausgang begleitet, protestiert sie.

»Ich finde schon allein hier raus.«

»Das ist nicht vorgesehen.«

»Was ist nicht vorgesehen? Dass ich allein hier rausfinde?«

»In diesem Gebäude unternehmen Sie keinen Schritt allein.«

Dass er ihr im letzten Moment noch hat demonstrieren können, wer hier der Boss ist, stimmt ihn zufrieden, und insgeheim denkt er, dass hinter ihrem Lachen doch mehr steckt, dass es für ihn bestimmt ist, auch wenn er das nicht laut auszusprechen wagt. Darum weiß er mit Sicherheit, dass er es bei ihr versuchen wird.

»Mich sind Sie noch nicht los«, verkündet er.

»Das wiederum entscheiden nicht Sie.« Sie durchquert die Sicherheitsschleuse, lässt ihre Zugangskarte für Gäste in das dafür vorgesehene Fach fallen und geht aus dem Gebäude.

Sie dreht sich nicht um.

# 30

## DER WAGEN IST FERTIG

Er hat drei verpasste Anrufe auf dem Handy, alle drei von George. Und eine einzige kurze Nachricht auf der Mailbox.

»Der Wagen ist fertig.«

Ein Code. Der alte Antink besteht darauf, dass sie Codes verwenden, denn Mailbox-Nachrichten werden ewig aufbewahrt und können abgehört werden. Das weiß Kenzi auch, der Geheimdienst nutzt diesen Umstand und diese Fristen selbst aus, aber er sieht das etwas entspannter. Eine normale Nachricht ist eine normale Nachricht. Dieser Code bedeutet: so schnell wie möglich in die Garage Kasteel, also Georges Werkstatt. Antink geht bei seinen Aktionen vorsichtig vor, er sichert sich ab und achtet darauf, so wenig digitale Spuren wie möglich zu hinterlassen, denn eine digitale Spur kann von einer Maschine nachverfolgt werden.

»Nur Menschen darf es möglich sein, mich zu finden, dann weiß ich, mit wem ich es zu tun habe.« Das ist sein Motto, und im Herzen stimmt Kenzi dem Alten zu. Das digitale Schleppnetz ist ein unsichtbarer, ungreifbarer Gegner, und ein solcher Kontrahent ist der Albtraum jedes Agenten. Wenn John dann doch eine Spur hinterlässt, muss die irgendwo im Sande verlaufen. Darum die codierte Nachricht – Kenzi soll zu Georges Werkstatt kommen. So schnell wie möglich. Trotzdem werden sie noch ein wenig auf ihn warten müssen.

Kenzi liest die Berichte über die anderen Vernehmungen, elf insgesamt, und niemand unter den Befragten hat irgendeine Ahnung, wie es Karishma gelungen ist, zu irgendjemandem in den Niederlanden Kontakt aufzunehmen. Es ist ein Rätsel, wie sie die Vereinbarung hat treffen können, am hinteren Eingang des Supermarkts abgeholt zu werden. In allen Berichten zeigt sich deutlich das professionelle Verhalten der Wach- und Schutzleute. Irgendwie stört das Kenzi. Die Vernehmungen sind nicht streng genug, eigentlich handelt es sich um Gespräche zwischen Gleichgestellten. Es wird zu wenig Druck ausgeübt. Er führt alle Vernehmungsprotokolle in einem einzigen Dokument zusammen und schickt die Datei an Calder. Vielleicht kann sie etwas herausholen, was er übersieht, denn es fällt ihm schwer, sich auf die Sache zu konzentrieren. In seinem Kopf tickt die Uhr des Timers, Wasims Drohung erklingt, und über allem treibt das Lachen von Jules Ommaz. Das ist gelinde gesagt verwirrend. Er darf jetzt keine Fehler machen. Die Vernehmungen waren eine Zeitverschwendung, vergebliche Mühe, sie haben keine einzige Spur geliefert. Die Dolmetscherin Karishma ist noch genauso unauffindbar wie am Tag ihres Verschwindens.

»Wissen Sie, wo Antink steckt?« Calder betritt unangekündigt Kenzis Büro. »Sie haben doch Kontakt zu ihm? Ich versuche ihn anzurufen, aber er geht nicht ran.«

»Herr Antink nimmt nie Gespräche an.«

»Stimmt. Sie kennen ihn offensichtlich schon besser als ich. Aber meistens ruft er immerhin zurück.«

Diese Bemerkung ist sarkastisch gemeint, John Antink und Alisha Calder kennen einander durch und durch, sie haben mehr als fünfzehn Jahre beim Dienst zusammengearbeitet, sie weiß, wie er seinen Kaffee trinkt und auf welcher Seite des Bettes er schläft, sie weiß, dass er sich fanatisch an den altmodischen Auffassungen seines Fachs festhält, sie weiß, dass er lieber irgendwohin läuft, als öffentliche Verkehrsmittel zu benutzen, sie weiß, dass er Flughäfen meidet und dass er über ein Privatvermögen verfügt, dessen Höhe sie nie in Erfahrung hat bringen können. Und sie weiß, dass er die Telekommunikation, Social Media und all das hasst, was allmählich die ganze Welt im Griff hat. Wenn sie mit ihm sprechen will, darf sie nicht anrufen, dann muss es nach seinen Regeln laufen, und das wiederum hasst sie.

»Sanders und Sie werden zusammen die Routen ablaufen, die Karishma und ihre Bewacher vom Safe House bis zum Laden und bis zum Park zurückgelegt haben. Das habe ich Sanders bereits mitgeteilt. Donnerstag wäre schön.«

An sich ein einfacher Auftrag: herumlaufen und schauen, mehr braucht es nicht zu sein. Und Notizen oder Fotos von jeder Stelle machen, an der Karishma Noorullah möglicherweise eine Nachricht hat hinterlassen können. Das einzige Problem besteht darin, dass sich das Safe House in Uden befindet, in der Nähe des Militärflugplatzes Volkel, wo Karishma in den Niederlanden angekommen ist. Und Uden hat keinen Bahnhof. Sie werden einen ganzen Tag einplanen müssen, um dorthin zu fahren und alle Routen abzulaufen.

»Donnerstag?«

»Übermorgen. Und ich will alle Details.« Sie legt ihr Tablet auf Kenzis Schreibtisch und tippt auf das Display. Seine E-Mail mit den Vernehmungsberichten erscheint. »Geben die was her?«, will sie wissen.

»Zu wenig.«

»Hatte ich schon befürchtet. Noch irgendwas?«

Die Chefin klingt kurz angebunden. Das ist Kenzi gewohnt, es hat nichts zu bedeuten.

»Nein. Oder ...«

»Was?«

Kenzi überlegt. Etwas an den Vernehmungen nagt an ihm. Zu flach, dieses Gefühl hatte er dabei. Zu flach. Aber was bedeutet das?

»Es ist, als würde sie das Ganze nicht interessieren, als wäre es ihnen egal, wohin diese Frau verschwunden ist«, erklärt er.

»Sie sind der Ansicht, wir sollten uns da raushalten, und darum sagen sie nichts.«

»Während ich mit Ommaz gesprochen habe, habe ich sie gefragt, wo sie gerade war, als die Dolmetscherin verschwand, und ihre Antwort war wortwörtlich dieselbe wie im Protokoll in der Akte. Jede einzelne Silbe hat übereingestimmt.«

»Steht das auch in Ihrem Bericht?«

»Nein, mir wird jetzt erst klar, dass das etwas zu bedeuten haben kann. Während der Vernehmung ist mir vor allem aufgefallen, *dass* es übereinstimmt. Aber es stimmt zu gut überein. Es ist zu glatt.«

Kenzi vertraut seinem eigenen Argwohn, und wenn da etwas zu glatt ist, zu sorgfältig präsentiert, will er den Grund dafür wissen.

»Glatt ist immer verdächtig. Versuchte sie etwas zu verbergen?«

»Dann wäre das kein Mangel an Interesse, sondern absichtliche Behinderung der Ermittlungen.«

Ein kleines Lächeln gleitet über das Gesicht der Chefin. »Gut beobachtet, das kann uns weiterhelfen.« Sie wendet sich um, verlässt Kenzis Büro wieder. »Nicht vergessen, am Donnerstag fahren Sie nach Uden«, sagt sie.

Kenzi seufzt. Im einen Augenblick wird er gelobt, im nächsten ist er wieder ein Laufbursche. Er sucht seine Sachen zusammen, steckt seinen Laptop in den Rucksack und verlässt rasch das Gebäude. Er weiß genau, wo John ist, er hätte es Calder ohne Weiteres erzählen können. John wartet mit George schon seit Stunden in dessen Werkstatt. Zum zweiten Mal innerhalb von zwei Tagen hält Kenzi Informationen zurück. Er ist davon überzeugt, die richtige Entscheidung getroffen zu haben, und trotzdem macht ihn das Ganze langsam wirklich nervös. Es wird nicht lange dauern, bis Calder bei John Antink vor der Tür steht, und bis dahin muss es Kenzi auf die richtige Seite geschafft haben.

# 31

## ER IST, WER ER IST

Wie eine Art Verteidigungswall umgeben sie die Autos. Georges Werkstatt ist auf das Instandsetzen von Oldtimern spezialisiert, also von prächtigen Modellen von 1960 bis kurz vor die letzte Jahrhundertwende. Was nach dem Jahr 2000 auf den Markt gekommen ist, interessiert George nicht mehr. Er ist ein Fan des altmodischen Verbrennungsmotors, des V8, des V12 und wenn es sein muss auch des Sechszylinders. Von Motoren, deren Geräusche einen froh machen. Hier hatte John seine eigenen Wagen stehen. Nach Veras Tod hat er sie aufgegeben. Seine Vergangenheit hat ihn belastet, die Autos waren ebenfalls eine Erinnerung an seine verstorbene Frau, und wenn es jemanden gibt, an den er nicht erinnert werden möchte, dann sie. Den Jensen Interceptor III, den Mustang 284, den Corvette Stingray und den Mercedes 300 SL Gullwing, sie alle hat er verkauft. Vor allem bei dem Jensen ging ihm das nahe, denn das war sein erster Wagen gewesen, und ein richtiges Auto. Der Mercedes war vor allem schön, ein Museumsstück. Je älter John wird, desto deutlicher nimmt er sein Alter wahr. Er will nicht mit einem Museum assoziiert werden. Der Gullwing hatte ihm einen phänomenal hohen Betrag eingebracht, und dieser Umstand half ihm beim Abschließen mit der Vergangenheit. Diesmal haben die drei Männer keine Augen für all das Schöne um sie herum. John redet ohne Punkt und Komma, er dreht förmlich frei. Der Anschlag auf Lydia nagt an ihm, der Timer und das Foto zerreißen ihn. Wasim spukt ihm durch den Kopf.

George stellt ein paar Tassen auf den Tisch. Die Garage gehört zu den Orten, an denen sich John am liebsten mit anderen trifft. In der Mitte der großen Halle hat George einen Büroraum gebaut, einen gläsernen Verschlag mit einer Tür. Einen Schreibtisch und vier Stühle gibt es darin. Von hier aus kann man die ganze Halle überblicken, und drinnen gibt es kaum eine Möglichkeit zum Installieren von Abhörgeräten. An einer der Glaswände steht ein niedriger Aktenschrank, in dem George die Papiere zu den Oldtimern aufbewahrt und zu dem nur er einen Schlüssel besitzt. Darauf steht eine Kaffeemaschine, für Filterkaffee. George mag keinen Espresso und die anderen modischen Kaffeetypen wie Latte Macchiato oder Espresso Choc auch nicht. Er befüllt den Filter, gießt Wasser in den Behälter und stellt den Apparat an.

Während sie warten und dem Prütteln des Wassers lauschen, zeigt ihnen Kenzi, was er gefunden hat.

»Das Auto, der blaue Peugeot, den du verfolgt hast, ist auf den Namen einer Reinigungsfirma gemeldet, und die gehört Khalil Halim. Ein Geflüchteter aus Afghanistan, im Jahr 2000 hier angekommen, vor dem Kriegsausbruch in seiner Heimat. 39 Jahre alt, keine Familie. Auch keine Angehörigen im Land. Aufenthaltsgenehmigung, alles in Ordnung. Er hat seine eigene Firma gegründet und stellt viele Landesgenossen ein, die herkommen. Die Wohnung, Nummer 59, hat Frank Kranssen angemietet, aber der wohnt in Frankfurt. Fragt mich nicht, wie das funktioniert, denn das weiß ich nicht. Dieser Mann, der mit der Kassette und dem Timer vor deiner Nase stand, heißt der wirklich Wasim? Ich kann nichts über ihn finden. Ich habe keinen Vornamen von ihm, von daher gibt es ihn eigentlich gar nicht. Ich habe keinen Mietvertrag, keine Strom- oder Wasserrechnung finden können, die auf diesen Namen läuft. Wer ist er also?«

»Wasim ist Wasim.«

»Oder auch nicht.«

»Okay«, gibt John zurück. Er hat bereits vermutet, dass Wasim einen anderen Namen verwendet, damit man ihn nicht so ohne Weiteres aufspüren kann. Wasim versteckt sich. Er ist nicht im System erfasst, deshalb müssen sie ihn persönlich finden. Einfach mit der alten Methode. Beschatten, verfolgen, in die Enge treiben.

»Was will der Mann überhaupt hier? Wo kommt er her? Aus welcher Provinz von Afghanistan? Gibt es eine Akte über ihn? Und eine über diesen Kranssen?«

Kenzi hat die wenigen Informationen, die er hat auftreiben können, auf ein Papier geschrieben. Keine digitalen Dokumente für den ehemaligen Geheimdienstchef. John stürzt sich darauf, für diese Art Arbeit ist er geboren. Eine willkommene Ablenkung von dem Spagat, in dem er sich gefangen sieht. Vor allem muss er einen Mann finden, den Mörder der Frau auf dem Foto, aber jetzt muss er sich auch um Lydia kümmern. Ihre Gesundheit ist am allerwichtigsten. Er überfliegt die Akten, auch darin steht nichts Verdächtiges. Die Fragen und Zweifel kreisen durch seinen Kopf. Normalerweise würde er den Mund halten, bis all die Gedanken zu einer Auflösung führen. Jetzt gelingt ihm das nicht, er muss darüber sprechen, in der Hoffnung, dass ihm dadurch klar wird, was er zu tun hat. Manchmal hilft Wiederholung, damit die Puzzleteile an ihren Platz fallen. Diesmal passiert das nicht. Die Fragen werden größer statt kleiner. Es scheint, als käme er nicht mehr an eine Antwort heran, sondern würde immer weiter davon wegtreiben. Erst waren es nur Wasim und sein Timer, die etwas von ihm wollten. Dann wurde Lydia niedergeschossen. Noch mehr Fragen, noch mehr Verwirrung. John jagt den Tatsachen hinterher, und er ist sich selbst im Weg.

George winkt Kenzi. »Komm«, fordert er ihn auf.

Zusammen verlassen sie den Büroraum, gehen in die Garage, und erst zwischen den Autos beginnt George zu sprechen.

»Lass mich mal kurz allein mit dem Alten«, sagt er. »Ich denke, es ist besser, wenn du nicht dabei bist. Ich kenne John ein bisschen länger als du.«

»Kein Problem. Aber wir müssen handeln, wir verlieren Zeit.«

Das stimmt, die ersten beiden Tage sind entscheidend. Und die sind schon vorbei.

»Wir können wirklich nicht länger warten. Ich muss auch an den Dienst denken, ich kann nicht ewig den Mund halten.«

George weiß, dass der junge Agent in jeder Hinsicht recht hat. Und er macht sich große Sorgen wegen Lydia.

»Mich brauchst du nicht zu überzeugen«, sagt er.

»Doch, denn auf mich hört der Alte nicht. Du bist der Einzige, zu dem ich etwas sagen kann, also überzeuge ich dich, und dann erklärst du es ihm.«

# 32

## ZUFÄLLE MÖGEN WIR GAR NICHT

John wird verrückt, ohne es überhaupt zu merken. Kenzi steht am Aktenschrank, gegen die Glaswand gelehnt, George kümmert sich um den Kaffee und John verliert die Selbstbeherrschung. Mit aller Macht versucht er sich zu erinnern, was in letzter Zeit alles geschehen und was ihm dabei entgangen ist. Wo hat er nicht aufgepasst? Er denkt laut nach und redet einfach immer weiter, so besessen ist er von all den Ereignissen.

George schenkt den Kaffee ein, stellt Zucker und Milch hin. Wenn John so drauf ist, stört man ihn lieber nicht. Er macht sich Luft, und dann muss man abwarten, bis er genug Dampf abgelassen hat.

»Es gibt so viele Dinge, die wir nicht wissen, John. Das gefällt uns doch gerade. Wenn wir alles schon wissen, könnten wir uns doch gleich einsargen lassen. Oder etwa nicht?«

»Es kann nicht sein, es darf nicht sein.« John wirkt völlig mit seinem Latein am Ende. Nach der riesigen Täuschung durch seine Frau und nach Jaaps Tod würde er es nicht verkraften, wenn jetzt noch jemand von ihnen stirbt. Früher hätte er kühl und sachlich reagiert, jetzt gelingt ihm das nicht mehr. Er wird wütend auf George. »Du weißt nicht, was ich erlebt habe.«

»Das will ich gar nicht wissen.«

»Dann kannst du auch nicht darüber urteilen. Es gibt vieles, was du nicht weißt, und vieles, was ich nicht weiß, aber es gibt Dinge, die ich sehr wohl weiß, und du nicht. Okay?«

George geht um den Schreibtisch herum und zieht John aus seinem Stuhl, schüttelt ihn heftig. »Jetzt reiß dich mal zusammen!«

Die beiden Männer stehen einander gegenüber, mit geballten Fäusten. So voller Frustration und Aggression, dass sie kurz davor sind, sich zu prügeln.

»Wir müssen die Aufgaben verteilen«, sagt George. »Lydi liegt im Krankenhaus, und da liegt sie gut. Wir müssen uns auf zwei Dinge konzentrieren: Wasim aufspüren und den Kerl von dem Foto, denn der blöde Timer läuft die ganze Zeit weiter.« George schlägt vor, dass er zusammen mit John Wasim zu finden versucht, bei der Adresse, wo er die Wohnung betreten hat, und dass John dann versucht, den Schützen zu finden, dass er selbst noch einmal zurück in Lydias Haus geht und dass sich Kenzi um den Typen in Frankfurt kümmert. »Ich weiß nicht, wie viel ich da beitragen kann«, erwidert Kenzi. »Beim Dienst werden auch gerade alle gebraucht, um eine verschwundene Person zu finden.«

»Wen denn?«

Kenzi macht ein perfektes Pokerface.

»Das habe ich jetzt nicht gehört«, gibt er zurück.

John weiß, was der andere damit meint: Eine Frage über eine laufende Ermittlung kann und darf er nicht beantworten. Dass er die Angelegenheit ihm gegenüber erwähnt, stellt bereits eine Übertretung dar. Er lehnt sich in seinem Stuhl zurück. Sein Körper kämpft gegen eine Müdigkeit an, die er so noch nie zuvor empfunden hat. Kenzis Vorgehen erleichtert ihn, so würde er es selbst auch handhaben. Gedanken an ein Komplott muss er loslassen, die behindern ihn nur. Ein Komplott, in dessen Zentrum er sich befinden soll? Das will ihm einfach nicht in den Kopf. Am liebsten würde er verschwinden, irgendwo in völliger Abgeschiedenheit seine hektischen Gedanken zur Ruhe kommen lassen, wie ein Mönch in einer selbst gewählten Zelle. Aber er weiß, dass die Angst, die hin und wieder durch seinen Körper rast, sich durch keine Meditation, keine Stille bezwingen lässt. Es ist keine Angst vor etwas von außen, es steckt in ihm.

»Eins kann ich jedoch ganz klar sagen: Es geht um jemanden aus Afghanistan. Und das wisst ihr nicht von mir.«

Afghanistan. Durch dieses eine Wort fällt John mit einem Mal aus seinen eigenen labyrinthischen Gedanken. Es ist, als würde mit einem Bulldozer ein Zugang erzwungen.

»So ein Zufall aber auch«, kommentiert er.

»Und Zufälle mögen wir gar nicht«, ergänzt Kenzi.

»Weiß man beim Dienst, dass wir es auch mit jemandem aus diesem Land zu tun haben?«

»Wer hätte ihnen das denn erzählen sollen?« Kenzi spielt überzeugend den Erstaunten, zieht die Augenbrauen so weit hoch, dass die Falten auf seiner Stirn ihm bis an den Haaransatz reichen. »Ich jedenfalls nicht.« Er packt seine Sachen zusammen.

Die Besprechung ist zu Ende, und während John den Raum verlässt, begreift er, was der junge Geheimagent gerade getan hat. Er hat eine Information an jemanden außerhalb des Dienstes weitergegeben, sodass John nun einen Informationsvorsprung hat. Den kann er zu seinem Vorteil einsetzen. Zwei Menschen aus Afghanistan – kein Agent auf dieser Welt würde da an einen Zufall glauben. Wasims Aktion ist Teil von etwas Größerem. Es geht nicht nur um John, und das ist ein befreiender Gedanke. Je persönlicher es wird, desto schwieriger.

Kenzi kann hart für das bestraft werden, was er getan hat, und dieses Risiko ist er bewusst eingegangen. Für John. Das Vertrauen zwischen ihnen besteht noch. John wird etwas ruhiger.

Er stellt sein Rad unten in dem Hochhaus, in dem er wohnt, in den Ständer, fährt im Aufzug nach oben, und erst als er im neunten Stock aussteigt, wird ihm bewusst, dass Kenzi noch einen anderen Grund gehabt hat. Er hat es nicht nur John zuliebe erzählt, sondern auch für sich selbst. Auf diese Weise hat ihn Kenzi wissen lassen, dass er Wasims Auftauchen nicht mehr sehr lange vor Calder wird geheim halten können. Er hat etwas gegeben und will im Gegenzug etwas zurück. Als echter Profi trennt Kenzi seine verschiedenen Wirkungskreise voneinander, und gleichzeitig stellt er dort Verbindungen her, wo er will. Nirgendwo sonst. Er komponiert und dirigiert. Genau das macht das Fach so ansprechend, und Kenzi geht davon aus, dass John auf dieselbe Art und Weise arbeitet. Diese Erkenntnis funktioniert bei John wie ein Tritt in den Hintern. Er kann wieder klar denken: Wenn Kenzi so bewusst und subtil mit seinen Informationen umgeht, muss er den jungen Agenten besonders gut im Blick behalten.

Er öffnet die Tür zu seiner Wohnung, schaltet das Licht ein, geht durch den Flur in die geräumige Wohnküche mit Ausblick über die Stadt und bleibt auf halbem Weg stehen. Gerade als er geglaubt hat, wieder in Schwung zu kommen, stellt sich heraus, dass er ein weiteres Mal zu langsam gewesen ist. Viel zu langsam, denn am großen Tisch sitzt Alisha Calder, die Chefin des Geheimdienstes, seine Nachfolgerin. Schweigend schauen sie einander an.

»Wenn du jetzt fragst, wie ich hier hereingekommen bin«, sagt sie, »dann bist du älter, als du glaubst.«

# 33

## UNSICHTBARE VERGANGENHEIT

Wenn Calder jemanden sprechen will, erwartet sie, dass die betreffende Person unmittelbar zur Verfügung steht. Bei John Antink sieht das anders aus: Ihr Vorgänger erscheint nur, wenn es ihm passt, das begreift sie allmählich. Wenn sie ihn also braucht, ruft sie nicht an, schickt keine WhatsApp-Nachricht und auch keine E-Mail. Sie geht einfach zu ihm, und wenn er nicht zu Hause ist, verschafft sie sich Zugang zu seiner Wohnung und wartet, bis er kommt.

»Ich störe doch nicht?«

John spielt das Theater mit. Im Kopf schaltet er von der Besprechung mit George und Kenzi auf diese Begegnung mit Calder um. Durch Kenzis Bemerkung weiß er bereits, warum Calder hier ist und warum sie ihn zu Hause sprechen will. Das verschafft ihm einen kleinen Vorsprung, über den er das Gespräch lenken kann. Außerdem wird er dafür sorgen, sich nicht unbewusst anmerken zu lassen, dass es hier noch etwas gibt.

»Alisha, du störst nie, das weißt du.«

Calder weiß, dass die richtigen Informationen nicht von allein kommen, sie weiß, dass man sich anstrengen muss, um verlässliche Informationen zu erlangen, und sie weiß, dass Zeit schneller vergeht als Vertrauen. Wenn sie Karishma Noorullah finden will, müssen alle Momente einer möglichen Kontaktaufnahme seit ihrer Ankunft in den Niederlanden erfasst und überprüft werden. Mit diesem Auftrag schickt sie ihre Leute an die Arbeit. Und so ernst sie diesen Teil auch nimmt – sie weiß, dass er nicht den Durchbruch bringen wird. Das Nachvollziehen ist die Verteidigung, der Angriff muss an einer anderen Stelle vorbereitet werden, noch weiter in der Vergangenheit, in der Zeit, bevor Karishma Noorullah ins Flugzeug in die Niederlande gesetzt wurde. Alle Kontakte der Dolmetscherin beginnen in Afghanistan, dort hat sie gelebt, gewohnt und gearbeitet. Wenn sie hier in den Niederlanden jemanden kennt, hat sie die betreffende Person dort kennengelernt. Sie ist Dolmetscherin, hat also eng mit einigen Afghanen und Niederländern zusammengearbeitet. Und mit Amerikanern, die gibt es überall in diesem Land, sogar jetzt, nachdem sie ihren Abzug beschlossen haben.

Tauwman zufolge hat Karishma beinahe zwanzig Jahre für die Niederlande gearbeitet. Das bedeutet, dass man sie bereits in einem sehr frühen Stadium rekrutiert hat, es muss ein Mitarbeiter der ersten Stunde gewesen sein. Calder weiß auch, dass ihr Vorgänger, John Antink, in dieser Phase vor Ort war. In den ersten Jahren des neuen Jahrtausends war sie selbst Teil des Teams, das den aufkommenden Cyberterrorismus bekämpfen sollte, und dass sie es letzten Endes bis an die Spitze der Organisation geschafft hat, hat auch mit den Erkenntnissen zu tun, die sie in der Joint Sigint Cyber Unit erworben hat. Die Signals Intelligence (Sigint) und die Cyber Intelligence sind zum Kern der modernen Geheimdienstarbeit geworden. Calders Kenntnisse und ihre Erfahrung auf diesem Gebiet stellen den größten Unterschied zwischen John Antink und ihr dar – abgesehen davon, dass sie eine Schwarze Frau ist und er nicht.

Sie steht auf und geht durch den geräumigen Essbereich zu

dem großen Fenster mit Aussicht über Den Haag. Sie ist nicht zum ersten Mal hier, und immer verspürt sie ein wenig Neid auf den Ort, den John für sich gefunden hat. Nach dem Tod seiner Frau hatte sie Angst, er würde in dem schicken, aber altmodischen Wohnviertel versauern, in dem er damals lebte. Zu ihrer großen Überraschung war er jedoch nicht in Untätigkeit versunken. Im Gegenteil, er hatte alles konstruktiv angepackt und sein Haus auf dem Immobilienmarkt angeboten. Das hatte ihm innerhalb sehr kurzer Zeit jemand für einen beachtlichen Betrag abgekauft, und daraufhin war er hierhergezogen. Sie weiß das alles; er ist der ehemalige Geheimdienstchef, und es ist normal, dass man so jemanden weiter beobachtet. Vor allem auch, weil sie ihn mag. Er hat sie durch die Bürokratie und die rassistischen Vorurteile hindurch nach oben gebracht, weil er an sie glaubte. Ohne ihn hätte sie ihre heutige Position nicht erreicht. Also stimmt es, sie behält ihn im Auge. Sie weiß sogar, wie viel ihn sein Umzug gekostet hat, nämlich fast gar nichts, weil er seine sämtlichen alten Möbel weggegeben und alles neu gekauft hat. Was an Büchern, Kleidung und Küchengeräten übrig blieb, passte in einen Kleinbus. Jetzt, als sie an der Fensterscheibe steht, begreift sie sehr gut, warum er das getan hat – die neuen Möbel passen perfekt zu dem großen, hellen Raum. Das ist nicht nur eine Frage des Geschmacks, sie erkennt auch den Neubeginn darin. Auch darauf ist sie hin und wieder neidisch.

»Ich brauche deine Hilfe.«

»Wobei denn?« John hält sich bedeckt; jeder Hinweis darauf, dass er bereits weiß, warum sie hier ist, könnte Probleme für Kenzi verursachen. Je weniger er weiß, desto mehr muss Calder selbst erzählen, und das verleiht ihm einen noch größeren Vorsprung.

Er geht auf die andere Seite des Zimmers und öffnet die Schiebetür zu dem großen Balkon. Verglichen mit dem Garten von seinem vorherigen Haus im Bloemenbuurt-Viertel macht der Balkon nicht gerade viel her. Der war groß und lang gezogen, aber hier hat er mehr Sonne und Licht. Dieser Balkon ist für einen älteren Mann allein mehr als genug. Gärtnern war noch nie ein Hobby für ihn, da macht man jedes Jahr dasselbe. Pflanzen wachsen lassen, Pflanzen beschneiden und alles in Ordnung halten. Hier hat er eine kleine Fläche im neunten Stock. Er lädt Calder nach draußen ein, weil er weiß, dass sie das schätzt. Es ist eine berufliche Eigenheit: Alle kritischen Gespräche gehören an einen Ort, an dem man nicht abgehört werden kann. Was das angeht, gleichen sie einander. Der Balkon in dieser Höhe genügt ihren Ansprüchen an Privatsphäre und Geheimhaltung. Er holt zwei Flaschen Bier aus dem Kühlschrank, öffnet beide und stellt ihr eine hin. Calder trinkt gern mal ein Bier. John auch.

»Hast du schon mit der Ministerin gesprochen?«

»Mit der Ministerin? Die hat noch nicht angerufen.«

»John, muss ich dir das wirklich erklären? Ich habe dich gefragt, also läuft es jetzt so, dass *du* Kontakt zu der Ministerin aufnimmst.«

»Ach, darauf können sie im Ministerium lange warten.« Das sind kleine Sticheleien. John weiß, wie das Ganze läuft, und darum tut er es nicht. Er gibt sich diplomatisch naiv, um Distanz zu wahren. Dass er auf diese Weise Calders Nerven strapaziert, nimmt er in Kauf. »Jetzt aber ehrlich. Du bist nicht hier, um über die Kommission zu sprechen.«

»Es geht ums Dolmetschen. In Afghanistan.« Dann schweigt sie, als wäre jede weitere Information überflüssig.

»Ja?«

»Was weißt du darüber?«

John lacht, um sie merken zu lassen, dass sie mit so wenigen Informationen nichts von ihm erwarten kann.

»Alisha, bitte, was ist denn das für eine Frage? Was ich über die Dolmetschertätigkeit in Afghanistan weiß? Dass dort gedolmetscht wird, okay. Aber jetzt raus mit der Sprache, worauf willst du hinaus?«

Kenzi hatte also recht, und John ist dankbar für die Informationen, die er von ihm bekommen hat. Nach der Konfrontation mit Wasim erscheint die Chefin des Geheimdienstes bei ihm und bittet um Hilfe in einer Angelegenheit, die mit einem Dolmetscher zu tun hat, und mit jemandem aus Afghanistan. In seinem Kopf ticken die Gedanken wie der Timer in der Kiste. Gibt es da einen Zusammenhang? Zwischen Wasim und der ermordeten Frau auf dem Foto? Geht es um einen Dolmetscher? Um Afghanen, die Niederländisch sprechen?

»Wir haben jemanden verloren«, sagt Calder.

Auch das weiß John bereits. Jetzt tut er, als wäre er erstaunt.

»Verloren? Wo denn? In Kabul?«

»Hier.« Calder spricht so leise, dass er es fast nicht verstehen kann. Es schmerzt, wenn man zugeben muss, im eigenen Land jemanden verloren zu haben. Besser als jeder andere begreift John, wie sehr das Calder zusetzen muss.

Im Kopf schaltet John weiter. Ist Wasim derjenige, den Alisha verloren hat? Sind der Dolmetscher und er ein und dieselbe Person?

»Dieser Dolmetscher, ist das ein Mann über sechzig?«

»Nein. Es geht um eine Frau, halb so alt.«

Auf eine unerwartete Weise beruhigt ihn das. Das Ganze wäre erst wirklich beunruhigend, wenn es sich tatsächlich um ein und dieselbe Person gehandelt hätte. Ein solcher Zufall ist niemals einer, sondern immer ein Hinweis auf irgendetwas anderes, und meistens handelt es sich dabei um ein viel größeres Problem. Das ist hier also nicht der Fall, und darüber empfindet John Erleichterung.

»Was willst du wissen?«

»Du warst dort, in Afghanistan, du hast mit eigenen Augen gesehen, wo die Menschen herkommen und wie es dort mit den Beziehungen aussieht.«

»Hör mir auf, da herrscht ein völliges Chaos«, sagt er. Afghanistan ist kein Land wie andere Länder, die Lebensweise der Afghanen unterscheidet sich so gravierend von der im Westen, dass es bereits eine Herausforderung darstellt, miteinander zu kommunizieren, weil Begriffe nicht dasselbe bedeuten. Alle Beziehungen sind viel persönlicher, scheinen tiefer zu reichen, die Gruppierungen sind klein, die Verbindungen zwischen Menschen stammen aus einer Vergangenheit, die für Menschen aus dem Westen weitgehend unsichtbar ist.

»Sie hat fast zwanzig Jahre für uns gearbeitet.«

»Eine sehr lange Zeit.« Immer noch hält sich John bedeckt. Er will, dass sie mehr erzählt, bevor er selbst Informationen aus seiner Vergangenheit preisgibt. So hat man ihn trainiert, und so hatte er immer gearbeitet, als Tauschhändler von Informationen. Bevor man den Preis bezahlt, muss man erst herausfinden, wie viel der andere zu zahlen bereit ist. Nicht weil John den höchstmöglichen Preis von ihr will – wenn es sein muss, wird er ihr alles erzählen, ohne im Gegenzug etwas dafür zu verlangen. Es geht hier vor allem um angeborene Vorsicht. Auch als Geheimdienstchefs sind sie immer noch eine Geheimagentin und ein Geheimagent bei einem Treffen.

»Darum«, sagt Calder.

Sie hat die taktlose Angewohnheit, Schlussfolgerungen zu ziehen, wenn er noch lange nicht so weit ist.

»Was, darum? Geht von dieser Dolmetscherin eine Terrorgefahr aus?«

»Früher nicht, aber jetzt sind wir uns da nicht mehr sicher.«

»Hat sie jemals irgendetwas getan, was darauf hindeutet? Was bedeutet ihr Verschwinden?«

Je spezifischer die Fragen werden, desto träger verläuft das Gespräch. Calder muss länger nachdenken, ehe sie eine Antwort geben kann. Karishma Noorullahs Akte kennt sie in- und auswendig, alle verlässlichen Informationen kann sie ohne Probleme wiedergeben. Aber bei der Interpretation wird es schwieriger. John weiß, dass er unmögliche Fragen stellt, er weiß auch, dass er mit seinem Verhalten den Gewohnheiten des Geheimdienstes entgegengesetzt vorgeht. Die Frage nach der Bedeutung zögert man so lange wie möglich hinaus, die stellt man erst, wenn alle Tatsachen so neutral wie möglich offengelegt wurden. Wenn man sich zu schnell nach der Bedeutung erkundigt, riskiert man, Dinge zu übersehen und eine falsche Entscheidung zu treffen.

»Nein, sie hat sich nie verdächtig verhalten, sie ist immer eine vorbildliche Mitarbeiterin gewesen.«

»Okay, vorbildlich also. Das sind die Schlimmsten.«

Beide wissen sie, was John damit meint. Es sind häufig diejenigen, die niemals Probleme hatten, denen kein einziger Fehler unterlaufen ist, die einem irgendwann unangenehme Überraschungen bescheren. Es ist, als hätten sie bewusst einen blinden Fleck verursacht. Seit Veras Verrat weiß John alles, was das betrifft; er hat es selbst erlebt, aus nächster Nähe.

»Vorbildlich, ja. Darum ist ihr Verschwinden auch besonders besorgniserregend.«

»Hast du ein Foto von ihr?«

»Das schicke ich dir dann schon.«

John will nichts Digitales haben. Er will einen Ausdruck in einem Umschlag.

»Wenn ich dir bei der Suche helfe, kann ich keine Spuren brauchen, die zu mir führen.«

»John, bitte, ich weiß, du bist immer sehr vorsichtig, aber das ist doch einfach nur umständlich«, sagt sie. »Versteh mich nicht falsch, mit deiner Vorsicht lieferst du das beste Vorbild für andere, aber du übertreibst.«

»Nichts Digitales.« Er wiederholt seine Forderung und geht nicht einmal auf ihre Argumente ein.

Wieder wartet Calder kurz ab, als wollte sie Raum für das schaffen, was sie als Nächstes sagen wird.

»Mir fällt auf, dass du seit Veras Tod noch vorsichtiger geworden bist.«

Diese Beobachtung kommt für John überraschend, und sie trifft mitten hinein in seine Zweifel. Nach seinem Hausarzt ist Alisha die Zweite, die diese Verbindung herstellt. Trotzdem schweigt er, er will sich nichts anmerken lassen. Sie weiß nicht, was passiert ist, sie weiß nicht, wie seine Frau umgekommen ist, und er wird es ihr unter gar keinen Umständen erzählen.

»Es ist, als würde dir das Verarbeiten dieses Verlustes im Weg stehen. Und das ist noch vorsichtig ausgedrückt.« John reagiert nicht, er lässt ihre Bemerkung ausrollen, bis sie von selbst zum Stillstand kommt. Das ist seine Methode, um deutlich zu machen, dass es sich hier um etwas Persönliches handelt, nicht um das Thema für ein Gespräch oder eine Diskussion. Innerhalb des Dienstes sind sie das gewohnt; Fragen nach den emotionalen Folgen bestimmter Ereignisse werden nur innerhalb bestimmter Grenzen zugestanden. Zu große Aufmerksamkeit für Gefühle ist der Konzentration, dem Fokus, nicht förderlich. Auch wenn John kein aktives Mitglied des Geheimdienstes mehr ist und sich seit gut fünf Jahren im Ruhestand befindet, sitzt Calder gerade mit einer Frage bei ihm – folglich gelten die alten Regeln.

»Kannst du diese Dolmetscherin nicht aufspüren?«, erkundigt sich John. »Dafür stehen dir doch sämtliche Mittel zur Verfügung?«

Calder holt eine Plastiktüte aus ihrer Tasche, in der sich eine Geldkarte und ein Handy befinden.

»Die Karte hat sie ein einziges Mal benutzt, um 200 Euro abzuheben. Sobald sie das Geld hatte, hat sie die Geldkarte auf den Boden fallen lassen, neben dem Automaten, und danach war sie weg. Das Handy hat sie nie benutzt.«

»Nichts Digitales. Das habe ich schon gesagt. Diese Frau aus Afghanistan begreift das ganz offensichtlich besser als du. Sie weiß, was dabei alles schiefgehen kann.«

»Hat deine Vorsicht damit etwas zu tun? Mit etwas, was schiefgegangen ist?« Calder sagt das nonchalant, als würde sie irgendjemanden auf der Straße nach dem Weg zum nächsten Supermarkt fragen. Hat seine Vorsicht damit etwas zu tun? Mit einer unguten Entwicklung in Afghanistan? Das meint sie. Ohne es zu wissen, dringt sie durch seine Verteidigungslinien. Oder weiß sie ganz genau, was sie da tut? Calder gehört zu den Besten auf ihrem Gebiet, sie ist nicht ohne Grund zur Chefin des Geheimdienstes aufgestiegen. Von dem Tag an, als sie ihre erste Mission erfolgreich zu Ende geführt hatte, wusste John, dass sie seine Nachfolgerin werden würde. Alisha Calder ist eine einmalige Kombination aus einer im Einsatz aktiven Agentin und einer scharfsinnigen Analytikerin. Und deshalb fragt sie ihn, ob seine eigene Vorsicht etwas mit Afghanistan zu tun hat. Sie kennt ihn fast genauso gut wie er sie. Sie ist hier, weil sie seine Erfahrungen in Afghanistan nutzen will, sie will wissen, was er weiß. In seiner Akte kann sie lesen, wo er gewesen ist und wann, sie kann sogar sein Debriefing aus dieser Phase und das Gespräch mit der Psychologin finden. Er war vor achtzehn Jahren dort, in derselben Phase, in der Karishma Noorullah begann, für die Niederlande zu arbeiten. Was ist damals geschehen? Ist er ihr dort begegnet? Was weiß er, was nicht in der Akte steht?

Was nicht in der Akte steht, ist tief in ihm verborgen, und das nicht ohne Grund. Calders umsichtige Fragen führen zu demselben schwarzen Loch in seiner Vergangenheit wie Wasims

Auftauchen. Ohne es zu wissen, löst Calder etwas Unerwünschtes aus, einen Schock, sodass sich Johns Gedanken nicht mehr zusammenführen lassen. Nichts von dem, was er denkt, vermag er noch mit einem anderen Gedanken in Verbindung zu bringen. Es ist, als würde er nur noch aus lose miteinander verbundenen Teilen bestehen. Seine Analysefähigkeit fließt durch die sich dadurch öffnenden Lücken davon. Er wehrt sich dagegen.

»Was willst du von mir, Alisha?«

»Ich will wissen, was du mir nicht erzählst.«

John begreift, was sie meint, und es wäre ihm lieber, sie würde nicht davon anfangen.

»Das geht nicht«, sagt er.

»Überlege es dir gut, John. Mein Nachfolger wird weniger Geduld mit dir haben als ich.«

Darin liegt die vorzunehmende Abwägung. Wo steht er? Niemand schuldet ihm etwas. Womit kann er rechnen? Was Calder sagt, stimmt. Wenn sie als Chefin des Geheimdienstes aufhört, hat er keine Deckung mehr. Trotzdem kann er nicht antworten, schon ihre einfache Frage bereitet ihm Probleme. Er steht auf, will nach drinnen gehen, macht eine ungeschickte Bewegung und stößt mit dem Knie gegen den Rahmen der Balkontür. Ein scharfer Stich schießt ihm vom Bein bis in die Hüfte. Er beugt sich vor, um sein Knie zu umklammern, stößt sich den Kopf und schreit laut auf.

»John, was machst du denn?« Calder kommt auf ihn zu und legt ihm eine Hand auf die Schulter. »Kann ich dir irgendwie helfen?«

Mit schmerzverzerrtem Gesicht hinkt John nach drinnen.

»Schon gut«, sagt er. »Ich werde alt und ungeschickt. Komm, ich bringe dich zur Tür. Schick mir ihr Foto und alle Informationen, die du hast, dann tue ich, was ich kann.« Er hält Calder die Tür auf – »Ich melde mich.« – und schließt sie hinter ihr.

Schwankend geht er zurück zu dem großen Tisch im Esszimmer und setzt sich hin. Die Schauspielerei war nur teilweise Theater, war als Ablenkungsmanöver gedacht, sowohl für Calder als auch für sich selbst. Er wollte keine Fragen mehr, die brachten eine Spirale tintenschwarzer Gedanken in Gang, und die musste er durchbrechen. Der Schlag mit dem Knie gegen den harten Rahmen war genau das, was er gebraucht hat. Jetzt sitzt er allein hier am Tisch, die Verwirrung ist der Verzweiflung gewichen. Eine neue Erfahrung für ihn. Er legt die Arme auf die Tischplatte und den Kopf darauf.

Er muss wirklich etwas gegen die Hölle in seinem Schädel unternehmen, denn so geht er kaputt.

# 34

## VIERTER TAG

*263 Stunden, 29 Minuten und 4 Sekunden*

Kenzis Handy liegt auf Alicia Calders Schreibtisch, der Countdown auf dem Display läuft. Seit John den Timer gefunden hat, sind etwas mehr als 72 Stunden vergangen. Kenzi hat seine Chefin eingeweiht. Ihr Schreibtisch steht wie eine Barriere zwischen ihnen, und Calder ist verärgert. Ihr Blick scheint sich durch seinen Kopf zu bohren. Sie ist 57 Jahre alt, eine Frau und Schwarz. Er ist 33, ein Mann und ganz schwach hellbraun. Zwischen den beiden liegen eine Welt an Unterschieden und ein Leben voller Übereinstimmungen.

»Und das sagen Sie jetzt erst.«

»So lautet die Absprache.«

»Nicht mit mir.«

Darauf erwidert Kenzi nichts. Calder legt mit ihren Worten den Finger in die Wunde.

»Ich bin hier diejenige, mit der Sie Absprachen treffen.«

»Ja, Chefin«, gibt er zurück.

»Wenn Sie irgendetwas mit Antink vereinbaren, muss ich das wissen. Und streng genommen müssen Sie sogar erst mich fragen, ob Sie überhaupt etwas mit ihm vereinbaren dürfen.«

Sie haut ihm die Abläufe und die Protokolle um die Ohren. Kenzi blinzelt nicht einmal. Das hier kommt nicht unerwartet, er hat es einkalkuliert. Durch diese Strafpredigt muss er durch. Das gehört dazu. Gut für die Nerven. Gut gelaufen für ihn, denn er hat die Sache selbst angesprochen. Aus eigener Initiative, und das zählt. Scheinbar unberührt hört er sich die Zurechtweisung an. Scheinbar, denn er bekommt nur zu gut mit, was sie da sagt.

»Darum hat John das nicht erwähnt«, fügt Calder hinzu.

»Wann denn?«

»In unserem Gespräch gestern.«

Kenzi strafft sich. Die Chefin und Antink haben vor Kurzem Kontakt gehabt. Worum ging es da? Nicht um Wasim und das Foto, das ist unmöglich. Sie haben über die verschwundene Dolmetscherin gesprochen, das muss es wohl sein.

Calder schaut auf das Display von Kenzis Handy und sieht, dass die Zeit läuft. Sie begreift genau, welchen Effekt das auf John haben muss.

»Schon was gefunden?«

»Einen Mann in einer Wohnung hier in Den Haag. Keine weiteren Informationen bekannt.«

»Und das da?«

»Das ist ein Timer.«

»Das sehe ich. Was hat er zu bedeuten? Wo ist der Zusammenhang? Warum läuft der?«

»Das ist die Frage. Aber es hat etwas mit dem Land zu tun. Afghanistan.«

Calder nickt, bewegt den Kopf ruhig im Rhythmus der darin kreisenden Gedanken auf und ab.

»Habe ich's mir doch gedacht! Es bedeutet, er verschweigt etwas. Das tut er immer, es ist ihm angeboren.«

Sie fasst ein Gefühl in Worte, das Kenzi teilt. Es scheint, als hätte ihm John einen Auftrag erteilt, ohne zu sagen, worum es wirklich geht.

»Wir müssen uns unserer eigenen Aufgabe widmen. Der Dolmetscherin Karishma Noorullah. Es ist Zeit, tiefer zu graben. Unsere Kollegen von der JISTARC verschweigen uns etwas. Zeit, den Druck zu erhöhen und die Personenschützer ein bisschen stärker in die Mangel zu nehmen. Und dann schauen wir, was dabei rauskommt. Können Sie das regeln?«

»Sicher.« Kenzi weiß, zu wem er damit muss, und er regelt es gern. »Aber zuerst nach Uden.« Er kann es nicht lassen, seine Chefin kurz daran zu erinnern, dass er für einen Botendienst in eine kleine Stadt in Nordbrabant geschickt wird. Seiner Überzeugung nach eine völlige Verschwendung von Zeit und Energie.

»Erst Uden, dann die Personenschützer. Und Sie können aufhören, so dumm zu gucken, denn man braucht die Tatsachen, bevor man in Aktion tritt. So läuft das.«

Seinen Kommentar verkneift sich Kenzi, die Chefin ist sowieso schon nervös. Das sollte er nicht noch schlimmer machen.

Also auf nach Uden.

# 35

## A386

John drückt auf die Klingel eines Hauses in der Levendaalstraat in Leiden. Dort wohnt er. Seine Telefonnummer hat sich nie geändert. Natürlich hat er noch fünf weitere, aber die alte hat er immer noch, genau wie John noch seine alten Nummern aus den Zeiten seiner Agententätigkeit hat. Es sind Nummern, die nie mehr verwendet werden, außer im Notfall, und dann muss man in Aktion treten. Das ist eine Pflicht. Wenn man auf dieser Nummer angerufen wird, weiß man, es ist ein Kamerad von früher, ein Kamerad, der einen braucht. A386 hält sich nicht an diese Pflicht, nicht, wenn es um John geht. John ist kein Kamerad. Darum klingelt er jetzt auf zwei Arten gleichzeitig an, per Telefon und an der Tür. Einfache Verwirrungstaktik. Wer sich telefonisch meldet, steht nicht vor der Tür. John lässt das Handy in die Tasche gleiten und schließt die andere Hand um den Griff einer Pistole. Geladen. Entsichert. A386 ist zu erfahren für Spielchen, er war bei der Marine, kann jedes Risiko zu seinem Vorteil beeinflussen. Special Forces, viel besser ausgebildet als John. Härter und schneller. Selbst jetzt, fast zwanzig Jahre später, ist der Unterschied enorm. Als sich die Tür öffnet, wirft sich John mit seinem ganzen Gewicht dagegen und streckt den Lauf seiner

Pistole ins Hausinnere. Drohend. Er versucht so viel Abstand wie möglich zu halten.

»Da bin ich also.«

»Mit dir rede ich nicht.«

Der Mann weiß, wovon er spricht, in seinem Leben geschieht nichts einfach so. Als er bei den Wachleuten im Hauptquartier angefangen hat, war er noch keine zwanzig. Eine einfache Tätigkeit, er musste das Reinigungspersonal überwachen, um sicherzustellen, dass auch nichts gestohlen wurde. Eine altmodische Arbeit. Währenddessen hat er studiert, Sprachen gelernt, auch die im Iran und in Afghanistan. Geduldig hat er sich weiter in die Organisation vorgearbeitet. Intelligent und stark. Nicht geeignet für die Schreibtischarbeit. Wie gemacht für praktische Missionen. Er hat mit den Elitetruppen trainiert, wurde dem Pakistan-Team zugeordnet, um in der Region Informanten und Agenten anzuwerben. Nie hatte er Angst. Niemand hatte so viele Begegnungen mit dem Feind absolviert wie A386, mit bewaffneten Gegnern. Bei seinen Kameraden war er als »Scorpion« bekannt – schwarz und tödlich, still und unauffindbar, bis er plötzlich vor einem stand. Nun lässt er keinen Zweifel daran aufkommen, was er von John hält. Aus seiner ganzen Körperhaltung spricht der Abscheu gegenüber dem Mann, der gerade bei ihm eingedrungen ist.

»*Fuck off*, Walter.« So hieß John während der Mission. Walter. Niemand verwendete seinen richtigen Namen.

»Du musst aber mit mir reden«, gibt John zurück. »Das hier wird ein Weilchen dauern.«

»Soll ich mich etwa vor dieser Pistole fürchten?«

»Möglicherweise keine schlechte Idee.«

Der Mann kann ihm die Waffe mit zwei Bewegungen abnehmen, er ist schneller und stärker. Wenn er sich dabei eine Schusswunde einfängt, ist das eben so. *All in the game.* Es wäre nicht die erste Kugel, die er überlebt, und Johns drohende Stimme wird ihn sicher nicht zurückhalten.

»Nach hinten.«

Der Mann rührt sich nicht. Blinzelt nicht einmal.

»Und wenn nicht?«

John flucht. »Mach jetzt kein Theater, Mann! Fünf Minuten. Ist das zu viel verlangt?«

»Die bedeuten alles, wofür ich stehe.«

»Du stehst für nichts mehr. Das war einmal. Vorbei. Schnee von gestern.«

»Warum bist du dann hier?«

»Weil es für mich nicht mehr vorbei ist.« Wieder zeigt er mit dem Lauf der Pistole an, in welche Richtung der andere gehen soll. »Bitte irgendwohin, wo wir uns setzen können. Los jetzt.«

Jetzt bewegt sich der andere. Träge. Selbstbewusst. Unbeeindruckt. Er geht vor John her durch den Flur, in ein Hinterzimmer. Ein Esszimmer.

»Ist es dir hier recht?«

John bedeutet dem Mann, dass er sich auf der anderen Seite des Tisches niederlassen soll. Der soll sich zwischen ihnen beiden befinden. Scheinbare Sicherheit.

»Setz dich.«

Nun lacht der andere laut. »Junge, du bist ganz schön verzweifelt. Nach all den Jahren. Genau wie früher.«

Quälend langsam setzt er sich hin. John tut sein Bestes, um die schneidende Bemerkung zu ignorieren. Sie zu vergessen. Genau wie früher? Wie kann der andere das sagen?

Erst als sich der Mann am Tisch niedergelassen hat, nimmt sich auch John einen Stuhl. Die Waffe hält er in der rechten Hand. Mit der linken holt er das Foto zum Vorschein, legt es auf den Tisch und schiebt es dem Mann hin.

»Das hier«, sagt er.

Der Mann betrachtet das Foto, kneift die Augen zusammen.

Genau wie ich, denkt John. Dieselbe Reaktion, dieselbe Weigerung, es sich anzusehen.

»Wie kommst du an das Bild?«

Der Mann öffnet die Augen wieder, und sein Blick hat sich verändert, ist intensiver geworden. Als John das Foto zum ersten Mal sah, empfand er eine alles verzehrende Angst. Bei Scorpion nimmt er etwas anderes wahr; in dessen Augen brennt eine Wut, wie sie John schon sehr lange nicht mehr gesehen hat. Eine Wut über einen Verrat, den schwärzesten Punkt zwischen zwei Kämpfern. Eine Wut, der John nicht entrinnen kann.

»Wie kommst du an das Foto?«, wiederholt er seine Frage, und als John es ihm umständlich erklärt, unterbricht er ihn einfach. »Das ist nicht bloß irgendein Schnappschuss, begreifst du das? Weißt du überhaupt, was du da hast?«

»Sag du es mir.«

Scorpions Reaktion kommt unerwartet für John. Dass es sich nicht um irgendeine Aufnahme handelt, begreift John auch. Für diese Erkenntnis braucht er Scorpion nicht. »Was ist es also?«

»Wenn du das nicht weißt, werde ich es dir auch nicht sagen. So funktioniert das nicht. Du musst es dir verdienen. Wie kommst du an das Foto?«

»Von …«

»Nein, lass. Ich will es überhaupt nicht wissen. Du hast kein Recht, damit anzukommen. Nicht bei mir.«

»Ich muss …«, setzt John an.

Weiter kommt er nicht.

»Du musst? Du *musst*? Du hast uns in die Scheiße geritten. Du hast die Mission verraten. Wegen dir sind sie tot. Einfach so. Bumm. Bist du jetzt zufrieden? Wie kannst du es wagen!«

So ruhig wie möglich versucht John zu verarbeiten, was er da hört. Bei der Marine glaubt man, dass er der Verräter war. Das stimmt nicht. Es gibt viele Dinge, die er nicht mit Bestimmtheit sagen kann, aber das weiß er ganz sicher: Er hat die Mission nicht verraten. Scorpion redet einfach nur, er weiß längst nicht alles.

Wer war es dann? Vera? Mit diesem Teil seiner Vergangenheit hat John abgeschlossen. Vera lebt nicht mehr, aber die mit ihr verbundene Vergangenheit ist quicklebendig. Als russische Spionin hat sie vierzig Jahre lang an seiner Seite gelebt, ohne dass er oder sonst irgendjemand sie in irgendeiner Form verdächtigt hätte. Vera war die erfolgreichste Agentin, die die Russen jemals in den Niederlanden eingesetzt hatten – auf seine Kosten.

Das ist nichts Neues für ihn. Er hat bereits mit ihr abgerechnet. Vierzig Jahre zu spät, aber ein für alle Mal. Aus dem Grab heraus schlägt sie nun noch einmal zurück. Für Scorpion ist John der Verräter, und das bedeutet, in den Augen eines wichtigen Teils der Organisation ist er das ebenfalls. Damit steht seine Welt auf dem Kopf.

»Du lügst«, sagt er.

# 36

## KABUL
### - 2002 -

Jeden Ortswechsel bereitete man sorgfältig vor, und das kostete viel Zeit. Erst wurde die Route von den Sicherheitsbeamten überprüft, jede mögliche Bedrohung zwischen dem Abzugs- und dem Ankunftspunkt analysiert und wenn nötig neutralisiert. Man erfasste und kontrollierte Ausweichrouten. Nirgendwo in Afghanistan war es wirklich sicher; selbst in der Grünen Zone konnte niemand einfach so das Haus verlassen und nach draußen auf die Straße. Auf dem niederländischen Stützpunkt gab es Leute, die niemals das Gebäude verließen. Und bevor John das konnte, brauchte auch er zunächst ein Briefing.

Der Mann von der Sicherheit war gekommen, um ihn vorzubereiten. Aus einer Tasche holte er ein Handy. »Walter, das ist für Sie. Funktioniert hier besser als Ihr niederländisches Handy. Die PIN lautet 8139. Aufladegerät ist dabei. Alles klar? Fragen?«

»Bisher keine.«

»Die kommen schon noch.« Der Mann lachte. »Alle haben hier Fragen.« Er gab John die Ermächtigungen, die er am nächsten Tag und in den folgenden Tagen brauchen würde. »Und dann habe ich da noch ein paar Dinge für Sie.« Einen Helm, eine kugelsichere Weste und ein paar Militärstiefel.

»Größe 42?«

»Stimmt.«

Der Mann nahm die kugelsichere Weste in die Hand und hielt sie hoch.

»Kennen Sie sich damit aus?«

»Sicher.« Zum ersten Mal hatte John während einer UNIFIL-Mission eine solche Weste getragen, bei der *United Nations Interim Force* im Libanon.

»Gut. Immer tragen. Überall.«

»Auch beim Frühstück?«

»Eier sind uns hier noch nicht explodiert. Zum Glück. Nein, hier in der Botschaft oder gleich im Compound ist das nicht notwendig, innerhalb der gesicherten Orte hat man eine gewisse Freiheit, aber sobald Sie die verlassen, müssen Sie diese Weste tragen. Alles klar?« Als Nächstes hielt er den Helm hoch.

John bestätigte, dass er alles verstanden hatte.

»Gut. Morgen um acht beginnt Ihr Zeitfenster für die Verlegung.«

»Werden Sie auch dabei sein?«

»Nein. Ein spezielles Reiseteam bringt Sie zum Compound, und von dort aus geht es weiter. Die Überwachung übernehmen dann die Briten. Am Ziel werden Sie einquartiert.«

Und weg war er. John schaute aus dem Fenster und sah, wie der Mann mit einem Passagier für eine neue Fahrt das Gebäude verließ. Der Wagen rollte langsam davon, durch die Schleuse der Botschaft, die Straße hoch. Alles erfolgte wohlüberlegt, nicht übertrieben schnell, aber auch nicht wirklich langsam. Rings um John herrschte eine enorme Getriebenheit in Hinblick auf die Mission und den Auftrag, getragen von dem Geräusch brummender Motoren und laut redender Menschen. Diese Hektik übertrug sich bis in die Räume. Mit seinem einen kleinen Koffer stand John in der klimatisierten Stille seines Zimmers.

Viel Zeit zum Entspannen blieb ihm nicht, laut ausgehändigtem Plan würde es noch am selben Tag ein Briefing geben, bevor er dann morgen zu einem Compound weit außerhalb der Stadt gebracht werden würde. Er änderte die PIN seines neuen Handys und erledigte einige Anrufe. Der erste ging an eine bereits einprogrammierte Nummer und diente dazu, seine Ankunft zu melden. Der zweite an eine ähnliche, um die Abholung zum Briefing zu regeln. Der dritte an eine Nummer, die er auswendig kannte. Sie gehörte einem Mann, der offiziell nie in Afghanistan angekommen war. Der Dienst hatte eigene Leute in wichtigen Positionen, und zu ihnen gehörte Agent 386. Scorpion. Keine Namen.

»Wo bist du?«

»In Position.«

»Nachrichten?«

»Die Mission wurde verraten.«

John fluchte. Alles änderte sich hier ständig. Wie konnte die Mission schon vor ihrem Beginn gescheitert sein? Die Anzahl der Personen, die außer ihm von der Mission wussten, konnte er an einer Hand abzählen. A386 war vertrauenswürdig. John wusste nicht, mit wem A173 hier Kontakt gehabt hatte, konnte aber trotzdem nicht an ihm zweifeln, wollte es nicht – doch das musste er. Das bedeutete, dass Nummer A173 oder dessen Assistent das Leck darstellten. Einer der beiden.

»Wo ist Market Man?«

»*Safe.*«

»Wo ist das Problem?«

»Wenn ich das wüsste …«

»… hättest du das Problem schon gelöst.«

»*Check.*«

»Kommst du gleich dazu?«

»Nein. Du bist allein.«

»Okay.«

»Ruf diese Nummer nicht mehr an. Ich sorge dafür, dass du eine neue bekommst.«

Ohne Verabschiedung beendete Scorpion das Gespräch. John und er waren einander nie begegnet, hatten sich nie Auge in Auge gegenübergestanden. Sie waren füreinander nicht mehr als Stimmen, und nach dem Ende der Verbindung herrschte eine tiefe, lange Stille. Die Mission war gescheitert, und er wusste nicht, wie oder durch wen es dazu gekommen war. Die Infiltration an der Grenze von Pakistan, über die man tief im gefährlichsten Teil des Landes Informationen hatte einholen wollen, war nicht mehr geheim. In den sich weit erstreckenden Bergen Waziristans, wo die Taliban aktiv von den Pakistanis unterstützt wurden, lauerte überall Gefahr. *Directorate S*, die auf die geheime Unterstützung der militanten Gruppen spezialisierte Abteilung des pakistanischen Geheimdienstes, arbeitete dort. Die Intel war vertrauenswürdig: Terroristen konnten ungehindert mit ganzen Wagen voller Waffen zwischen Pakistan und Afghanistan hin und her reisen. Sich als Teil einer verratenen Mission dorthin zu begeben, bedeutete Lebensgefahr. Alles musste umgeworfen werden. Jetzt hieß es, alles in einem noch kleineren Kreis neu zu organisieren. Und darin lag das nächste Problem, denn in Afghanistan war er besonders auf andere angewiesen. Ohne deren Hilfe konnte er nichts erreichen.

Durch das Fenster schaute John auf das für ihn sichtbare kleine Stück Stadt, nicht mehr als ein Ausschnitt. Kabul war riesig, mehr als zwanzig Kilometer lang und fünfzehn Kilometer breit, und hatte mehr als vier Millionen Einwohner. Vom Fenster der Botschaft aus erschlossen sich John diese Dimensionen nicht. Hier herrschte die relative Ruhe der internationalen Gemeinschaft. Agent 173 hielt sich nicht in der Grünen Zone auf, die Undercoverleute, die er vorausgeschickt hatte, verfügten über ein eigenes Netzwerk aus Kontakten. John wusste nicht einmal, wo sich Agent 386 befand; zu ihm konnte er nicht ohne Weiteres Kontakt aufnehmen, denn es gab mehrere Zwischenstufen, zur Sicherheit. Doch Sicherheit schien nun nicht gegeben zu sein.

Dann ein weiteres Telefonat, an eine Nummer, die er bereits vor dem Verlassen der Niederlande erhalten hatte: mit dem für ihn ausgesuchten Fixer, Abdul Farzai, Ratgeber, Problemlöser und Dolmetscher in einem. Die Dolmetscher wurden in erster Linie unter den Kindern von Afghanen rekrutiert, die beim Einfall der Russen aus dem Land geflüchtet waren. Viele von ihnen lebten in England, Deutschland oder Frankreich. Ihre Kinder waren häufig dreisprachig. Farzai beherrschte Englisch, ein wenig Deutsch und außerdem Dari und Paschtu, die Landessprachen. Sie vereinbarten ein Treffen, abhängig davon, wohin John am nächsten Tag fahren sollte. Jeder Schritt wurde vorbereitet, jedes Vorhaben geplant.

John duschte, zog sich frische Kleidung an und ging nach unten, um an einem Umtrunk teilzunehmen. Feiern in einem Land, das sich im Krieg befand. Nirgends schmeckte der Alkohol so gut, nirgends war die Freude so unmittelbar. Die Anspannung wirkte als Geschmacksverstärker. Auch bei ihm.

# 37

## EINEN NAMEN

»Ich war doch nicht einmal vor Ort!« Scorpion kann seinen Unglauben kaum bezwingen. »Ich war schon wieder weg, als die Mission erst zur Hälfte gelaufen war. Bevor du dazukamst. *Du* warst dort. Du!«

»Und du weißt, wer außer mir vor Ort war, darum geht es. Das will ich wissen. Mehr nicht.« John deutet auf die Schuhe, die man auf dem Foto erkennt. »Da gab es noch mindestens fünf andere. Wer war das?«

Einfache Fragen, an denen ist nichts Kompliziertes. Trotzdem wehrt sich A386.

»Warum sollte ich dir das sagen? Wozu? Damit du noch mehr Leute in die Scheiße reiten kannst? Du hast uns verraten, warum sollte ich dir also helfen? Das musst du mir mal erklären, und zwar so, dass es auch ein Fünfjähriger verstehen kann.«

»Ich habe niemanden verraten.« Wie oft muss John das noch sagen?

»Wenn du's nicht warst, wer dann? Darauf hast du keine Antwort. Und weißt du auch, warum? Weil niemand anders vor Ort war.«

Doch, da war jemand. Vera. Es muss Vera gewesen sein. Und das darf John niemals zugeben. Er kann niemandem erzählen, dass er vierzig Jahre mit einer russischen Spionin verheiratet war, die alles über ihn wusste. Wenn er das zugibt, kann er genauso gut Selbstmord begehen. Dann glaubt ihm niemand mehr irgendetwas, vor allem Scorpion nicht. Vera ist der Verrat, den er mit sich herumträgt und durch den sich langsam, aber sicher seine ganze Vergangenheit auflöst, wie bei Betonkrebs. Solange er das geheim hält, solange er den Mund hält, bleibt anderen dieser Fraß erspart. Ein klein wenig Verrat ist besser als ein ganzes Leben. Wenn er jetzt zugibt, dass Vera die Schuld trägt, und erklärt, wer sie war, dann wird die alles zersetzende Säure noch weiter in sein Leben einsickern.

»Einen Namen, mehr brauche ich nicht. Einen Namen von jemandem, der mir weiterhelfen kann. Es muss sein. Sonst würde ich nicht hier sitzen.«

Er sagt nichts über den Timer, nichts über Wasim, er versucht so viel wie möglich geheim zu halten – wider besseres Wissen. Erzähle nie mehr als unbedingt nötig. Zu viele Informationen wirken verwirrend. Alles, was du erzählst, wirft zehn neue Fragen auf, und dann hat man letzten Endes keine Antworten mehr.

»Einen Namen.«

Scorpion starrt auf das Foto der toten Frau und des schreienden Kindes. Er starrt auf eine Vergangenheit, die einfach nicht verschwinden will. Er starrt auf Verantwortlichkeiten, die niemand tragen kann, auch er nicht – auch wenn er damit viel mehr Erfahrung hat als John.

»Einen Namen. Du warst nicht vor Ort, aber du weißt, wer an dieser Mission beteiligt war. Ich nicht. Ich kenne nur Codenamen, Allen One, Soft Shell, Market Man, Ghost. Du warst 386, Scorpion, das weiß ich. Mehr nicht. Und über diese Codenamen kann man niemanden aufspüren. Darum: einen Namen.«

»Ich kenne diese Namen auch nicht«, erwidert der andere nach langem Zögern. »Ich habe sie nie gekannt. Du musst dich an Raymond Manlaa wenden. Der weiß alles über diese Zeit, über die Aktionen. Raymond war der Mann mit der Intel. Die Spinne. Es geht schon zu weit, dass ich dir seinen Namen sage.«

»Und wo kann ich ihn finden?«

Scorpion schreibt eine E-Mail-Adresse auf einen Zettel.

»Hier.«

John greift nach dem Zettel, aber Scorpion zieht ihn weg.

»Draufschauen, lesen, merken.«

# 38

## SO EINFACH GEHT DAS

Er ist fast am Ziel, er hat bekommen, was er gesucht hat, und er lebt noch. Trotz der an Hass grenzenden Aggression, die Scorpion ausstrahlt, ist es gelungen. Jetzt muss er nur noch unbeschadet das Gebäude verlassen.

»Zeit zu gehen«, verkündet John.

»Für dich schon.«

John steht auf und steckt das Foto wieder in die Tasche, die Pistole noch immer in der Hand. Vorsichtig umrundet er den Tisch. Den Blick hat er ständig auf den Mann gerichtet, achtet darauf, nie mit dem Rücken zu ihm zu stehen. Noch zwei Schritte bis zur Tür, dann ist er auf dem Flur.

»Ich finde allein nach draußen.«

A386 schaut ihn mitleidig an. Von einer Sekunde auf die andere ist John seine Pistole los, er hat Scorpions Bewegung nicht einmal wahrgenommen. Die Hand, die eben noch die Pistole gehalten hat, wird ihm blitzschnell gewaltsam auf den Rücken gedreht. Scorpion schlingt ihm den linken Arm um die Kehle und drückt ihm die Luft ab. Dann hebt er ihn vom Boden hoch, dreht ihn um und wirft ihn flach auf den Tisch, mit dem Gesicht nach unten. Johns Knochen knacken.

»So einfach geht das«, sagt Scorpion. »Was denkst du jetzt? Du hättest dieses Land niemals lebend verlassen dürfen.«

Als John etwas erwidern will, drückt ihn der andere fester nach unten, stößt ihn zwischen die Rippen.

»Maul halten, du hast schon zu viel gesagt.« Er zieht John vom Tisch hoch und stellt ihn wieder auf die Füße, hält ihn von hinten fest, biegt ihn ein Stück hintenüber, sodass er nur auf den Fersen steht. In dieser Haltung kann sich John nicht wehren. Als könnte er es überhaupt mit diesem Mann aufnehmen.

»Weißt du, was mich am meisten anpisst? Dass du glaubst, alles lösen zu können, ohne dafür bezahlen zu müssen.«

»Bezahlen, klar«, stammelt John. »Sag einfach, wie viel du haben willst.«

»Ich spreche nicht von Geld. Du befindest dich hier in einer War Zone, mach dir das klar. Wenn geschossen wird, winkst du auch nicht mit dem Portemonnaie.«

»Ich …«

Der Mann lässt ihn los, und kurz droht John hintenüberzufallen. Er ringt nach seinem Gleichgewicht, fasst mit der Hand nach der Wand, um sich abstützen zu können, doch bevor ihm das gelingt, versetzt Scorpion ihm einen heftigen Schlag in die Seite.

John schreit laut auf, so fest und so schmerzhaft ist der Schlag, ein scharfer Stich schießt durch seinen Körper. Zur Erholung bekommt er keine Zeit, denn nun prasselt ein Regen aus Fausthieben auf ihn nieder. Mit beiden Armen versucht er den abzuwehren, von sich abzuhalten, einmal wagt er sogar einen wilden Gegenangriff mit den eigenen Fäusten, aber er hat keine Chance. Stattdessen wird seine Verteidigung durchbrochen und er noch härter getroffen. Sein Körper schließt sich allmählich von der Gewalt ab, der Schmerz verschwindet, seine gesamte Wahrnehmung verändert sich. Er weiß, was da geschieht, er sieht und spürt die Schläge, die ihn treffen, und doch ist es, als wäre er jemand anders, jemand, der zuschaut und der immer weniger reagieren kann. Sein Körper benötigt alle verfügbare Energie, um sich zu schützen. John hat nichts mehr damit zu tun.

Wie ein Häufchen Elend sackt er in sich zusammen. Als man zuletzt so mit ihm umgegangen ist, war er jünger, fit, trainiert, seine gestählten Muskeln boten ihm zusätzlichen Schutz. Das war in Dresden, damals noch Ostdeutschland, vor langer Zeit. Damals hatten sie ihn fast totgeschlagen, bevor sie ihn wieder zusammenflickten. So funktionierte das System, fast bis zum Äußersten gehen und einen dann wieder zurückholen. Sehr effektiv. Scorpion folgt mehr oder weniger demselben Prinzip, mit einem großen Unterschied: Er wird John nicht wieder zusammenflicken. Er lässt ihn einfach liegen.

»In Afghanistan würdest du nicht so gut wegkommen«, erklärt er. »Der Preis, den du heute bezahlst, ist ein Sonderangebot.«

Er tritt John noch einmal, wo, ist ihm egal. Er tritt buchstäblich nach. Dann geht er in die Knie, bringt sein Gesicht dicht an das von John. Auf die Schläge folgen die Worte, die fast genauso schmerzhaft sind.

»Am liebsten würde ich dich kaltmachen, das weißt du. Aus der Nahrungskette entfernen, so haben wir das in Kabul genannt, erinnerst du dich? Das hatten wir von den Yanks.« Er lacht. »*Take him out of the food chain.* Aber dann hätte ich eine Leiche im Haus, und die kann ich nicht gebrauchen, schon gar nicht deine. Also lassen wir das. Wir sind hier nicht in Afghanistan. Das ist deine Rettung, diesmal. Du hast bekommen, was du wolltest. Ich habe dir einen Namen genannt. Den wolltest du doch haben? Und weißt du, warum du ihn bekommen hast? Weil ich ihn dir geben wollte. Aus keinem anderen Grund. Nicht, weil du hier mit einer Waffe herumgefuchtelt hast. Schon als du mit der Pistole da zur Tür reinkamst, hätte ich dich zu Boden bringen können. Genauso einfach wie gerade eben. Du Scheißamateur.

Jetzt hast du einen Namen. Und von jetzt an musst du vorsichtig sein, denn die Jungs, nach denen du suchst, sind nicht so sanft wie ich. Okay? Und wenn du auf die Idee kommst, mich noch ein einziges Mal zu belästigen, blase ich dir doch noch das Hirn weg. Haben wir uns da verstanden?«

John nickt, mit Mühe, jede Bewegung kostet Kraft.

»Gut. Hast du das Foto? Darauf musst du gut aufpassen. Dieses Foto, darum geht es. Du findest allein den Weg hinaus, hast du gesagt. Dann los.«

Scorpion steigt über John hinweg und verschwindet durch die Tür, auf den Flur. John hört ihn auf der Treppe, er geht nach oben. Dann lauscht John den Schritten, bis sich der andere hinsetzt. Danach ist es still. Es gibt nur noch John und seinen Atem und seinen Körper, der um das eigene Überleben kämpft. John zieht sich hoch, lehnt sich an die Wand. Das geht sehr langsam. Alles scheint noch zu funktionieren, er blutet nicht, es tut nur so furchtbar weh.

# 39

## GEORGE SUCHT

Wieder gelangt er durch die Hintertür ins Haus, genau wie beim ersten Mal mit John. Und wieder geht er durch alle Zimmer, er hat alles schon einmal gesehen, aber jetzt, beim zweiten Mal, schaut er anders hin. Lydia weiß etwas, irgendwo muss ein Hinweis zu finden sein.

Er fängt im Wohnzimmer an. Dort ist er schnell fertig. Ein Sofa, zwei Stühle und ein Couchtisch. Alles leer. An der Wand eine moderne Kommode mit drei Schubladen. In der untersten liegen Puzzles, in der mittleren einige Fotoalben, und in der obersten befindet sich Lydias Werkzeug, eine großzügige Sammlung Schraubenzieher, Zangen, Kneifzangen und Klammern, Ring- und Steckschlüssel. Außerdem ein kleiner Lötkolben und eine Rolle Lötmetall. Daneben steht der Werkzeugkoffer, den sie immer bei sich hat, wenn sich der Repair Club trifft.

In der Küche zieht er alle Laden und Schranktüren auf und findet Teller, Gläser, Töpfe und Tassen. In einem der Schränke stehen ihre Medikamente. Paracetamol, Ibuprofen, Salben gegen Hautirritationen, Augentropfen und noch ein paar andere Arzneimittel, die man einfach so in der Drogerie bekommt. Nichts Rezeptpflichtiges. Während er an der Arbeit ist, kann er nicht anders, muss ein wenig aufräumen. Er räumt das schmutzige Geschirr in die Spülmaschine und stellt sie an.

Hinter der Tür liegt ein Stapel Post, vor allem Rechnungen und eine Todesanzeige. Alles normal, nichts Ungewöhnliches, nichts Auffälliges, keine Einladung, keine Hotelbuchung oder so etwas. Solche Dinge hätte sie am Computer erledigt, und bei diesen Gedanken fällt ihm auf, dass es nirgendwo einen Computer gibt. Weder Laptop noch Tablet.

Systematisch arbeitet er sich dann durch das obere Stockwerk, er ist schnell fertig. Zwei Schlafzimmer und ein Bad. Bevor er weiß, wie ihm geschieht, sitzt er wieder unten, auf dem Sofa. Er zündet sich eine Zigarette an, obwohl er weiß, dass Lydia das nicht erlauben würde, wenn sie hier wäre. Aus der Küche holt er sich eine Untertasse als Aschenbecher, denn sie besitzt keinen. Aus Prinzip.

Der Rauch kräuselt sich in seinem Blickfeld nach oben, er schließt kurz die Augen, nimmt noch einen Zug.

»Was ist los, Lydi?«

Er stellt die Frage laut. Noch einmal. In dem leeren Haus klingt seine Stimme einsam. Er nimmt ihren Werkzeugkoffer. Seltsamerweise ist er das persönlichste Objekt, das er von ihr kennt, diesen kleinen Koffer hat sie immer bei sich. Andere Frauen benutzen eine Damenhandtasche, Lydia nicht. Wo sie jetzt ist, im Krankenhaus, braucht sie den Koffer nicht. George öffnet ihn und klappt den Deckel hoch. Alle Werkzeuge für den Club sind noch darin. Er hat das schon so oft gesehen. Hier herrscht kein Chaos, alles liegt ordentlich an seinem Platz. Ganz anders als in seiner eigenen Metallkiste oder Johns großer Ledertasche.

Der Deckel hat ein paar Fächer, und darin sind einige Papiere. Eine Wegbeschreibung für das letzte Repair-Club-Treffen, einige Kassenzettel zu neu gekauften Werkzeugen und ein zusammengefaltetes Blatt Papier. George schaut es sich genauer an: eine ausgedruckte Broschüre mit Informationen über eine Hilfsorganisation, die Hilfe für Menschen in Kriegsgebieten organisiert, zum Beispiel in Afghanistan.

Er dreht und wendet die Broschüre in den Händen, liest den Text ganz. Viel ist es nicht. Eine kurze Beschreibung, wer die Leute sind und was sie tun, ein Aufruf, mit Geld zu helfen, mit Kleidung, Decken, Schuhen, allem Möglichen, oder sich ehrenamtlich zu beteiligen. Da gibt es auch eine Mailadresse, eine Website, eine Adresse und eine Telefonnummer. Die Organisation »Hilfe gegen Kriegsleid« befindet sich in Wateringen. George ruft die Nummer an. Eine Telefonistin. Höflich fragt er, ob man bei der Hilfsorganisation eine Mevrouw Wilmen kennt, und genauso höflich erwidert die Frau, dass sie solche Informationen nicht weitergeben darf.

»Also ja«, erwidert George.

»Wie gesagt, ich darf Ihnen darüber keine Auskunft geben.«

»Wenn man sie dort nicht kennen würde, hätten Sie einfach Nein gesagt. Nein bedeutet einfach Nein. Das tut niemandem weh.«

»Ich sage wirklich immer dasselbe.«

»Dann geht es bei Ihnen zu Hause sicher lustig zu.«

Sie legt auf.

Schimpfend entsorgt er seine Zigarettenkippe, spült die Untertasse ab und stellt sie zurück in den Schrank. So gehört sich das. Steckt sich die Broschüre in die Gesäßtasche und verlässt das Haus. Wenn die höfliche Frau am Telefon nichts sagen will, fährt er eben hin. Mal sehen, wie sie dann reagiert.

# 40

## DIE WUNDEN

Erst als er ausgezogen vor dem Badezimmerspiegel steht, sieht er, wie übel Scorpion ihn zugerichtet hat. Dunkelblaue Flecken bilden sich unter seiner Haut, er sieht die Wunden. An einigen Stellen haben die Stöße und Schläge Blutungen verursacht. Auf seiner Kleidung befinden sich rote Flecken, auf seinem Körper rote Streifen getrockneten Blutes. Kleine Wunden verglichen mit den blauen und bunten Flecken, Scorpion weiß, was er tut. Möglichst viel Schmerz mit möglichst wenig Blutverlust. John erschrickt von dem Anblick. Er erschrickt vor sich selbst. Als ob er erst jetzt, sicher in seiner eigenen Wohnung, wirklich spürt, was geschehen ist.

Er nimmt vier Paracetamol und schmiert alle schmerzenden Stellen mit Arnikasalbe ein. Fast eine ganze Tube braucht er dafür. Es dauert bestimmt eine Stunde, bevor er sich ein wenig leichter bewegen kann. In dieser Zeit versucht er alles abzuwägen. So unvorbereitet Scorpion aufzusuchen, war ein dummer Fehler. Er hätte erst herausfinden müssen, wer der Mann überhaupt ist, gut recherchieren müssen. Unterstützung regeln. Er hätte nicht allein hingehen dürfen.

Alles sinnvolle Schlussfolgerungen, und alle zutreffend. Bis auf eins: Er hat bekommen, was er haben wollte. Wenn er das Ganze professionell vorbereitet hätte, hätte es viel länger gedauert, bis er vor Scorpions Tür hätte stehen können. Und dann wäre noch immer nicht sicher gewesen, ob der Mann in diesem Fall kooperiert hätte. Irgendwo in Johns Hinterkopf rührt sich die Idee, dass Scorpion die Information herausgerückt hat, weil er John überlegen war. Solche Dinge haben Bedeutung. Seine Wunden sind ein Preis, den er bezahlen musste. In harter Währung.

Gleichzeitig bleibt eine der früheren Fragen, immer noch. Wer ist dieser Scorpion eigentlich? Während der Zeit ihrer Zusammenarbeit in Afghanistan hat er den Mann niemals getroffen oder auch nur gesehen. Er war eine Nummer und ein Codename. Damals hat das ausgereicht, John hat auf die Männer und Frauen vertraut, die die Mission vorbereitet hatten. Jetzt ist er allein und will es wissen. Er schickt eine Nachricht an Calder.

A386, wer ist das?

Ihre Antwort kommt fast sofort.

Worum gehts?

Um dich. Dringend.

Ein paar Sekunden später tippt er:

Bitte.

Ein wenig Höflichkeit kann nie schaden.

Melde mich.

Er sitzt vor dem großen Fenster mit Ausblick über Den Haag am großen Esstisch. Darauf liegt die Notiz, die er gemacht hat, sobald er bei Scorpion aus dem Haus war. Die Mailadresse einer Person, die ihm weiterhelfen kann. Raymond Manlaa, die Spinne. Ein Mann, der sich tief im Netzwerk der niederländischen gehei-

men Missionen befindet, ein Planer, ein Mann mit dem Überblick, den John braucht. Er schreibt eine Mail, kurz und bündig,
mit der Bitte um ein Treffen. Wenn dieser Mann so gut ist, wie
Scorpion sagt, weiß er, wer John Antink ist. Dann weiß er, dass
das Anliegen vom ehemaligen Chef des Geheimdienstes stammt.
Doch wenn John in all seinen Dienstjahren etwas gelernt hat,
dann dass man niemals etwas selbstverständlich voraussetzen
darf. Man darf nie davon ausgehen, dass man nichts zu erklären
braucht, dass man das auf der Hand Liegende einfach auslassen
kann. Das darf man nie tun. Darum schreibt er es dazu.

> Bitte um ein Treffen. Sie bestimmen Zeit und Ort.
> Gruß, J. Antink

Er fügt seine Telefonnummer hinzu. Sämtliche Bedenken wegen
seiner Sicherheit und zu erhaltenden Unauffindbarkeit, auch
seine Vorurteile im Hinblick auf moderne Kommunikationsmittel lässt er hinter sich. Er hat keine Zeit.

# 41

## IM KRANKENHAUS

Sie liegt in einem Einzelzimmer, auf allen Seiten sind Schläuche und Kabel mit ihrem Körper verbunden. Intensivstation. Diese Versorgung braucht sie. Im Zimmer ist es still, nur die Apparate rund um ihr Bett geben leise Geräusche von sich. Die Kugel hat sie in der Schulter erwischt, an sich gute Neuigkeiten. Keine lebenswichtigen Körperteile betroffen, doch der Schuss hat in ihr eine Verwüstung angerichtet, Knochen zersplittert und das Gelenk zerstört. Der Blutverlust war dramatisch, sie hätte sterben können, wären die Rettungskräfte nicht so beeindruckend schnell vor Ort gewesen.

Ihr Atem geht ruhig, über die Medikation wird sie in einem Koma gehalten, damit die Wunde so gut wie möglich heilen kann. Der Chirurg hat ihre Schulter geöffnet und alles mit Geduld und Präzision wieder zusammengebastelt. So hat er es selbst formuliert. Über den gebrochenen Knochen liegt eine Stahlplatte, die er in der Hoffnung, dass die Stücke wieder zusammenwachsen werden, mit den unbeschädigten Teilen verschraubt hat.

»In ihrem Alter kann das eine ganze Weile dauern.«

John sitzt auf einem kantigen harten Stuhl neben ihr. Sein eigener Körper ist kaum besser dran als ihrer, nur kann er das spüren. Er rückt näher ans Bett heran und hält ihre Hand.

»Ich wünschte, ich könnte da liegen, und du könntest einfach so herumlaufen«, sagt er leise. Ob Lydia ihn hört, weiß er nicht.

»Warum du, Lydi? Warum? Dass jemand mich umlegen will, kann ich mir noch vorstellen, aber dich?«

Das ist die Frage, die ihm durch den Kopf spukt. Was hat sie getan? Hängt es mit dem verfluchten Timer zusammen? Oder geht es um etwas ganz anderes? Er fühlt sich für sie verantwortlich, genau wie das bei ihr umgekehrt auch immer so war. Es muss miteinander zu tun haben, eine andere Option gibt es nicht.

An dem Morgen, als Wasim vor ihm stand und den Timer vor ihn hingestellt hat, war sie schon schlecht gelaunt. Das war kein Zufall. Wusste sie etwas? Und wenn sie etwas wusste, warum hat sie nichts gesagt? Auch nicht, als sie zusammen in der Stadt waren, kurz bevor sie angeschossen wurde?

Es gibt keine Antworten auf seine Fragen, Lydia ist noch unerreichbar. Aber es ist gut, dass John diese Fragen stellen kann. Indem er neben ihr sitzt und ihre Hand festhält, kommt er selbst weiter. Wenn man sich Zeit füreinander nimmt, kann man die Zeit verlangsamen, und dann sieht man Dinge, die einem sonst verborgen bleiben.

»Du hattest schon etwas gesehen«, sagt er. »Du hast es kommen sehen. Darum warst du an diesem Morgen nicht du selbst. Du hast es kommen sehen, aber du wusstest nicht, was es war.«

# 42

## WASIMS WOHNUNG

»Bist du dir auch sicher, dass wir hier richtig sind?«

»Was denkst du denn?« Als ob George nicht wüsste, wo er ist. Als würde er seinen Wagen einfach vor irgendeinem Wohnblock abstellen. »Natürlich bin ich mir sicher, ich habe ihn doch selbst hier reingehen sehen. Und Lydia hat mir die Wohnungsnummer geschickt.« George ist irritiert. Wenn man Leute auf Erkundung schickt, bedeutet das, man vertraut der Zukunft.

»Ich frage ja nur«, erwidert John.

Stundenlang sitzen sie jetzt schon in Georges Opel Agila. Er verfügt über eine beachtliche Auswahl an unauffälligen, langweiligen Autos, die niemand haben will.

»Sonst werden sie eh nur geklaut«, sagt er. Er muss es wissen, ein Leben in der Szene hat einen Experten aus ihm gemacht. Er weiß, welche Marken und Modelle bei den Autodieben beliebt sind, und mit einem Opel darf man sich sicher wähnen.

Neben ihm starrt John durch die Windschutzscheibe auf den Haupteingang des Wohnblocks. Sie warten darauf, dass Wasim nach Hause kommt. Es ist nicht viel los, hin und wieder öffnet sich die Tür, und jemand geht hinaus, meist eine Frau mit einer Einkaufstasche. Zusammen überbrücken John und George die Zeit. Fünf Minuten wirken wie eine Viertelstunde, eine halbe Stunde erscheint einem wie ein halber Tag. Man darf vor allem nicht ungeduldig werden, dann dauert es noch länger. Wenn man irgendwo Posten bezieht, muss man darauf vertrauen, dass irgendwann das geschieht, worauf man wartet. Manchmal kann es eine Weile dauern, das weiß John nur zu gut; während seiner Zeit als aktiver Agent hat er so viel gewartet und observiert. Das hier ist die beste Methode: mit seiner Umgebung verschmelzen, nicht auffallen, auf den richtigen Moment warten. Grundlegende Prinzipien, denn wenn man zu schnell zuschlagen will, geht man das Risiko ein, entdeckt oder selbst ausgeschaltet zu werden. Man ist nicht da, bis man da ist. So handhabt er es jetzt auch wieder. Sie haben das Auto hier um halb acht Uhr morgens abgestellt, mit dabei haben sie eine Thermoskanne mit Kaffee und ein paar Plunderteilchen. George und er sind schnell zufrieden, sie brauchen kein Mineralwasser oder irgendwelche Smoothies, keine Wraps oder Panini, das ist alles Firlefanz. Er hat sich ein Stück jungen Gouda in Alufolie gewickelt, das steckt jetzt plattgedrückt in seiner Jackentasche.

»Und wie geht es Lydi?«

»Unverändert.«

Sie vermissen sie beide, jeder auf seine Art. Sie haben eine gemeinsame Geschichte, aufgebaut in den mehr als fünfundzwanzig Jahren, die sie einander inzwischen kennen. Lydia kennt ihre Eigenheiten besser als irgendjemand sonst. Sie ist mit Georges Launen vertraut und weiß, dass man sie am besten ignoriert. Man muss ihn wie ein Auto behandeln, dann verbessert sich seine Stimmung am schnellsten. Rein mit dem Kaffee, dazu ein Wurstbrötchen, ein Bier, ölen und volltanken. Niemand kann George so grob behandeln wie sie, und er ist ihr noch dankbar dafür. Und sie kennt Johns körperliche Beschwerden, seine kaputten Knie, sie weiß, dass sie darüber nicht sprechen, sie aber im Kopf behalten soll. John gegenüber ist sie nie grob, nur vor ein paar Tagen im Repair Club war das anders, als er ihr mit dem Staubsauger helfen wollte. Eine Ausnahme, John vertraut ihr blind, selbst wenn sie sich komisch benimmt.

Dass sie nicht da ist, dass sie nicht mitmachen kann, fühlt sich an wie eine Amputation. Ohne Lydia ist es, als hätte der Repair Club das verloren, was ihn zusammenhält. Sie ist nicht der Grund, dass sie tun, was sie tun, aber sehr wohl der Grund, dass sie es zusammen tun. George ist ein Freund, mit ihm kann er auf Einsätze gehen. Lydia ist die Basis, diejenige, zu der man zurückkehren muss, wenn man sich verirrt hat oder wenn eine Aktion nicht läuft wie geplant. Ohne sie gibt es keinen Grund zur Rückkehr.

»Das schafft sie schon«, sagt George.

»Klar. Jetzt schnappen wir uns erst mal Wasim.«

Also bleiben sie im Opel sitzen, die Augen auf den Haupteingang gerichtet. Geduld. Ständig die Neigung unterdrücken, schnell zu agieren. Als der Mann, auf den sie warten, dann erscheint, ist es Viertel vor zwölf.

»Da«, sagt George.

Er braucht nicht hinzudeuten. Wasim steht vor dem Seiteneingang, schaut auf sein Handy, tippt mit dem Daumen darauf herum, hält es sich ans Ohr und schaut sich um, während er darauf wartet, dass die Verbindung hergestellt wird. George und John können sehen, wie sich seine Lippen bewegen, und sie schauen schweigend zu. George wirft seinen Kaffeebecher hinter sich und steckt den Rest des Gebäcks zurück in die Tüte. Wasim öffnet die Tür und betritt telefonierend das Gebäude.

»Bereit?«

»Fast.«

Erst als Wasim den Aufzug nimmt, gehen sie schnell auf die andere Straßenseite, betreten über den Haupteingang das Hochhaus und fahren ebenfalls in einem der Aufzüge in den siebten Stock. Oben zwingen sie sich zur Ruhe. Langsam gehen sie über den Laubengang zur richtigen Wohnung. Vor der Tür bleiben sie stehen.

»Klingeln wir?«, fragt George.

»Was hattest du denn sonst vor?«

»Einfach rein. Die Tür ist kein Problem für mich.« Nach einem Morgen des Wartens im Auto hat es George eilig, und John muss ihn zurückhalten. Das Schloss können sie immer noch knacken.

»Ich glaube, es ist besser, wenn wir Wasim die Tür öffnen lassen.«

John klingelt. Sie hören Geräusche in der Wohnung, und danach ist es still.

»Gut, der Herr will uns also nicht reinbitten. Soll ich jetzt?«

John ignoriert George und klingelt noch einmal, länger diesmal. Keine Reaktion. Niemand kommt an die Tür.

»Mir reicht's«, verkündet George. »Wenn ich auf dich höre, stehen wir morgen noch hier.«

Er schiebt John zur Seite, beugt sich etwas vor, und innerhalb weniger Sekunden hat er seine Drähte im Schloss, fummelt ein wenig herum und dreht sie hin und her, und kurz darauf öffnet sich die Tür. Sie stehen in einem engen Flur, den sie nicht Seite an Seite durchqueren können. Sie schauen einander kurz an.

»Ich gehe vor«, entscheidet George, und mit einem letzten raschen Kontrollblick über den Laubengang, ob sie auch wirklich niemand sieht, schlüpfen sie nach drinnen. John schließt die Tür hinter sich und legt George die Hand in den Rücken, damit der weiß, dass er sich vorwagen kann.

Leise gehen sie weiter. Auf dem Flur gibt es drei Türen. Wasim muss hier irgendwo sein. Die erste Tür führt zur Toilette, die zweite in ein Schlafzimmer, die dritte in ein kleines Bad. Am Ende geht der Flur in einen offenen Wohn- und Essbereich über.

Rechts in der Ecke ist die Tür zur Küche. Die Wohnung ist klein, und es gibt kaum Platz, um sich zu bewegen, denn überall liegen Dinge herum. Koffer, Kartons, Taschen, sogar Tüten, alles geordnet. Kartons zusammen, Tüten zusammen. George schaut in einen der Kartons: Konservendosen, im nächsten Reispackungen. Dann noch einer mit Nudeln. In den Tüten befindet sich Kleidung: Hosen, Hemden, T-Shirts, Unterwäsche.

»Mann, so ein verdammtes Durcheinander«, kommentiert George.

»Wo steckt der Kerl?«

Vorsichtig steigen sie über die Sachen ins Wohnzimmer dahinter, und da herrscht ein noch größeres Chaos. Der Boden ist völlig mit Dingen bedeckt. Dort liegen Decken und Laken, Bettdecken und Schlafsäcke. Außerdem gibt es da Schachteln mit Paracetamol, Ibuprofen und anderen Medikamenten, die man ohne Rezept bekommt. Pflaster, Gaze und Hautsalbe, Tuben mit Voltaren. In jedem Karton, den er öffnet, findet er unerwartete Dinge. In der Küche sehen sie noch mehr Lebensmittel. Erdnussbutter, Marmelade und Honig. Kartons mit Schokoladentafeln in allen Sorten.

»Das sind Hilfsgüter«, sagt John. Was auf den ersten Blick wie Chaos wirkte, sind Vorräte für Hilfsbedürftige. Mit dieser Erkenntnis verändert sich sein Blick auf das Apartment völlig.

»Wie lebt der Mann denn hier? Das hält man doch nicht aus?«

Zwischen den Möbeln gibt es eine kleine freie Stelle, und sie stehen einfach nur da und schauen sich alles an. Eine Minute lang sind sie sprachlos. Sie lauschen. In der Wohnung ist kein Geräusch zu hören. Wo ist Wasim? Lydia zufolge ist das hier die Wohnung, die er betreten hat.

George geht zurück zum Flur, schaut ins Badezimmer. Ein kleiner Raum mit einem Waschbecken, einem WC und einer Dusche. Er schaut ins Schlafzimmer. Niemand.

»Hat er in diesem Gebäude vielleicht noch eine zweite Adresse? Eine zweite Wohnung, in der er leben kann? Denn hier ist er nicht. Vielleicht arbeitet er hier und wohnt irgendwo anders?«

Möglich ist es. Wasim ist nicht hier, also können sie nur die Wohnung durchsuchen. Wo sollen sie anfangen?

»Tisch, Sofa, Schlafzimmer. Wo hat er seinen Computer? Wenn wir den finden, wissen wir auch, wo er seine wichtigen Besitztümer aufbewahrt.«

Auf dem Tisch liegt alles Mögliche herum, hier und da stehen Teller mit Essensresten, aber trotz der riesigen Menge an Dingen ist die Wohnung nicht schmutzig. John und George bewegen sich vorsichtig, sie schauen und suchen, soweit möglich, ohne etwas an einen anderen Platz zu legen. Das ist schwierig, denn manchmal rutscht etwas weg. John bückt sich dann, hebt es auf und legt es zurück an die Tischecke, fast genauso, wie es vorher lag. Das tut er sehr ruhig und beherrscht, er merkt sich, wie alles positioniert ist, er hat den Anblick wie Fotos im Kopf. Das eine hier, das andere obendrauf.

»Vorsicht«, sagt er.

Auf dem Sofa liegen Kleidungsstücke, die nicht zu den Hilfsgütern gehören. Für einen Mann. Nichts für eine Frau. Das hier ist die Wohnung eines allein lebenden Mannes oder von zwei Männern. Eine Trainingshose, ein T-Shirt, Sweatshirts, Socken, Kapuzenpullis. Der Inhalt dieser Wohnung erinnert in keiner Weise an den Mann, der vor ein paar Tagen vor John stand. Nirgends ist irgendetwas zu finden, das irgendetwas mit dem Timer zu tun haben könnte.

Im Schlafzimmer ist fast jeder Quadratzentimeter des Bodens mit weiteren Sachen übersät. Um das Bett zu erreichen, muss man über alles hinübersteigen. George geht in die Knie, schaut unters Bett. Auf der anderen Seite des Zimmers steht ein großer Kleiderschrank, der einzige im Raum. John zwängt sich zwischen den Kartons und den Plastiktüten hindurch, öffnet eine der Türen und schaut direkt in das Gesicht eines Mannes, der mit einem markerschütternden Schrei aus dem Schrank hervorgeschnellt kommt, John umwirft und über ihn hinwegspringt.

»George!«, brüllt John.

Der Mann hat mit zwei Schritten das Zimmer durchquert, tritt George, der gerade aufzustehen versucht, in den Rücken. Er setzt seine ganze Kraft ein, zwingt George wieder nach unten und will durch die offene Tür in den Flur flüchten. George bewegt beide Hände nach oben, packt den Knöchel des Mannes und hängt sich mit seinem gesamten Gewicht daran, zieht ihn nach unten.

John bewegt sich ungeschickt auf die beiden zu, will sich auf die Beine des Mannes werfen, erwischt einen Fuß und zieht ihn nach unten. Nach dem Kampf mit Scorpion ist er nicht besonders fit. Der Mann tritt zu, trifft John an der Schulter und holt dann zu einem heftigen Faustschlag aus. John duckt sich weg.

# 43

## DURCHFEGEN
### - 2002 -

Vor dem Öffnen der Schleuse zum Compound wurde alles zehnmal kontrolliert. Außerhalb des Tors befand sich Afghanistan, feindliches Gebiet, wie auch immer man das in Den Haag betrachtete. Dort hieß es zum Beispiel, es sei sicher in Afghanistan, man könne sich im Wagen in der Gegend bewegen, es würden riesige Fortschritte gemacht, und der Beitrag der Niederländer werde wertgeschätzt. Das war vor allem Schönfärberei und entsprach nur sehr bedingt der Wahrheit.

An jenem Tag sollte ein Gebiet etwas weiter oben durchgefegt werden. So nannte man das, als würde man dafür einen Besen verwenden. Dieser Vorgang war wichtig, denn er hielt die Taliban auf Distanz, demonstrierte die Anwesenheit der westlichen Militärmacht und bedeutete unverzichtbare Vorbereitungsarbeit für die Mission tiefer im östlichen Landesinneren, in Richtung Pakistan, mit gepanzerten Fahrzeugen und schwer bewaffneten Soldaten. Neben John im Fahrzeug saß Abdul Farzai, der Dolmetscher, ein Mann Anfang dreißig. Nett war er, und er sprach sehr gut Englisch. Ein Neuling, ausgewählt nach dem Telefonat mit Scorpion. John hatte sein Foto bereits in der Botschaft an der Wand hängen sehen: Dort gab es eine ständig aktualisierte

Übersicht über alle Informanten und Dolmetscher im Einsatz. Bei jedem Foto stand dabei, aus welcher Familie die Person stammte, ob es Geschwister gab, Freunde, Kontakte zur Taliban oder zu al-Qaida. Jede mögliche Verbindung wurde untersucht, um sich der Vertrauenswürdigkeit sicher sein zu können. Häufig meldeten sich Interessierte einfach am Tor und boten ihre Dolmetscherdienste an. Dann wurden sie durchleuchtet, so gut das eben ging, und wenn diese Untersuchungen keine belastenden Informationen ergaben, konnten sie ihren Dienst antreten. Viele junge Männer und manchmal auch Frauen wollten für die westlichen Länder arbeiten. Die Amerikaner hatten die beste Umgangsform mit ihren örtlichen Mitarbeitenden gefunden. Sie registrierten alles, alle Namen und Daten wurden dokumentiert und in einem zentralen System erfasst. Arbeitete jemand aus Afghanistan für die Streitkräfte der Vereinigten Staaten, so erhielt diese Person eine datierte schriftliche Vereinbarung. Nach einem Jahr konnte man sich um ein Visum für die Vereinigten Staaten bewerben und durfte Afghanistan mit einer Aufenthaltsgenehmigung verlassen. Für Dolmetschende beim diplomatischen Dienst galt eine Zeitspanne von drei Jahren, bis man die benötigte Genehmigung erhielt. Wer sich bei der niederländischen Botschaft meldete, ging davon aus, dass die Niederländer genauso gut organisiert waren, dass vergleichbare Bedingungen herrschten und auch ungefähr auf dieselbe Art und Weise für die Menschen gesorgt würde, die für die Niederlande gearbeitet hatten, häufig unter extrem gefährlichen Umständen. In den Augen der Taliban und von al-Qaida waren alle Informanten und Dolmetscher Verräter, und sie verdienten nur ein Schicksal: einen möglichst grausamen Tod. Darum vertrauten die Betroffenen auf die Unterstützung des westlichen Landes.

Nichts entsprach weniger den Tatsachen. Die Niederlande verfügten kaum über ein Dokumentationssystem für die afghanischen Mitarbeitenden, und es gab auch sicher keine Garantie, dass sie längerfristig in die Niederlande würden reisen dürfen. Die niederländische Regierung hielt jegliche Verantwortung so weit es ging von sich fern. Als John neben dem Dolmetscher saß, den man ihm zur Seite gestellt hatte, wusste er, dass der Mann bereit war, für die Niederländer in Afghanistan sein Leben zu riskieren, und dass er dafür im Gegenzug nur sehr wenige Garantien erhielt. Trotzdem tat er es.

Schweigend schaute John aus dem Wagenfenster auf die raue, öde Landschaft. Von einer Straße konnte eigentlich keine Rede sein. Sie fuhren in eine ganz bestimmte Richtung, die Sicherheit der Route hatte man vorher überprüft. Häufig erfolgte das mithilfe von Informanten, die entlang dieser Strecke wohnten, man hörte auch Telefone ab und belauschte mit Drohnen aus der Luft Gespräche auf dem Boden. So entstand ein Bild der Bewegungen. Wenn die Taliban vorhatten, irgendwo einen Hinterhalt zu legen oder anzugreifen, bekam man das normalerweise durch ein abgehörtes Gespräch mit, in dem etwas darüber gesagt wurde, ein Hinweis fiel. Dann konnten sie in Aktion treten und die Sache bereinigen.

Am gefährlichsten waren die Hinterhalte mit Scharfschützen und die selbst gebauten Bomben. Deren Position ließ sich nur schwer vorhersagen, und sie wurden immer in tiefster Nacht installiert. Und eine mondlose Nacht in Afghanistan war so dunkel, dass man die eigene Hand vor Augen nicht sehen konnte.

Sie fuhren nach Gardez, der Hauptstadt der Provinz Paktia, etwa 120 Kilometer südlich von Kabul. Dort hatten die Amerikaner einen Satellitenposten errichtet, einen verstärkten Compound. Diese Basis war ein Zentrum für geheime Aktionen, für Planung und Informationserwerb. Von dort aus knüpfte man Kontakte zu umherreisenden Afghanen, um mehr über die Krieger von al-Qaida und die flüchtenden Taliban in Erfahrung zu bringen.

Die Mission bewegte sich über Aryob zu den Bergketten entlang der pakistanischen Grenze. Der Tag lief wie geplant. Für John handelte es sich um den Transport zu einem weiter entfernt gelegenen Compound, den letzten Halt, bevor sie vom Bildschirm verschwinden würden. Für die US-Marines war es eine Gelegenheit, die Route freizuhalten und zu zeigen, wer hier in der Gegend der Boss war. Und zu demonstrieren, dass die örtliche Bevölkerung auf sie zählen konnte. Sicherheit und Verlässlichkeit, Kontakte zu Menschen knüpfen. Reden und schießen. Und bestechen. Ständig gab es Informationen über das Radio, die Soldaten hörten die lokalen Sender ab und wussten daher, was die Taliban planten, wo sie sich befanden. Manchmal gingen sie dann direkt auf ihr Ziel los, manchmal hielten sie Distanz, um das Gewehrfeuer zu vermeiden.

Und die Raketen.

# 44

## NEIN, MEIN LIEBER

George springt über John hinweg, und an der Wohnungstür hat er den Mann fast eingeholt. Hinter ihm her rennt er ins Treppenhaus, sieben Stockwerke mit Betontreppen und Metallgeländern, er sieht das Ganze vor sich. George muss den Kerl erwischen, bevor der die Treppe erreicht hat. Hier oben hat er einen Vorteil, auf der Treppe ist der Mann jünger und gewandter und schneller. Er wirft sich durch die Tür ins Treppenhaus und stößt sich ab, springt in Richtung des Mannes, packt ihn um die Taille und reißt ihn von der Treppe weg. Auf dem Boden ist George zu stark für den Mann, er kann allein ein Auto an nur einem Rad vom Boden hochstemmen, ohne Wagenheber. Seine Hände und Arme sind durch die jahrelange Werkstattarbeit sehr stark. Wenn er einmal zugepackt hat, lässt er nicht mehr los. Er drückt den Mann an die Wand und versucht ihn richtig festzuhalten. Der andere ist größer als er, schlanker, er hat eine auffällige, scharf geschnittene Nase, langes dunkles Haar, und er trägt eine Cap. Sein Blick ist hart und verängstigt, eine gefährliche Kombination. George ist ganz ohne Zweifel stärker, darum geht es nicht. Der Mann schlägt mit seinen langen Armen wild um sich, trifft George einmal voll ins Gesicht. Der Schlag hallt in Georges Kopf wider, und ganz kurz lockert er seinen Griff. Der Mann profitiert von dem minimalen Spielraum und tritt George gegen das Schienbein, entkommt aus seinem Griff und dreht sich weg, zur Treppe hin. Gleich ist er weg.

Aus einem Reflex heraus greift George zu und erwischt den Mann am Arm, dann am Handgelenk, dreht sich um, ohne loszulassen. Er legt sein ganzes Gewicht in die Bewegung. Der Mann muss ihr folgen, damit ihm nicht der Arm ausgekugelt wird.

»Nein, mein Lieber, jetzt geht's nicht nach unten!«

Er dreht den Arm seines Gegners hoch auf seinen Rücken und führt den Mann zurück in die Wohnung, stößt ihn durch die offen stehende Tür hinein.

John sitzt zwischen den Kartons auf dem Boden, starrt mit glasigem Blick geradeaus. Er zittert. George seufzt, ihm tut der Kopf weh, die Schienbeine schmerzen und sein Herz auch.

Hier läuft gerade etwas überhaupt nicht gut.

George stößt den Mann vor sich her ins Wohnzimmer und bugsiert ihn auf das Sofa.

»Sitzen bleiben!«, kommandiert er.

Der Mann schaut ihn aus großen Augen an, ganz offensichtlich begreift er nicht, was da gesagt wird.

»*Nederlands?* Verstehst du kein Niederländisch? Also nicht. Auch gut. *Don't move!* Verstehst du das?«

Jetzt begreift ihn der Mann. Zur Sicherheit wiederholt George seinen Befehl. Wer der Kerl ist, wird er schon noch herausfinden. Erst John auf die Beine helfen und schauen, was sie hier überhaupt noch verloren haben. Am liebsten will er hier so schnell wie möglich abhauen, die ganze Aktion gerät außer Kontrolle. Er lässt den Mann allein und geht zurück in den Flur. Der Kerl kann sowieso nirgendwohin – wenn er flüchten will, muss er wieder durch den Flur, und da kommt er nicht durch. Dafür wird George schon sorgen.

Zu seiner Erleichterung hat sich John inzwischen aus seiner Position zwischen den Kartons hochgearbeitet. Er guckt etwas benommen aus der Wäsche. George ist ungeduldig. Sein Körper protestiert noch immer gegen die Anstrengungen von gerade eben. Der Inhalt der Wohnung interessiert ihn nicht mehr. Er will hier weg. Sie sind schon zu lange hier, und sie machen zu viel Lärm. Hier gibt es nichts Lohnendes.

»Was jetzt? Suchen wir weiter oder sind wir hier fertig? Und was machen wir mit dem Kerl?«

John läuft ins Esszimmer und bahnt sich einen Weg zwischen den Kartons und Tüten hindurch zum Sofa. Er setzt sich auf den Couchtisch, dem Mann gegenüber, und schaut ihm gerade in die Augen.

»Wer bist du?«

»Er spricht kein Niederländisch«, sagt George. »Ein bisschen Englisch.«

John beugt sich vor, und sofort schreckt der Mann zurück, presst den Rücken tiefer in die Sofalehne.

»Er hat Angst«, sagt John.

»Und verdammt viel Kraft.«

In einfachem Englisch fragt John den Mann nach seinem Namen und wo er herkommt, wie lange er schon hier ist. Langsam scheint sich der Mann zu entspannen und antwortet. In gebrochenem Englisch. Er heißt Daoud, ist zweiundzwanzig Jahre alt und stammt aus Masar-e Scharif im Norden von Afghanistan. Vor einer Woche ist er in den Niederlanden angekommen und wohnt seitdem hier, bei Wasim.

»Illegal«, kommentiert George. »Na wunderbar. Was tun wir hier, John? Was sollen wir mit dem Kerl?«

John neigt kurz den Kopf, um Daoud zu beruhigen, er sagt, dass sich der junge Mann keine Sorgen machen soll.

»Wir stellen gar nichts mit ihm an«, wendet er sich an George.

»Wasim?«, fragt er dann Daoud. Hat er Wasim gesehen? Ist Wasim hier gewesen? Wo ist er?

John zeigt Daoud das Foto, das Kenzi gemacht hat. Daoud schaut es sich an.

»Wasim«, sagt John und deutet auf das Bild. »*Where is he? Is he here?*«

Daoud schüttelt den Kopf.

»Aber er war hier.« George flucht. »Wir haben zu lange gewartet.«

So behutsam wie möglich fragen sie weiter, immer wieder versuchen sie Daoud zu beruhigen. Für ihn besteht keine Gefahr, es geht nur um Lydia, aber das Gespräch verläuft äußerst mühsam. Der junge Mann spricht nur sehr wenig Englisch.

»Erzähl«, fordert ihn John auf. »*Talk to me.* Wasim? Familie?«

Wasim ist ein Onkel von Daoud und wohnt hier in den Niederlanden. Er hilft Leuten in seinem Land, zusammen mit Angehörigen und Freunden aus der Gegend, aus der er stammt.

»Aus Masar-e Scharif?«

Daoud versucht alles in einer Sprache zu erklären, die er nicht gut beherrscht. Seine Mutter ist mit einem Mann aus dem Norden verheiratet, darum kommt er von dort. Wasim stammt aus dem Westen von Afghanistan, aus der Region Paschtu, an der pakistanischen Grenze. Dorthin fließt die ganze Hilfe.

Der Südosten, entlang der pakistanischen Grenze. Dort ist Johns Mission außer Kontrolle geraten.

»Wo?«, will er wissen.

Daoud schweigt. John kann am Blick in seinen Augen erkennen, dass sein Misstrauen neu erwacht ist. Er kommt aus Afghanistan, wo die Dinge anders geregelt werden als hier. Man reagiert nicht auf Drohungen und nicht auf westliche Logik. Dieser junge Mann ist noch nicht so lange hier, deswegen kennt er nur die afghanische Handlungsweise. Das System der drei Tassen Tee. Bei der ersten gemeinsamen Tasse ist man freundlich, sonst nichts. Man weicht allen spezifischen Fragen aus und hält sich bedeckt. Erst bei der dritten Tasse Tee wird man in den Freundeskreis aufgenommen, dann ist alles möglich. Dort ist John noch lange nicht angekommen, nicht was Wasim betrifft und nicht im Hinblick auf Daoud. Bei ihnen gibt es noch nicht mal Tee. Ihm wird klar, dass er die kulturelle Schranke nicht mit einem Mal wird durchbrechen können. Trotzdem muss er weitermachen, denn er hat keine Zeit, um dreimal hier zu erscheinen und Tee zu trinken. Er hat es eilig, aber diese Art Eile gehört zu den Dingen, mit denen Afghanen nichts anfangen können.

»Wasim?«, erkundigt John sich wieder.

Daoud entspannt sich. Das ist ein unverfängliches Thema. »Wasim«, wiederholt er.

Sein Onkel hat hier in den Niederlanden ein Netzwerk aufgebaut, um Hilfsgüter zu sammeln und zu helfen, diese zu verschiffen. »*Good people*«, sagt er.

»Meinst du ›Hilfe gegen Kriegsleid‹?«, fragt George. »Arbeitet dein Onkel da?«

Daoud versteht ihn nicht. Der Name der Hilfsorganisation sagt ihm nichts. George zeigt ihm die Broschüre, die er noch in der Jackentasche hat.

»Wo ist Wasim?«

Der junge Mann ist ein Geflüchteter, erst vor Kurzem angekommen. Er hat keine Ahnung, was hier vor sich geht, versteht kein Niederländisch, hat jeden Tag Angst vor Entdeckung, vor dem Risiko, zurück nach Afghanistan geschickt zu werden. Er ist völlig abhängig von seinem Onkel.

»Gibt es noch eine andere Wohnung?«

Auch das weiß Daoud nicht. Er wohnt und schläft hier im einzigen Zimmer mit Bett. Onkel Wasim kümmert sich um ihn, bis alles geregelt ist. Während er spricht und stockend alles erzählt, behält er John im Auge. Sein Blick lässt ihn keinen Moment los. George beachtet er kaum.

Gehört Lydia zu Wasims Netzwerk? Kannte sie ihn schon, bevor er beim Repair Club erschienen ist? Warum hat sie nichts gesagt?

John holt einen Stift aus der Innentasche seiner Jacke und reißt ein Stück Pappe von einer Schachtel ab. Darauf schreibt er eine kurze Nachricht, die er dem jungen Mann aushändigt. »*Tell Wasim to come to me. Yes? OK?*«, bittet er ihn.

Daoud liest, was John geschrieben hat.

»*John Antink was here, looking for you.*«

# 45

## AUF DER STRASSE

Wieder sitzen sie nebeneinander im Auto, beide mit vielen Fragen im Kopf.

Wasim ist mit dem Foto aus Afghanistan auf sie zugekommen. Das war kein Zufall. Wenn er schon vor diesem Tag Kontakt zu Lydia hatte, wusste er, wo er John finden konnte. Dann hätte ihn Lydia sozusagen geschickt. Aber wenn sie wusste, dass Wasim John sprechen wollte, warum hat sie ihn nicht einfach angerufen? Warum auf so dramatische Art und Weise? Da kann etwas nicht stimmen. Außer sie wusste von nichts, und Wasim hat sie benutzt, um zu John zu kommen. Das hört sich besser an, klingt logischer.

Dann gibt es da noch ein Problem: Afghanen haben mit Logik nichts am Hut, die erledigen Dinge auf ihre eigene Art und Weise. Und zwar auf eine knallharte, unbarmherzige Art und Weise, die John aus eigener Erfahrung kennt.

»Und wir wissen immer noch nicht, wo er steckt«, schnaubt George. »Was hat uns das Ganze jetzt gebracht?«

»Mehr, als du glaubst. Wir wissen noch nicht, wo Wasim ist, aber wir haben ihm vermittelt, dass wir dasselbe Spielchen spielen können wie er.« Das ist wichtig. Wasim weiß jetzt, dass er sich vor John nicht wird versteckt halten können. Er weiß, dass er ihn wieder aufsuchen muss, auf Bitten von John. Das ist auch wichtig, denn so weiß er, dass John keine Angst vor ihm hat. Dass es keine Bedrohung gibt.

»Ach, tatsächlich? Bist du dir da sicher?«

»Ganz sicher.«

»Ab und zu bist du nämlich ziemlich neben der Spur.«

Das wollte George schon seit einiger Zeit loswerden. Seit Wasim plötzlich im Repair Club aufgetaucht ist, wirkt sein alter Freund wirr und desorientiert.

»Blödsinn«, gibt John zurück. Zu schroff. Zu schnell.

»Wenn ich sage, du bist neben der Spur, dann stimmt das auch. Da hast du selbst nichts zu melden, kapiert? Also gib's schon zu, zuerst taucht dieser Afghane mit irgendeiner Sache auf, dann wird Lydi angeschossen, und zwischendurch stehst du rum und guckst aus der Wäsche, als hättest du dir ein Brötchen mit Diazepam einverleibt. Hallo? Jemand zu Hause?« Er bewegt die Hand, um die Aufmerksamkeit seines Freundes auf sich zu ziehen.

»Ich denke nach«, erwidert John.

»Ach, natürlich, der Herr denkt nach.«

George startet den Motor.

»Wo fahren wir denn jetzt hin? Oder reichen deine großartigen Gedanken nicht so weit?«

Er bekommt keine Antwort. John versinkt in seinen Grübeleien und in den Traumata seiner Vergangenheit. George kann das nicht sehen, aber John kämpft sich an den Ängsten entlang, die ihn aus dieser Vergangenheit heraus im Griff haben.

»Ich laufe lieber«, verkündet er.

Er steigt aus und wartet auf dem Bürgersteig, bis sein Freund weggefahren ist. Dann dreht er sich um und geht zurück ins Stadtzentrum. Laufen. Das gefällt ihm, es gibt ihm die Zeit und den Raum, nachzudenken, die Welt zu begreifen und sich auf das vorzubereiten, was er tun muss. Einige Dinge warten schon zu lange.

# 46

## BEIM HAUSARZT

*225 Stunden, 12 Minuten und 3 Sekunden*

Jede Bewegung ist eine zu viel. Vorsichtig setzt er sich hin. Der Hausarzt schaut ihn besorgt an.

»Machen Sie denn auch Ihre Übungen?«

Die Übungen. Die hat er völlig vergessen. John lässt die Frage unbeantwortet und steht wieder auf.

»Ich möchte Sie bitten, sich das hier kurz anzusehen.«

Er zieht Jacke und Oberhemd aus. Mit wachsendem Erstaunen betrachtet der Hausarzt die blauen Flecken, die jetzt zum Vorschein kommen. Johns ganzer Körper ist damit übersät. Vor allem der Rippenbereich ist eine einzige große Verfärbung.

»Das tut weh, nehme ich an.«

»Ordentlich weh. Ich habe Arnikasalbe draufgeschmiert.«

»Sehr gut. Das schadet nie.« Der Arzt kommt näher, um sich die Stellen besser anschauen zu können. »Haben Sie die ganze Zeit Schmerzen, oder nur, wenn Sie drankommen oder sich bewegen?«

»Vor allem, wenn ich mich bewege. Drankommen vermeide ich.«

»Okay, ich taste Sie jetzt trotzdem kurz ab. Nicht erschrecken.«
Vorsichtig betastet der Arzt Johns Haut, erst knapp unter den Achseln und dann langsam weiter unten, die Flanken entlang, die Magengrube. Jedes Mal krümmt sich John ein wenig zusammen.

»Sie sind bestimmt die Treppe runtergefallen?«

John versucht zu lachen, aber gerade diese Bewegungen seines Brustkorbs verursachen ihm besonders große Schmerzen. »Nein, eine Prügelei.« Es hat keinen Sinn, um den heißen Brei herumzureden.

»Und wie sieht der andere aus?«

»Der hat gewonnen.«

Wieder betastet der Arzt Johns Rippen, ganz vorsichtig. Er lässt die Finger über Johns Haut gleiten. Hin und wieder drückt er ein wenig zu und beobachtet dann, wie sein Patient reagiert.

»Es ist weniger schlimm, als ich dachte«, erklärt der Arzt. »Ich denke, Sie haben sich keine Rippen gebrochen, nur verstaucht. Möchten Sie, dass ich Röntgenaufnahmen veranlasse?«

»Nur, wenn Sie das für nötig halten.«

»Gut, dann belassen wir es dabei. Ziehen Sie sich ruhig wieder an. Oder haben Sie noch weitere Verletzungen?«

Überall, denkt John.

»Wie ist es denn passiert? Hat man Sie auf der Straße angegriffen?«

»Nein, ich bin selbst schuld. Ich habe jemanden besucht, von dem ich wusste, dass er mich hasst wie die Pest. Und das ist ausgeartet. Dumm. Ich hätte jetzt am liebsten etwas gegen die Schmerzen, etwas Stärkeres, wenn das möglich ist.«

Der Hausarzt weiß, dass er genug gefragt hat. Er hat mehr Antworten erhalten als je zuvor, denn meistens weicht dieser Patient jeder Frage aus. Der Mann ist siebzig Jahre alt und kümmert sich selbst um alles. Es gibt etwas an John Antink, das der Arzt vielleicht niemals enträtseln wird. Er stellt ein Rezept für Oxycodon aus.

»Oxycodon ist ein Opiat«, erklärt er. »Seien Sie also vorsichtig damit, damit Sie nicht abhängig werden. Und das hier ist ein einmaliges Rezept. Ein zweites bekommen Sie nicht.«

John steckt den Zettel ein. Oxycodon ist genau das, was er braucht, um weitermachen zu können.

# 47

## DIE SPINNE

*173 Stunden, 39 Minuten und 12 Sekunden*

Alles verläuft in Etappen, niemand weiß alles. Das ist das Prinzip, er kennt es, ist damit aufgewachsen. Selbst er weiß nicht alles. Man muss fragen und suchen und dann wieder fragen. Von Scorpion hierher. John hat keine Wahl, er muss jeden Schritt selbst absolvieren. Das kann niemand für ihn übernehmen. Darum steht er hier in der Passage, einer überdachten Einkaufsstraße aus dem Jahr 1885 in der Innenstadt von Den Haag, in der Nähe des Binnenhofs. Die alte Grandezza der Residenzstadt lässt sich hier noch spüren, auch wenn viele der Läden in der Galerie modern sind und nur eine sehr kurze eigene Geschichte haben.

Er wartet auf seine Kontaktperson, es hat Tage gekostet, das zu arrangieren, und der Mann will ihn nur treffen, wenn es so unauffällig wie möglich ablaufen kann. John steht um die Ecke in einer kleinen Gasse namens Achterom, die auf die Passage mündet. Von hier aus hat man das Café du Passage im Blick. Laut Absprache soll sich seine Kontaktperson dort an einen Tisch setzen. John ist zu früh dran, wie es sich gehört, und mustert jeden vorbeigehenden Mann. Jung, alt, dick, dünn, lange Haare, Glatze, mit

Cap, mit Sonnenbrille. Viele fallen sofort durchs Raster, weil sie nicht allein sind. Allein erscheinen gehört zu den Bedingungen.

Der da muss es sein. Ein hochgewachsener Mann, größer als erwartet, läuft betont lässig einmal an den Tischen vor dem Café entlang, bevor er sich einen Stuhl nimmt und hinsetzt. Er hat ergrauende Locken und trägt eine Brille. John schätzt ihn bestimmt zehn Jahre jünger als sich selbst. Aus der Innentasche seiner Jacke holt der Mann einen Reklameprospekt, den er vor sich auf den Tisch legt, eine Broschüre des Miniaturparks Madurodam. Das ist der abgesprochene Code für Raymond Manlaa, die Spinne, die Kontaktperson, an die Scorpion John verwiesen hat.

»Hier entlang«, sagt er leise, als er am Tisch vorbeigeht. John biegt rechts ab, verlässt am Novotel die Passage, geht wieder nach rechts und dann zum Burger King an der Ecke.

Dort stellt er sich an und lässt immer wieder Leute vor, bis der Mann hinter ihm steht.

»Auch einen Burger?«, erkundigt sich John, und als er an der Reihe ist, bestellt er zwei Burger mit Pommes frites und dazu jeweils eine kleine Cola.

»Light?«

»Ja.«

»Zum Hier-Essen?«

»Gern.«

Mit dem billigen Plastiktablett suchen sie sich einen Platz. Alles wirkt unpraktisch, der Tisch ist klein und wackelt, auf den Stühlen sitzt es sich unbequem, jedenfalls, was John betrifft. Sein ganzer Körper protestiert gegen den harten Kunststoff, auf dem er sich niederlassen muss. Der gesamte Laden ist darauf ausgerichtet, dass die Leute so schnell wie möglich wieder gehen. Das funktioniert sehr gut. John reicht dem Mann einen Burger, schiebt ihm eine Portion Pommes und einen Becher Cola zu und stellt sich vor.

»Ich bin John.«

»Weiß ich.«

Der Mann rührt sein Essen nicht an. Er stellt sich nicht vor. Er ist die Spinne, im Zentrum der Planung bei den Marines. Was er nicht über Special Ops weiß, braucht man nicht zu wissen. Scorpion hat ihn eingeweiht, ihm alles erzählt. Vor allem, dass man John Antink nicht trauen darf.

»Was wissen Sie über mich?«

»Unwichtig. Deswegen sind wir nicht hier.«

Der Mann hat recht. Unbeeindruckt schaut Manlaa John an, geduldig, alles wird dauern, so lange es dauert. John zweifelt nicht daran, dass dieser Mann rasend schnell Entscheidungen treffen und handeln kann, wenn es sein muss. Im Moment muss es noch nicht sein.

»Ich bin auf der Suche nach Informationen über ein Special-Ops-Team, dem man mich einmal zugeteilt hat. In Afghanistan. 2002.«

»Weiß ich.«

Allmählich macht die abwartende Haltung des Mannes John nervös. Wenn er schon alles weiß, warum sagt er dann nichts?

»Ich will mit einem der Leute von dieser Einheit in Kontakt treten, und wenn ich das richtig verstehe, können Sie mir dabei helfen.«

»Weiß ich.«

»Gibt es auch etwas, was Sie nicht wissen?«

»Sicher. Zum Beispiel, warum ich Ihnen helfen sollte. Warum? Die Special Forces sind nicht ohne Grund geheim, und Sie verfügen nicht mehr über das geringste Clearing. Warum also? Dieser Burger trägt übrigens auch nicht dazu bei, Vertrauen zu schaffen.«

Das macht den Kern seiner Geheimdiensttätigkeit aus. An einem Ort, an dem man nicht sein will, ohne Verhandlungskapital, etwas von jemandem erfahren, der lieber nichts preisgeben möchte. Der fettige Geruch des Burgerladens umhüllt sie. John reißt sich zusammen. Manlaa mag wegen eines Burgers die Nase rümpfen, John tut das nicht. Er entfernt das Papier und beißt von seinem Burger ab. Der typische Fastfood-Saft tropft ihm vom Kinn. Soll der Mann ihm doch ruhig zuschauen, wenn ihm das Spaß macht. Es ist Junkfood, aber nicht widerlich.

»Sie müssen mir helfen, weil etwas geschehen wird, wenn ich nicht rechtzeitig den Namen von einem der Leute vom Team bekomme.«

In Johns Kopf tickt der Timer.

»Und was sollte dann geschehen?«

»Das weiß ich nicht. Aber mir bleibt noch etwas mehr als eine Woche.«

»Wenn ich nicht weiß, was dann passiert, weiß ich doch gar nichts.«

John verzweifelt allmählich. »Sie wissen, wer ich bin, Sie wissen, wer ich war, Sie wissen, was ich war, wo ich war und was ich getan habe. Bevor ich in den Ruhestand gegangen bin, hätte sich diese Frage nicht einmal gestellt. Was auch immer ich falsch gemacht haben soll, es gibt keinen einzigen Grund, an meinem Urteilsvermögen zu zweifeln.«

Manlaa hört ihm mit stoischer Miene zu, scheinbar unbeeindruckt von Johns Appell. Der Mann hat das undurchdringlichste Pokerface, das John je gesehen hat. Kein Wunder, dass er die Special Ops führt. John versucht es ein letztes Mal.

»Wenn ich mir Sorgen mache, muss das für Sie Grund genug sein, sich ebenfalls Sorgen zu machen.«

# 48

## DER ANSCHLAG

»Das tue ich auch«, erwidert die Spinne. Der Mann wirkt plötzlich wie ausgewechselt. Er stellt keine Fragen mehr. Es ist, als hätte John eine Prüfung abgelegt und bestanden. Adressen hat die Spinne keine, auch keine E-Mails, keine Telefonnummern. Das Ganze ist fast zwanzig Jahre her, und diese Männer lassen sich nur sehr schwer finden.

»Das war natürlich sowieso der Fall, weil sie an geheimen und verborgenen Missionen teilnahmen, aber in derselben Phase hat die niederländische Regierung in ihrer unendlichen Weisheit außerdem beschlossen, mehr als zweihundert Leute aus dem Archiv zu entlassen.« Gerade aus Manlaas Selbstbeherrschung spricht seine Geringschätzung für diesen Schritt. »Zurzeit ist jeder selbst für das Archivieren von Informationen verantwortlich. Ich brauche dir wahrscheinlich nicht zu erklären, wie gut das funktioniert.«

Das Ergebnis ist eine Katastrophe. Die meisten Leute haben zu viele andere Aufgaben auf dem Schreibtisch liegen, um auch noch ans Archivieren zu denken, von einer strukturierten Herangehensweise ganz zu schweigen.

»Egal, was man sucht, wenn man auch nur ein Zehntel davon findet, hat man Glück. Bei der NATO funktioniert es noch am besten, bei denen gibts noch die alte Bürokratie. Du musst dich an Bridger wenden. Allen Bridger.« Er nennt John die entsprechende E-Mail-Adresse. »Alles klar? Der Mann weiß alles. Er hat auch mal zu den Special Forces gehört. Er hat ein persönliches Interesse daran, dass alle auffindbar bleiben. Immer bestens informiert.«

»Allen Bridger«, wiederholt John. Er notiert die Namen auf einer Papierserviette und steckt sie ein.

»In Frankfurt, da musst du suchen. Dort in Afghanistan sind Dinge geschehen, über die ich nichts weiß, aber eines weiß ich ganz sicher: Meistens dreht es sich um den Handel.« Der Handel mit Afghanistan betrifft überwiegend Waffen, Drogen, Nahrungsmittel. Geld. Und Frankfurt ist die Geldhauptstadt Europas. »Diese Stadt ist das Rangierterrain für Deals zwischen dem Westen und den Ländern im Osten. Sogar die CIA treibt über Frankfurt Handel.«

Frankfurt. Zum zweiten Mal wird diese Stadt jetzt genannt. Auch der Mieter von Wasims Apartment wohnt dort.

»Aber dir brauche ich ja nichts zu erzählen. Du bist selbst dort gewesen. Du warst damals der Mann. *Der* Mann. Du warst der einzige Chef eines westlichen Geheimdienstes, der selbst dort auf Mission war. Du.«

»Du nicht?«

»Um mich geht es hier nicht.«

Ohne Ankündigung steht er auf, seine Locken wippen durch die Bewegung. Kurz glaubt John, Manlaa würde sich nicht einmal verabschieden, sondern einfach gehen, als hätte er gerade eine Aufgabe erledigt. Eine kleine.

»Das hier hätte ich nicht tun sollen«, sagt er. »Sorry, das liegt nicht an dir.« Er zögert. »Oder vielleicht gerade doch. Das Leben ist zu kurz und zu unsicher, um nicht zum Punkt zu kommen.« Er will gehen.

»Warum hättest du das hier nicht tun sollen?«

»Wegen der Risiken.«

John steht ebenfalls auf und geht mit Manlaa nach draußen. Für ihn scheint das Gespräch beendet zu sein, doch John ist noch nicht so weit. Der schlanke Schwarze Mann mit der eisernen Selbstdisziplin fasziniert ihn. Wenn er ihn jetzt gehen lässt, bekommt er keine zweite Chance. Dieses Gespräch hat ihn bereits genug Aufwand gekostet.

»Noch ganz kurz«, setzt er an.

Mitten auf dem Bürgersteig vor dem Burger King bleibt er stehen. Seine Augen sehen alles. Er weiß nicht, warum, aber John vertraut diesem Mann blind, denn er verkörpert alles, was ein guter Geheimdienstchef aufweisen muss. Unendlich ruhig ist er, mit einer unbarmherzigen Einsicht. Besser, als es John selbst jemals gewesen ist. Besser als Alisha, und schon das will etwas heißen.

Manlaa ist jünger als John, er stammt aus der nächsten Generation, in der der IQ einen Sprung gemacht zu haben scheint. Er gehört zu den Menschen, die schon mit zwanzig begriffen haben, was John selbst erst durchschaut hat, als er fünfzig wurde.

»Ich höre zu«, sagt Manlaa. »Geh immer weiter.«

Nicht stehen bleiben. Wer stehen bleibt, wird zur Zielscheibe. Eine professionelle Deformation oder einfach reine Vernunft? Die Frage stellt sich eigentlich nicht einmal. John hört die Worte des anderen und reagiert. Sie bewegen sich weiter. Nicht zu schnell, nicht zu langsam. Vorbei an der Kirche, am Filmhuis. Überall sind Leute. Wo viel Betrieb herrscht, gibt es Sicherheit.

»Du weißt das besser als ich«, sagt John. »Worin besteht das Risiko?«

»Sie wollen dich zum Vorsitzenden einer Kommission machen. Die soll untersuchen, warum immer mehr Kriminelle hier das Sagen haben.«

»Selbsttäuschung. Weil wir alles als Handel betrachten.«

»Das Risiko besteht darin, dass ans Licht kommt, wie vorsätzlich taub und blind Den Haag ist.«

»Das wissen alle.«

»Und das Risiko besteht darin, dass du trotz der fehlenden Archivleistungen ans Licht bringst, was an der Unterwelt verdient wird. Durch manche Menschen.«

»Handel.«

»Warum trainierst du?«

John ist nicht einmal mehr erstaunt, dass dieser Mann auch das weiß. Er trainiert.

»Weil ich gar nicht daran denken darf, was sonst passiert.«

»Sehr vernünftig. Genau das meine ich nämlich. Darin besteht das Risiko. Es gibt nur wenige Leute, die daran denken und die nicht zu arrogant sind, um deswegen etwas zu unternehmen.«

»Du bist Tauwman ein Dorn im Auge«, sagt Manlaa – seine Bemerkung scheint aus dem Nichts zu kommen.

»Wer ist das?«

»Der Chef der JISTARC. Streberoberst. Ein Killer.«

»Kenne ich nicht.«

»Noch nicht. Aber pass gut auf. Der Mann steht absolut auf der falschen Seite. Frustriert bis zum Anschlag. Bei der Beförderung übergangen. Und das zu Recht. Sucht nach Genugtuung, auf seine eigene Art und Weise.«

»Wie? Wovon sprichst du?«

»Über Geld. Viel Geld. Es ist immer dasselbe mit den Leuten. Keine Fantasie. Illegaler Handel. Pass also auf.«

»Warum?«

»Weil du nicht so bist.« Er deutet nach links. »Hier gehen wir rüber.«

Manlaa befindet sich ein paar Schritte vor ihm. Eine Touristengruppe zwängt sich zwischen ihnen hindurch. John stößt unangenehm heftig mit einem Mann mit grünem Rucksack zusammen. Ein Teil des Metallgestänges trifft ihn in die Seite, und er krümmt sich, trotz der Pillen des Hausarztes. Als er wieder hochschaut, ist die Gruppe weitergegangen, und er sieht ein Auto, einen silbergrauen Volkswagen. Lydi wurde aus genau so einem getroffen, und innerhalb einer Sekunde hat John die Zukunft vor Augen. Die kommenden zwei Minuten.

Nicht noch mal, denkt er.

Schreiend rennt er zu Manlaa hin, ignoriert seine verstauchten Rippen, packt ihn, zieht ihn weg, nach unten, auf den Boden. Als wären sie wieder in Afghanistan. Er hört ein Ploppen und ein Pfeifen. Autos bremsen und hupen. Leute auf Fahrrädern halten an. Menschen schreien. John schaut sich verblüfft um. Manlaa wurde nicht getroffen.

Zusammen rappeln sie sich auf. Manlaa schaut sich wortlos um. Der Schuss hat jemand anderen getroffen, und diese Person liegt nun jammernd auf der Straße. Manlaa stellt keine Fragen, er braucht keine Erklärung.

»Danke«, sagt er. »Du hast noch nichts verlernt.«

»Was machen wir jetzt?«, fragt John.

»Nichts. Wir sind nicht hier und auch nie hier gewesen.«

Er dreht sich um und geht.

# 49

## SHITSTORM

Kein Ort könnte so ungeeignet sein wie der, an dem er sich gerade befindet. Offen und ungeschützt auf der Straße, wo vor wenigen Minuten ein Anschlag stattfand. Durch seine blitzschnelle Reaktion hat John die Spinne gerettet, und das erfüllt ihn mit zusätzlichem Vertrauen. Es gibt ihn noch, seine alten Instinkte funktionieren noch. Zum Glück hat er das Oxycodon, das Mittel dämpft den Schmerz und verlangsamt seine Reaktionen. Jetzt, nach der Aktion, wirkt er wie eine Version von sich selbst in Zeitlupe. Von allen Seiten kommen Leute herbei, es wird geschrien und auf das Opfer gezeigt, die Leute telefonieren, ein Krankenwagen kommt, auch die Polizei ist in diesem Stadtteil nie weit weg. Niemand achtet auf ihn, ein Standbild mitten in einem Shitstorm. Direkt vor der Nieuwe Kerk liegt der Körper einer Frau reglos auf dem Asphalt – es stehen schon so viele Menschen um die Frau herum, dass er sie fast nicht mehr sehen kann. Sie wurde niedergeschossen, aus Versehen, der geplante Anschlag ist missglückt. Jemand ist ihm also hierher gefolgt und hat ihn hier aufgespürt, hat Manlaa mit John gesehen. Langsam setzen sich die Rädchen in seinem Kopf in Bewegung. Manlaa sollte sterben, heute, jetzt. Das ist kein Zufall. Es gibt immer einen Zusammenhang. Eine Verbindung. Er sollte sterben, weil er mit John gesprochen hat. Also ist er immer noch in Gefahr. Durch den Mord sollte Manlaa ausgeschaltet werden. Und das sollte John als Warnung dienen. Oder will man John auch ausschalten? Ist er der Nächste? Wo? Auch hier? Warum ist dann noch nichts passiert? Weil so schnell so viele Leute vor Ort waren? Panik sickert durch das Oxycodon. Das ist gut, Panik braucht er.

*Move! Move!* Es ist ihm noch nie so schwergefallen.

Nach einem letzten Blick läuft er los, ohne Ziel, irgendwohin, dorthin, wo am meisten los ist. Dorthin, wo sich die meisten Menschen befinden. Sobald er einmal in Bewegung gekommen ist, geht es besser. Seine Sinne funktionieren allmählich wieder, Adrenalin durchströmt seinen Körper und neutralisiert die Betäubung. Er nimmt wieder Dinge wahr und kann auch wieder analysieren, was er sieht. Touristen, Beamte, Obdachlose, junge Leute, Bankiers: In diesem Stadtteil laufen alle vorstellbaren Typen Mensch herum. Er schaut und schaut. Wo ist die Bedrohung? Wohin ist das Auto verschwunden? Wieder hat John das Nummernschild nicht erkennen können. Er hat einen Schuss gehört, mitten in der Menschenmenge wollten sie zuschlagen. Er sieht Leute, die joggen, und andere, die herumschlendern. Er sieht Ausländer, Schwarze Menschen, genau wie Manlaa, Geflüchtete oder Immigranten, in dieser Stadt können es genauso gut Expats sein. In Den Haag gibt es sehr viele Personen im diplomatischen Dienst mit allen möglichen Hintergründen. Nicht nur aus den Botschaften, sondern auch aus den Niederlassungen der Vereinten Nationen. Er sieht Kinder und Eltern. Er sieht jemanden, der ihn anschaut, direkt, von der anderen Straßenseite aus. Eine Frau mit einem Blick wie ein Laserstrahl. Sie ist allein, denkt er. Er schaut noch einmal hin, schaut genauer, bemerkt eine Gruppe bei ihr, so sieht es jedenfalls aus. Ist das tatsächlich so, oder bildet er sich da etwas ein? War das Zufall? Man ist ihm gefolgt, das weiß er sicher. Sonst wäre der Anschlag nicht passiert.

Die Frau schaut wieder zu ihm hin. Check.

Weg hier, er muss hier weg. Rennen kann er nicht, dafür ist sein Körper zu sehr mitgenommen. So schnell wie möglich entfernt er sich, biegt in die enge Straße gegenüber dem Rathaus ein, die Gedempte Gracht, dann nach rechts in die Voldersgracht, zur Grote Marktstraat. Nach links. Ins Kaufhaus De Bijenkorf, in den Aufzug, nach oben, in die dritte Etage, und sofort wieder nach unten. Er schaut und schaut. Nimmt den Ausgang zur Wagenstraat, biegt nach links ab, nach Chinatown. Er schaut sich nicht um, konzentriert sich auf seine Route, sucht einen Ort, an dem er verschwinden kann. Quer durch das Zentrum von Den Haag versucht er seine Verfolger abzuschütteln. Wer es ist, weiß er nicht, er hat keine Zeit, innezuhalten und das zu untersuchen. In jüngeren Jahren hätte er genau das getan: sich ein Versteck gesucht und dort gewartet, bis der andere vorbeiging. Jetzt ist er älter und muss flüchten, muss schneller rennen, als er kann. Er biegt nach links in die St. Jacobsstraat ein, dann nach rechts in die Kranestraat. Dort betritt er das Q-Parkhaus und setzt sich zwischen zwei großen Autos auf den Boden. Vorsichtig lehnt er sich gegen eine der Türen, ganz behutsam, damit der Alarm nicht ausgelöst wird.

Er wartet.

Von dieser Position aus kann er überhaupt nichts sehen. Er weiß nicht, ob jemand das Parkhaus betritt. Er kann es auch nicht hören, denn es gibt diverse Geräusche. Autos fahren herein und wieder heraus, Reifen quietschen auf dem glatten Boden. Menschen unterhalten sich, erledigen Telefonanrufe.

Er wartet.

Wie lange? Auch die vergehende Zeit kann er kaum einschätzen. Fünf Minuten? Zehn? Er spürt den kalten harten Boden unterm Hintern, durch die Haltung versteifen sich Beine und Knie.

Er tut das Richtige, wartet.

Er wartet, bis es sicher ist, bis er begreift, was hier vor sich geht, bis er wieder etwas spürt. Bis er das Wirrwarr an Emotionen in seiner Brust lösen kann. Das gelingt ihm nie sofort, er braucht Zeit, um mit sich selbst zu kommunizieren. Früher waren das kurze Gespräche, man hatte ihn darauf trainiert, erschütternde Ereignisse hinter sich zu lassen, sich davor zu verschließen. So funktionierte er, so funktioniert jeder in dieser Arena. Abschließen, Deckel drauf, weitermachen. Seit dem Foto von der toten Frau und dem weinenden Kind gelingt ihm das nicht mehr, und jetzt hier auf dem Boden zwischen den Autos hat er Angst, dass alle Emotionen von damals, alles, was er über all die Jahre weggeschoben hat, sich mit der Gegenwart vermischt. Er hat Angst, dass dieser Anschlag eine direkte Verbindung zum Heute herstellt. Davor hat er Angst.

»Alles in Ordnung, Alter?«

Er hat den Mann nicht einmal kommen hören, ein junger Kerl ist es, den Aktenkoffer in der einen, den Autoschlüssel in der anderen Hand. Im Anzug, mit Hemd und Krawatte. Mit Gel im Haar. Das alles kann John sehen. Was hat er ihn gerade gefragt? Der Mann beugt sich vor, stellt seinen Aktenkoffer ab und streckt John die Hand entgegen.

»Kommen Sie, ich helfe Ihnen hoch.«

John nimmt die Hand an und lässt sich aufhelfen. Dankbar. Seine Knie wirken wie eingerastet.

»Entschuldigung«, sagt er.

Als er steht, knickt ein Bein unter ihm weg, er schwankt, er versucht sich irgendwo festzuhalten, fällt gegen das Auto. Durch den Stoß wird die Alarmanlage ausgelöst. John erschrickt unglaublich von dem überlauten Piepsen. Der Mann benutzt die Fernbedienung, und die Stille kehrt zurück.

»Entschuldigung«, sagt John noch einmal. »Mir ist ein Bein eingeschlafen.«

Der Mann öffnet eine der hinteren Wagentüren, stellt seinen Aktenkoffer auf den Rücksitz und wendet sich wieder John zu. Legt ihm die Hand auf die Schulter.

»So habe ich beide Hände frei. Geht es denn? Nicht wieder umfallen, ja?« Er lacht. »Aber im Ernst, ich glaube, so richtig gut geht es Ihnen nicht. Stimmt, oder? Sie zittern stark. Meinen Sie nicht, Sie müssen ins Krankenhaus oder so? Oder kann ich Sie irgendwo absetzen?«

John schaut ins Wageninnere und sehnt sich nach der Sicherheit, die es ihm bietet. Nichts lieber als das. Er nimmt das Angebot erleichtert an.

Auf dem Beifahrersitz neben dem Mann wird ihm die Stärke seiner Schmerzen erst richtig bewusst. In dem schweren Audi Q5 ist er in Sicherheit, Geräusche von draußen dringen kaum in den Wagen. Er befindet sich in einem beruhigenden Kokon aus Stahl. Hin und wieder schaut ihn der Fahrer an, erkundigt sich, ob alles in Ordnung sei, ob er nicht doch lieber ins Krankenhaus gebracht werden wolle. John braucht es nur zu sagen, dann bringt ihn der Mann hin.

»Alles in Ordnung, wirklich.«

John verweigert jede weitere Hilfe. Seine Verletzungen hatte er sowieso schon, heute ist nichts dazugekommen. Jetzt leidet er unter Erschöpfung, Hilflosigkeit und den Verstauchungen, die spürt er durch die Betäubung der Medikamente hindurch. Er will nach Hause. Die Tür hinter sich zuziehen.

»Ich danke Ihnen«, sagt er, als das Auto vor seinem Wohnblock hält. »Hier wohne ich.« Als ihn der Mann zur Haustür begleiten will, erklärt er, dass das wirklich nicht nötig ist. »Ich komme schon zurecht.«

Er bedankt sich ausführlich bei dem Mann, steigt aus, geht langsam hinein und fährt im Aufzug nach oben. Als er in seiner Wohnung angekommen ist, geht er sofort zur Anrichte, holt eine weitere Oxycodon-Tablette aus der Schachtel. Er soll vorsichtig damit umgehen, hat der Arzt gesagt, und der Mann hat recht – nur jetzt gilt das kurz nicht. Jetzt gibt es da mehr zu betäuben als nur den Schmerz in seinem Körper. Am liebsten würde er auch den Kampf mit seiner Vergangenheit ein für alle Mal abstellen. Er denkt an die Spinne und ist froh, dass er den Mann hat retten können. Unglaublich froh. Manlaa ist ihm heute zum ersten Mal begegnet. Er schien John besser zu kennen als der ihn, er hat ihn ohne jedes Zögern *den* Mann genannt, ein Kompliment voller Bedeutung, denn Manlaa wusste, worum es ging.

John steht an dem riesigen Fenster seines Wohn- und Essbereichs und schaut zu den Kondensstreifen am blauen Himmel empor. So nah an der Küste wirkt das Licht immer greller, heller als landeinwärts. Er braucht diese weite Aussicht, um zur Ruhe zu kommen, um seine ungewünschte Vergangenheit in der unermesslichen Weite des Haager Himmels loszuwerden. Das funktioniert immer – jedenfalls bisher. Halt dich fest, denkt er. Mit einem großen Glas Wasser schluckt er die Tablette und wartet die Wirkung ab. Er holt die Papierserviette aus der Tasche und überträgt alle Informationen in ein kleines Notizbuch. Alles, was er jetzt weiß, schreibt er auf. Fakten, Namen, Daten. Dinge, die Manlaa gesagt hat.

»Du bist Tauwman ein Dorn im Auge.«

Er schreibt es auf. Es gehört zu den Fragen, die er Calder vorlegen muss.

Die Serviette verbrennt er im Spülbecken, lässt dann das Wasser laufen, bis der Edelstahl wieder sauber glänzt. Danach zieht er sich aus und stellt sich unter die Dusche. Trocknet sich ab. Die Betäubung wirkt allmählich.

»Es ist, wie es ist«, sagt er. Er möchte so gern glauben, dass diese einfache Feststellung eine unumstößliche Wahrheit darstellt. Aber so fühlt es sich nicht an. Für ihn funktioniert dieser schöne Satz nicht. Es ist nicht, wie es ist. Er muss sich ducken, genau wie auf der Straße, als er Manlaa auf den Boden gezogen hat. Genau wie in Afghanistan. Mann, er ist so weit weg.

## 50

## AFGHANISTAN

– 2002 –

»*Stay down! Stay down!*«

Er lag auf dem harten, kargen Boden, die Arme über dem Kopf, hinter dem gepanzerten Fahrzeug. Die erste Rakete war fast einen Kilometer entfernt eingeschlagen. Sie hatten über den Mangel an Präzision gelacht. Vorgetäuschter Humor, denn die Männer, die schon länger hier waren, wussten, dass so ein unpräziser Angriff genauso gut der Vorbote von Schlimmerem sein konnte. Die zweite Rakete war mitten in ihrem Lager eingeschlagen. Am Ende eines Tages, der ohne erwähnenswerte Vorkommnisse zu verlaufen schien.

Aus Aryob waren sie weitergezogen, in die Berge, und an jenem Nachmittag hatten sie einen Hügel erreicht, der hoch genug war, um sich sicher dort niederzulassen. Aus dieser Höhe hatten sie einen freien Rundumblick. Die Jeeps und gepanzerten Fahrzeuge krochen hinauf, von einem Weg oder einer Straße konnte kaum die Rede sein. Im Gebiet unmittelbar unter Kabul ist der Abstand zur Grenze mit Pakistan am geringsten, und der Einfluss der Taliban war am größten. Die Bevölkerung vor Ort wollte mit den Leuten aus dem Westen nichts zu tun haben. Während die Kolonne den Gipfel erreichte und sich die Fahrzeuge immer langsamer bewegten, um ihre jeweilige Position einzunehmen, witzelten die Männer untereinander. Der Tag war ruhig verlaufen, alle fühlten sich müde und wegen der ständigen Bedrohung überall im Land angespannt. Nie und nirgends war man wirklich sicher, nur im eigenen Lager oder in der Grünen Zone, und selbst dort gab es Anschläge.

John stieg aus und streckte seine verkrampften Gliedmaßen, er fühlte sich nach einem halben Tag des Sitzens in einem Militärfahrzeug steif. Und ungeduldig. Je länger er hier unterwegs war, desto eiliger hatte er es. In der Nachrichtenposition der Niederlande gab es ein Leck, irgendwo hatte man einen falschen Kontakt geknüpft; es konnte sich um einen Dolmetscher oder um einen Informanten handeln. Als Resultat erhielten sie falsche Informationen, und der Gegner selbst war immer über geplante Aktionen auf dem Laufenden. Darum war John mit einem anderen Team hier, als ursprünglich geplant. Mit einem Omega-Team der US-Marines und Special Forces aus verschiedenen Einheiten, zusätzlich Spezialisten für Kommunikation und für das Abfangen von Nachrichten. Eine schwer bewaffnete Truppe, auf alles vorbereitet.

Johns Mission bestand darin, eine Talibangruppe abzufangen und ein oder zwei Mitglieder gefangen zu nehmen und zu befragen. Sie in eine sichere Basis zu bringen, wo man sie verhören und am besten als Informanten rekrutieren konnte, sei es mit Gewalt oder freiwillig. Auf diese Weise wollte man Klarheit darüber erlangen, welche Unterstützung die Taliban aus Pakistan erhielten. Mit zuverlässigen Informationen konnten sie sich dann an ihre Kontakte in Pakistan wenden und diese gezielt unter Druck setzen, um so von innen heraus die Unterstützung für die Taliban zu unterminieren. Auf dem Hin- und Rückweg gab es Optionen, den von den Taliban genutzten Routen einige ordentliche Lücken beizubringen. Ohne zuverlässige Intel wollte John nicht offiziell nach Islamabad reisen und dort einen Termin vereinbaren. Und die konnte er nur bekommen, wenn er sich unter dem Radar bewegte, im Einsatz, mitten im Krieg. Eine andere Option hatte er nicht. Außerdem wollte er kontrollieren, ob der Mann bei den westlichen Geheimdiensten über eine eigene Quelle verfügte – einen Maulwurf. John konnte nur schwer ihre sämtlichen Informanten und Dolmetscher einzeln überprüfen. Häufig war das vollkommen sinnlos, man bekam nur zu hören, was das Gegenüber preisgeben wollte, und hier gab es nicht genug Leute, um alle zu beschatten und somit problematische Kontakte zu entlarven. Jeder sprach mit jedem, die Anwohner mussten versuchen, zu allen Parteien ein freundschaftliches Verhältnis aufzubauen: zu den Taliban, den Leuten aus dem Westen, den Stämmen aus dem Norden und den Prinzen aus dem Süden. Man erfuhr nur etwas, wenn man sich von oben nach unten arbeitete, und jemand weiter oben in der Hierarchie gab sich nicht mit irgendeinem Geheimagenten ab. Stattdessen wollte man mit jemandem reden, der etwas für einen organisieren konnte. A173 und A386 hatten die Mission vorbereitet, so gut es hier eben ging. Darum war John hier.

Er stand neben dem gepanzerten Fahrzeug und hatte den Helm abgenommen, die kugelsichere Weste trug er noch. Mit einem Becher Kaffee in der Hand schaute er sich um, als das erste RPG-Geschoss am Fuß des Hügels explodierte. Im Volksmund bezeichnete man das als »rocket-propelled grenade«, aber eigentlich steht »RPG« für »*Ruchnoij Protivotankoviij Granatomet*«, einen tragbaren Antipanzergranatwerfer. Ein schönes Stück Technik der russischen Freunde, die von 1979 bis 1989 versucht hatten, das Land zu unterwerfen. Während dieses Krieges hatten die verschiedenen afghanischen Gruppierungen viele Waffen erbeutet, und nach dem Abzug der Russen blieben die Lieferungen konstant, jetzt gegen Bezahlung. Ein RPG ist eine gewaltige

Waffe. Sie wiegt ungefähr sieben Kilo und hat einen einfachen, fast einen Meter langen Lauf aus Stahl und vier Zentimeter Durchmesser. Sie lässt sich sehr einfach tragen, sogar auf unwegsamem Gelände. Die Taliban waren ganz wild darauf. Mit den RPGs konnten sie überall untertauchen und ständig ihre Position ändern. Ausgerichtet wurde die Waffe über ein Visier. Die Granate ragt aus dem Lauf heraus, ist etwas größer als eine Handgranate und wiegt zwischen zweieinhalb und viereinhalb Kilo. Ein Volltreffer kann großen Schaden anrichten. Die Granate wird mit Pulver aus dem Rohr geschossen, und sofort danach schaltet sich ein kleiner Raketenmotor ein, was dem RPG eine Reichweite von mehr als einem Kilometer verschafft. Bei einem Abstand über dreihundert Meter wird es allerdings schwierig, genau zu zielen, deswegen gab es einige schlecht ausgerichtete Angriffe.

Bei der zweiten Granate war das nicht der Fall. Sie landete mitten zwischen den Fahrzeugen, und durch die Explosion entstand ein kleiner Krater in der Erde. Der Knall hallte John in den Ohren wider. Links und rechts sprangen die Männer in Deckung, suchten Schutz hinter den kleinen Mauern einer Ruine am Rand des Hügelgipfels. John rappelte sich auf und wollte die Tür des gepanzerten Fahrzeugs erreichen, um sich darin zu verschanzen. Noch bevor er sich ganz aufgerichtet hatte, wurde er grob zurückgezogen.

*»Stay down! Stay down!«*

Ein Mitglied der Special Forces riss ihn mit sich mit, drückte ihn flach auf den Boden, sodass ihm Steine ins Gesicht schnitten. Geschützt von seiner kugelsicheren Weste kroch er über den Boden, bis er fast unter dem Flurfahrzeug lag. Um ihn herum setzte jetzt der Gegenangriff ein, man schoss mit Maschinengewehren und Mörsergranaten zurück. Er war in der Hölle gelandet. Hier wurde überhaupt nichts aufgebaut, hier wurde hart gekämpft, hier wurden Menschen, Beziehungen und Gebäude zerstört. Die

Gewalt der Taliban war ungreifbar, sie konnte jeden Moment auf-
lodern. John war kein Teil der offiziellen Mission.

*»Stay down!«*

Die Hölle dauerte 17 Minuten. Die Gewalt war genauso plötzlich vorbei, wie sie begonnen hatte. Verwirrt stand er mitten im
Chaos. Es gab einen Toten auf ihrer Seite, eine der Granaten hatte
den Mann von den Füßen geblasen. Buchstäblich. Seine Teetasse
lag neben ihm, das Getränk war bereits im trockenen Boden ver-
sickert, auf den Steinen gab es Blutspritzer. Der Dolmetscher, der
speziell für John die Begleitung angetreten hatte. Abdul Farzai.
Vor zwei Tagen waren sie einander zum ersten Mal begegnet, und
Abdul Farzais lebendiger Geist und sein perfektes Gefühl für Ti-
ming und Unterstützung hatten John rasch beeindruckt. Der Geruch seines Blutes stieg John in die Nase, und er wandte sich mit
einem Fluch ab. Dieser Geruch war nicht das, woran er sich von
Abdul als Letztes erinnern wollte. Dort hatte es angefangen, dort
waren die Erinnerungen entstanden, die er nicht haben wollte.

# 51

## DIE SCHLANGENGRUBE

Die Ministerin hat etwas Unzugängliches an sich, einen angeborenen Stolz, der sie unnahbar macht. Sie ist vor allem überaus effizient. John hat alles gegeben, um diese Begegnung hinauszuzögern, doch inzwischen ist so viel Zeit vergangen, dass es keinen akzeptablen Grund mehr gab. Seit dem Betreten des Raums empfindet er eine Abneigung gegenüber der Frau. Alles, was irgendeine Bedeutung hat, kann sie auf eine Frage des Managements reduzieren, auf ein Vakuum, in dem lediglich Leistungsindikatoren Gültigkeit besitzen. Und darauf ist sie auch noch stolz. Er könnte ihr Vater sein, dieser Gedanke schießt ihm durch den Kopf. Ein unsinniger Gedanke, denn er hat keine Kinder. Das Oxycodon tut seine Arbeit, er hat keine Schmerzen und profitiert von dem Rausch, den ihm das Mittel schenkt. Genau den braucht er jetzt.

Sie redet und redet. Was sie will, ist längst klar, und trotzdem spricht sie immer weiter, in gemessenen Sätzen und mit kernigen Worten. John hört zu. Nachdem ihre Assistentin ihn zum dritten Mal angerufen hatte, hat er einen Termin für einen Besuch gemacht. Weil die Ministerin das so gern möchte, nicht umgekehrt. So gefällt es ihm. Sie bittet um etwas, er nicht. Dieses Verhältnis ist wichtig. Er schaut sie so freundlich wie möglich an, auch wenn ihm das nicht leichtfällt.

Das Gespräch dauert lange, und John hat das Gefühl, in einem Morast zu versinken. Die verbale Tatkraft der Ministerin saugt und zerrt an ihm. Er will nicht. Er will in keine Kommission. Er hat keine Zeit dafür. Eine Kommission lähmt einen, jeder Fortschritt versandet darin. Eine Kommission ist wie ein Herzanfall, das Ganze geht aus heiterem Himmel los, und danach darf man nichts mehr.

Trotzdem kann er sich nicht weigern, denn eine Position als Vorsitzender dieser Kommission ist die beste Möglichkeit, sich weiterhin einen Platz im Netzwerk der Regierung zu sichern. Das ist wichtig. Durch das Amt als Vorsitzender bekommt er auch wieder Zugang zu Regierungsgebäuden und -archiven. Auch das ist wichtig. Darum hört er zu.

»Die Untersuchung des Vorgehens gegen die organisierte Kriminalität in unserem Land ist von besonderer Bedeutung. Warum gelingt es uns nicht, eine effektive Methode zu installieren, die in der Ausführung konkrete Ergebnisse liefert? Warum hinken wir den Entwicklungen hinterher? Das sind legitime Fragen. Fragen, auf die die Zweite Kammer eine Antwort haben will, und das verstehe ich. Die Regierung möchte nichts lieber als die Kriminalität ausrotten. Das liegt uns besonders am Herzen.«

So viele Worte. So viel Fiktion. Wenn John dem Ganzen eine positive Bezeichnung geben wollte, würde er von Träumen sprechen, von Fantasien, an die die Politik glaubt. In weniger guter Absicht bezeichnet er das Ganze als Täuschung. Lügen.

»Die organisierte Kriminalität hat nicht zu meinen Spezialgebieten gehört«, sagt er.

»Nein, ich meine das grundsätzlich, generell. Beim Geheimdienst hat man ein Bild von dem, was nicht in Ordnung ist. Das muss so sein, denn wenn dem nicht so ist, haben wir erst recht ein Problem.«

Als gäbe es keinen Zusammenhang zwischen der Kriminalität und dem Steuerparadies, zu dem sich die Niederlande entwickelt haben. Das ideale Land für Betrüger, um große Mengen Geld über GmbHs mit Steuervorteilen in Sicherheit zu bringen. Als gäbe es keinen Zusammenhang zwischen der Regierungspolitik und dem offensichtlich ach so gesunden Klima für die internationale Drogenmafia. Als würde der Geheimdienst nicht schon seit Jahren vor den alles unterminierenden Eigenschaften dieses Steuerparadieses warnen. John hat diese Memos noch selbst unterzeichnet und vorgelegt. Lange bevor diese Frau Ministerin wurde. Nein, dann haben wir wirklich ein Problem. Wir setzen ein paar Leute in eine Kommission, und die sagen dann kluge Dinge zum Thema, und bis sie damit fertig sind, ist wieder ein halbes Jahr vergangen.

Der Preis dafür, Teil des Regierungsnetzwerks zu bleiben, ist hoch.

»Calder besteht darauf, dass Sie Vorsitzender der Kommission werden«, verkündet die Ministerin. »Und warum sollte ich mich dagegen aussprechen?«

»Gute Frage.«

Sie lacht, nicht richtig, aber sie macht ein Geräusch, das so ähnlich klingt, als wäre sie amüsiert. Durch das Opiat durchschaut John ihre Tarnung sehr deutlich. Zu deutlich. Das ist ihm egal. Er macht mit. Zusammen ziehen sie eine Fassade rund um ihre Unterredung hoch. »Calder besteht darauf.« Mit undurchdringlicher Miene erklärt die Ministerin, das Ganze sei Calders Idee, dabei hat ihm Calder erzählt, dass die Ministerin ihn als Vorsitzenden will. Er hat noch nicht einmal angefangen, und die Schlangengrube steht schon weit offen. Eine der beiden lügt. Wem soll er vertrauen? Wenn er sich zwischen jemandem vom

Geheimdienst und jemandem aus der Politik entscheiden muss, entscheidet er sich für die Person vom Geheimdienst. Ohne Zögern. Es kann sich um einen unschuldigen Versuch der Ministerin handeln, sich von vornherein abzusichern. Wenn er jetzt einen Fehler macht, kann sie sagen, Calder habe eine falsche Entscheidung getroffen. Aber vielleicht ist das Ganze auch weniger unschuldig. Möglicherweise soll die Geheimdienstchefin von vornherein unterminiert werden, weil man ihre Macht begrenzen will. Ihm gegenüber sitzt eine Frau, die sich nicht für die praktischen Aspekte des Handwerks interessiert. Darum gilt sein größeres Vertrauen immer den Leuten vom Geheimdienst. Und darum muss er Vorsitzender dieser Kommission werden. Das ist die einzige Möglichkeit, den Dienst zu schützen. Calder zu schützen.

Aber er will nicht.

»Darf ich darüber kurz nachdenken?«, erkundigt er sich.

»Aber nicht zu lange«, erwidert die Ministerin. »Ich muss schließlich Ergebnisse liefern.«

»Ich teile Ihnen meine Entscheidung so bald wie möglich mit.«

»Ich verlasse mich darauf.«

John steht auf, verabschiedet sich höflich und verlässt das Ministerium. Darüber nachdenken. Es sie so schnell wie möglich wissen lassen. Alles schön und gut. Vor dem Beginn einer Mission muss man alle möglichen Angriffspunkte abgedeckt haben. *Cover your bases.* Damit hat er Erfahrung. Die Ministerin nicht.

# 52

## NACH UDEN

»Wer denkt sich denn so was aus?«, kommentiert Sanders. Kenzi und er laufen durch die kleine Stadt im Nordosten von Nordbrabant. Dieser Teil der Gemeinde wurde in den Siebziger- und Achtzigerjahren angelegt, er wirkt ordentlich und aufgeräumt. Das Safe House, in dem Karishma Noorullah untergebracht war, ist ein anständiges Reihenhaus in der Art Straße, von der es in den Niederlanden Hunderte gibt. Die beiden Männer haben jetzt schon genug davon. Kenzi fragt sich, was in aller Welt sie hier finden sollen. Das Nachverfolgen von Routen ist die langweiligste Arbeit, die es gibt, und trotzdem muss sie erledigt werden. Er weiß, dass das wichtig ist, aber er empfindet die Aufgabe als Strafe.

Das leere Viertel ist so angelegt, dass man weit schauen kann: Kein Gebäude hat mehr als ein Obergeschoss. Es gibt einige Reihenhäuser, auch ein paar Doppelhäuser, manche mit Garage, die meisten ohne. Breite Straßen, einige mit einem Grünstreifen in der Mitte. Man hat ungehinderte Sicht, das ist eine der Bedingungen, die eine solche Versteckadresse erfüllen muss, denn so kann man von allen Seiten sehen, wer kommt.

Check. Erste Bedingung. Professionell und nichtssagend. Alles hätte also gut laufen müssen. Nur ist es stattdessen völlig schiefgegangen. Die zu bewachende Person ist bei der ersten sich bietenden Gelegenheit abgehauen. Das bedeutet, dass jemand irgendwo diesem Viertel, diesem Vorbild niederländischer Ordnung und Tadellosigkeit, eine Lücke zugefügt hat. Aber wo befindet sich dieses Leck?

Im Haus ist es beinahe leer, da gibt es nur ein paar einfache Möbel. Drei fantasielose Stühle, einen richtigen Tisch, ein hartes, unbequemes Zweiersofa, ein paar Beistelltische. Oben befinden sich zwei Schlafzimmer, jedes mit einem Bett und einem Nachttisch. Von IKEA. Sie ziehen Laden auf, schauen unter die Betten, die Stühle und das Sofa, in den Abfalleimer, in den Spülkasten der Toilette und ins Badezimmerschränkchen. Sanders nimmt sich einen Stuhl, stellt sich darauf und drückt ein paar Deckenplatten hoch, leuchtet mit einer Lampe in den Zwischenraum. Nichts zu sehen. Sie kontrollieren den Dachboden und finden vor allem viele Spinnweben und Mäuseköttel. Sie schauen unter den drei Blumentöpfen im Garten nach, durchsuchen den Schuppen, ohne Ergebnis.

»Was suchen wir eigentlich?«, fragt Sanders.

»Etwas, das nicht hierhergehört.«

Eigentlich wissen sie nicht einmal, wonach sie suchen. »Suchen« ist genau genommen auch nicht das richtige Wort: Sie schauen und beurteilen, versuchen festzustellen, ob hier etwas nicht stimmt. Vergeblich, in diesem Haus stimmt alles.

»Zeit für die Straße«, verkündet Kenzi.

Sie ziehen die Haustür hinter sich zu. An der Straße klappt Sanders den Deckel des Briefkastens hoch und schaut hinein. Zwei Reklamebroschüren, eine Nachbarschaftszeitung und ein neutraler weißer Umschlag, den er sofort aufreißt. Darin befindet sich ein Aufruf zum Impfen. Er ist an eine bestimmte Person gerichtet. Nicht an Karishma Noorullah oder an jemand von den Personenschützern, mit denen sie gesprochen haben. Stattdessen steht auf dem Aufruf ein anderer Name: S. Wobbenga. Es kann sein, dass das Gebäude auf den Namen dieser Frau registriert ist, damit man es nicht über das Katasteramt zum militärischen Geheimdienst oder zum Ministerium zurückverfolgen kann. Das wäre verdächtig, denn warum sollte das Ministerium ein Reihenhaus in Uden besitzen? Solche Fragen muss man von vornherein verhindern.

Trotzdem gerät Kenzi ins Zweifeln. Unter dieser Adresse wohnt niemand. Wenn hier jemand gemeldet ist, ist das Haus kein Safe House, das geht nicht. Und wenn hier jemand gemeldet wäre, hätte es mehr Post geben müssen.

Kenzi nimmt sein Handy und macht ein Foto von dem Umschlag, steckt ihn dann sorgfältig wieder in den Kasten.

Immer alles so lassen, wie es ist. Außer es geht nicht anders.

# 53

## TAUWMAN

Sie treffen sich im Pavillon auf dem Malieveld. Dort verabredet sich John gern: offenes Gelände, freie Sicht in alle Richtungen, und es ist angenehm dort, ganz besonders außerhalb der Saison. Von seiner neuen Wohnung in der Oostduinlaan aus kann er einfach hinlaufen. Auch das ist ihm wichtig. Er geht gern zu Fuß. Dieses Tempo passt zu ihm, und er braucht sich nicht mit irgendwelchen Zugangskarten an- und abzumelden, braucht nicht unter Kameraüberwachung in Bussen oder Straßenbahnen zu sitzen. Wenn er läuft, bleibt er etwas mehr außerhalb des Radars, das findet er angenehm. Und es gibt ihm Zeit zum Nachdenken. Die braucht er immer öfter, es geschieht so viel, dass er nur mit Mühe den Überblick behalten kann.

Zwei Bier auf dem Tisch. Eine bleiche Sonne scheint durchs Fenster, große niederländische Wolken treiben am Himmel. Die Blätter fallen. Farben intensivieren sich. Im Pavillon ist es, als entstünde diese Übersicht von selbst. Nichts entspricht weniger der Wahrheit.

»Erst deine Frage«, setzt Calder an. »A386. Soweit ich das sehen kann, gibt es den nicht. Wir haben keinen Agenten 386, nie gehabt. Wie kommst du also zu diesem Mann?«

Es ist, als würden seine Gedanken ganz plötzlich entgleisen. Buchstäblich neben den Gleisen liegen. A386 gibt es nicht? Er ist gerade bei ihm gewesen. Der Kerl hat ihn halbtot geschlagen. Und der soll nicht existieren?

»Ich war mit ihm in Afghanistan.«

»Dann weißt du doch, wer es ist?«

Aber dort hat John ihn nie gesehen, sie haben nur telefonisch Kontakt gehabt. Er hat nie gewusst, wer der Mann war, der befand sich *under deep cover*. A386 – als John jetzt zurückdenkt, weiß er nicht mehr, ob er diese Nummer jemals kontrolliert hat. Der Mann kannte jeden, er war über alles informiert, fand sich vor Ort unglaublich gut zurecht. Wenn man den Mann beim Geheimdienst nicht kennt, mit wem hat er dann zusammengearbeitet? Bei wem ist John dann gewesen?

»Bist du dir da sicher?«

»Ganz sicher.«

»Gut, danke dir.« Mit Absicht wechselt John das Thema; er will nicht über Scorpion nachdenken, nicht jetzt, nicht hier. Er erkundigt sich nach Tauwman.

»Der leitet die JISTARC.«

»Was ist das für ein Typ? Du weißt schon? So vom Menschlichen her.«

John versucht die Frage so nonchalant wie möglich zu stellen, als hätte er vor, den Mann auf ein Bier einzuladen, und würde herausfinden wollen, ob er sich davon ein wenig Spaß versprechen darf.

»So vom Menschlichen her? Du liebe Zeit, John, was ist denn das für eine Frage?« Sie trinkt einen Schluck von ihrem Bier. »Der Mann ist Soldat bis ins Mark. Oberst und katholisch. Solche Typen kennst du doch, streng und glatt. Gleitet förmlich in Weihwasser durch die Gegend.«

»Also nicht zu kriegen?«

»Vor allem nicht zu vertrauen. Aber das hast du nicht von mir.«
Calder ist offensichtlich in Bestform. Unerschrocken kommt sie
direkt zum Punkt. Auch sie erzählt, wie er sie unter Druck setzt.
Er droht damit, ihren geheimen Deal mit dem russischen Geld
öffentlich zu machen.

John lacht. »Der ist doch schon bekannt.«

»Dir und mir, ja. Die Ministerin weiß von nichts.«

»Weil die Ministerin das so will.«

Das Geld stammt ursprünglich aus der Sowjetunion, damals
vor über dreißig Jahren, und war hier in einem steuerfreundlichen
Trust verborgen, der nun nicht mehr gewährleistet wird. Dort hatte
John das Geld außerhalb des Geheimdienstzugriffs untergebracht,
mit Alishas Wissen. Damals ging es um ein riesiges Vermögen, für
das der Geheimdienst verantwortlich war. Als sich herausstellte,
dass sich Moskau daran bedient hatte, um prorussische Terrorgruppen in Syrien zu unterstützen, war die niederländische Regierung in große Verlegenheit gebracht worden. An der Sache gab
es mehrere extrem sensible Aspekte. Die Regierung wusste nichts
davon, der Dienst hatte sich einen riesigen Fehler geleistet, von
dem Kapital war nur noch etwas mehr als zehn Prozent übrig, und
diesen Betrag hatte man ohne Wissen der Regierung noch weiter
weg untergebracht – um die Niederlande vor einer Wiederholung
zu schützen. Seitdem hat nur noch John Zugriff auf das Geld.

Wenn das bekannt würde, würde Alisha mit einem Donner-
schlag untergehen. Russische Einmischung in niederländische
Angelegenheiten ist eindeutig die Bedrohung Nummer 1. Die
Ex-KGB-Menagerie im Kreml schreckt vor nichts zurück. Die
Enthüllung, dass sie so tief in niederländische strategische Angelegenheiten verstrickt ist, würde einen Skandal riesigen Ausma-
ßes bedeuten. Und für Alisha das Ende.

John wird sich deswegen keine Sorgen machen. Das Geld, die
Täuschung, die falsche Spur und die Tatsache, dass er das übrige

Geld unter seinem eigenen Namen deponiert hat – das alles ist jetzt einfach so. Es lässt ihn kalt. Nur ein Aspekt nicht. Denn wenn all das bekannt wird, erfährt die Öffentlichkeit früher oder später auch, dass seine eigene Frau, Vera, das entscheidende Bindeglied in diesem russischen Komplott darstellt. Seine Frau. Nicht einmal Alisha weiß das. Es gibt eine Grenze, und diese Grenze wird John nicht überschreiten. Vielleicht nach seinem Tod, aber vorher nicht.

»Woher weiß er das?«

»Das habe ich ihn nicht gefragt. Dann hätte ich es doch gleich zugeben können.«

Es wird Druck ausgeübt, und Tauwman spielt mit hohem Einsatz. Mit verdächtig hohem.

»Bei einer solchen Drohung muss er selbst sehr viel auf dem Kerbholz haben«, sagt John. »Das sollte uns beruhigen.«

Seine Bemerkung klingt fast unberührt, aber insgeheim findet er es schade, dass sie nicht in Afghanistan sind. Die Leute dort sind Meister, was gewaltsame Lösungen angeht.

# 54

## KEINE DOLMETSCHERIN

Aus der Tasche holt John einen Umschlag, der vor einigen Tagen in seinem Briefkasten lag, ohne Briefmarke oder Absender. Nur sein Name steht darauf: J. Antink. Keine Adresse. Persönlich eingeworfen, ein neutraler weißer Umschlag. Darin befinden sich zwei Fotos einer Frau und eine kurze Nachricht von Calder. Es handelt sich um die Porträtaufnahmen, die sie ihm versprochen hatte. Auf den beiliegenden Zettel hat Calder geschrieben:

> *Karishma Noorullah. Alter 43 Jahre. Größe 1,68 Meter. Gewicht 68 Kilo. Haarfarbe Braun. Augenfarbe Braun. Unverheiratet. Keine Kinder. Familie unbekannt.*

»Das ist sie, die Dolmetscherin.« Wieder betrachtet er die beiden Fotos, es sind aktuelle Aufnahmen. Vor zwanzig Jahren war sie 23, ein sehr großer Unterschied, aber er ist sich sicher, dass er sie erkennen würde. »Diese Frau habe ich noch nie gesehen«, erklärt er. »Aber jetzt kommt's. Wir sind beide auf der Suche nach jemandem. Du nach dieser Frau aus Afghanistan, ich nach einem Mann, mit dem ich vor zwanzig Jahren in Afghanistan auf Mission war. Und man hat mich vor diesem Tauwman gewarnt.« Ein Schweigen senkt sich über sie beide.

Das Gemütliche ihres Gesprächs ist ganz plötzlich vorbei. John hat den Finger auf eine empfindliche Stelle gelegt, das sieht er an Alishas Körperhaltung. Kurz scheint es, als wollte sie das Bierglas in ihrer Hand zerdrücken.

»Und wer war dieser Mann? Hast du einen Namen?«

»Raymond Manlaa. Gehört der zu dir?«

»Nein.«

An Calders Reaktion kann John erkennen, dass niemand von dessen Existenz wissen soll. »Ich weiß aber, wer das ist. Er ist ein Offizier, und das Militär hält diese Art Dinge am liebsten verborgen. Mehr weiß ich nicht.«

Innerhalb des Nachrichtendienstes gibt es Abteilungen und Divisionen, die noch geheimer sind als der Geheimdienst. Für spezielle Ziele richtet man gesonderte Subdienste ein, die unabhängig vom Rest operieren. Ihre Aktivitäten werden häufig zusätzlich abgeschirmt. Außer Sicht, unter dem Radar.

»Es geht also um das Heer. Um den militärischen Geheimdienst?«

»Vielleicht. Aber nicht in Tauwmans Club.«

»Ich will seine Adresse. Die private.«

»Kannst du die nicht selbst in Erfahrung bringen?«

Das hat John schon versucht, ist aber ständig in eine Sackgasse geraten. Der Mann wird abgeschirmt.

»Ich kümmere mich darum«, verspricht Calder. »Was weißt du über ihn?«

John sagt nichts. Was er über den Mann an Informationen besitzt oder mit ihm besprochen hat, gehört nicht in dieses Gespräch.

»Niemand weiß davon, nur du«, erwidert er. »Und ich möchte, dass das so bleibt. Ich will nicht, dass dieser Tauwman erfährt, dass ich dort war.«

»Du weißt schon, was du da verlangst? Dass ich darauf nicht eingehen darf?«

»Das darfst du nicht, das weiß ich. Du darfst so vieles nicht. Aber wir machen es trotzdem. Darum sitzen wir hier, auf dem Malieveld, und nicht in deinem Büro. Manlaa hat gesagt, ich sei Tauwman ein Dorn im Auge. Ich kenne diesen Mann nicht einmal, aber er mag mich nicht. Wenn der Leiter der JISTARC einen nicht mag, muss man sich von ihm fernhalten, schönen Dank auch. Und dir gefällt er auch nicht. Das sehe ich an deinem Blick.«

Die letzte Bemerkung ignoriert sie. Ob sie den Mann mag oder nicht, ist hier nicht von Bedeutung. »Was hat dein Kontakt noch gesagt?«

Ohne Details preiszugeben, berichtet John von den Namen, die er bekommen hat, und von der Mühe, die es ihn kostet, sich die Vergangenheit dort in Afghanistan wieder ins Gedächtnis zu rufen. Das sind Informationen, die Calder nichts nutzen. Aber es gibt da noch eine Sache, die in seinem Gedächtnis hängen geblieben ist. Ein einziges Wort.

»Frankfurt. Das hat er gesagt. Dass ich in Frankfurt suchen muss. Sagt dir das etwas? Frankfurt?«

»Im Zusammenhang mit Tauwman?«

»Davon hat er nicht gesprochen. Nicht so direkt. Er hat nicht gesagt, dass Tauwman in Frankfurt aktiv ist. Es ist die Geldhauptstadt von Europa, hat er gesagt. Das weiß jeder. Nichts Neues. Außerdem hat er die Stadt das Drehkreuz für Deals zwischen dem Westen und dem Rest der Welt genannt, auch in Bezug auf die Region Afghanistan und Pakistan. Alles interessant und so, aber warum hat er das gesagt? Das tut man doch nicht einfach so, wenn man eigentlich etwas ganz anderes meint?«

Es ist zu dürftig, es gibt zu wenig harte Intel, keine Spur, nicht einmal eine schwache. Frankfurt ist eine große Stadt, die ganze Welt findet sich dort ein, um die Nähe der europäischen Geldfabrik zu suchen. Calder kann damit nichts anfangen. Sie verdächtigt

Tauwman schon länger irgendwelcher Aktivitäten, sie ist davon überzeugt, dass er sie nicht umfassend informiert. Bei jedem Schritt muss sie ihm Informationen aus der Nase ziehen, manchmal mit übertriebener Machtdemonstration, und selbst dann hat sie das Gefühl, er würde sich einfach irgendetwas ausdenken.

»Deals?«, fragt sie. »Bist du sicher, dass er das gesagt hat? Deals zwischen dem Westen und der Region Afghanistan und Pakistan? Deals?« Calder lehnt sich in ihrem Stuhl zurück, winkt den Kellner heran, bestellt noch zwei Bier. »Okay, du willst wissen, was ich wirklich denke?« Sie schiebt ihren Stuhl nach hinten, schließt die Augen. »Versuchen wir die Punkte miteinander zu verbinden. Und ich meine die Punkte, die ich sehe. Tauwman, den militärischen Geheimdienst, Afghanistan, die Dolmetscherin, Deals hier und da, Waffen, Drogen, Menschen. Siehst du schon etwas?«

Auch John schließt nun die Augen und lässt sich die verschiedenen Informationen einfach so durch den Kopf treiben, schaut eine Sache an, dann wieder eine andere, ohne zu versuchen, die verschiedenen Details festzuhalten. Strukturlos denken, die Fakten und Vermutungen ihren eigenen Gang gehen lassen. Manchmal stimmt eine der Annahmen nicht, sodass man die Situation aus einer falschen Perspektive betrachtet. Dann hat man zwar alles beisammen, aber die Logik fehlt. Als wäre ein Teil aus dem falschen Puzzle dazwischen. Und plötzlich scheint es, als könnte John ein solches falsches Puzzleteil erkennen.

»Was ...«, setzt er an und formuliert seinen Gedanken ganz vorsichtig, fast zögernd. »Was, wenn Karishma Noorullah gar keine Dolmetscherin ist?«

# 55

## MANIPULIERT

*148 Stunden, 26 Minuten und 16 Sekunden*

Die Zeit läuft. Fast zweihundert Stunden sind vergangen, seit John den Timer zum ersten Mal gesehen hat. Er hat die Kassette mit offenem Deckel auf den Esstisch gestellt. Es ist still in seiner Wohnung. In diesem modernen Apartment wollte er die Erinnerung an seine Frau hinter sich lassen, wie er auch sie selbst zurückgelassen hat, in einer Zelle im ehemaligen Ostdeutschland. Dort hat eine Abrechnung stattgefunden, die er nie vorhergesehen hatte. Nach jahrelangem Betrug hatte John den starken Wunsch verspürt, irgendwo anders neu zu beginnen. Seine eigene Frau hatte ihn verraten, sich als *Deep cover*-Agentin für Moskau erwiesen. Sie hatte ihn sein ganzes Leben beobachtet, zuerst für die Sowjets und dann für den russischen Geheimdienst. Das Schlimmste war, dass er nie etwas davon gemerkt hatte. Es hatte nicht den geringsten Anlass gegeben, sie zu verdächtigen. Er hatte ihr vertraut wie keinem anderen Menschen. Sie war sein Anker gewesen, die feste Größe in seinem Leben. Wenn er sich keinen Rat mehr wusste, konnte er auf sie zurückgreifen. Dieses Vertrauen stellte sich als falsch heraus, alles, was er für sie empfand, war ungerechtfertigt gewesen. Er hatte sein Leben auf Verrat aufgebaut, und das erforderte Vergeltung. Dem musste ein Ende gemacht werden, das wussten sie beide. Es wurde ihr Ende. Nicht seines.

Hin und wieder vermisst er ihre Anwesenheit, in all den Jahren ihrer Ehe, in denen er nicht gewusst hatte, dass sie für die Russen spionierte, war sie eine Seelenverwandte gewesen. So hatte es sich für ihn angefühlt. Diese Erinnerung ist inzwischen leer, aber er besitzt sie noch. Nun gibt es niemanden mehr, mit wem er so selbstverständlich Gedanken und Überzeugungen teilen kann. Er ist einsam geworden, auch wenn das nicht durch ihren Tod geschehen ist. Er ist Anfang siebzig, und die Wahrscheinlichkeit, dass er irgendwann noch einmal jemandem begegnet, den er so sehr in seine Nähe heranlassen kann, ist sehr gering. Und sollte es doch geschehen, wird er dem Ganzen mit Misstrauen begegnen. Er vermisst Vera nicht, er vermisst sich selbst. So sieht es aus.

Der Umzug war notwendig gewesen. Hier erinnerte ihn nichts mehr an diese Vergangenheit, er hatte sein gesamtes Mobiliar vom Secondhandladen abholen lassen und alles neu gekauft. Weg waren der altmodische Esstisch samt Stühlen, das durchgesessene Sofa und die Sessel, die sie vierzig Jahre lang benutzt hatten, weg die Teppiche und Vorhänge in den altmodischen Farben. Weg die Kommode und die Anrichte. Seine neue Wohnung hat er sparsam mit klarlinigen Möbeln in Grau, Blau und Weiß eingerichtet. Die offene Küche geht in ein geräumiges Esszimmer mit einer riesigen Glaswand über. Wenn John an dem großen Tisch sitzt, hat er einen prächtigen Ausblick. Aus dem neunten Stock schaut er über die Stadt. Überall ist es angenehm warm. Es gibt keine Ritzen in den Fenstern und Türen, es zieht nicht. Nachbarn stören ihn nicht, denn die einzige andere Wohnung in diesem Stockwerk gehört auch ihm. Er hat beide Apartments gekauft, das eine auf seinen Namen, John Antink, das andere als

Victor de Jolais, als der Mann, der vor langer Zeit gewesen ist. Die zweite Wohnung betritt er nicht oft, dorthin zieht er sich zurück, wenn er unauffindbar sein will. Dort ist er jemand anders.

Er sitzt am Esstisch, und die Uhr tickt. 148 Stunden, 14 Minuten und 56 Sekunden. Der Timer macht ihn nervös, und das ist ein schlechtes Zeichen. Wenn er in seinen Jahren beim Geheimdienst eins gelernt hat, dann, dass man sich nie durch die Deadline eines anderen Menschen verrückt machen lassen darf, so schwierig das auch ist. Nichts hat einen so unmittelbaren Effekt auf das Dringlichkeitsgefühl wie eine tickende Uhr, dieses Geräusch löst einen inneren Alarm aus, den man fast nicht ignorieren kann. Trotzdem muss er genau das tun, sich verhalten, als gäbe es da überhaupt keine tickende Uhr. Es gibt Situationen, in denen man sehr schnell reagieren muss, in denen die Zeit drängt und Leben davon abhängen können, wie schnell einem das gelingt, doch die Kunst besteht darin, die echte, akute Gefahr von einer normalen Bedrohung zu unterscheiden, von denen es so viele gibt. Das muss man als Allererstes tun, Unterschiede machen, und in diesem Fall sagt ihm seine Erfahrung, dass er nicht in die Falle gehen darf, dass er weiter schauen muss als bis zu der Uhr.

148 Stunden, 9 Minuten und 34 Sekunden.

Das Ignorieren der Bedrohung fällt ihm schwer, sein Instinkt stößt ihn in die Richtung einer angeborenen Reaktion: Sicherheit und Schutz. Darin unterscheidet er sich nicht von anderen Menschen. Der Timer reduziert ihn zu einem Mann ohne eigene Wahl, zwingt ihn zu gehorchen, zwingt ihn zum Akzeptieren von Tempo und Zeit. Durch das erbarmungslose Ticken ist es, als wäre jede Sekunde eine verlorene, wenn er nicht tut, was man ihm aufgetragen hat. Der Timer scheucht ihn auf, und genau das will er nicht. Als Profi weiß man seinen Instinkt in Zaum zu halten. Instinkt zählt vor allem, wenn da nichts anderes mehr ist.

Das weiß er, diese Erkenntnis ist ihm sehr vertraut, doch je älter er wird, desto schwerer fällt es ihm, die Automatismen seines Geistes zu beherrschen.

Er steht auf, geht an das große Fenster und spürt ein Stechen im Knie. Es ist, als hätten der Sturz mit dem Tisch und der Kampf mit Scorpion etwas aus dem Gleichgewicht gebracht. Vorsichtig massiert er das Gelenk und schaut dabei über die Stadt. Bei gutem Licht kann man die Dünen sehen. Unten auf der Straße bewegen sich Autos und Radfahrer, auch Fußgänger. Kenzi ist beim Dienst, George in seiner Werkstatt, wo er alte Autos instand setzt und wartet. Lydia liegt im Krankenhaus. John starrt auf die Ziffern, die sich mit einer hypnotisierenden Regelmäßigkeit verändern.

148 Stunden, 3 Minuten und 18 Sekunden.

Was ist es? Was übersieht er? Neben dem Timer liegt das Foto aus der Kassette. Zum zigsten Mal schaut er es an, und es ist, als würde er jedes Mal weniger sehen. Das Bild der toten Frau und des weinenden Kindes überdeckt alles, es lähmt den freien Lauf seiner Gedanken. Auf dem Bildschirm seines Computers ist Kenzis Foto von Wasim aufgerufen. Das Gesicht des Afghanen trägt noble Züge, die John überhaupt nicht mit Terrorismus in Verbindung bringen kann. Das ist die verräterische Kraft des Bildes: Wenn etwas schön aussieht, erwarten wir nichts Böses.

Blödsinn, nichts weiter.

Glasklar sieht er die drei Punkte, zwischen denen er sich befindet: die Frau, den Timer und Wasim. Drei Druckpunkte, und er begreift nicht, was sie verbindet. Entsteht der Zusammenhang durch Wasim? Dreht sich alles um ihn? Wenn John den Mörder der Frau nicht findet, wird etwas passieren. Was, weiß er nicht, doch der Timer lügt nicht. Wenn der einmal auf null steht, wird ein Schlag erfolgen. Das ist eine Gewissheit. Also: Finde den Mann. Okay, check, er wird den Mann finden, der die Frau erschossen hat. Und dann? Lydia folgt Wasim und wird niedergeschossen. Warum? Spielen hier Ursache und Wirkung eine Rolle? Wie hängt alles zusammen?

Unerschütterlich tut der Timer seine Arbeit, zieht eine Linie zum Ende der eingestellten Zeit. Und dann? Was passiert dann? Der Timer ist mit nichts verbunden, es ist kein Mechanismus darin verborgen, der automatisch etwas auslöst, wenn die Null erreicht wird. George, Kenzi und er haben den Apparat untersucht und nichts gefunden. Keinen Sender, keinen Schalter, kein Relais. Trotzdem geht eine enorme Drohung davon aus, denn der Timer läuft nicht ohne Grund.

Außer das Ganze ist ein Scherz. Der Gedanke steigt ihm auf, ohne dass er es verhindern kann. Ein Scherz? Dann aber ein sehr schlechter, und dann hätte man das Foto der toten Frau und des Kindes nicht hinzugefügt. Diese Sorte Humor kennt er nicht. Es kann sich aber durchaus um einen Versuch handeln, ihn aus der Fassung zu bringen, um ein Ablenkungsmanöver, damit er nicht bemerkt, dass hinter seinem Rücken etwas anderes geschieht. Das ist möglich. Und das reizt ihn. Auf das Foto muss er gut aufpassen, das hat Scorpion gesagt. Was ist mit dem Bild?

John muss weiter nachdenken. Er starrt auf das Display, sieht die Sekunden und Minuten verrinnen, bis 148 Stunden, 0 Minuten und 0 Sekunden erreicht sind. Was passiert am Ende? Und wann genau ist das? Als Wasim ihm die Kassette überreicht und John sie geöffnet hat, stand der Timer auf 335 Stunden, 58 Minuten und 10 Sekunden. Das war letzte Woche Mittwoch um 14:32 Uhr. Und bedeutet, dass der Timer am Mittwoch zwei Wochen später um 14:30 Uhr abgelaufen ist. An jenem Tag, zu jenem Zeitpunkt, wird etwas geschehen. Das steht bereits fest. Die Uhr ist nicht mehr als eine Gedächtnishilfe und eine Methode, um dafür zu sorgen, dass John den Auftrag ausführt.

Mittwoch um 14:30 Uhr. Darauf muss er sich konzentrieren, an diesem Tag wird irgendwo etwas geschehen. Wenn er weiß, worum es sich handelt, kann er das Ganze von zwei Seiten angehen: den Mann finden, der die Frau auf dem Bild ermordet hat, und versuchen, das Ereignis in der Zukunft zu seinen Gunsten zu beeinflussen.

Die erste Frage lautet, was an diesem Mittwoch um 14:30 Uhr geschehen soll. Sein eigener Kalender zeigt nichts an. Am Mittwoch um 14:30 Uhr gibt es bei ihm nichts, keine Termine, keine Reise und auch kein Meeting. Als Erstes wird er sich die Kalender von George, Kenzi und Lydia ansehen müssen, vor allem Lydias, denn zu ihr scheinen unerklärliche Verbindungen zu laufen. Über den Geheimdienst hat Kenzi schon überprüft, ob an jenem Tag wichtige oder auffällige Ereignisse oder Treffen geplant sind, die etwas mit dem Ereignis auf dem Foto zu tun haben. Das hat zu keinem Ergebnis geführt.

John muss den Namen dieses Mannes herausfinden. Ein amerikanischer Soldat von den Special Forces, irgendwo steht sein Name ordentlich erfasst in einer Akte, in einer Liste mit allen weiteren Personen, die dort anwesend waren. Alles wird festgehalten, archiviert, bewahrt. Man muss nur rankommen. John weiß, wohin er muss, aber dorthin kommt selbst er nicht ohne Weiteres.

John denkt immer weiter nach, und die ganze Zeit verspürt er ein quälendes Unbehagen. Der Timer, der nirgends angeschlossen ist. Die tote Frau und das weinende Kind. Der Name der unbekannten Frau. Der Anschlag auf Lydia. Die unauffindbare Dolmetscherin. Wasims Drohung. Es gibt zu viele Fragen, und seine Erfahrung will ihn vor etwas warnen, das er die ganze Zeit vergeblich zu erkennen versucht. Dieses Gefühl wird immer stärker: das Gefühl, dass er in die falsche Richtung schaut und immer wieder ganz knapp zu spät kommt, dass er den Tatsachen hinterherrennt, dass er … dass er manipuliert wird. Ja, so empfindet er es. Er wird manipuliert wie ein Amateur.

Wenn zu viele Fragen im Raum stehen, bedeutet das, dass jemand Verwirrung zu schaffen versucht und damit die Aufmerksamkeit von der eigentlichen Frage ablenkt, von der tatsächlichen Gefahr. Der älteste Trick der Welt, und er ist verdammt noch mal fast darauf reingefallen. Er muss durch die Verwirrung hindurchschauen. Welche Fragen sind unwichtig? Die muss er eliminieren. Der Timer? Der hat keinen Bezug zu irgendetwas, den gibt es nur, um ihn nervös zu machen und abzulenken. Weg damit. Die unbekannte Frau, Esther? Die ist nicht ohne Grund unbekannt. Weg mit ihr. Konzentration, ignoriere den Blödsinn. Langsam kommt er weiter, mehr an die tatsächliche Frage heran, die ihm weiterhin ständig entgleitet. Nur der Schmerz, den er spürt, ist echt.

# 56

## HILFSORGANISATION

Wateringen. Eingeschlossen zwischen der A12 und der A13. Am Nieuwkoopseweg gibt es eine Scheune mit einem Haus daneben. Wassergräben zu beiden Seiten einer schmalen Straße. George mag kein Wasser. Viel zu nass. George ist ein Mann des festen Bodens und des Asphalts. Das hat er von seinen Eltern, die wollten überallhin, solange sie nicht das Wasser überqueren mussten. Nicht im Flugzeug und nicht auf dem Schiff. Immer mit dem Auto. So hat es bei ihm angefangen, hinten im Ford Taunus. Autofahren – etwas Schöneres gibt es nicht. Seine Eltern haben beide gearbeitet, sein Vater in der Zigarettenfabrik in der Saturnusstraat. Dort werden schon lange keine Zigaretten mehr hergestellt; stattdessen befindet sich dort ein Multifunktionszentrum für Veranstaltungen und Events. Das Gebäude heißt jetzt CAFAB, schrecklich, der alberne Name für »Caballero Fabriek« ist eine Beleidigung. Die Geschichte seines Vaters hat einen Teil der Fabrik ausgemacht, und die haben sie mit einem modischen Logo übertüncht. Seine Mutter hat als Reinigungskraft gearbeitet, sie hatte auch immer viel zu tun. Er stammt von Leuten ab, die mit den Händen arbeiteten, und das hat er von ihnen übernommen. Sein Vater war nie so glücklich gewesen wie an dem Tag, als George seine eigene Werkstatt eröffnete. Sobald er im Ruhestand war, kam er jeden Tag, um ein bisschen herumzuschrauben, ein bisschen herumzuhängen, Autos zu holen und wegzubringen. Bis seine Lungen nicht mehr mitmachten – zu viele Substanzen aus der Fabrik hatten sich in ihnen abgelagert. George weiß, er muss mit dem Rauchen aufhören, aber die Caballero gehört zu ihm wie schon zu seinem alten Herrn.

Rund um die Scheune herrscht großer Betrieb, hier sind mehr Leute auf den Beinen als auf dem Markt in seinem Viertel. Vor der Scheunentür gibt es einen Parkplatz, auf dem Kleinbusse und Autos stehen. Von allen Seiten werden Gegenstände gebracht, in Kartons und Säcken, genau wie in Wasims Wohnung. Die Menschen schleppen alles selbst nach drinnen, dort werden sie von anderen erwartet, die die Güter annehmen und verteilen. Kleidung nach links, Decken und Schlafsäcke nach rechts. Alles hat seinen Platz. In dem Chaos und der Betriebsamkeit erkennt George ein wie geschmiert laufendes System. Die Leute rufen einander Dinge zu, deuten in verschiedene Richtungen, Niederländer und Ausländer durcheinander. Er hört Englisch, Französisch, Deutsch. Die Atmosphäre ist von Eile bestimmt und trotzdem gemütlich.

George scheint zwischen Menschen herumzulaufen, die alle eine Aufgabe haben. Er sucht jemanden mit Überblick, jemanden, der nicht selbst Hand anlegt. Und wenn er keine solche Person findet, wird er sich ein Büro suchen, einen Raum, in dem sich jemand um die Verwaltung kümmert, denn die muss ja irgendwo erledigt werden.

Er irrt herum, niemand achtet auf ihn. Ein Mann mit einer Thermoskanne und einem Stapel Pappbecher erscheint. Schenkt George Kaffee ein. Er fragt nach jemandem, der ihm weiterhelfen kann, aber der Mann spricht kein Niederländisch, auch kein

Englisch oder Deutsch. Lachend zieht er mit seiner Kanne und den Bechern davon.

In einer Ecke sitzt ein in eine Decke gehüllter Mann mit einem kleinen Hund auf dem Boden. Er sieht aus, als hätte er sich völlig verlaufen, und George fragt sich, wie um Himmels willen er wohl hier gelandet ist.

»Manchmal dauert es seine Zeit, bevor die Menschen hier wirklich ankommen.« Neben ihm steht eine Frau von etwa vierzig Jahren. »Nach siebentausend Kilometern durch den Iran, die Türkei, Bulgarien, Serbien, Ungarn, Österreich und Deutschland weiß man nicht mehr, wo man ist. Das braucht einfach Zeit. Diese Menschen werden hierhergebracht, und wir schauen, was wir tun können.«

Sie heißt Eva Koom, und das hier ist ihre Scheune, ihr Areal. Sie bietet der Hilfsorganisation Unterdach und einen Umschlagplatz. Den Transport regelt sie zusammen mit Kollegen.

»Was kann ich für Sie tun?«

»Kennen Sie Lydia Wilmen?«

Die offene Einstellung der Frau ist wie weggeblasen. Als würde sie die Schotten dichtmachen.

»Warum wollen Sie das wissen? Wer sind Sie?«

Sie wirkt fast feindselig.

»Ich bin ein Freund von Lydia.«

»Das sind wir alle. Freunde gibt es hier wie Sand am Meer.«

Ihre Antworten sind eisig, aber sie streitet nichts ab. Gleichzeitig gibt sie nichts zu, sagt nicht, dass sie Lydia kennt, und das ist auch nicht notwendig. Aus ihrer gesamten Haltung wird deutlich, dass sie ganz genau weiß, wer Lydia Wilmen ist. Darum geht sie in die Defensive. Die Organisation engagiert sich für wohltätige Zwecke, hier sind Menschen ehrenamtlich tätig. In ihren mittlerweile achtzehn aktiven Jahren haben sie sich einen Ruf erarbeitet. Sie sind vertrauenswürdig und offen, aber manchmal gibt es Menschen, denen sie durch den Irrgarten des Gesetzes helfen, wie dem Mann mit der Decke und dem Hund. Man hat sie im Auge. Wo Muslime zusammenkommen, ist die Polizei nicht weit. Eva Koom will keinen Stress, und sie ist Den Haagerin genug, um zu wissen, wann sie den Mund halten muss. George erkennt das.

Er könnte ihr jetzt erzählen, dass Lydia niedergeschossen wurde, würde damit jedoch das Risiko eingehen, dass bei ihr sämtliche Alarmglocken losgehen, und das will er auf keinen Fall. Also versucht er es noch einmal. Er erklärt, dass er Lydia seit vierzig Jahren kennt, und in diesem Moment schlägt ihm Eva Koom buchstäblich die Tür vor der Nase zu.

»Warum fragen Sie dann bei uns nach, wenn Sie sie so gut kennen? Da entlang.« Sie deutet auf den Ausgang. »Wir sind hier fertig.« Sie macht eine Handbewegung, und George wird von Männern umringt, die ihn aus der Scheune führen. Niemand fasst ihn an, denn alle hier wissen, dass jede Form der Aggressivität lebensgefährlich ist. Eine einzige Beschwerde, und die Polizei wird hier demonstrativ und mit großem Tamtam alles dichtmachen. Das braucht man George nicht zu erklären.

Man begleitet ihn bis an sein Auto, bis er drinnen sitzt, bis die Tür zuschlägt, er den Sicherheitsgurt angelegt und den Motor gestartet hat. Erst dann treten die Männer ein paar Schritte zurück, aber so, dass er nur in eine Richtung fahren kann: runter vom Gelände.

Und da sieht er ihn: Wasim. Der Mann steigt aus einem Kleinbus und betritt die Scheune. Der hochgewachsene junge Mann, Daoud, ist bei ihm. George macht seinen Gurt los und will aussteigen, Wasim hinterher. Er ruft und deutet mit der Hand in die Richtung.

»Der Mann da! Wasim.«

Keine Chance. Durch sein Geschrei kommen noch mehr Männer und stellen sich um ihn herum. In der Tür der Scheune sieht er Eva Koom, die mit großen Schritten auf ihn zukommt. Von ihren Leuten umringt spricht sie ihn an.

»Runter vom Gelände, oder ich rufe die Polizei. Sofort!«

Wasim ist nirgends mehr zu sehen.

# 57

## FALSCHE FRAGE

Eine Frau namens Wobbenga gibt es nicht. Kenzi hat den Namen in verschiedene Systeme eingegeben, und die einzige S. Wobbenga, die er gefunden hat, ist bereits vor 1900 verstorben. Der Name ist wohl lediglich für Leute mit der entsprechenden Clearance zugänglich, und die hat er nicht. Darum konzentriert er sich auf den Stadtplan von Uden. Der ist wirklich simpel. Aus dem Safe House nach rechts in die Ereprijsstraat. Dann nach links, in die Lupinestraat. Nach links, in die Pioenroosstraat. Schritt für Schritt sind sie die Route vom Safe House bis zum Einkaufszentrum in der Nähe abgelaufen. Sonst war Karishma Noorullah mit ihren Bewachern nirgendwo gewesen. Es gab zwei Wege: Entweder man ging zuerst rechts, und die Alternative war linksherum. Mit seinem Handy hat Kenzi jede einzelne Ecke fotografiert.

Zurück in Den Haag hat er die beiden Routen auf einer Karte des Zentrums von Uden nachgezeichnet. Neben der Karte hat er Fotos der Orte, die sich für einen sogenannten »Drop« anbieten, wo also Karishma Noorullah eine Nachricht für eine Kontaktperson hätte zurücklassen können. Die beiden verschiedenen Routen vom Safe House zum Einkaufszentrum haben wenig ergeben, die eine Straße ist kaum von der anderen zu unterscheiden. Immer wieder läuft er beide in Gedanken ab, schaut dabei die Fotos an. Da fällt sein Blick auf eine Aufnahme der New York Pizza auf dem größten Platz in Uden. Die beste Stelle, um unbemerkt einen Zettel zu verstecken: ein Schalter für die Abholung, eine Art Tresen mit Fächern. Da gibt es Abfalleimer, einige Sitzplätze, Blumenkübel, alle relativ dicht beieinander. Je länger Kenzi sich das Ganze anschaut, desto stärker bezweifelt er, dass der Kontakt zwischen Karishma Noorullah und der Außenwelt tatsächlich über Zettel stattgefunden hat.

Wieder schaut er sich die Fotos der New York Pizza an, den Platz, die Umgebung, die Aufnahmen, die er vom Eingang und von der Rückseite gemacht hat. Den Laden hat er ebenfalls betreten, und auch dort gab es eigentlich keine offensichtliche Stelle für das Hinterlassen von Nachrichten. Alles dort war sauber und aufgeräumt. Er betrachtet ein Foto der Kartons, und an ihnen bleibt sein Blick hängen.

Abholung. Lieferdienst.

Er öffnet den Ordner mit den Protokollen auf seinem Computer und fängt an zu lesen. Er überfliegt die Seiten, auf der Suche nach einer Angabe, einer Bemerkung, die jemand von den Wachleuten über die Mahlzeiten gemacht hatte.

»Prinzipiell machen wir alles selbst. Einmal pro Woche holen wir irgendwo etwas oder lassen es liefern. Sie wissen schon.«

Das hatte der Bewacher gesagt. Niemand hatte dazu weitere Fragen gestellt. Wo abgeholt? Von welchem Lieferdienst? Da gibt es nichts, nicht die kleinste Information. Irgendwo muss sich Karishma Noorullah die Gelegenheit geboten haben, Kontakt zur Außenwelt herzustellen. Und Nachrichten zu empfangen. Über einen Pizzakarton? Möglich ist es. Eine Nachricht in einem Pizzakarton könnte von den Fachleuten abgefangen werden. Könnte. Könnte. Auch da verpasst man möglicherweise etwas. Außer den in der Verpackung gelieferten Mahlzeiten kam im Safe House nichts über eine andere Person von draußen nach drinnen. Darüber muss Kenzi mehr herausfinden. Ein bisschen Druck auf jemanden von den Wachleuten ausüben. Das wollte Calder.

Er verschickt eine WhatsApp-Nachricht.

Habe noch mal nachgedacht.

Mehr schreibt er nicht. Nur vier Wörter, ohne Absender, auf den ersten Blick völlig zusammenhanglos. Jemand hat über irgendetwas nachgedacht. Na und? Wer tut das nicht? Das kann jeder sein. Trotzdem weiß er, es wird eine Reaktion kommen. So kann er die Person unter den Wachleuten inoffiziell kontaktieren – indem er sie nicht zur Vernehmung einbestellt, sondern das Ganze außerhalb des Dienstes regelt, wie beim normalen sozialen Austausch.

Wer ist da?

Er starrt auf das Display und wartet eine Minute ab. Dann noch eine. Er darf nicht zu schnell reagieren, auch wenn er das wollte. Außerdem ist die Frage Unsinn, denn die Person am anderen Ende weiß ganz genau, wer er ist. Jemand mit auch nur den geringsten Agentenfähigkeiten hat sich diese Information längst besorgt. Darum wartet er noch ein wenig länger.

Es ist Abend, und sein Computer samt Bildschirm hängen ihm zum Hals raus. Er sitzt zu Hause, in Den Haag, und langweilt sich. Es kann nicht schaden, von diesem Gefühl zu profitieren. Mit dem Mobiltelefon in der Hand geht er in die Küche und holt sich eine Dose Red Bull aus dem Kühlschrank. Er zieht den Verschluss auf und trinkt. Dann tippt er:

Falsche Frage.

Es ist ein Spiel, sie fordern einander heraus.

Wer entscheidet das?

Jetzt antwortet er sofort.

Immer noch die falsche Frage.

Der WhatsApp-Dialog nimmt Fahrt auf, die Fragen und Antworten zischen förmlich hin und her. Noch während er tippt, geht die nächste Nachricht ein.

Was hast du dir denn vorgestellt?

Nur Gutes. Hast du schon gegessen?

Er schickt ihr die Adresse eines Grillrestaurants in der Nähe, am De Savornin Lohmanplein. Von seiner Wohnung aus fünf Gehminuten entfernt.

Wie erkenne ich dich?

Wird schon.

Darauf kommt keine Antwort mehr. Das ist nicht schlimm, denn er weiß, sie hat den Köder geschluckt. Er weiß, sie wird kommen. Hier geht es nicht nur um die verschwundene Dolmetscherin, es geht um viel mehr. Er hat noch einmal nachgedacht, das hat er geschrieben, und das kann nur eines bedeuten: Er will sie sehen.

# 58

## NADELSTICHE DER LUST

Er sitzt an einem Tisch am Fenster, vor sich eine Cola light, und schaut nach draußen. Diese Verabredung ist lächerlich, völlig dilettantisch, er hätte Vorsichtsmaßnahmen treffen müssen, nie einen so kurzfristigen Termin vorschlagen dürfen. Der frühestmögliche wäre morgen gewesen, damit er die Zeit zur Vorbereitung gehabt hätte, um sich abzusichern, den Laden hier zu überprüfen. Und um sich zu überlegen, dass ein Fensterplatz eigentlich nicht infrage kommt.

Hastig nimmt er Cola-Dose und Glas und zieht an einen Tisch ganz hinten im Raum um, wo er mit dem Rücken zur Wand sitzt, außerhalb des unmittelbaren Blickfeldes aller Eintretenden. Professionell, auch wenn er das gerade noch mal so hingekriegt hat.

Da erscheint die Frau mit dem sanften Lächeln, Jules Ommaz. Die Frau, die sich seine Handynummer nicht aufschreiben wollte. Das war auch nicht notwendig, weil sie die Zahlenfolge nur ein einziges Mal zu sehen brauchte, um sie auswendig zu kennen. Sie gehört zum Personenschutzteam von Karishma Noorullah. Sie ist die Frau, die mehr weiß, als sie sagen will, und die vorhin auf seine Nachricht reagiert hat:

Entspannt betritt sie den Laden, stellt sich kurz an den Tresen, bestellt auch eine Cola light und setzt sich dann zu ihm.

»Ist hier frei?«, erkundigt sie sich.

»Für dich immer.«

Sie schiebt den Stuhl zurück und zögert.

»Eigentlich müsste ich da sitzen, wo du sitzt, mit dem Rücken zur Wand, damit ich den Überblick behalten kann.«

»Dann hättest du früher kommen müssen.«

»Eins zu null für dich.«

»Aber du darfst dich auch neben mich setzen, wenn du möchtest.«

»Klingt gut.«

»Hast du denn auch deinen Chef gefragt?«

Diese Antwort hat sie ihm gegeben, als sie eigentlich keine Antwort geben wollte. »Fragen Sie meinen Chef.« Jetzt sagt sie nichts. Sie rückt zu ihm an den Tisch und wartet, bis der junge Mann hinter dem Tresen ihr eine Cola samt Glas gebracht hat. Sie schenkt sich etwas ein, trinkt einen Schluck, stellt das Glas wieder ab.

»Du hast also noch mal nachgedacht. Und was hast du so gedacht?«

»Dass es da mehr gibt, als wir besprochen haben. Und ich gehe davon aus, du hast dasselbe gedacht.« Aufschub gewähren. Nicht sofort angreifen. Kenzi versucht, ihr die Initiative zu überlassen. Ihr das Gefühl zu vermitteln, sie hätte hier einen Vorsprung.

»Mir ist schon aufgefallen, dass du mich angeschaut hast«, sagt sie.

»Das ging ja wohl kaum anders, immerhin hast du mir gegenübergesessen.« Jetzt muss er selbst auch lachen, diesen Effekt hat sie auf ihn. Sie lockt ihn aus der Reserve, und das funktioniert.

»Und jetzt sitzt du neben mir und schaust mich immer noch an.«

Sie provoziert ihn mit versteckten Andeutungen, mit Nadelstichen der Lust. Akupunktur für seine Begierde, versteckte Nervenbahnen in seinem Körper öffnen sich. Darauf hatte er gehofft. Karishma Noorullah, die Dolmetscherin, um die geht es natürlich auch. Um die Pflicht der Arbeit und die Pflicht der Lust. Er hat sie nicht ohne Grund angerufen. Er sucht einen Durchbruch, und er sucht einen Ausweg, um allen Anforderungen zu entkommen, die man an ihn stellt. Zwischen Calder und Antink, Karishma und Wasim, Lydia und George. Da befindet er sich, und er hat das unbezwingbare Verlangen, näher bei dieser Frau zu sein, sie zu riechen und zu spüren, sich ihr hinzugeben. Da war mehr im Verhörraum, als sie dort miteinander gesprochen haben. Er hatte das Gefühl, dass sie etwas verbarg, und er hatte aktiv versucht, eine Verbindung zu ihr herzustellen. Mit seiner Handynummer auf dem Rand eines Aktendeckels. Sie hatte getan, als würde sie ihn zurückweisen, indem sie sich demonstrativ weigerte, sich diese Nummer zu notieren. Ihre eigene Nummer hatte er sich einfach aus der Akte geholt, nur zur Sicherheit, und weil Calder gesagt hatte, er solle jemanden vom Wachpersonal unter Druck setzen. Es gibt immer Gründe. Er fand es einfach eine nette Idee, ihre Nummer bei sich zu haben, wie einen Besitz.

Hier im Grillrestaurant konfrontiert sie ihn mit seinem eigenen Verlangen, quält ihn damit, und sie ist unwiderstehlich. Er weiß, dass er nicht darauf eingehen darf. Sie gehört zum Wachpersonal der Dolmetscherin und, bis das Gegenteil bewiesen ist, auch zu den Verdächtigen. Etwas mit ihr anzufangen, ist das Dümmste, was er tun kann, und gerade dieses Wissen lässt sie noch anziehender werden. Es ist nicht nur ihr Lachen, das ihm immer besser gefällt. Sie provoziert ihn. Und fuck, Mann, es funktioniert. Ganz kurz ist er verwirrt.

»Okay, was hast du also genau gedacht?«

Sie gönnt ihm keine Pause, zwingt ihn zur Konzentration. Professionell ist sie, schaltet so schnell um, dass er nicht mitkommt. Er muss sich zur Ordnung rufen, darf seinen Auftrag nicht vergessen, aber es kostet ihn die allergrößte Mühe. Er trinkt einen Schluck von seiner Cola, schaut die Frau über den Rand der Dose an. Sie ist nicht einmal besonders schön, nicht wie ein Fotomodell oder eine Schauspielerin. Sie ist attraktiv, er genießt es, sie anzuschauen. Ihr Gesicht hat eine Wirkung auf ihn, ihre Augen, ihre hohen Wangenknochen. Ihr ganzer Körper sendet Signale, gegen die er sich nicht wehren und die er nicht ignorieren kann. 5G.

Er spürt, dass er eine Erektion bekommt.

»Ich habe gedacht, diese Dolmetscherin ...«

»Ja?«

»Diese Frau, über die wir gesprochen haben ...«

Er rutscht auf seinem Stuhl herum, zieht so unauffällig wie möglich an seiner Hose.

»Geht's?«

Sie wirft einen Blick unter den Tisch und lacht. Sie ist unmöglich. Mit jeder Bewegung von ihr oder von ihm wird er steifer. Er steht auf, geht zum Tresen.

»Wie viel macht das?«

»Zwei Cola?«

Er schaut Jules an. »Das geht auf mich«, sagt er.

»Sehr großzügig.« Sie lacht.

Er hält seine Geldkarte an den Apparat, wartet auf das Signal und geht dann wieder zu ihr. Stützt sich mit beiden Händen auf dem Tisch ab, beugt sich darüber, bringt sein Gesicht nahe an ihres.

»Ich kenne dich nicht«, sagt er. »Ich weiß nicht, was du willst, und du gibst keine Antwort. Was soll ich also von dir halten?«

»Ist das eine Frage?«

»Ja. Nein. Shit.«

»Ich warte.«

»Was ist da noch? Was hast du während der Vernehmung nicht gesagt? Du verschweigst etwas, das weiß ich. Das spüre ich. Was?«

»Ach, das.«

Sie steht auf, geht um den Tisch herum, packt ihn am Ärmel.

»Kommst du mit?«

Sie ist schamlos. Und sie gibt noch immer keine Antwort.

# 59

## RICHTIGE ANTWORT

Sie sind bei ihr, nicht bei ihm, und hier hat sie das Sagen. Das ist ihm klar, und bis auf Weiteres genießt er das. Es gibt noch andere Dinge im Leben als Akten und Protokolle. Er überlässt sich ihr, sie übernimmt die Führung. Nach ihr betritt er ein kleines, sparsam eingerichtetes Apartment. Einige Möbel bilden zusammen eine nüchterne Sitzecke, es gibt einen Esstisch mit zwei Stühlen, ein Regal mit einigen Büchern und ein paar Zeitschriften, an der Wand hängt ein Fernseher. Im Schlafzimmer stehen ein Bett und ein Schrank, und dieser Schrank interessiert Kenzi nicht. Er will sie, Jules, und er sieht nicht mehr, was er sehen müsste. Details verschwinden wie von selbst. Außerdem gibt es in ihrer Wohnung nur wenige Details. Auch das sieht er nicht.

Der Sex wird grausam, es ist, als würde ihr Körper mit ihm sprechen. Noch nie zuvor hat er das so empfunden, die Befriedigung ist tiefer und härter, als er das je zuvor erlebt hat. Kenzi kommt bei den Umwälzungen in seinem Kopf nicht mehr mit, im einen Augenblick fühlt er sich besser als je zuvor, im nächsten nagt die Reue an ihm. Er will mehr und weiß doch gleichzeitig, dass er gar nicht erst mit der ganzen Sache hätte anfangen sollen. Er hätte nie in ihrem Bett landen dürfen. Niemals. Sie ist eine

Verdächtige, er der Leiter des Verhörs. Von diesem Verhältnis ist nichts mehr übrig. Sie steckt ihn in die Tasche.

»Was willst du von mir?«, fragt er.

»Was ich von dir will? Das habe ich schon.«

Das Bett ist breit und hart und fühlt sich an wie neu. Auf dem Nachttisch liegt Mascara, an der Seite hängt ein Hemd. Nicht das, was sie getragen hat, das liegt auf einem Stuhl. Und seine Kleidung auf dem Boden. Hier in diesem Zimmer gibt es wenig Persönliches, das fällt ihm auf, aber was macht das schon aus? Er hat sie, kriecht über sie, streichelt sie mit der Zunge, leckt an ihr, schmeckt sie. Intimer kann das Ganze kaum werden. Er ist erregt, fast zügellos geil, durch sie und durch sich selbst. Er vernachlässigt seine Arbeit, seine Pflicht. Die Kombination aus Sex und Mission macht ihn aggressiv. Er muss jetzt zuschlagen, darf nicht zögern, nicht warten. Jetzt muss er sie in die Enge treiben. Er drückt sie auf die Matratze.

»Was hast du nicht gesagt?«

»Nicht jetzt.«

Das Lächeln, das immer ihre Lippen umspielt, scheint zu gefrieren, aber es verschwindet nicht. Sie versucht sich zu bewegen, Kenzi drückt sie noch ein wenig härter nach unten. Sie packt seine Arme und erwidert den Druck. Nicht kräftig genug. Es gibt noch ein wenig Spielraum, aber sie nähern sich rasch der Grenze.

»Lass mich los«, fordert sie. Erst beherrscht und mit leiser Stimme. Dann flüstert sie es ihm ins Ohr.

Kenzi hört nicht hin, er ist im Wahn seiner eigenen Erregung und seiner Gedanken, und die schicken ihn in die falsche Richtung. Er stützt sich noch stärker auf sie, versucht ihre Hände einzuklemmen, sie zum Gehorsam zu zwingen.

Wenn sie keine Antwort geben will, muss er die Frage mit größerem Druck stellen. Wenn er jetzt nicht weiter vorstößt, lässt er sich das Ganze aus den Händen gleiten. Diese Chance bekommt er kein zweites Mal. Bevor es zu spät ist, muss er die Situation umkehren. Jetzt hat er einen Vorsprung, sie hat nicht vorausgesehen, dass er sie überrumpeln würde, nicht damit gerechnet, und diesen Vorsprung muss er ausnutzen. In einer schnellen Bewegung zieht er seine Knie nach vorne, auf ihre Arme.

»Lass mich los!«, schreit sie.

»Ganz ruhig. Erst eine Antwort«, sagt er und legt einen Arm über ihre Brust, kurz unterhalb ihres Kinns. »Was weißt du? Los, raus damit! Was hast du nicht gesagt?«

Unter ihm wird Jules ganz ruhig, sie zappelt nicht mehr, gibt ihren Widerstand auf. Er spürt, wie sich ihre Muskeln entspannen, und dann sieht er, wie sich ihr Blick zurückzieht und nach innen wendet.

»Muss ich Angst vor dir haben oder was?«

Sie ist schneller als er. In einer einzigen eleganten Bewegung zieht sie die Beine hoch, kreuzt sie vor ihm und stößt ihn mit Wucht zurück. Er kann ihr nur ausweichen, indem er sich vom Bett fallen lässt, auf den Boden. Kenzi dreht sich, will aufstehen, aber noch bevor er über dem Bettrand nach oben kommt, hockt sie auf ihm – auf seinem Rücken.

»Und was machst du jetzt?«, will sie wissen.

Von hinten legt sie ihm einen Arm um den Hals und drückt zu. Seine Erektion ist Geschichte. Sie zieht ihn vom Boden hoch und drückt ihn gegen die Wand. Er stellt keinen Gegner für sie dar, sie ist stärker und schneller. Sie ist Soldatin, er fühlt sich wie ein Zivilist. Sie hält ihn in einer festen Umklammerung, lässt ihm kaum Bewegungsspielraum. Mit den Füßen versucht er sie zu erwischen, zu treten, aber sie hält ihn so fest, dass er seinen Bewegungen keine Kraft verleihen kann. Was er auch versucht, er ist hilflos. Wenn er sich auch nur ein bisschen bewegt, verstärkt sie ihren Griff, bis er still ist. Dann lässt sie endlich ein klein wenig locker.

»*Du* wolltest Kontakt zu *mir* aufnehmen«, sagt sie.

Er kann nicht antworten, die Wörter schaffen es nicht bis auf seine Lippen, das meiste bleibt in seiner Kehle hängen.

»Also wartest du einfach, bis ich so weit bin. Ich erzähle dir, was ich weiß, aber nach meinen Regeln und unter meinen Bedingungen.« Sie stößt ihn noch heftiger gegen die Wand. »Hörst du zu?«

Mit aller Kraft stützt sie sich auf ihn, als wollte sie sein Entkommen verhindern. Oder ist da etwas anderes? Setzt sie so viel Kraft ein, um sich selbst zu bezwingen? Gedanken und Zweifel rasen Kenzi durch den Kopf. Er hält den Atem an und rührt sich nicht. Sie ist so viel stärker als er.

»Hörst du zu?«, wiederholt sie und drückt noch einmal mit ganzer Kraft zu. Sie presst die Luft aus ihm heraus. »Wie lange hältst du das durch? Was meinst du? Zählst du schon? 10 Sekunden. 20 Sekunden. 30 Sekunden. Der Timer läuft.«

Er ist still, fühlt sich schon fast tot. Dann spricht sie wieder, die Lippen dicht an seinem Ohr. Fünf Wörter, die durch seine Atemnot in sein Bewusstsein treiben.

»Die Dolmetscherin hatte ein Handy«, sagt sie. Langsam und mit großem Nachdruck, und verharrt in dieser Haltung, ihre beiden nackten, schwitzenden Körper sind aneinandergeschmiegt, er spürt, wie ihre Haut an seiner entlanggleitet.

»Hörst du, was ich sage?« Sie wiederholt es noch einmal, mit noch größerem Nachdruck.

Dann lässt sie ihn los. Kenzi ringt nach Luft, sein ganzer Körper reagiert mit spastischen Zuckungen. Schwer atmend steht Jules neben ihm, bereit, ihn wieder zu packen, falls das nötig ist. Ihr Körper steht durch das Adrenalin und die Aggression unter höchster Anspannung.

»Antworte!«

Langsam erholt sich Kenzi, seine Atmung wird ruhiger. »Die

Dolmetscherin hatte ein Handy, okay, das weiß ich, das wurde am Hinterausgang des Supermarkts gefunden. Sie hat es nie benutzt.«

»Nicht das. Davor.«

»Davor? Was meinst du damit? Bevor sie ein eigenes Apartment bekommen hat? Als sie noch im Safe House gewohnt hat? Hatte sie damals ein Handy? Was sagst du da?«

»Genau das sage ich!« Ihr Blick ist stahlhart. Sie hat gerade zugegeben, dass es da einen ganz eklatanten Bruch in den Bewachungsmaßnahmen gab. Karishma Noorullah hatte ein Handy, als sie keines haben durfte, und das bedeutet, jemand hat es ihr gegeben. Jemand von den Wachleuten. Calder hatte das bereits vorhergesagt, jemand vom Personal muss der Dolmetscherin geholfen haben. Und indem Jules ihm das erzählt, verstößt sie gegen das Protokoll. Sie begeht einen internen Verrat. Jetzt begreift er, warum sie so hart ist: Sie kämpft nicht gegen ihn, sie kämpft mit sich selbst. Erst als diese Erkenntnis zu ihm durchdringt, entspannt er sich.

»Wenn das so ist, dann ...«

»Sag's ruhig.«

»Fuck.«

Die Konsequenzen sind kaum zu überblicken. Wenn Jules die Wahrheit sagt, ist bei ihrem Dienst etwas ganz gewaltig schiefgelaufen. Und wenn es stimmt, hat man bei der JISTARC beschlossen, den Fehler unter den Teppich zu kehren, nichts davon zu sagen, dann sind alle Mitarbeitenden angewiesen worden, den Mund zu halten. Und wenn das wiederum stimmt, hat Jules gegen eine Grundregel des Dienstes verstoßen. Fieberhaft denkt er nach.

»Das steht nicht im Protokoll«, sagt er.

»Richtig.«

»Woher weißt du das dann?«

»Alle im Team wissen es. Man hat das Handy gefunden und es ihr sofort abgenommen.«

Das glaubt er. Er glaubt jetzt alles, was sie sagt. Er vertraut ihr restlos, denn darum ging es bei ihrem Kampf. Obwohl ihm Gedanken und Fragen durch den Kopf rasen, ist er davon überzeugt, dass Jules jetzt die Wahrheit sagt. Es hat sie zu viel gekostet, ihre Schweigepflicht zu brechen.

»Von wem hat sie das Handy bekommen? Wir haben mit allen im Team gesprochen, niemand hat etwas gesagt. Aber es muss jemand aus dem Team gewesen sein. Wer?«

Sie schüttelt den Kopf.

»Weißt du es nicht?«

Er erhält keine Reaktion.

»Oder kannst du es nicht sagen?«

Sie rührt sich nicht mehr, schaut ihn still an. Ihren Mund umspielt immer noch dieses unmögliche sanfte Lächeln, das gerade überhaupt nicht fröhlich aussieht. Sie weiß, dass er sie fertigmachen kann, wenn er will. Sie ist stärker, aber falls er weitergibt, was sie ihm gerade erzählt hat, ist sie raus aus dem Dienst und kann nie wieder irgendwo im Sektor arbeiten. Dann wird sie für immer als Verräterin gelten. Ihr Lachen wirkt nun wie ein Zeichen der Unsicherheit.

Sie stehen aneinandergeschmiegt da, verschwitzt und aufgewühlt. Ihre Nacktheit fühlt sich gerechtfertigt an. Kenzi durchbricht die Spannung, holt ihre Kleidungsstücke vom Stuhl und reicht sie ihr. Dann nimmt er sich seine eigenen Sachen vom Boden und zieht sie an. Sex gibt es jetzt keinen mehr. Wenn er ganz ehrlich ist, findet er das ziemlich schade. Auch wenn sie das Ganze mit Hintergedanken getan und ihn um die eigene Achse gedreht hat, bis ihm schwindlig war, auch wenn sie ihn in den Würgegriff genommen und ausgeschaltet hat – sie ist immer noch unglaublich schön.

»Dieses Gespräch müssen wir ein anderes Mal fortsetzen«, sagt er.

»Vielleicht.«

»Soll ich dich dann anrufen?«

»Du hast ja meine Nummer.«

Bei diesen Worten tanzt ein Glitzern in ihren Augen. Sie findet die Vorstellung ansprechend, das liest er darin. Oder sieht er das Ganze genau falsch herum? Sie bringt ihn zur Tür, und er lässt es zu. Es ist Zeit zu gehen. Er hat, was er gesucht hat, und mehr, viel mehr. Dann darf man nicht bleiben. Man muss immer wissen, wann es so weit ist.

Sie küsst ihn, schließt die Tür, und er schwebt durch die Nacht, sucht sich eine Straßenbahn. Als er erst einmal auf der harten Bank sitzt, wird es stiller in seinem Kopf. Er hat keinen Beweis, er hat ein Geständnis, und er hat das deutliche Gefühl, dass er Jules noch einmal wiedersehen wird. Schon diese Aussicht kann einen in Hochstimmung versetzen. Und was hat sie noch gesagt? An einem dünnen Faden zieht er etwas durch die Nacht zu sich hin, etwas, was sie gesagt hat und das verloren ging – beinahe. Was hat sie gesagt? *Der Timer läuft.*

Das hat sie gesagt.

Fuck. Als sie die Worte ausgesprochen hat, ist die Bedeutung nicht zu ihm durchgedrungen. Jetzt erklingen sie so laut und deutlich in ihm, dass er nicht mehr begreift, wie er das nicht hat mitbekommen können. Die Worte hallen ihm im Kopf wider.

*Der Timer läuft!*

Sie weiß von dem Timer. Wie kann das sein? War das Zufall? Zufall, an den er sowieso nicht glaubt? Karishma Noorullah – Wasim, was bedeutet das? Was hat sie gemeint? Er nimmt sein Handy und ruft sie an.

Sie geht nicht ran, er wird auf die Mailbox weitergeleitet. Er hat den Kontakt verloren.

## 60

## SIND SIE SICH DA SICHER?

In Uden war nichts zu finden gewesen, genau wie er sich das gedacht hatte. Kenzi hat das in einem quälend inhaltslosen Bericht zusammengefasst. Jedes Detail, jeden Schritt hat er wiedergegeben, und das Ergebnis ist gleich Null. Calder hat den Text gelesen und ist ungeduldig. Die Ermittlung dauert zu lang, es geht zu wenig voran. Kenzi sitzt bei seiner Chefin, um den Durchbruch zu melden, und das erfordet den nötigen Mut. An seiner Geschichte ist so einiges seltsam, also formuliert er das Ganze so offiziell wie möglich.

»Wie abgesprochen habe ich jemanden von den Personenschützern unter Druck gesetzt. Und dabei sind heikle Informationen zutage gekommen.«

Er hält inne. Jetzt darf Calder nur nicht fragen, wie er an diese Informationen gelangt ist, denn dann gerät er selbst in die Bredouille. »Wie sich herausgestellt hat, hatte die afghanische Dolmetscherin im Safe House ein eigenes Handy.«

»Ein eigenes Handy? Im Safe House? Das verstößt gegen jede Regel. Wie ist sie an den Apparat gekommen?«

»Über jemanden vom Personenschutz?«

Calder schweigt. Sie verarbeitet das Gehörte. Ein Agent oder eine Agentin mit einem eigenen nicht registrierten Handy, das jemandem zur Verfügung gestellt wird, der keinen Kontakt zur Außenwelt haben darf. Das bedeutet, hier ist etwas ganz und gar nicht in Ordnung.

»Ist diese Information verlässlich?«

»Ja.«

»Sind Sie sich da sicher?«

»Ja, ja, ja. Sonst würde ich es doch nicht sagen?«

»Haben Sie das bei anderen überprüft?«

Sie will Beweise dafür haben, dass seine Information verlässlich ist. Beweise, die er nicht liefern kann. Er kann nicht erzählen, dass er mit einer der Verdächtigen Kampfsex gehabt hat.

»Nein, noch nicht. Aber das ist auch nicht nötig, denn es stimmt.«

Calder verliert die Geduld. »So arbeiten wir nicht. Etwas stimmt nicht einfach nur, weil Sie das sagen. Also, woher wissen Sie es?«

Da ist die Frage, die er nicht hören will. Kenzi hat sich in eine Sackgasse manövriert, weiß nicht, wie er alles erklären soll. Er vertraut der Information von Jules, weil sie darum gekämpft haben, weil sie sich selbst hat besiegen müssen, um das Entscheidende auszusprechen.

»Haben Sie ihn gezwungen?«

»Nein. Eher andersherum.« Er korrigiert Calder nicht – wenn sie denkt, es ginge um einen Mann, wird er sie nicht davon abbringen.

»Er hat Sie gezwungen?«

»Sich selbst.«

»Ach. Diese Variante habe ich schon lange nicht mehr gehört. Erzählen Sie.«

Die gemütlich klingende Aufforderung ist irreführend. Das freundliche »Erzählen Sie« stellt einen Befehl dar. Unbehaglich rutscht Kenzi auf seinem Stuhl herum. Er muss die Hosen runterlassen, sonst sitzt er bei der Chefin fest. Sie ist imstande, ihn einzusperren, bis er redet.

»Es war nicht einfach für sie«, sagt er schließlich.

»Oh, *sie*.« Calders Stimme trieft förmlich vor Sarkasmus. »Als ich gesagt habe, Sie sollen jemanden von den Agenten unter Druck setzen, hatte ich mir etwas anderes vorgestellt.«

Bei etwa der Hälfte der betroffenen Personenschützer handelt es sich um Frauen, also war die Wahrscheinlichkeit, er würde sich für eine Frau entscheiden, ziemlich groß. Aber Calder geht es nicht um Statistik, sie spricht von professionellem Verhalten.

»Sie haben sie unter Druck gesetzt, und sie hat sich selbst gezwungen. Fasse ich das so richtig zusammen?«

Als Kenzi nichts erwidert, redet sie weiter.

»Nur zu meiner Information: Als sie sich selbst gezwungen hat, hatte sie da etwas an?«

»Nein.«

»So etwas habe ich bereits vermutet. Und Sie?«

»Auch nicht.«

»Allmählich wird mir die Sache klar.« Wieder trieft ihre Stimme vor Sarkasmus.

»So war das nicht«, sagt Kenzi. »Sie waren nicht dabei, Sie verstehen es nicht.«

Ganz schlechte Wortwahl. Ganz schlecht.

»Kuipers, was ich jetzt sage, sage ich nur ein einziges Mal. Glauben Sie, ich bin Chefin des Nachrichtendienstes geworden, ohne eine Ahnung zu haben, wie ein Agent im Einsatz arbeitet und was das unter Umständen einschließt? Sie hatten Sex mit dieser Frau, das war Ihre eigene Entscheidung, Ihre Wahl, und während Sie Sex hatten, ist etwas geschehen, das Sie glauben lässt, diese Frau sagt die Wahrheit. So schwierig ist das nicht. Ich hatte durchaus auch schon Sex, und zwar härteren als Sie. Und während Sie beide Sex hatten, haben Sie selbst etwas getan, wodurch

Sie dieser Frau vertrauen. Also raus damit, was ist passiert? Letzte Chance, Kuipers.«

»Ich habe verloren.«

Schweigend schaut Calder ihn an.

»Ich dachte, ich müsste sterben.«

Er berichtet, wie er keine Luft mehr bekommen hat, wie ihm schwarz vor Augen wurde, wie die Kraft aus seinen Gliedmaßen zu fließen schien.

»Sie hatte mich im Griff. Völlig.«

Und er berichtet, wie sich der Kampf als etwas ganz anderes herausstellte, als er gedacht hatte.

»Sie kämpfte nicht mit mir, sondern mit sich selbst. Als sie mich losgelassen hat, war sie wie ausgewechselt.«

»Denken, dass man sterben muss«, sagt Calder. »Das ist schon was.«

Kurz herrscht Stille zwischen den beiden, bis Kenzi die Option auf den Tisch legt, wegen der er eigentlich gekommen ist.

»Wir müssen zurück in ihre Wohnung«, sagt er.

»*Wir?*« Die Tür stand gerade einen Spalt offen, aber Calder schlägt sie energisch wieder zu.

»Das ist nicht ganz richtig.«

»*Wir* sind mit dieser Intel sehr zufrieden, aber *wir* gehen auf keinen Fall zurück. *Wir* haben Frau Ommaz oft genug besucht. *Wir* finden, dass Agent Kuipers in Zukunft ganz besonderen Abstand zu Frau Ommaz halten sollte. Haben *wir* uns da klar ausgedrückt?«

# 61

## IN DER WERKSTATT

*126 Stunden, 18 Minuten und 3 Sekunden*

Der Timer läuft und George raucht. Am liebsten würde John deswegen etwas sagen, aber die Werkstatt gehört George. Er kann hier tun und lassen, was er will, und jetzt gerade will er eine Zigarette, einfach in seinem eigenen Büro eine rauchen. John findet das nicht einmal falsch, auch wenn ihn der Rauch im Hals kribbelt.

Er vermisst Lydia, er vermisst ihre nüchterne und direkte Vorgehensweise, und er vermisst das Gegengewicht, das sie immer zu bieten hat, wenn einer von ihnen durchzudrehen droht. Im Augenblick ist es Kenzi, der mit viel zu vielen Worten etwas zu erzählen versucht. John hat keine Ahnung, wovon der junge Mann redet.

»Was hast du herausgefunden?«, fragt er. »Du hast ein zweites Mal mit jemandem vom Wachpersonal für diese Dolmetscherin gesprochen, und diese Person hat erzählt, dass die Dolmetscherin ein eingeschmuggeltes Handy hatte. Prima. Völlig falsch und ganz wunderbar. Das ist Intel für deine Chefin. Aber warum müssen wir das wissen? Was ist los?«

Bei Kenzi ist die Anspannung bis zum Anschlag zu erkennen. Wieder muss er etwas tun, was nicht den Regeln des Geheimdienstes entspricht, was er seiner Chefin nicht erzählt. Er ist innerhalb des Geheimdienstes heimlich unterwegs, und das ist unverantwortlich. So ist er nicht. Im Gegenteil, er verhält sich immer vorsichtig. Die Vorgehensprotokolle des Dienstes sind heilig, das weiß er, so hat man es ihm eingebläut, und zwar nicht nur beim Dienst. Sein Vater und seine Mutter haben ihm immer nachdrücklich ans Herz gelegt, dass er sich an die Regeln halten muss. Und wenn das nötig war, hatte sein Vater ihn mit harter Hand in Zaum gehalten. Eigeninitiative war gut, Handeln aus Eigensinn nicht. Das ist die Grundlage seines Lebens. Er liebt die Arbeit, er glaubt an ihre Bedeutsamkeit, er ist von der Notwendigkeit überzeugt, Informationen zusammenzutragen und zu verwenden. Er weiß, dass der Dienst hin und wieder außerhalb des Gesetzes operieren muss, um die gewünschten Ergebnisse liefern zu können. Aber nur als Dienst. Nicht Kenzi Kuipers allein. Wenn er die Regeln übertritt, ohne dabei den Rückhalt seiner Chefin zu haben, verhält er sich falsch, das weiß er und spürt es auch. Es sieht so aus, als würde die Arbeit beim Repair Club ihn in immer wieder in neue Probleme hineinziehen, ein Stück näher an die Grenzen bringen.

Trotzdem tut er es. Calder erteilt ihm keine Zustimmung für das Untersuchen von Jules' Wohnung. Was Jules betrifft, hat er sich falsch verhalten, ist dafür allerdings nicht bestraft worden – mit ihrer alles andere als geradlinigen Argumentation hat seine Chefin sich sogar bei ihm für seinen Fehler bedankt. Das war reines Glück. Beim nächsten Fehler wird es weniger höflich zugehen. Er will nicht hinter dem Rücken des Geheimdienstes arbeiten, aber er muss noch mal in diese Wohnung. Er muss einfach.

»Es geht um den Timer«, verkündet er.

»Jetzt komme ich überhaupt nicht mehr mit.«

»Die Frau, die ich getroffen habe, die vom Personenschutz – ich hatte was mit ihr.«

George zieht die Augenbrauen hoch.

»Meine Chefin wollte, dass ich jemanden vom Wachpersonal unter Druck setze, um herauszufinden, welche Informationen sie zurückhalten. Das habe ich getan.«

»Eine Frau unter Druck gesetzt?« George zieht die Augenbrauen noch weiter hoch.

»Ja. Mit allen möglichen Strategien, wirklich allen möglichen. Ja. Ich habe alles ausgereizt. Okay?«

»Ich bin ganz Ohr.«

»Und da hat sie das gesagt. Mittendrin ...«

»Beim Sex.«

»Ja. Ich habe unten gelegen, wenn ihr es genau wissen wollt. Und dann hat sie etwas gesagt.«

»Was?«

»Der Timer läuft.«

George zieht die Augenbrauen so hoch, wie es nur geht.

»So, du Romantiker«, sagt er. »Kurz mal einen Schritt zurück. Das hat sie dir gesagt, einfach so. Du hast sie nicht gefragt? Nicht so was wie, weißt du etwas über einen Timer? Während ihr am Rummachen wart, hat sie plötzlich etwas über den Timer gesagt? Habe ich das richtig verstanden?«

In Georges Zusammenfassung klingt es lächerlich. Und das war es auch. »Am Rummachen« – wenn George nur wüsste. Eigentlich besser so, er hat keine Ahnung. Es gibt nur sechs Menschen, die von dem Timer wissen, und zwar Wasim, John, Lydia, George, Calder und Kenzi selbst. Niemand sonst. Darum muss er zurück, um herauszufinden, ob man bei ihr etwas finden kann, was ihnen möglicherweise weiterhilft. Woher weiß Jules von dem Timer? Wer hat ihr davon erzählt? Calder nicht, so viel ist sicher.

Calder kennt Jules Ommaz nicht einmal. Und trotzdem wusste sie davon.

»Sie gehörte zu der Gruppe Personenschützer für die Dolmetscherin. Die Dolmetscherin hatte ein illegales Handy. Das hat man ihr abgenommen. Vorher hat sie es für Anrufe genutzt. Davon dürfen wir getrost ausgehen. Und in einem dieser Gespräche wurde der Timer erwähnt. Anders kann ich es mir nicht erklären. Das sind genau die beiden Dinge, die sie zugegeben hat, das Handy und den Timer.«

»Noch mal«, bittet John. »Und ganz von vorn.«

Langsam wiederholt Kenzi alles. Über die Ermittlungen wegen der Dolmetscherin, Karishma Noorullah. Die unglaubwürdigen Erklärungen der Wachleute. Die Entscheidung, jemanden aus dem Personenschützerteam unter Druck zu setzen, die Bedeutung des eingeschmuggelten Handys. Dass er dasselbe mehrfach erzählen muss, geht ihm auf die Nerven, aber so läuft es nun einmal. Wiederholen, wiederholen. Wiederholen und überprüfen, ob sich die Geschichte verändert. Jede Veränderung kann ein Anzeichen dafür sein, dass sich der Erzählende etwas ausdenkt. Aber Kenzi denkt sich nichts aus.

»Der Timer läuft.«

»Und das hat sie einfach so gesagt? Bist du dir da ganz sicher?«

»Beim Sex.«

»Ja, das sagtest du bereits.«

Am Ton von Johns Stimme hört Kenzi, dass der andere ihm nur halb glaubt. Bis auf Weiteres unterdrückt er seinen Zweifel. Dass ein Mensch vom Wachpersonal beim militärischen Geheimdienst von dem Timer weiß, verändert alles. Es würde bedeuten, dass Wasim Teil einer größeren Aktion ausmacht, und dann muss es auf irgendeine Art Kontakt zwischen Wasim und Karishma Noorullah gegeben haben, oder zwischen Wasim und Jules Ommaz.

»Ich finde, wir müssen zurück«, sagt Kenzi. Das »wir« kommt ihm zögernd über die Lippen. Denn wenn er es tut, will er nicht allein sein, er will alle Unterstützung, die er nur bekommen kann. Von seiner Chefin hat er nichts zu erwarten, ihre Priorität liegt nicht bei dem Timer oder Wasim.

»Sehe ich auch so«, sagt John. »Wir gehen in die Wohnung, und wir nehmen unsere gesamte Ausrüstung mit. Mit leeren Händen will ich da nicht hin.«

# 62

## WIEDER IN DER WOHNUNG

Er schaut nach links, nach rechts, wieder nach links, wieder nach rechts. John steht an der Ecke und behält die Seitenstraße im Auge. George hat sich auf der gegenüberliegenden Straßenseite postiert, zehn Schritte von der Tür entfernt. Im Flur hängt eine Kamera, hoch oben an der Decke. Wenn sie den Kopf gesenkt halten und sofort nach dem Eintreten links an der Wand entlang auf die Kamera zulaufen, erfasst das Bild sie nicht, und sie können ungesehen hoch in den vierten Stock, zur Wohnung von Jules Ommaz.

Kenzi gibt das Signal, dass die Lage sicher ist. John ebenfalls. George geht zur Tür, klingelt. Wartet. Klingelt noch einmal. Wartet. Die Haustür zur Straße hin hat ein etwas komplizierteres Schloss, ein elektrisches. An sich gibt es nur wenige Unterschiede zu einem normalen, aber wenn man im elektrischen System einen Kurzschluss verursacht, blockiert die ganze Anlage und reagiert auf gar nichts mehr. Das kann er nicht gebrauchen.

George hört das Klicken des Schlosses, stößt langsam die Tür auf und wartet auf John und Kenzi. Zu dritt schieben sie sich an der Wand entlang, bis sie genau unter der Kamera durchlaufen, außerhalb des Erfassungsbereichs.

»Nicht mit dem Aufzug«, sagt John.

Die Tür zum Treppenhaus ist noch weiter von der Kamera entfernt. Vier Etagen höher gelangen sie in einen Flur mit sechs Wohnungstüren.

»Die da.« Kenzi deutet ohne Zögern darauf, der Abend mit Jules steht ihm noch ganz deutlich vor Augen. Zu deutlich. Bilder von ihr und dem heftigen Sex rasen ihm durch den Kopf. Sie verwirren ihn, denn das Gefühl, das er in jener Nacht hatte, das Gefühl, sie hätten tatsächlich Kontakt, hätten durch den Kampf mehr voneinander gesehen, er hätte auf jeden Fall mehr von sich preisgegeben, offen und nackt, dieses Gefühl war großartig. Er vermisst es, und jetzt misstraut er ihm.

Darum stehen sie hier. Sie hat ihm den Boden unter den Füßen weggezogen.

»Ganz einfache Sache«, sagt George, und kurz darauf öffnet sich auch die Wohnungstür mit einem Klicken.

»Lasst mich vorgehen. Ich war schon mal hier.« Kenzi betritt die Wohnung, nach ihm John und als Letzter George. Er legt einen Pullover in den Türspalt, damit die Tür geöffnet bleibt.

»Also, mal schauen«, sagt er, und im Reingehen wirft er einen Blick auf seine Stoppuhr. Ein Automatismus. Man muss immer wissen, wie lange man drinnen ist.

Durch einen engen Flur gelangen sie in ein kleines Wohn- und Esszimmer mit einer Küchenzeile. »Ist das alles?«

»Schlafzimmer und Bad da drüben.« Kenzi deutet hin. »Toilette den Flur runter, rechts.«

Es ist unwirklich still, das Apartment wirkt ungenutzt. Sauber, ordentlich, wie ein Hotelzimmer. George geht in die Küche und schaut in die Schränke. Teller, Tassen, Schüsseln, Gläser. Alles in vierfacher Ausfertigung. In einer Lade liegt Besteck für vier Personen, Messer, Gabeln, Löffel und Teelöffel. Im Kühlschrank finden sich eine Flasche Cola und eine Flasche Wasser. Das

Spülbecken ist leer. Mit wachsendem Unbehagen schauen John und Kenzi George zu.

»Ich sage nichts«, verkündet der.

John geht ins Schlafzimmer, Kenzi folgt ihm auf dem Fuß. Das Bett ist ordentlich gemacht, nirgendwo liegt Kleidung herum. Kenzi öffnet den Kleiderschrank. Leer. Die Laden darunter. Leer.

»Was stimmt hier nicht?«, fragt John. Es ist keine Frage, sondern eine Aufforderung.

»Hier wohnt niemand«, sagt George.

Kenzi denkt genau dasselbe. »Den Eindruck habe ich allerdings auch. Und was denkst du?« Hier wohnt niemand. Vor anderthalb Tagen ist er hier gewesen, und schon da hätte es ihm auffallen müssen, dass es überhaupt keine persönlichen Elemente gab. Er hat hier eine der intensivsten Erfahrungen seines Lebens gemacht, und jetzt scheint die Erinnerung daran nicht mehr mit der Wirklichkeit zusammenzupassen. Wenn Jules hier nicht wohnt, bedeutet das, sie hat ihn zu einer verfügbaren Adresse mitgenommen, in eine Wohnung, die speziell für derartige Zwecke verwendet wird, wie eine Prostituierte. Die wohnt nicht in ihrem Zimmer, dort arbeitet sie nur. Allerdings gibt es da einen großen Unterschied: Jules ist keine Prostituierte, sondern eine Agentin des militärischen Geheimdienstes.

»Fuck«, sagt Kenzi.

»Vor zwei Tagen, ja«, gibt John zurück. »Jetzt stehen wir hier wie die Deppen, das ist weniger erfreulich.«

Der alte und der junge Agent verstehen einander. John hat dasselbe erlebt, als er jünger war – vor vielen Jahren. Genau wie Kenzi dachte John damals, er hätte die Regie über das, was geschah, und genau wie Kenzi sah er sich betrogen. Er weiß, worum es geht.

»Aber schon typisch Militär«, meint John. »Spartanisch eingerichtet. Unser Dienst hätte sich um ein wenig mehr Atmosphäre gekümmert. Nicht, dass das von Bedeutung wäre.«

Wider besseres Wissen geht Kenzi noch einmal durch die Wohnung, weil er hofft, irgendetwas Persönliches von Jules zu entdecken, einen Beweis, dass es doch etwas Authentisches gibt, dass es sich nicht nur um einen Auftrag gehandelt hat.

»Du weißt, was das bedeutet?«, fragt John.

Nur allzu gut. Es bedeutet, dass man ihn erwartet hat. Sie wussten, dass er Kontakt aufnehmen würde, alles war vorbereitet.

»Das hier fühlt sich ganz falsch an.«

Aus der Tasche holt George einen Handscanner, mit dem er verborgene Mikrofone und Kameras aufspüren kann. Sobald er den Apparat anstellt, gibt der ein leises Piepsen von sich. Er folgt ihm und findet zwei Mikrofonanlagen und eine Kamera. Eine im Wohnzimmer und eine im Schlafzimmer. Die zweite ist an den oberen Rand des Kleiderschranks montiert.

Alles, was in diesem Zimmer vorgefallen ist, wurde aufgezeichnet. Digital, mit allen Details.

»Fuck«, sagt Kenzi.

»Genug jetzt mit diesem Wort«, gibt John zurück. »Auch wenn es natürlich passt.«

Nach den ganzen Anstrengungen, unten den Erfassungsbereich der Kamera zu vermeiden, werden sie nun hier live und in Farbe aufgezeichnet. Schon seit dem Betreten der Wohnung. Hier haben sie keine Vorsichtsmaßregeln getroffen.

George stellt einen Stuhl neben den Schrank, steigt darauf, umfasst die Kamera.

»Sieht gut aus, das Ding«, sagt er, und mit einem kurzen, kräftigen Ruck reißt er die Kamera los und steckt sie in die Tasche. »Als Souvenir.«

Er stellt den Stuhl wieder zurück.

»Aber jetzt mal im Ernst. Wenn diese Apparate etwas aufzeichnen, und das tun sie, dann wissen die, dass wir hier sind, und dann stellt sich die Frage, was sie tun werden. Lassen sie uns einfach machen oder kommen sie kurz vorbei?«

Er schweigt. Alle drei lauschen. Es ist noch still. Keine Schritte, keine Stimmen. George schaut auf seine Stoppuhr.

»Wir sind jetzt über elf Minuten hier drin.«

»Zu lange«, gibt John zurück. »Kenzi, Flur!«

Kenzi rennt zur Tür. Schaut nach.

»Frei.«

»George, draußen?«

George schaut aus dem Fenster an der Vorderseite.

»Keine Bewegung. Schwarzer Transit. Wartet!«

Während er noch hinschaut, wird die Seitentür des Busses aufgeschoben. Zwei Männer steigen aus. Jeans, schwarze Jacken, schwarze Turnschuhe. Caps. Unauffällig hart. Sie schließen die Schiebetür wieder. Leise. Geräuschlos. Überqueren die Straße und kommen auf den Hauseingang zu.

»Besuch.«

John schaltet auf aktiven Einsatzmodus um. In seinem Kopf und Körper fügen sich Gewohnheiten und antrainierte Abläufe zu einem Ganzen zusammen. Sie müssen hier weg, und vorher muss in der Wohnung eine Ablenkung geschaffen werden.

»Toaster, Ofen, Wasserkocher, was können wir benutzen?«

Der Repair Club macht sich an die Arbeit. Kenzi holt den Föhn aus dem Badezimmer, füllt den Wasserkocher bis zum Rand und stellt ihn darauf. Dann schaltet er beide Geräte ein. George legt sein Gasfeuerzeug in die Mikrowelle, wählt drei Minuten auf höchster Stufe.

»Fertig«, ruft er.

John steht schon an der Tür und dirigiert die beiden anderen ins Treppenhaus.

»Nach oben.«

Sie ziehen die Tür hinter sich zu und nehmen die Stufen in den fünften Stock. Dort warten sie, im Treppenhaus, bis sie die Männer unten ins Apartment hören gehen. Fast gleichzeitig erklingt der scharfe Knall des explodierenden Feuerzeugs. Wie ein Pistolenschuss. Sie hören, wie sich die Männer unten etwas zuschreien. In der ganzen Verwirrung sprudelt der Wasserkocher über, und das ganze Wasser ergießt sich in den auf höchster Stärke laufenden Föhn. Der Kurzschluss knattert durch die Wohnung.

»Nach unten.«

Sie rennen die Treppe herunter, quer durch den Flur, durch die Haustür nach draußen.

»Aufteilen«, befiehlt John. »Bus. Pfefferspray.«

George geht nach links, Kenzi nach rechts. John überquert die Straße zum Transit, klopft an die Scheibe. Ein Mann sitzt drinnen, der Fahrer. Er öffnet das Fenster.

»Ja?«

Plötzlich verhält sich John wie ein alter Mann; er bewegt sich tatterig, lässt seine Stimme ein wenig zittern.

»Ich suche die Agnietenstraat, die muss hier irgendwo in der Nähe sein.« John beugt sich zu dem Mann hin, in der Hand einen Zettel, auf dem nichts steht. Das Ganze dient nur zur Ablenkung, als Trick. Gerade als der Mann genauer hinschauen will, lässt John den Zettel fallen.

»Ach«, sagt er. »Ich werde wirklich immer ungeschickter.«

»Ja, Alter, das kommt mit den Jahren.«

John bückt sich. Der Mann lehnt sich aus dem Wagenfenster und schaut zu ihm hinunter. Auf der anderen Seite des Autos legt George Fußangeln vor und hinter die Reifen. An dem Minibus entlang schleicht sich Kenzi an.

Tief gebückt tut John, als würde er mit dem Zettel herumhantieren, läuft dann plötzlich weg.

»Hey, Alter, was soll das denn?«

Kenzi taucht an der Fahrerseite auf und sprüht dem Mann das Pfefferspray voll in die Augen. Der greift sich mit einem Aufschrei ins Gesicht. Kenzi reißt die Wagentür auf und drückt den Mann in seinen Sitz, während ihm George die Waffe abnimmt. Bevor er wieder etwas sehen kann, sind John, George und Kenzi aus der Straße raus, um die Ecke. Sie hören den Mann fluchen und schreien.

»Nicht rennen«, sagt John. »Das halte ich nicht durch.«

Sie verschwinden im Stadtzentrum und gehen immer weiter, bis sie eine Kneipe erreichen. Die betreten sie, suchen sich hinten im Raum einen Tisch und bestellen Kaffee.

»Ich brauche was Härteres«, verkündet George.

So sitzen sie schweigend da und warten, nach einer auf ganzer Linie missglückten Aktion.

»Wen hast du da noch mal besucht?«, fragt John.

»Jules Ommaz, vom Wachpersonal.«

»Und die hat das gesagt, in einem Haus, wo es nichts gibt und alles überwacht wird? Dass der Timer läuft? Dann haben wir uns von Frau Ommaz ganz schön an der Nase herumführen lassen. Wir wirken wie Amateure. Weiß Calder von der ganzen Geschichte?«

»Ja und nein. Sie weiß, dass ich mit Ommaz in der Wohnung war, aber nicht, dass Ommaz den Timer erwähnt hat.«

»Ich komme nicht mehr mit«, verkündet George. »Ich kapiere es einfach nicht. Dieser Timer stammt von Wasim. Ommaz gehört zu der Dolmetscherin, die nicht da ist. Wir sind die Einzigen, die von Wasim wissen. Calder weiß eigentlich nichts, und Ommaz hat nichts zu wissen. Wie funktioniert das Ganze also?«

»Außer, die Dolmetscherin und Wasim haben Kontakt zueinander«, sagt Kenzi. Er kombiniert Dinge, die vorher nicht zueinander gepasst haben. Das illegale Handy, über das die Dolmetscherin Kontakt zu jemandem aufgenommen hatte. Der

Mitarbeiter vom militärischen Geheimdienst, der das Handy nach drinnen geschmuggelt hat.

»Das sagst du«, kommentiert John.

»Nein, das sagt sie. Ommaz.«

»Bisher hat sich alles, was Frau Ommaz sagt, als falsch herausgestellt. Warum sollte also die Geschichte mit dem Handy stimmen?«

Wieder denkt Kenzi an den Kampf, an ihre nackten Körper, mit denen sie übereinander hergefallen sind. Und wieder kann er nicht glauben, dass es nicht echt war.

»Nichts ist echt«, sagt John. »Solange du glaubst, dass es echt ist, hat sie ihre Sache gut gemacht. Es passieren Dinge, die nicht sein dürfen. Man denkt die ganze Zeit, dass sie einen hinters Licht führen wollen, aber es ist noch viel schlimmer. Sie versuchen den Dienst dranzukriegen. Ich finde, es ist Zeit, deine Chefin einzuschalten. Du lässt die Frau kommen, diese Ommaz, das willst du doch schon die ganze Zeit. Und ich finde endlich den Mörder.«

# 63

## UNTER DER ERDE

*101 Stunden, 57 Minuten und 43 Sekunden*

In der Tiefgarage unter seinem Wohnblock hat er einen eigenen Parkplatz, und dort steht ein Fahrzeug. Das gehört nicht ihm, er hat kein Auto. Er will keine Erfassung bei der Zulassungsstelle, keine nicht unbedingt notwendigen Versicherungspolicen, kein Risiko auf Knöllchen und schon gar kein modernes Auto, dem man über Satellit folgen kann und von dem Hunderttausende Kameras über den Straßen in ganz Europa Aufnahmen machen. Wenn er selbst irgendwohin fahren muss, organisiert ihm George einen Opel oder einen Ford, für den ein Neffe in Rijpwetering oder eine Tante in Vorden als Fahrzeughalter eingetragen sind. Verwandte, über die John keine Fragen stellt, denn George hat nur wenige Angehörige, nämlich einen jüngeren Bruder namens Ruud im Zeeheldenkwartier und eine Schwester namens Marga in Belgien. Beide interessieren sich nicht für Autos. Ruuds Arbeitsfeld ist der Im- und Export von Messgeräten und Pumpen. Marga hat einen flämischen Richter geheiratet und besitzt eine Galerie in Antwerpen. Ihre Eltern sind verstorben, es gibt keine Onkel und Tanten und darum auch keine Neffen und Nichten.

Das weiß John, seit er und George einander kennen. Auf seinem Parkplatz steht ein Wohnmobil, ein über fünfundzwanzig Jahre alter Mercedes 602 D. Es gehört Hans, einem Onkel von George in Naaldwijk. Auch über diesen Onkel stellt John keine Fragen, weil er seinen alten Freund nicht in Verlegenheit bringen will. George hat den Mercedes eines Tages angeschleppt und hier abgestellt, mit dem Heck zur Wand. Es passt gerade so in die Lücke. Seitdem steht das Wohnmobil in der Tiefgarage. George hat die Batterie abgekoppelt, damit sie sich nicht selbst entleert. Das Wohnmobil steht inzwischen seit fast einem Jahr hier, und John ist bisher noch nicht damit gefahren. Im Notfall braucht er nur die Batterie wieder anzuschließen, dann müsste alles funktionieren. Der Tank ist voll.

Während einer Eigentümerversammlung kamen irgendwann Fragen zu dem Wagen auf. Sein Nachbar von untendrunter wollte wissen, ob die Garage auch als Abstellplatz für solche Fahrzeuge gebraucht werden dürfe. Dass das Wohnmobil dort stand, passte nicht zu der Wohnanlage und machte einen schlechten Eindruck, fand er. John hatte den Mann und seine Frau auf ein Glas Wein eingeladen, damit hatte sich das Problem von allein gelöst.

Manchmal ist das Leben so einfach, obwohl John immer wachsam bleiben muss. Zu viele soziale Kontakte zu den Nachbarn kann er nicht gebrauchen. Bestimmt nicht im Fall dieser beiden: Er ist Manager bei einer Telekommunikationsfirma, sie arbeitet beim Internationalen Gerichtshof der Vereinten Nationen. Beide finden, dass sie sehr gut auf dem Laufenden sind, viel wissen. Diese Sorte Mensch erlebt John als ermüdend. Er hat über seine Kontakte beim Geheimdienst Erkundigungen über sie einholen lassen und ihre Gegeneinladung auf ein Gläschen bis heute erfolgreich abwehren können.

Die Garage ist halb leer, mitten am Vormittag herrscht hier Stille. John geht vom Lift zum Parkplatz und dann am Wohnmobil entlang, zur Rückseite des Fahrzeugs. An der Wand hängt ein Metallschild mit der Nummer seiner Wohnung. Alle Parkplätze haben so eines, Johns ist allerdings nicht zu erkennen, weil das Wohnmobil es verdeckt. Neben dem Schild befindet sich eine Steckdose, die er hat anbringen lassen, um das Auto an den Strom anzuschließen, wenn das nötig ist. Das hat er gestern getan. Gleichzeitig hat er die Batterie aufgeladen. Das Wohnmobil ist zur Abfahrt bereit.

Er schiebt einen kleinen Schraubenzieher hinter das Metallschild, drückt mit der linken Hand dagegen und öffnet gleichzeitig mit dem Schraubenzieher ein verborgenes Schloss. Über ein Scharnier kann man das Schild nach vorne klappen. Dahinter befindet sich der eingebaute Tresor, der sich über seinen Fingerabdruck öffnen lässt. John presst seinen Zeigefinger auf das Feld, und kurz darauf öffnet sich der Tresor mit einem Klicken.

Früher hat er seine gesamten zusätzlichen Ausweispapiere, seine Waffen und seine Munition in gemieteten Schließfächern aufbewahrt. Nach dem Umzug in seine heutige Wohnung hat er den Tresor installieren lassen. Unter dem Vorwand, eine Steckdose anzubringen, wurde eine viel größere Öffnung in der Wand geschaffen, sodass jetzt ein Tresor hineinpasst. Platz genug für fünf Pässe und Bankkarten, eine Pistole und ein paar SIM-Karten. Die befinden sich in drei kleinen Taschen. John holt alle drei heraus, schließt den Tresor wieder und geht mit den Taschen ins Wohnmobil. Aus einer Werkzeugkiste holt er eine Zange und einen Steckschlüssel. Dann geht er wieder nach draußen, nimmt die Batterie vom Ladegerät, öffnet die Motorhaube und schließt sie wieder an. Er arbeitet langsam, nichts geht mehr so schnell wie früher, und in letzter Zeit scheint sich sein Tempo noch stärker verringert zu haben, aber er arbeitet unverdrossen immer weiter. Er steigt ein und schließt die Wagentür.

Das Hymermobil ist vollständig eingerichtet. In der Mitte steht ein Tisch mit zwei Sitzplätzen, ganz hinten gibt es ein Bett. Eine Toilette samt kleinem Waschbecken ist vorhanden. Gegenüber vom Tisch eine Anrichte mit Spüle und Kochplatte. Darunter ein Kühlschrank. Obendrüber einige Schränke. Jeder Quadratzentimeter wird genutzt. Alles ist einfach und nüchtern, das gefällt John. Er zieht die Vorhänge zu. Durch den schweren schwarzen Stoff, der kein Licht hindurchlässt, kann man von draußen nicht erkennen, ob jemand im Wohnmobil sitzt oder nicht. Er schaltet die Beleuchtung ein, stellt die Taschen auf eine der Bänke und setzt sich daneben. Alles fällt ihm schwer. Mit den Ellbogen auf dem Tisch und dem Kopf in den Händen ruht er sich kurz aus und verflucht seinen Körper, der immer stärker gegen alles zu protestieren scheint, was er tut. Dann legt er das Foto der Frau und des Kindes mit dem Gesicht nach unten vor sich. Er kann die Aufnahme noch immer nicht anschauen, ohne dass das eine heftige Reaktion in ihm auslöst.

Dort beginnt es. Routiniert geht er durch, was er weiß, liest zwanzig Jahre alte Berichte und Protokolle, bis er alles im Kopf hat. Dann verstaut er die Papiere wieder in den Fächern unter der Bank, auf der er sitzt. Noch einmal fährt er im Aufzug nach oben, um Kleidung zu holen, Socken, Unterwäsche, T-Shirts, Hosen und einen Pullover. Er füllt eine Tasche mit Esswaren, eine weitere mit Getränken und Wasser. Packt Kaffee, Tee, Zucker und Salz ein.

Als er die letzte Flasche in den kleinen Kühlschrank gestellt hat, ist er bereit. Er nimmt das Hymermobil von der Ladestation, wickelt das Kabel auf, legt es hinten in den Wagen und setzt sich hinters Steuer. Zeit zum Aufbruch, zum Abtauchen. Zeit, für ein paar Tage von der Bildfläche zu verschwinden. Das fühlt sich gut an und er sich gleich zwanzig Jahre jünger.

# 64

## NAMENSREGISTER

JFC Brunssum – der Name klingt wie der eines Fußballvereins in der Kreisliga, aber das ist völlig irreführend. Die Buchstaben stehen für *Joint Force Command*. Von Brunssum aus koordiniert das JFC NATO-Aktivitäten in Nord- und Mitteleuropa und weit darüber hinaus. Das ehemalige Bergbaudorf in der Provinz Limburg liegt zwar am Rand dieses riesigen Gebiets, beherbergt jedoch trotzdem dessen Kommandozentrale. Ein Jahr nach Frankreichs NATO-Austritt von 1966 hat man hier, nahe der ehemaligen Staatskohlebergwerk Hendrik, das regionale Hauptquartier der alliierten Streitkräfte stationiert. Zuerst hieß das Ganze AFCENT, *Allied Forces Central Europe*. Mit der Zeit hat sich der Aufgabenbereich des Hauptquartiers immer weiter ausgedehnt, und inzwischen ist es eins der drei NATO-Kommandozentralen in Europa. Im November 2002 hat das Bündnis sich strukturell an die Sicherheitsprobleme des einundzwanzigsten Jahrhunderts angepasst: Die starre Struktur mit einer regionalen Bindung wich einer neuen NATO-Kommandostruktur, die flexibel in der Unterstützung von NATO-Operationen agieren konnte. Das erfolgte in drei verschiedenen Kategorien: *Enhanced Forward Presence, NATO Response Forces* und *Multinational*

*Corps Northeast.* Die *Enhanced Forward Presence* richtet sich vor allem auf die Bedrohung durch Russland an der Ostgrenze der Europäischen Union und bietet den baltischen Staaten und Polen Unterstützung. Durch ihre Anwesenheit verdeutlicht die NATO, dass ein Angriff auf eines der Mitglieder der NATO als Angriff auf alle Mitglieder betrachtet wird. Dieses Prinzip stellt noch immer die Kernfunktion der europäischen Sicherheit dar.

Auch weit außerhalb Europas trägt die Kommandozentrale in Brunssum Wesentliches zu Missionen bei. Unter dem Prinzip der kollektiven Selbstverteidigung reicht das Einsatzgebiet bis nach Kasachstan, Usbekistan, Kirgisien, Tadschikistan, Turkmenistan und Afghanistan. Die Unterstützung der Mission *Resolute Support* in Afghanistan erfolgte von Brunssum aus. Hier werden nicht nur die Entscheidungen gefällt, hier befinden sich auch die Akten und Daten über die Teilnahme der verschiedenen Länder, darüber, welche Einheiten sich dort befanden, wer das direkte Kommando führte und wo sie stationiert waren. Akten mit Namen und Hintergrundinformationen, mit Hinweisen auf Erkenntnisse, die bei den teilnehmenden Streitkräften liegen. Darüber will John etwas erfahren. Durch die Information, die er von Scorpion erhalten hat, weiß er, wonach er suchen muss – und wo. Wer hatte während der Mission, der man ihn zugeteilt hatte, die Leitung am Boden? Welche Einheit war dabei? Wo kann er diese Leute finden? Um das herauszubekommen, muss er in die langweilige kleine Stadt in der Provinz Limburg reisen.

John stellt das Wohnmobil auf dem Parkplatz neben dem Gemeindehaus ab. Er ist früh dran, hat noch ein paar Stunden Zeit, bevor er sich wegen seines Termins am Compound melden kann. Die Sonne strahlt auf die ausgestorbene Einkaufsstraße von Brunssum herunter. Achtzehn leere Ladenlokale starren mit ihren zugeklebten Schaufenstern auf den neuen Straßenbelag, der im grellen Licht orangerot leuchtet. Aus den kleinen

Lautsprechern an den Häusergiebeln, die ganze Straße entlang, plärren Karnevalsschlager. Die Lautsprecher sind gerade hoch genug angebracht, dass sie niemand einfach so abreißen kann. Die fröhliche Musik verstärkt die Traurigkeit nur.

In der Kneipe erklingt ganz andere Musik: Amy Winehouse singt vom *Rehab*, und an den Wänden hängen Perserteppiche, alle mit demselben Muster. Überall ist geschmückt, rote, grüne und gelbe glänzende Stoffbänder hängen von der Decke und färben die Beleuchtung grellbunt ein. Die Gemütlichkeit wird einem wie Zuckerguss übergestülpt. John will nur ein Glas Mineralwasser. Mit einer einladenden Geste stellt die Barfrau es vor ihm ab, als würde es sich um ein Luxusgetränk handeln. Zwei Kilometer entfernt befindet sich das regionale Hauptquartier der NATO, des weltweit wichtigsten Bündnisses. Von dieser Anwesenheit ist hier in der Kneipe nichts zu spüren. Russland hämmert an die Tore Europas, und hier herrscht ein unpassendes Verlangen nach Karneval. Golden Earring singt von der *Twilight Zone*. John fühlt sich, als hätte man ihn an den falschen Ort katapultiert.

»Viel Betrieb hier«, kommentiert die Barfrau. »Das liegt an den Spannungen, dann kommen die Leute her. Überall laufen sie herum in ihren Tarnanzügen.«

Sie hat recht, und John muss lachen. Wenn man in diesem Städtchen etwas bemerkt, dann die Tarnanzüge. Mit einem Anzug aus dem Onlineversand würde man hier weniger auffallen.

Geduld muss er haben. Er trinkt sein Wasser, bezahlt und zieht los. Zeit, sich am Eingang zu melden.

Das JFC-Gelände liegt direkt außerhalb des Städtchens, auf einem Hügel. Es ist schon Jahre her, dass John zuletzt hier war. Er meldet sich am schwer bewachten Eingang, denn nicht einmal er kann einfach so hineingehen. Auch er muss die Zustimmung erbitten, und selbst die reicht nur für die *non-classified area*. Bevor er die *classified area* betreten darf, braucht auch er eine Sicherheitsermächtigung. Ex-Geheimdienstchef hin oder her, für die Männer und Frauen hier liegt die Betonung dabei auf dem Präfix »Ex«. Mit seiner Vergangenheit und seinem Dienststatus bekommt er die notwendige Ermächtigung, doch selbst mit dieser Clearance darf er sich hier nicht ohne Begleitung bewegen.

Viele der alten Gebäude stammen aus der Zeit, in der das Staatsbergwerk Hendrik noch genutzt wurde. Renoviert und gut instandgehalten trotzt es dem Zahn der Zeit. Wegen der Einsturzgefahr stehen die alten Bergwerkeingänge nun unter Wasser.

Johns Name wird anhand der Liste der für heute erwarteten Besucher überprüft, sein Pass ebenso, auch das Nummernschild seines Wagens. Ein Wohnmobil fällt hier nicht auf, unmittelbar neben dem Gebäudekomplex befindet sich ein Parkplatz, auf dem mindestens dreißig stehen. Er bekommt einen Ausweis zum Anstecken, und der Wachmann weist ihm eine gelb markierte Stelle auf der Asphaltfläche zu. Dort soll er parken.

John weiß, dass hier alles strikten Regeln unterliegt. Sicherheitsvorkehrungen sind auf diesem Gebiet heilig. Hier sorgt man für die Bereitschaft der NATO zum Ausführen militärischer Operationen, egal wo in ihrem Verantwortlichkeitsgebiet, und es geht darum, die Mitglieder vor dem gesamten Spektrum an Bedrohungen zu schützen. Hier stellt Vertraulichkeit das wichtigste Prinzip dar. Wer sich daran nicht halten kann, wird selbst als Bedrohung eingestuft. Mit ausgeschaltetem Motor wartet John an der gelb markierten Stelle darauf, abgeholt und zur Zentrale begleitet zu werden. Der Countdown läuft.

# 65

## RÜCKSCHAU

Die Zentrale befindet sich in einem neuen Gebäude auf der anderen Seite des Geländes. Als Erstes sieht man die Kantine, die sich über die gesamte Breite des Gebäudes erstreckt. Davor liegt eine ovale Auffahrt mit den Flaggen aller dreißig NATO-Mitglieder. Als zweithöchstes militärisches Hauptquartier ist das Ganze etwas weniger auf dem neuesten Stand als die ursprüngliche Adresse in Fontainebleau, doch der militärische Charakter des alten Bergwerks rund um den Neubau passt eigentlich besser zu einer militärischen Organisation. Die meisten Gebäude sind niedrig, sodass ein freundlicher Eindruck entsteht.

Überall laufen Männer und Frauen in Uniform herum, Tarnanzüge sind hier Standard für Militärangehörige. Logisch und doch befremdlich, denn beim JFC Brunssum handelt es sich nicht um einen Militärstützpunkt, es gibt keine Baracken, keine hier stationierten Soldaten. Das JFC-Personal wohnt nicht auf dem bewachten Gelände, sondern in den Städten und Dörfern der Umgebung.

Allen Bridger arbeitet hier bereits seit fünfzehn Jahren, er ist einer der angestellten Zivilisten und hat bereits einige Generäle kommen und gehen sehen. Der Befehlshaber des Stützpunktes dient hier meist ein paar Jahre und wird dann abgelöst. Die NATO ist eine große internationale Ansammlung von Viersternegenerälen – überall gibt es sie. Die Anzahl der Posten, die ein Land besetzen darf, hängt vom finanziellen Beitrag des jeweiligen Landes an die NATO ab. Entsprechend diesem Schlüssel müssten die Vereinigten Staaten den größten Teil der Posten für sich beanspruchen dürfen. In der Praxis besetzen sie etwa ein Drittel der Funktionen, auf die sie ein Anrecht haben.

Während seiner Dienstjahre in Brunssum hat Bridger einige Male die Funktion gewechselt, doch als Zivilist befindet er sich immer ziemlich weit oben in der Hierarchie. Er hat einen Militärhintergrund, hat bei den britischen *Special Forces* gedient, Operationen auf der ganzen Welt organisiert, und obwohl das inzwischen fünfzehn Jahre her ist, versteht er die Sprache und die Belange noch sehr gut. Er kennt die Grauzone zwischen Militär und Geheimnis, zwischen Soldaten und Geheimagenten, und er erkennt John. Er weiß, wen er da vor sich hat, auch wenn das möglicherweise nur daran liegt, dass hier niemand ohne Termin hereinkommt.

Auch John weiß, mit wem er gerade an einem Tisch sitzt, er hat sich über Bridger informiert. Von Scorpion weiß er, wie er sich dem Mann zu nähern, wonach er zu suchen hat. Bridger arbeitet schon lange genug in Brunssum, er ist auch in Afghanistan gewesen, er verfügt über die nötige Erfahrung und weiß, wie er sich durch die Bürokratie hindurchlavieren kann. Er gehört zu den Leuten, die den Weg kennen, weil er sich in all den Jahren einen eigenen Weg geschaffen hat. Ein Mann, den Stolz auf seine Kenntnisse und seine Erfahrung erfüllt, und außerdem ist Bridger stolz auf seinen Sinn für Humor.

Immer anstrengend, so etwas.

John lacht brav über alle Witze des Mannes, nicht immer von Herzen. Bis er genug hat und einfach ausspricht, was ihn hergeführt hat.

»*Special Forces.* Afghanistan.«

Bridger ist noch immer Soldat genug, um Direktheit zu schätzen.

»Weißt du, wonach du genau suchst? Schließlich ist die eine *Special Forces*-Abteilung nicht wie die andere, was?«

In Afghanistan gab es drei verschiedene in Aktion: von der NATO, von den jeweiligen Ländern und die *black-ops.* Die Letztgenannten stellen die größte Schwierigkeit dar, weil ihre Existenz immer bestritten wird. Alle wissen, dass sie zum Einsatz kommen, aber niemand gibt es zu. Quasi unmöglich, in Erfahrung zu bringen, wer zu einer *black-ops*-Spezialeinheit gehört hat, weil es sie offiziell gar nicht gibt.

Die Einheiten der NATO sind viel transparenter. Das geht auch gar nicht anders, denn die NATO muss ihr Tun vor allen Mitgliedsländern verantworten können. Doch selbst die Besetzung dieser Einheiten ist geheim. Unter dieser Voraussetzung arbeiten die *Special Forces.* John kennt das Prinzip aus eigener Erfahrung: Ein enttarnter Agent ist machtlos. Das Schöne an der NATO liegt darin, dass sie verpflichtet ist, ihre Bürokratie in Ordnung zu halten. Die personelle Besetzung eines Teams aus der Vergangenheit lässt sich aus dem Archiv hervorholen. Die Namen sind noch immer geheim, können jedoch mit jemandem geteilt werden, der erfasst, innerhalb welcher Grenzen er dieses Wissen gebrauchen darf. John Antink ist ein solcher Jemand. Er darf wissen, wer in einem bestimmten Team operiert hat, denn für die Mitglieder besteht keine Gefahr mehr, weil sie nicht mehr aktiv sind.

Und Bridger kann sie finden, er hat Zugang zu allen Informationen. Wenn einer der vielen Generäle etwas wissen will, fragt er Bridger. Generälen ist nur bekannt, was sie durch Briefings erfahren, und dann ist es Bridger, der diese Briefings vornimmt.

»Was kann ich für dich tun?«, erkundigt er sich.

»Es geht um eine der Operationen in Pakistan.«

»Pakistan?« Unglauben schwingt in der Stimme des NATO-Mannes mit. Bridger flucht leise und fängt dann an zu lachen. »In Pakistan war niemand. Um Pakistan haben alle einen großen Bogen gemacht. Pakistan ist an der Schwelle zur Atommacht. Bist du dir ganz sicher, dass es sich um eine unserer Einheiten gehandelt hat?«

Während der gesamten Afghanistan-Operation stellte Pakistan eine klar erkennbare Bedrohung dar, weil die Taliban dort Zuflucht suchten und weil die Grenze zwischen Pakistan und Afghanistan nicht wirklich existiert. Es gibt mindestens drei verschiedene Grenzen. Die eine ist die Durand-Linie, die im Jahr 1893 von dem Engländer Mortimer Durand festgelegte Grenze mit über 2500 Kilometern Länge. Alle Länder der Welt außer Afghanistan und Pakistan erkennen diese Grenze an. Außerdem gibt es die von Afghanistan festgelegte Grenze, die ein Stück weiter auf pakistanischem Grundgebiet verläuft. Dann die Grenze, von der Pakistan ausgeht, ein wenig weiter im Nordwesten auf afghanischem Gebiet. Schließlich sind da noch die Menschen, die in der Region leben und die überhaupt keine Grenze kennen oder akzeptieren. Nicht einmal innerhalb Pakistans ist das ganz deutlich, denn im Land gibt es verschiedene Gruppen, die gemäß ihren eigenen Überzeugungen handeln. Die Regierung verfolgt gegenüber dem Ausland eine bestimmte Politik, die Streitkräfte ihre eigene und die pakistanischen Geheimdienste wiederum eine andere.

»*Special Ops*, auf pakistanischem Gebiet, 2002. Operation: Abfangen und Aufgreifen einer Taliban-Einheit zum Verhör.«

An welcher der drei genannten Grenzen sollte man sich bei der Terroristenjagd mit einem Team der *Special Forces* orientieren? Wo begann Pakistan? Bis zu welcher Stelle konnte man glaubwürdig behaupten, man sei davon ausgegangen, sich noch in Afghanistan zu befinden?

John legt einen kleinen Zettel auf den Tisch, auf dem ein Teamcode steht, den er von Scorpion bekommen hat. »Hier ist alles transparent und fein säuberlich festgehalten«, verkündet er.

Wieder lacht Bridger. Die NATO besaß ihre eigenen Truppen, und hier beim JFC weiß man, wer zu diesen Truppen gehörte, woher die Leute kamen, wie sie hießen, wie alt sie sind und wo sie sich inzwischen befinden. Aber diese Informationen sind geheim, und wenn jemand erfahren will, wer Teil einer Truppe ausmachte, bekommt er ein »Sorry. *Special Forces.* Keine Informationen« zur Antwort. Das gilt auch für die transparenten NATO-Truppen, außer man verfügt über die entsprechende Clearance. Oder man kennt jemanden.

»Das hier ist ein Grenzfall«, erklärt Bridger. Wir haben die Operation erst 2003 übernommen. Vorher waren wir nicht vor Ort.«

»Jedenfalls nicht offiziell.«

»Wo liegt da der Unterschied?« Der andere lacht. »Gib mir ein wenig Zeit. Hast du ein Datum?«

»Steht auf dem Zettel.«

Bridger schaut nach, faltet das Papier dann wieder zusammen. »Genau vor meiner Zeit hier«, sagt er.

»Irgendwo in der Nähe der pakistanischen Grenze, der offiziellen, der Durand-Linie.« Dort ist alles hoffnungslos schiefgelaufen.

»Das interessiert nicht, die Nummern und Daten sind genug. Wenn ich etwas finde, maile ich es dir.«

»Nein, lieber nichts per Mail. Kann ich auf Ergebnisse warten?«

Bridger ergeht sich in Ausreden: Er hat wenig Zeit, und John würde den ganzen Tag hier sitzen. »Wenn du morgen wiederkommst, habe ich alles für dich bereit.«

»Morgen«, bestätigt John.

»Um die gleiche Zeit.«

John verlässt das Gebäude, steht dann allein neben dem modernen Büro, in dem es nichts zu sehen oder zu finden gibt. Warten ist er gewohnt, doch jetzt kostet es ihn mehr als je zuvor. Er hat Bridger losgeschickt, damit der die schwärzeste Seite aus dem Buch seines Lebens hervorholt, eine Seite, die er nie hat lesen, nie mehr hat sehen wollen. Schweiß perlt auf seiner Seele.

# 66

## AFGHANISTAN
### - 2002 -

Zeit zum Trauern gab es nicht. Der Tod gehörte zur Operation, die Toten wurden eingesammelt und ins Camp zurückgebracht. John hatte Schwierigkeiten, die richtigen Bilder mit seiner Erinnerung in Einklang zu bringen. In seinem Kopf erschienen immer wieder die Füße, die da einsam auf der Erde standen. Er sah den vom Druck weggeblasenen und auseinandergerissenen Körper des Dolmetschers vor sich, und sosehr er es auch versuchte – Farzais herausforderndes Lachen und seinen freundlichen Blick konnte er nicht mehr mit dieser Erinnerung verbinden. Die Art und Weise, wie man seinen Körper entsorgte, war professionell und sachlich. Farzai gehörte nicht zu den eigenen Leuten, er war ein Dolmetscher, jemand, der Dinge für einen erledigte. Solche Leute musste es geben, und manche Soldaten, Journalisten und Diplomaten knüpften ein starkes Band zu ihnen. Eigentlich ging das gar nicht anders, denn in der kargen Umgebung Afghanistans war man zu sehr aufeinander angewiesen, um Distanz halten zu können. Tagelang spürte John den Verlust. Was ihn einfach nicht losließ, war die Härte der Gewalt. Die unbarmherzige Brutalität einer explodierenden Granate.

Hinten in dem gepanzerten Fahrzeug, das über das unebene Gelände holperte, durch Kuhlen und entlang der Gräben, versuchte er sich auf die Aufgabe zu konzentrieren, die ihn erwartete. Die Gedanken an seinen Dolmetscher schob er weg, und als das zu gelingen schien, wurde ihm bewusst, dass er niemanden an seiner Seite hatte. John sprach kein Paschtu und brauchte deshalb so schnell wie möglich einen neuen Dolmetscher, jemanden, der ihm beistehen konnte, wenn es darum ging, Kontakte zu knüpfen, der zu kontrollieren imstande war, ob die getroffenen Vereinbarungen auch tatsächlich von den anderen Parteien anerkannt wurden. Um das erkennen zu können, musste man nicht nur die Sprache beherrschen, sondern auch die Sitten kennen, die Gebärden deuten, die Blicke.

Es gab so vieles, was er noch nicht wusste.

# 67

## DROPPOINT

*79 Stunden, 18 Minuten und 34 Sekunden*

Ich bin nicht alt, denkt er. Vor allem, weil er es nicht sein will, aber die zweite Nacht im Wohnmobil hat ihm zugesetzt. Er hat schlecht geschlafen. Für ihn Normalität, allmählich sollte er das kennen, aber das Bett im Wohnmobil ist hart und seine Nerven sind empfindlich. Dreimal ist er aufgewacht, weil er zur Toilette musste, sich in die viel zu kleine Nische zwängen musste. Nicht genug Platz für den eigenen Hintern, obwohl es doch gerade darauf ankommt. »Zu alt«, dieser Gedanke steigt automatisch in ihm auf, also widerspricht er mit erhobener Stimme.

»Ich bin nicht alt.«

Es gibt niemanden, der ihm zuhört, und bis er wieder Bridger gegenübersitzt, hat er das Ganze längst vergessen. Auf dem Schreibtisch liegt eine sehr dünne Akte.

»Da waren sieben«, erklärt der Mann. »Vier von ihnen sind unseren Informationen zufolge inzwischen verstorben, die brauchst du also nicht mehr zu kennen.«

Das fängt ja gut an. Namen sind am schwierigsten zu bekommen, niemand gibt Namen heraus, und Bridger windet sich jetzt schon.

»Nur einen. Ich brauche nur einen. Am liebsten den von Ghost. Lebt er noch?«

An Ghost erinnert John sich, das war ein Engländer mit der Statur eines Schranks.

»Ghost lebt noch.«

»Schön.« John ist bereit, mehr zu hören, Informationen zu bekommen. »Hast du eine Akte? Eine Datei? Wie heißt er? Wo kann ich ihn finden?« Jetzt, so kurz vor dem Ziel, wird John ungeduldig, und das hat einen ungünstigen Effekt auf Bridgers Nerven.

»So läuft das nicht.« Er gibt nur die Decknamen heraus, die Callsigns und eine Mailadresse. Mehr bekommt John nicht. Bridger hat einen digitalen Droppoint für ihn, eine Adresse, an die er eine Mail schicken kann.

»Und dann?«

»Wartest du, bis er reagiert. Funktioniert perfekt.«

Die Droppoint-Adresse ist allgemein und anonym. John kann nichts daraus ableiten.

»Darf ich fragen, warum du ausgerechnet an dieser Gruppe interessiert bist?«

»Weil ich ihr angehört habe.«

Mit erstauntem Blick schaut Bridger auf die Liste, die er vor sich hat. Vier Tote. Dann Ghost. Und noch zwei andere.

»Deinen Namen sehe ich hier nicht. Wer warst du denn?«

»Walter.«

Wieder überprüft der andere seine Unterlagen. »Diesen Namen gibt es auf meiner Liste nicht. Unserem Archiv zufolge war kein Walter dabei.«

»Stimmt.« John hat sich die Droppoint-Adresse aufgeschrieben und steckt den Zettel in die Tasche. »Aber ich war trotzdem dabei. Und es wäre schön, wenn sich das für meinen Besuch hier genauso regeln ließe.«

Bridger bricht in Gelächter aus. »Das wird nicht mehr klappen. Heute und gestern, rein und raus, viermal im System. Das kann niemand mehr löschen. Du warst hier. Wenn sich jemand in fünfzig Jahren danach erkundigt, spuckt das System sofort deinen Namen aus.«

»In fünfzig Jahren? Damit kann ich leben.« Die Droppoint-Adresse brennt ihm in der Tasche. Er hat einen Namen, »Ghost«, und eine anonyme Adresse. Das genügt.

Zurück im Wohnmobil schreibt er eine kurze Nachricht. Er ist Walter. Er sucht Kontakt zu Ghost, so bald wie möglich. Betreff: Operation Afghanistan-Pakistan 2002. *Please respond. Urgent.* Er fügt seine Telefonnummer hinzu. Und verschickt die Mail über ein VPN, ein Virtuelles Privates Netzwerk. Sollte der Geheimdienst John überwachen, nutzt der VPN-Schutz allerdings wenig. Spyware gibt es überall, wahrscheinlich auch auf Johns Handy. Das lässt sich nicht mehr vermeiden. So heftig und so häufig dagegen protestiert wird, so streng die Datenschutzgesetze auch sind, der Dienst kann ohne Spyware der schlimmsten Sorte nicht mehr operieren. Wenn ihnen der Einsatz untersagt wird, können sie gleich einpacken. Darum benutzt John sein Handy so selten wie möglich. Jetzt muss er aber, ihm bleibt keine Zeit mehr, um außerhalb aller Systeme Kontakt zu suchen. Er hat es eilig. Als Nächstes die Intel. Das Treffen vorbereiten. Was darf er zu dem Mann sagen und was nicht?

Er ist nicht alt.

# 68

## NACH HAUSE

Sie sitzt in einem Rollstuhl, einem von diesen unkaputtbaren aus Metall. Weil es sein muss. Sie könnte ohne Probleme laufen, schließlich hat sie die Kugel in der Schulter erwischt, nicht im Bein. Aber es muss sein. Kaum sitzt sie in dem Ding, fühlt sie sich zehn Jahre älter. Jetzt wartet sie auf jemanden, der sie schieben kann, weil sich der Rollstuhl nicht von der darin sitzenden Person bewegen lässt. Lydia kennt die Vorschriften, und während ihrer vielen Jahre in der Pflege hat sie oft genug miterlebt, wie ein Patient oder eine Patientin vom Übermut gepackt wurde und dann noch vor dem Ausgang gestürzt ist. Darum wartet sie, ohne sich zu beschweren und ohne ihrem Eigensinn nachzugeben, obwohl sie weiß, dass sie den Rollstuhl nicht braucht.

Sie wartet auf George, und als er in der Tür steht, kann sie nur mit Mühe die Tränen zurückhalten.

»Wo ist John?«, fragt sie.

»Ich freue mich auch, dich zu sehen«, erwidert George und beugt sich über sie, küsst sie und streichelt ihr über die Wange. Und er meint es so.

Seine unerschütterlich gute Laune ist genau das, was Lydia jetzt braucht, und sie schämt sich, weil sie ihre Gefühle hinter der kühlen Frage verbergen wollte. George lässt sich nicht beirren.

»John hat zu tun, du kennst ihn doch. Er hat immer zu tun. Darum bin ich hier. Und weil es auf der ganzen Welt nichts Besseres zu tun gibt, als dafür zu sorgen, dass du gut nach Hause kommst. Das wollte ich nur sagen. Gut so?«

Und dann kommen die Tränen doch noch.

»Höchste Zeit, dass wir uns aufmachen. Hier warst du jetzt lange genug.«

George geht um den Rollstuhl herum, hebt Lydias Tasche vom Boden auf und reicht sie Lydia, die sie sich auf den Schoß stellt. Dann schiebt er sie aus dem Zimmer, durch den Flur zum Aufzug, nach unten, zum Ausgang, und dort hilft er ihr aus dem Rollstuhl, bis sie auf ihren eigenen Beinen steht. Sie beginnt wieder zu weinen.

»Ist ja gut, Mädchen.«

George kann mit Emotionen ohnehin nicht gut umgehen, aber Lydias Tränen setzen ihm jetzt wirklich richtig zu. Weinen ist für ihn ein Zeichen der Trauer, und darum hat er ein ganz falsches Bild von dem, was sie gerade empfindet. Es ist keine Trauer.

Mit ihrem gesunden Arm stößt sie ihn in die Seite und legt ihn ihm dann um den Hals. Ihr rechter Arm befindet sich noch in einer Art Rüstung. Mit links ist sie noch stark genug. Sie zieht ihn an sich.

»Danke«, sagt sie.

»Für dich jederzeit.«

Alles hat zwei Seiten. George würde sie am liebsten heftig umarmen, beide Arme um sie schlingen und sie fest an sich drücken. Aber er hat unglaublich große Angst, ihr wehzutun, deswegen geht er vorsichtig mit ihr um.

Er bringt sie zu seinem Wagen und öffnet die Tür für sie. Für diesen ganz besonderen Anlass hat er ein etwas größeres Modell ausgewählt, damit sie bequem sitzt und leichter ein- und aussteigen kann.

»Geht es?«, fragt er, als die beiden nebeneinandersitzen.

»Schon in Ordnung.«

»Okay.«

»Was du so okay nennst.«

Sie fahren eine Weile schweigend durch die Stadt, die sie beide so gut kennen. Es fühlt sich vertraut an, und nach den vielen Tagen im Krankenhaus braucht Lydia Zeit, um wieder zu sich zu kommen. Deshalb wartet George ab, aber nicht zu lange. Es gibt Fragen, die er stellen muss.

»Worum ging es da also bei dieser Organisation? Mit den ganzen Hilfsgütern?«

»Um Wohltätigkeit.«

»Das meine ich nicht.«

»Willst du die lange Version oder die kurze?«

»Hast du da Wasim kennengelernt?«

»Das weißt du also schon. Unter diesen Umständen ist die kurze Version auch nicht mehr nötig.«

»Dann erzähl mir die lange.«

Schon fast seit Beginn des Krieges in Afghanistan engagiert sie sich ehrenamtlich. Um etwas zu tun, um irgendwie zu helfen, weil sie angesichts des ganzen Elends nicht mehr stillsitzen konnte. Sie hat die Hilfsorganisation entdeckt, ist ihr beigetreten und hat mit dem Sammeln von Kleidung und Schuhen angefangen, Decken, allerlei Haushaltsgütern. Ganze Lastwagen voll, jahrein, jahraus. Man braucht immer noch mehr.

»Und Wasim?«

»Ist das hier ein Verhör?«

»Auch. Tut mir leid, aber du weißt, das muss jetzt sein, Lydi. Nach deinem Aussetzer bei mir im Auto habe ich mich gefragt, was da los ist. Also rede endlich.«

Etwa vor zwei Jahren war er aufgetaucht, ein sanftmütiger, freundlicher Mann voller Entschlossenheit, etwas für die Leute in seinem Land zu tun.

Sobald er beim Repair-Club-Treffen den Saal betrat, hat Lydia ihn erkannt. Er hat ihren Blick nicht erwidert, sondern ist direkt auf Johns Tisch zugegangen. Als sie ihn begrüßen wollte, hatte er sie schroff abgewiesen. »Ich war völlig perplex. Er wollte mich nicht einmal sehen. Und dann mussten wir ihn auch noch verfolgen.«

Sie hatte nicht tun wollen, was sie tun musste, also hatte sie nichts getan.

»Wusstest du damals schon, wo er wohnt?«

Nein, das hat sie nicht gewusst. Sie besuchen einander nicht, sie kennt die anderen ehrenamtlich Tätigen nur mit Namen und aus dem Zentrum in Wateringen. Dort engagieren sie sich für einen guten Zweck.

»Er hat einen Timer vor John hingestellt. Und der läuft, Lydi. Was passiert dann? Was will der Kerl? Du musst doch irgendwas wissen?«

Trotzig schaut sie gerade vor sich. Georges Fragen sind logisch, aber sie kommen falsch bei ihr an. Sie will nicht darüber reden, noch nicht. Sie braucht Zeit, die es nicht gibt, die sie nicht haben, und sie schaut nach draußen auf die Stadt, in der Hoffnung, dass die sie beruhigt.

»Hier geht es nicht zu mir nach Hause«, sagt sie.

»Stimmt. Wir fahren zu mir.«

»Warum?«

»Das erscheint mir besser.«

»Das erscheint dir besser?« Lydia wird wütend. Von dem Glücksgefühl, das sie empfunden hat, als er sie abholen kam, ist nichts mehr übrig. »Habe ich da vielleicht selbst auch noch ein Wörtchen mitzureden? Bring mich nach Hause!«

»Lydi, jetzt denk doch mal nach. Du kannst sehr viel allein, aber auch alles Mögliche nicht. Deswegen brauchst du Hilfe.«

»Und zwar von dir?«

George ist aufrichtig erstaunt, dass sie diese Frage überhaupt stellt. Natürlich von ihm, das ist seine Pflicht. Sie hat sich schon so häufig um ihn gekümmert, und jetzt ist er an der Reihe, sich um sie zu kümmern. Wenn ihm irgendetwas passiert war, hat sie entschieden, was geschehen musste, und dann hat er auch nichts zu sagen gehabt. So läuft das.

»Habe ich von dir gelernt«, sagt er. Er fährt weiter und hält erst auf dem Parkplatz hinter seinem Haus. Dort hilft er ihr beim Aussteigen, und zu seiner großen Erleichterung scheint sie sich beruhigt zu haben.

Wie bestellt und nicht abgeholt steht sie in dem großen fremden Haus. Das hat George neben seiner Garage gebaut, es ist sehr geräumig. Riesig, viel größer als das, was Lydia gewohnt ist.

»Ich war noch nie hier«, sagt sie. Der Repair Club ist kein sozialer Verein, das begreift sie. Seltsam. Alles verändert sich. Minuten scheinen zu vergehen, bis sie es aus dem Flur in die Küche geschafft hat, hinter George her, der eine Tasche mit Einkäufen hereinschleppt. Brot, Joghurt, Äpfel, Käse, Gurken, Tomaten und noch viel mehr. Er stellt alles auf dem Küchentisch ab, und sie schaut schweigend zu.

»Tee?«, erkundigt sich George.

Während das Wasser kocht, räumt er die Einkäufe weg, und als es richtig sprudelt, steckt er einen Teebeutel in eine Kanne und gießt auf. Am Esstisch starren er und Lydia einander an.

»Und jetzt?«

»Ich habe ein Gästezimmer.«

Der Arzt hat gesagt, es wird Monate dauern, bis sie ihren Arm wieder benutzen kann. Die ganze Schulter wurde zusammengeschraubt, und jetzt stellt sich die Frage, ob alles so heilen wird, dass Lydia den vollständigen Bewegungsradius zurückerhält. Bis dahin braucht sie Hilfe, und mit der dampfenden Tasse Tee vor sich wird ihr klar, dass George recht hat. Und es ist schwer, weil sich die Dinge so nicht mehr ohne Weiteres trennen lassen: die Pflege, die Freundschaft und die Notwendigkeit zu wissen, was Wasim tut. Sie begreift das, aber das Ganze knarrt und ächzt an allen Ecken.

»Wir können auch noch lange um den heißen Brei herumreden«, sagt George, »aber das ist nicht mein Ding, das weißt du. Also noch einmal: Was will der Kerl, Lydi?«

George lässt nicht locker, so kennt sie ihn. Er tut das nicht, um ihr auf die Nerven zu gehen, das will er als Allerletztes. Er tut es, weil es sein muss.

Mit einer Hand holt sie ihr Mobiltelefon hervor und legt das Gerät vor sich auf den Tisch. Sie wählt eine Nummer, die sie auswendig kennt. Wartet, bis die Verbindung hergestellt ist.

»Wasim? Wir müssen uns sehen.«

# 69

## KENZI UND CALDER

»Leer?« Calder seufzt, der Blick in ihren Augen ist so ausdrucks-
los wie die Wohnung von Jules Ommaz. »Was meinen Sie damit,
leer? Keine Möbel? In diesem Sinne leer?«

Geduldig erklärt Kenzi alles. Leer wie ein Hotelzimmer. Leer
wie ein Safe House. Leer wie eine Firma. Professionell leer.

»Ich war ihr Auftrag.«

Blitzschnell nimmt Calder die Information auseinander. Für
Kenzi und für das, was er getan hat, interessiert sie sich schon
nicht mehr. Sie richtet den Blick weiter. Ommaz arbeitet für
Tauwman – alles, was sie tut, erfolgt in seinem Auftrag. Sie hat
Kenzi nicht verführt und getäuscht, weil ihr das selbst so sehr
gefallen hätte, obwohl dieser Eindruck bei Calder manchmal
durchaus entsteht, wenn sie den Bericht liest. Ommaz hat gehandelt, weil sie jemand damit beauftragt hat. Das hat Tauwman getan, ohne Ommaz überhaupt zu kennen.

Beim Sex hat Ommaz bestimmt auch Dinge gesagt, die sie sich
selbst ausgedacht hat, aber die Informationen, die Intel, das Geständnis, der angebliche Verrat, all das war geplant. Teil des Auftrags, und das Ganze sollte bei Calder landen.

»Mir ist egal, wie Sie das anstellen, Hauptsache, er glaubt es.«

Einen solchen Auftrag hatte Ommaz. Klassisch.

»Sie haben sie angerufen. Wie sind Sie an ihre Nummer gekommen?«

»Die stand in der Akte.«

»Unmöglich.«

Alle Personenschützer waren über den militärischen Geheimdienst rekrutiert worden. Ihre persönlichen Daten würden sie nie einfach so weitergeben. Wer im Geheimen arbeitet, muss geheim bleiben. So lange wie möglich. Direkte Telefonnummern bleiben geschützt. Die Agenten müssen frei und anonym arbeiten können.

»Und das kam Ihnen nicht seltsam vor?«

»Ich habe nicht darüber nachgedacht«, erwidert Kenzi. Ein schwerwiegender Fehler, und es verlangt ihm einiges ab, das zuzugeben. Ein Agent, der nicht aufpasst. Er spürt, wie er mit jeder Minute kleiner wird.

»Schön«, sagt Calder. »Manchmal braucht man das, einen Agenten, der nicht nachdenkt. Jetzt zum Beispiel. Sonst wäre ich erst viel später dahintergekommen, was dieser Tauwman da treibt. Dieser hinterhältige Jesuitenzögling. Wir werden absichtlich in die falsche Richtung gelenkt. Er will uns aus dem Weg haben. Es würde mich nicht erstaunen, wenn diese Dolmetscherin überhaupt nicht existiert.«

»Aber warum?«

»Darüber brauchen wir uns nicht den Kopf zu zerbrechen, denn das wird uns Meneer Tauwman selbst erklären.« Calder lacht scharf auf, und das klingt keineswegs vergnügt. »Und Sie finden Ihre Mevrouw Ommaz. Die will ich hier haben. Aber bitte angezogen.«

# 70

## SCHUHKARTON

*73 Stunden, 11 Minuten und 26 Sekunden*

Aus einer Lade unter der Bank im Wohnmobil holt er einen alten Schuhkarton mit einem Gummiband darum hervor. Das Gummiband ist auch alt, ausgeleiert, und als er es lösen will, zerbricht es. Jetzt sitzt er mit dem ausgetrockneten Ding in der Hand da. Er seufzt. Es gefällt ihm nicht, wenn Gegenstände kaputtgehen, die sich schon so lange in seinem Besitz befinden. Es ist nur ein Gummiband, ohne Wert, ohne echte Bedeutung, aber es hat den Deckel auf einem Teil seiner Vergangenheit gehalten, den er noch nie hat einordnen können. Diese Vergangenheit liegt sehr weit zurück. Während seiner Zeit im Libanon war er nahe daran. Damals hatte er die Welt seines Vaters betreten. Und selbst dort hatte es einen Abstand gegeben, den er nicht überbrücken konnte.

In der Schachtel befinden sich verschiedene kleine Dinge: ein Kamm, eine Reisegarnitur, eine Kette von seiner Mutter und die Armbanduhr seines Vaters. Es sind Details seiner Identität, oder seiner früheren Identität. Zusammengenommen zu wenig, um ein Ganzes bilden zu können, und er fragt sich, ob er das überhaupt wollen würde.

Ein paar alte Fotos gibt es. Schwarz-weiß mit weißem Rand. Ein wenig vergilbt, das Fotopapier ist empfindlich geworden. Aufnahmen eines Mannes und einer Frau. Die Frau hat einen etwa einjährigen Jungen auf dem Arm. Das ist er. Damals hieß er nicht John Antink, auch nicht Victor de Jolais. Er weiß nicht, welchen Namen er trug, als er noch in den Armen seiner Mutter lag. Wenn er diese Fotos nicht hätte, wüsste er nicht einmal, dass sie ihn so gehalten hat, strahlend auf dem Foto, irgendwo in einem warmen Land.

Der Mann trägt ebenfalls ein Kind in den Armen, einen Jungen oder ein Mädchen, das kann John nicht sehen, aber es handelt sich um ein Zwillingspaar.

Über seine eigenen Eltern weiß er nicht viel, das meiste hat er später herausgefunden. Er hat nur dürftige Erinnerungen, ein paar Bilder, die ohne festen Ort durch sein Gedächtnis irren.

»Ein Gastarbeiter, weißt du, was das ist?« Das hatte sein Vater einmal nachmittags gesagt, als sie im Wohnzimmer saßen. Sein Vater hatte dabei fröhlich dreingeschaut, und lange Zeit hatte John geglaubt, sein Vater habe damit sagen wollen, er sei hier in den Niederlanden ein Gast, gekommen auf eine Einladung hin, weil er etwas Besonderes war, einzigartig, wie kein anderer. Menschen wie er waren ungewöhnlich, und darum hatte man ihn hierher eingeladen. Das hatte er sich damals mit seinem Bubenverstand überlegt. Es war ein kurzes Gespräch gewesen, und jetzt erinnert er sich an seine falsche Interpretation.

Das war der Anfang, sein Anfang. Aber was will er eigentlich genau? Was bedeutet dieser Drang, an den Anfang zurückzukehren? Was glaubt er dort zu finden? Eine Antwort auf die Frage, woher er kommt? Wer seine Eltern waren? Warum ist das überhaupt wichtig? Diesen Anfang gibt es schon lange nicht mehr, der hat sich in der Zeit aufgelöst. Was er davon noch finden kann, stellt nicht mehr dar als einen kleinen, unbedeutenden Teil, und selbst der ist verfärbt und verzerrt. Er war noch so jung, als seine Eltern gestorben sind, er besitzt keine Erinnerungen an diese Zeit. Er lebt mit einer Lücke in seinem Dasein. Von dem Tag an, an dem er ein Gefühl der Identität besaß, wusste er, dass sein Name und seine Person nicht zusammenpassen, und seit diesem Tag ist dieses dunkle Loch in ihm. Der Anfang ist ein vergangener Traum, von dem nur Fetzen hängengeblieben sind. Wie Nebel über Weideland.

Und trotzdem will er zurück zu seinem Anfang.

Die Vergangenheit lässt sich nicht wiederherstellen, nicht mehr erreichen. Der Repair Club kann nur die Gegenwart reparieren, das, was heute ist. Das können sie verändern, und damit können sie der Vergangenheit eine neue Bedeutung geben. Das ist auch eine Form des Reparierens. Auch für seine Eltern. Für ihn.

Er muss zurück zu Wasim, zu dem Mann, der ihn dichter als je zuvor an den Rand dieser Vergangenheit geschubst hat. Nun hat er einen Namen und die Nummer des *Special Ops*-Mannes in England, mit dem Decknamen »Ghost«. Sehr passend. Er selbst fühlt sich manchmal auch wie ein Geist, wie jemand, der nicht wirklich existiert, der unsichtbar sein kann.

# 11

## AUSSER LANDES

Tag der Abrechnung. Kenzi holt sich alle Akten aus dem System, die auch nur irgendwie mit Mevrouw Ommaz zu tun haben. Die Wohnung, in der sie gewesen sind, läuft auf den Namen eines Projektentwicklers. Dieser Projektentwickler gehört zu einer Investmentgesellschaft, und die wiederum gehört zu einem ganzen Bündel zwielichtiger GmbHs. Die gesamte Konstruktion riecht nach Geheimdienst. Dort lässt sich keine neue Information mehr finden.

Aber Mevrouw Ommaz existiert. Ihre Identität wird durch ihren Arbeitgeber so gut wie möglich geschützt, deswegen ist es mit der Suche schwierig. Erst findet Kenzi ihre persönliche Identifikationsnummer heraus, die jeder Bürger in den Niederlanden zur Identifizierung hat. Damit kann er beim Finanzamt Daten erfragen, und dort weiß man alles. Das macht ihn ganz schön eifersüchtig: Bei der Steuer interessieren sie sich gar nicht erst für irgendwelche Schutzmaßnahmen. Er findet eine Adresse, eine Kontonummer, eine E-Mail-Adresse und eine private Telefonnummer. Das hier hätte er schon viel früher tun müssen. Jules *fucking* Ommaz – diese Frau hat ihn mit Schwung über den Tisch gezogen.

Aus der Akte holt er sich die Daten ihres Truppführers und ruft ihn an. Kenzi Kuipers vom Geheimdienst, beauftragt, Karishma Noorullah zu finden, neulich auf Digitalkamerabildern aus der Wohnung zu sehen. Wen führen wir hier eigentlich an der Nase herum? Das Ganze ist Theater, wir verschweigen voreinander, was wir wissen, und wir tun, als wüssten wir nichts.

Er ist auf der Suche nach Mevrouw Ommaz.

»Meneer Kuipers. Ja. Mevrouw Ommaz. Ich schaue mal nach, einen Moment bitte.«

Über das Telefon hört Kenzi, dass der andere etwas in einen Computer eingibt.

»Das wird sich schwierig gestalten, fürchte ich. Mevrouw Ommaz ist momentan außer Landes.«

Jules Ommaz ist in einer Operation, von einem Tag auf den anderen. Erst schnell Kenzi Kuipers plattmachen und dann rein ins Flugzeug.

»Wo?«

»In Afghanistan.«

»Ah, ja. Nicht wieder, um eine Dolmetscherin abzuholen, hoffe ich?«

Eigentlich sollte er sich solche Bemerkungen verkneifen, aber er kann es nicht lassen. Immer wird er wie ein Laufbursche behandelt. Bei der Sache mit Jules ist er ein einziges Mal darauf hereingefallen, und das wird ihm nicht wieder passieren. In Afghanistan. Schon möglich. Er glaubt kein Wort davon. »Bei der letzten Dolmetscherin war das kein besonders großer Erfolg. Sie erinnern sich?« Er versucht den Mann aus der Reserve zu locken, ihn zu verärgern. »Und ich weiß nicht, wie viele Leute wir freistellen können, um eine weitere Dolmetscherin zu suchen.«

»Das wird nicht nötig sein. Es wird keine Dolmetscherin mehr einreisen.«

»Entspricht das der derzeitigen Strategie?«

»Es entspricht dem, was ich sage.«

»Und wann ist sie abgereist?«

Plötzlich ist der Mann still. Kenzi kann beinahe hören, wie er nachzählt und rechnet. Er muss eine Zeit nennen, die nach dem Treffen zwischen ihr und Kenzi und vor seinem Besuch in der Wohnung mit John und George liegt.

»Heute Morgen, um vier Uhr fünfzehn«, erklärt er.

»Schau einer an. Könnten Sie mir bitte den Flugplan und die Passagierliste schicken? Und mich wissen lassen, wann sie zurückkommt? Ich danke Ihnen.«

Bevor der Mann protestieren kann, beendet Kenzi das Gespräch. Er muss jetzt blitzschnell handeln. Er hat die Sache scharfgemacht, und jetzt muss er sich Jules schnappen, bevor sie untertaucht. Denn eines weiß er ganz genau: Sie ist nicht in Afghanistan. Er ruft Calder an, um ihre Zustimmung einzuholen. Dann organisiert er sich eine *Ops*-Truppe, und wenige Minuten später ist er unterwegs.

# 12

## JULES OMMAZ

Auf dem Bett liegt ein offener Rollkoffer, auf dem Boden steht eine Reisetasche. Die Wohnung von Jules Ommaz ist bis zum Bersten mit persönlichen Gegenständen gefüllt, ihr ganzes Leben hat sie ausgestellt, mit Fotos ihrer Eltern, ihrer Geschwister, Freunden und Freundinnen. Kenzi betrachtet alles mit Interesse. Er muss vorsichtig sein, die Neigung, sich nun überlegen zu fühlen, ist sehr stark. Und sehr schlecht.

Halt dich zurück.

Sag nichts.

»Du musst jetzt mitkommen.«

Sie protestiert, sie deutet auf ihr Gepäck, sie darf ihren Flug nicht verpassen, sie wird erwartet, man rechnet mit ihr. Kenzi lässt sie alles sagen, was sie sagen muss, und als sie alles losgeworden ist, deutet er auf die Mitglieder der Truppe, die zwei Schritte hinter ihm stehen. Erst da treten sie in Aktion.

»Keine Handschellen«, sagt Kenzi.

Sie will noch irgendetwas an ihrem Koffer erledigen, holt eine Hose heraus, um sie wieder in den Schrank zu hängen.

»Lass nur«, sagt Kenzi. »Lass einfach alles liegen. Die Sachen liegen da gut.«

Dann geht sie mit, zwischen den beiden Männern des Teams. An der Wohnungstür steht das dritte Truppenmitglied, eine Frau. Zu dritt begleiten sie sie nach unten, zu dem bereitstehenden Transporter. Als Letzter steigt Kenzi ein. Sie sitzen einander gegenüber auf den harten Bänken, der Wagen rüttelt und neigt sich in den Kurven hin und wieder gefährlich zur Seite.

»Jungs, ganz ruhig, wir haben es nicht eilig. Sonst fangen wir uns noch einen Strafzettel ein«, sagt jemand von der Truppe.

Die anderen lachen. Kenzi und Jules nicht.

»Dein Chef hat gesagt, du bist in Afghanistan.«

»Offensichtlich nicht.«

»Nein. Du hast dort auch nichts zu suchen. Was solltest du denn da wollen?«

Sie schaut trotzig vor sich hin.

»Bevor wir ankommen, will ich, dass du über etwas nachdenkst. Ihr seid zu uns gekommen, weil eine Dolmetscherin gesucht werden musste. Keine komplizierte Sache, eine ganz normale Bitte. Aber dann hat sich herausgestellt, dass alles Mögliche nicht stimmt, und damit nicht genug, ihr habt auch noch eine ganze Aktion gestartet, um uns in die Irre zu führen. Das ist seltsam. Das wirkt nicht vertrauenerweckend. Und ich weiß, dass du tust, was man dir aufträgt, wie ich. Aber weißt du selbst, was du tust? Das ist die Frage.«

Der Transporter fährt in die Tiefgarage und hält unten vor dem Eingang. Kenzi und zwei andere nehmen Jules mit hinein, melden sie als Verdächtige an, besorgen ihr einen Zugangsausweis und nehmen sie mit nach oben.

»Die Chefin will dich sehen«, verkündet Kenzi. »Da wünsche ich dir Glück.«

# 13

## KONFRONTATION

»Kennt ihr einander?«, will Calder wissen.

Ihr gegenüber stehen Robert Tauwman, der Chef der JISTARC, und Jules Ommaz vom Wachpersonal eines Safe House.

Natürlich ist das nicht der Fall, genauso wenig wie Calder bei jeder Truppe weiß, wer dazugehört. Der Geheimdienst ist ein Moloch mit fast dreitausend Mitarbeitenden. Tauwman ist Oberst, Ommaz eine der vielen, die für ihn tätig sind. Wenn sie den Rang eines Feldwebels hat, ist das schon hoch.

»Nicht, dass ich wüsste«, erwidert er.

Ommaz sagt gar nichts. Auch als kleine Nummer weiß sie sehr gut, wann sie den Mund halten muss. Hier wird über ihren Kopf hinweg ein Konflikt ausgetragen. Nur auf direkte Fragen gibt sie Antwort, sonst nicht.

»Das dachte ich mir schon«, verkündet Calder.

»Kennen Sie ihn?«, wendet sie sich an Ommaz, und als sie keine Antwort erhält, fragt sie weiter. »Wissen Sie, wer ich bin?«

Den Mann, der neben ihr steht, kennt Ommaz nicht. Die Frau, die die Fragen stellt, ist Kenzis Chefin, vom Geheimdienst. Aber solange Jules nicht weiß, worum es hier geht, sagt Ommaz nichts.

»Zunge verschluckt?«

»Alisha, was soll das alles?« Tauwman hält es nicht mehr aus. »Ich werde hier mit höchster Eile einbestellt und erscheine natürlich, denn ich tue, was du sagst, das weißt du.«

Schleimer.

»Aber was soll das hier? Wer ist das?«

»Das ist Jules Ommaz. Jules, stellen Sie sich doch bitte mal vor.«

Calder steigert die Spannung weiter, sie will Tauwman langsam in die Enge treiben, statt ihn mit einer einzigen Attacke niederzuwalzen. Die letztgenannte Option liefert meist keine guten Ergebnisse. Der Mann ist so glatt wie ein Aal.

Jules Ommaz tut wie geheißen. Nicht ausführlich. Sie ist im Personenschutz, sie überwacht Bewohner von Safe Houses. Ihr letzter Auftrag betraf eine afghanische Dolmetscherin in Uden.

Bei Tauwman fällt der Groschen.

»Immer ein schöner Anblick«, kommentiert Calder.

Kenzi steht hinter den beiden und kann Tauwmans Gesichtsausdruck leider nicht sehen. Trotzdem erscheint auf seinem eigenen Gesicht ein Lächeln. Jules hatte erwartet, man würde sie hier streng verhören, vielleicht sogar in Anwesenheit ihres Truppenführers. Das hier läuft anders. Sie begreift, dass sie Teil eines Spiels ist, sie wird genauso manipuliert, wie sie Kenzi manipuliert haben. Dabei handelt es sich um ein empfindliches Gleichgewicht, das man zu erhalten versuchen muss. Es funktioniert nur, wenn man davon ausgeht, selbst nicht betroffen zu sein. Genau das empfindet Jules jetzt, das sieht Kenzi an ihrem Rücken. Sie steht noch genauso aufrecht da, noch genauso unbeweglich, aber der Stolz ist aus ihr weggeflossen. Diese unsichtbare Krankheit, durch die sich der Mensch von den Tieren unterscheidet. Ein Hund ist froh, wenn er irgendwo dazugehört oder etwas gut macht, eine Kuh oder ein Affe auch. Nur der Mensch macht mehr daraus, dem Menschen reicht die Freude nicht. Wenn etwas gut abläuft, ist der Mensch stolz, weil er besser ist als andere. Das bedeutet Stolz. Diese Eigenschaft sieht Kenzi jetzt aus Jules' Körper verschwinden. Eine Art Anspannung, wie eine stahlharte Waffe. Man versteift dadurch. Er kennt das, er hat auch Probleme damit.

»Gut, die Dolmetscherin. Verstanden. Aber ich verstehe immer noch nicht, was sie hier tut und was ich damit zu tun habe.«

Das ist das Signal für Calder. Sie bietet Jules einen Stuhl an. Als Tauwman sich ebenfalls setzen will, schlägt ihm Calder den Stuhl aus der Hand. Tauwman erschrickt.

»Mir ist es lieber, wenn du noch kurz stehen bleibst«, erklärt sie. »Jetzt bist du an der Reihe. Stell dich Mevrouw Ommaz vor.«

»Alisha, hör doch auf. Was ist hier los?« Seine Verteidigung ist armselig. Sogar Kenzi sieht das, hört es auch. Er hört, wie Tauwman nach Worten sucht.

»Mach jetzt. Das hat sie schließlich auch getan.«

Er wendet sich an Jules und stellt sich vor. Als sie hört, wer er ist, will sie sofort aufstehen.

»Sitzen bleiben!« Das ist ein Befehl. »Diese Ratte vom falschen Block verdient Ihren Respekt nicht. Noch nicht. Und ich werde Ihnen auch den Grund nennen. Also passen Sie gut auf, hier können Sie viel lernen.«

Schritt für Schritt nimmt Calder Tauwmans Auftrag auseinander, Schritt für Schritt legt sie den Betrug bloß, das Verschweigen des eingeschmuggelten Mobiltelefons, das Zurückhalten von Informationen zu Anrufen auf dem Gerät, das Stellen einer Falle für den Agenten Kuipers, und Schritt für Schritt bringt sie ihn weiter in Bedrängnis. Während dieser ganzen Zeit rührt sich der Mann nicht. Mit jedem Argument kommt Calder einen Schritt näher, bis sie ihm beinahe auf den Zehen steht.

Tauwman weicht nicht zurück. Das sieht Kenzi. Er erträgt Calders Attacke, ohne auch nur das Gesicht zu verziehen.

»Damit bleibt noch eine einzige Frage, Robert Willem Maria. *What the fuck* geht hier vor sich?«

Sie steht direkt vor ihm, lässt ihm noch immer keinen Raum. Er muss jetzt etwas liefern, und aus dieser Distanz kann sie sogar riechen, ob er die Wahrheit sagt.

»Wir sitzen in der Klemme«, erklärt Tauwman.

»Ja. Und? So viel war mir auch schon klar. Mehr. Ich will mehr hören.«

»Wir ...« Er kommt aus der Sache nicht raus.

»Was? Hör zu, Rob, wenn ich nicht erfahre, was du treibst, lasse ich dich einsperren. Auch kein Problem.«

»Unmöglich. Damit schaufelst du dir dein eigenes Grab.« Tauwman schweigt jetzt demonstrativ, als wollte er Calder herausfordern. Er spielt Poker, ist davon überzeugt, das könnte er als Soldat besser als sie.

»Auch gut.« Calder greift zum Telefon, stellt per Knopfdruck eine direkte Verbindung mit der Security her. »Drei Leute in mein Büro. Jetzt. Akute Bedrohungslage.« Sie bricht das Gespräch ab.

In einem aufgeladenen Schweigen stehen sie einander gegenüber. Niemand sagt noch etwas, niemand bewegt sich noch. Es ist, als würden alle Geräusche aufhören, als käme das ganze Gebäude zum Stillstand. Dann tritt Calder drei, vier Schritte zurück. Bedeutet Kenzi durch eine Geste, das auch zu tun. Drei, vier Schritte. Bis Tauwman eindeutig allein mitten im Raum steht. Dann fliegt die Tür auf, und drei schwer bewaffnete Männer stürmen herein. Sie schreien Kommandos, laute Stimmen hallen von den Wänden wider.

Calder deutet hin. In der nächsten Sekunde liegt Tauwman auf dem Boden. Mit einem Knie im Rücken und einem im Nacken. In Handschellen. Hoch. Auf beide Füße. Einen Gewehrlauf im Gesicht.

»Stopp!«, befiehlt Calder. Ihre Stimme ist pure Autorität. Die Männer scheinen mitten in ihren Bewegungen zu erstarren.

»Und was machen wir jetzt, Rob?«

Was Tauwman auch versucht, Calder lässt sich nicht zermürben. Sein Pokerspiel ist gänzlich missglückt, denn Calder spielt nicht mit. Sie drückt ihn platt, bis er zu reden beginnt. Erst dann werden ihm die Handschellen abgenommen, sie schickt ihre Leute weg, und seine Empörung kehrt zurück. Er schimpft und flucht. Droht ihr mit Vergeltung. Aber was er gesagt hat, bleibt. Sein Dienst versucht das Ganze so hinzudrehen, dass immer Calder die Schuld an dem Misserfolg bekommt. Er hat es eingeräumt. Zugegeben. Unter Druck, das schon, aber damit hat Calder kein Problem.

Sie seufzt. »Weißt du, was ich nicht verstehe? Dass ihr die ganze Zeit davon ausgeht, es würde nicht gelingen, sie zu finden. Was ist denn das für eine Einstellung?«

»Absicherung.«

»Selbstschutz, meinst du wohl. Den eigenen Arsch retten. Ist das alles? Was ist mit dieser Dolmetscherin los? Gibt es sie eigentlich wirklich? Manchmal zweifle ich nämlich daran.«

»Die Dolmetscherin ist echt.«

Auch das eingeschmuggelte Handy ist echt. Sie haben die Anrufdaten ermittelt und herauszufinden versucht, mit wem die Frau Kontakt hatte. Ohne Ergebnis. Darum haben sie es nicht weitergeleitet. Eines ist allerdings klar: Die Frau befindet sich hier auf einer Operation. Mit ihr haben sie Afghanistan ins Land geholt.

»Die Frau kennt kein Erbarmen, davon bin ich überzeugt. So sind die Leute dort. Du hast ja keine Ahnung.«

»Bestimmt nicht, wenn ihr Informationen zurückhaltet. Vielen Dank. Ich will alle Aufnahmen, die ihr von Agent Kuipers gemacht habt. Alles. Bild und Ton. Erst wenn ich die habe, kommen wir zu einer Lösung. Kenzi, Sie bringen Mevrouw Ommaz nach Hause.«

Im Auto sitzen sie still nebeneinander. Kenzi fährt, Jules ist nervös. Ständig fummelt sie an ihren Händen herum. Zwischen ihnen herrscht eine surreale Spannung. Sie haben den intensivsten Sex gehabt, den man sich vorstellen kann, und jetzt ist es, als würden sie einander gar nicht kennen. Kenzi muss es einfach wissen.

»War ich wirklich nur Teil deines Jobs? Ein Auftrag?«

»Frag mich das lieber nicht.«

»Zu spät. Sag einfach was, egal was.«

»Brokkolisuppe.«

Kenzi lacht. Die Message ist eindeutig. Sie will nicht darüber reden.

»Dann ist da noch etwas. Der Timer läuft. Warum hast du das gesagt?«

Jules schweigt. Dann beugt sie sich vor, verbirgt das Gesicht in den Händen und flucht.

»*Fuckfuckfuck*«, sagt sie.

»Erkläre dich.«

»Der Mann da, der gerade dabei war, wie hieß der noch mal?«

»Tauwman.«

»Genau, den meine ich. Der lügt.«

# 14

## ANRUFDATEN

Bei der Untersuchung war nichts herausgekommen. Sie hatten die Anrufdaten ermittelt, und das hatte keine brauchbare Intel ergeben. Er hatte das Ganze nicht durch wertlose Informationen behindern und korrumpieren wollen. Es gab schon zu viele Informationen. Er hatte gesagt, die Spur sei im Sande verlaufen. Das hatte Tauwman gesagt.

»Er lügt. Er lügt.«

Jules ist wütend, die kontrollierte Aggression lässt ihren ganzen Körper zittern. In Calders Büro hat sie begriffen, welcher Platz ihr in der Hackordnung zukommt. Alles, was zunächst so wichtig erschien, hat nicht die geringste Bedeutung, das hat sich herausgestellt. Es ist nicht nur die Tatsache, dass ihr Chef lügt – das gehört dazu. Es geht darum, dass sie für ihn nicht einmal existiert. Das macht sein Lügen nicht länger hinnehmbar.

Kenzi hat das Auto auf einem Parkplatz bei einem Einkaufszentrum abgestellt. Er wartet, bis sie sich beruhigt hat, das hat keine Eile. Er ist an etwas dran, ganz sicher. Die Lüge ihres höchsten Vorgesetzten stellt nichts weiter dar als eine Einleitung.

»Der Timer, Jules.«

Sie reagiert nicht, dreht den Kopf weg, schaut aus dem Fenster.

»Sag was.«

Diesmal muss es ohne Gewalt gehen. Nach ihrem ersten Kampf und nach der Konfrontation bei Calder muss er das Ganze jetzt behutsamer angehen, ohne Eskalation. An ihr dranbleiben, ohne loszulassen.

»Der Timer läuft. Das hast du gesagt.«

»Das stimmt doch auch?«

»Warum hast du das gesagt? Wie bist du darauf gekommen? Stammt das aus dem Telefon?«

Die Überprüfung des Handys hatte nur einige angerufene Nummern ergeben. Diese wurden nachverfolgt. Die Orte ermittelt: zwei in Den Haag und einer in Frankfurt. Die Geräte gehörten Personen, die sich nicht identifizieren ließen, Namen ohne Hintergrund. Bei Anrufen ging niemand an den Apparat. Unmöglich, einen Kontakt herzustellen.

»Da gab es keine Intel«, sagt sie. »Was das betrifft, hat dieser Tauwman recht. Keine zuverlässige Intel. Aber es gibt Spuren, die sind einfach da, und er beachtet sie nicht.«

»Welche Spuren?«

Bei den Nummern ging niemand mehr an den Apparat, aber abgemeldet waren sie nicht. Sie haben noch funktioniert. Also kann man sie mit einem Peilsender erfassen, sie verfolgen, digital. Mit dem richtigen Equipment kann man sehr weit kommen. Wenn der Dienst das Schleppnetz einschaltet, können die Geräte gefunden werden.

»Wir haben diese Nummern nie erhalten«, sagt Kenzi. Er kennt die Akte auswendig. Nirgendwo steht da etwas von Telefonnummern, die Karishma Noorullah angerufen haben soll.

»Ihr wusstet doch nicht einmal, dass sie ein Handy hatte.«

So funktioniert das. Wenn man das eine nicht weiß, hat das andere keine Bedeutung. Informationen zurückhalten, verschweigen. Die Person im Team der Personenschützer, die Karishma

Noorullah das Handy gegeben hatte, hatte das Land verlassen. Benutzte jetzt einen anderen Namen. War unauffindbar.

»Der Timer?«, fragt Kenzi noch einmal.

Karishma hatte das eines Tages gesagt. Einfach so. Der Timer läuft. Niemand wusste, was sie damit meinte. Hinterher hatten sie geglaubt, sie habe auf die Zeit ihres Verschwindens hingewiesen. Der Timer läuft. Noch vier Tage oder so, das erschien logisch. Niemand hat sie danach gefragt.

»Genauso gut hätte das auch etwas ganz anderes sein können.«

»Warum hast du es dann gesagt?«

»Weil es gut klingt, oder etwa nicht?« Sie entspannt sich. »Es ist einfach so durch und durch wahr. Der Timer läuft. Dein Leben schwindet mit jeder Sekunde. Sei dir dessen bewusst, was geschieht. Der Timer läuft. Jede Sekunde kommt nur ein einziges Mal. Tick, Tick, Tick. Darum. Ich fand das besonders zutreffend, als wir uns miteinander befasst, nackt miteinander gerungen haben. Der Timer läuft, Meneer Kuipers. Zack!«

Sie schweigt.

»Ich habe dich nie angelogen«, sagt sie dann. »Ist dir das klar?«

»Ich hatte meine Zweifel. Die Adresse, die Wohnung, in der wir waren, das war eine Art Lüge.«

Die Ehrlichkeit hat ihre Grenzen. Er zweifelt immer noch, weil er das muss. Dazu ist er verpflichtet. Sie bewegt sich über seiner Grenze zwischen Professionalität und Privatem hin und her. Er holt sein Handy aus der Tasche und dreht ihr das Display zu, damit sie sehen kann, was darauf steht.

86 Stunden, 31 Minuten und 12 Sekunden.

»Darum wurdest du abgeholt«, erklärt er. »Wegen des Timers. Weil du das gesagt hast. Weil du nicht wissen kannst, dass es hier um einen Timer geht, der tatsächlich abläuft. Weil in 86 Stunden etwas geschehen wird. Weil uns ein Mann aus Afghanistan diesen Termin genannt hat, aus dem Land, aus dem deine

Dolmetscherin kommt. Das konntest du nicht wissen. Und trotzdem hast du es gesagt.«

Sprachlos starrt Jules auf das Display von Kenzis Handy, fasziniert von den ablaufenden Sekunden. Den Timer gibt es wirklich. Sie hat nie gewusst, worüber Karishma Noorullah da sprach. Es ging nicht um ihre Freilassung, nicht um den Tag, an dem sie das Safe House würde verlassen können. Das hier, darum ging es.

»Darüber gab es nichts in den Protokollen oder den Tagesberichten«, kommentiert Kenzi. Er hat sie alle gelesen, nirgends stand auch nur die winzigste Kleinigkeit über den Timer.

»Kann sein. Ich habe diese Berichte nie gelesen. Außerdem war sie da längst aus dem Safe House weg, sie wohnte bereits in ihrem eigenen Apartment in Rijswijk. Seit ganz kurzer Zeit.« Das Wachpersonal war mit von Uden nach Rijswijk umgezogen, um die Veränderungen in den ersten paar Tagen noch überwachen zu können.

Wenn er will, kann er alles nachvollziehen, den Tag und die Stunde, als Karishma das gesagt hat, und den Tag und die Stunde, an dem Wasim den Timer vor John hingestellt hat. Da gibt es immer noch eine Verbindung, eine ganz unstrittige Verbindung. Dass der Personenschutz nicht wusste, wovon Karishma sprach, spielt keine Rolle. Karishma wusste, worum es ging, und das bedeutet, dass sie mit einem Ziel hier in den Niederlanden ist, mit einem Auftrag. Es bedeutet, dass sie John Antink im Visier hat. Es bedeutet, dass es noch viel dringender geworden ist, sie zu finden.

»Ich will alles haben, was du hast. Egal, wie unwichtig es erscheint.«

Jules hat noch mehr. Anfangs gab es nur die Telefonnummern und die Ergebnisse der Peilsenderaktion. Die waren aber auf Personen zurückführbar, wenn man immer weiter fragte und sich die Zeit nahm, die Orte stundenlang zu observieren.

Das war ihre Aufgabe. Verfolgen, Beschatten, Observieren. Selbst unsichtbar bleiben. In ihrer Freizeit hatte sie Observationen durchgeführt. Sie hat die Nummern und sie hat Fotos.

»Zu Hause, in meinem Koffer.«

Dieser Koffer ist gepackt und bereit für die Abreise. Sie brauchen ihn nur noch abzuholen.

# 15

## AUF DER JAGD

Kenzi erstattet Bericht, Calder erteilt Aufträge, und die Maschinerie des Geheimdienstes wird in Gang gesetzt. Wenn alles funktioniert, ist es großartig, ein Teil des Ganzen zu sein. Endlich gibt es Informationen, mit denen das System etwas anfangen kann, Telefonnummern und Orte. Fotos.

Bei Jules hat Kenzi sie zum ersten Mal gesehen, Digitalaufnahmen von der Straße. Personen, die ein Gebäude betreten und es wieder verlassen. Größtenteils Männer. Hin und wieder eine Frau. Mit orientalischem Aussehen. Aus Pakistan, Afghanistan. In westlicher Kleidung, die Frauen ohne Schleier. Wasim war nicht dabei. Bestimmt zehnmal hat sich Kenzi die Fotos angesehen und gehofft, jemanden wiederzuerkennen. Er hat niemanden wiedererkannt.

Für den Geheimdienst spielt das keine Rolle. Wenn ein Agent jemanden identifizieren kann, ist das praktisch. Wenn nicht, arbeitet die Maschinerie so lange weiter, bis sie Namen ausspuckt.

Das Orten von Handys, die nicht in Benutzung sind, dauert länger. Die SIM-Karten versuchen automatisch, Kontakt zu Sendemasten in der Umgebung herzustellen. Solange der Akku nicht leer ist, funktioniert das so, und irgendwann findet man diese winzigen, superkurzen Kontakte. Dieser Prozess kann nur von Computern ausgeführt werden, Menschen sind nicht in der Lage, diese Signale zu hören oder zu sehen. Sie existieren nur digital, bis sie ein Computer auf einen Bildschirm bannt und Worte hinzufügt. Namen. Orte.

Agenten werden losgeschickt, um dort Posten zu beziehen, wo Jules gestanden hat. Damals wohnte Karishma Noorullah noch im Safe House. Jetzt ist sie nicht mehr dort, und damit sind die Orte zu Orten geworden, an denen sie auftauchen kann.

Auf Kenzis Bildschirm erscheint ein Strom digitaler Aufnahmen von Menschen. Die Jagd auf die Dolmetscherin beginnt an seinem Schreibtisch, dort fühlt er sich zu Hause. Einen ganzen Tag lang sieht er Männer und Frauen, fotografiert aus großer Entfernung und aus nächster Nähe. Gesichter, alte und junge. Wo das möglich ist, fügt das System Namen hinzu, und zu den Namen Adressen, dann wieder neue Telefonnummern. Die Menge an Informationen wächst schneller, als Kenzi sie verfolgen kann.

Er fährt zu Jules und holt sie ab. Zusammen schauen sie sich die Bilder an. Jules' Blick ist für das Observieren geschult, sie weiß besser, wie Karishma Noorullah aussieht. Sie hat sie wochenlang beobachtet. Selbst mit abgeschnittenen Haaren müsste Jules sie eigentlich erkennen.

Sie starren auf den Bildschirm, immer länger, immer länger. Kenzi kann die Augen fast nicht mehr offen halten, so sehr setzt ihm das angestrengte Hinschauen zu. Er reibt sie sich, bis sie ganz rot aussehen, trinkt Kaffee, bis sein Magen rebelliert. Die beiden sitzen nebeneinander, bis Jules einen eigenen Bildschirm an einem eigenen Schreibtisch bekommt. Sie sitzen immer noch nebeneinander, jetzt aber mit zwei Metern Abstand.

»Ich gehöre nicht hierher«, sagt sie. »In gewisser Weise fühle ich mich wie eine Verräterin.«

Er versteht, was sie meint, denn zwischen den beiden Geheimdiensten herrscht große Konkurrenz. Alle tun, als wäre das nicht so, aber das ist nur Show. Sie ist Soldatin, Kenzi Zivilist. Eine ganz andere DNA.

»Ich besorge mir ein Brötchen. Kommst du mit?«

Jules isst keine Brötchen, sondern Salat. Gurken und Käse, Avocados und Eier. Wenn sie Kohlenhydrate braucht, greift sie lieber zu Nudeln als zu Brot. Sie achtet darauf, was sie zu sich nimmt, findet es wichtig, weil es ihre Kondition und ihren Gemütszustand beeinflusst.

»Brot macht mich dumm.«

Das ist eine Überzeugung. Kenzi geht nicht darauf ein. Jules ist nicht dumm, im Gegenteil. Und seiner Ansicht nach liegt das nicht daran, dass sie kein Brot isst. Kein richtiges Diskussionsthema. Er will überhaupt keine Diskussion, er will sie. Immer noch. Das Gefühl wird immer stärker. Auch das behält er für sich, denn sie will ihn nicht. Das hat sie ihm mehr oder weniger deutlich signalisiert. Auch darüber sucht er nicht die Diskussion. Erst müssen Signale von ihr ausgehen. Da muss doch etwas sein, nach dem nackten Ringen, wie er das für sich nennt. Er glaubt nicht, dass sie dabei überhaupt nichts empfunden hat.

»Du bist nicht dumm«, erwidert er.

»Weil ich kein Brot esse.«

Na also, keine Diskussion.

»Das funktioniert offensichtlich sehr gut.«

Das ist eine Lüge. Er lügt. Wegen nichts. Wegen einer Sehnsucht. Wie oft muss er das noch tun? Wie oft wird er sich noch hinter Halbwahrheiten verstecken müssen, um nichts kaputt zu machen, um etwas wachsen zu lassen? Wenn da überhaupt etwas wächst. Wäre es womöglich besser, er sagt einfach, was er denkt? Die Wahrheit. Wie schwer kann das schon sein? Die Wahrheit.

Und was ist dann die Wahrheit?

Sie suchen eine entkommene afghanische Dolmetscherin. Ist das die Wahrheit? Nein. Die Frau ist nicht entkommen, sie ist weg. Sie suchen eine Dolmetscherin, die etwas über den Timer weiß. Ist das die Wahrheit? Ja. Aber es ist nicht der Grund, warum der militärische Geheimdienst sie finden will, denn der weiß nichts von der Existenz des Timers. Also nein, das ist auch nicht die Wahrheit. Jules hat ihn an der Nase herumgeführt. Stimmt das so? Ja, denn sie hat ihn wie einen Auftrag abgearbeitet, an einem professionell dafür eingerichteten Ort, an dem alles aufgezeichnet wurde, was sie taten oder sagten. Aber auch nein, denn sie hat dort von dem eingeschmuggelten Handy und dem Timer berichtet. Ja und nein.

Das ist die Wahrheit und auch wieder nicht.

Sie hat ihm von dem Handy erzählt.

Alles wurde aufgezeichnet. Ist das die Wahrheit? Wenn alles aufgezeichnet wurde, müsste ihr Chef wissen, was sie gesagt hat, dann müsste alles zwischen ihnen Geschehene und Gesagte in einem Bericht gelandet sein. Und besprochen worden.

Ist das die Wahrheit?

Es gibt zwei Möglichkeiten. Entweder wusste Jules, dass sie aufgezeichnet wurden, wusste Bescheid über das ganze System aus Mikrofonen und Kameras, und wusste daher auch, dass jedes ihrer Worte in Berichten erfasst werden würde. Dann hat sie nichts ohne Zustimmung getan. Dann wurde vorher abgesprochen, ob sie das Handy erwähnen durfte oder nicht, und man hat ihr gestattet, das zu tun. Gib dem Jungen ruhig etwas, womit er weiterkommt.

Oder die zweite Möglichkeit: Sie wusste nichts davon.

Was ist die Wahrheit?

Als man sie geholt hat, wollte sie gerade aufbrechen. Ihre Koffer waren gepackt. Sämtliche Intel befand sich ordentlich verstaut hinter einem Reißverschluss.

»Wo wolltest du eigentlich hin?«, fragt er. »So mit Koffer und Tasche. Du hattest kein Flugticket. Wohin wolltest du also? Zu deiner Mutter? In ein Hotel? Ins Ausland?«

Sie zuckt die Schultern. »Warum ist das wichtig?«

»Das weiß ich erst, wenn ich die Antwort kenne.«

»Ins Safe House in Uden. Dort sollte ich abgeholt werden.«

Ins Safe House. Nicht zu ihrer eigenen Sicherheit, denn sie war nicht in Gefahr. Es ging darum, sie wegzuschließen, außer Sicht zu bringen.

»Zum Glück war ich schneller.«

»Das ist deine Meinung.«

Die Wahrheit? Ja, er ist froh, dass er schneller war. Sehr froh.

»Deine vielleicht nicht? Würdest du jetzt lieber in Uden sitzen? Glaubst du das wirklich selbst?«

Sie gibt noch immer nicht nach, rutscht auf ihrem Stuhl hin und her, hat noch nichts von ihrem Salat gegessen. Sie fühlt sich nicht wohl. Wenn sie nicht mit dem Rücken zur Wand säße, würde sie über die Schulter schauen.

»Warum solltest du da hin? Das war nicht deine Idee, nehme ich an?«

»Mein Chef ist ausgeflippt.«

»Tauwman?«

»Nein, nicht der, den kannte ich doch gar nicht. Mein direkter Vorgesetzter, Alsman. Es hatte mit der Dolmetscherin zu tun. Mir sagen sie doch auch nichts.«

»Wusstest du, dass in dieser Wohnung alles voller Mikrofone und Kameras war? Dass alles aufgezeichnet wurde? In der Küche und im Kleiderschrank im Schlafzimmer.«

Sie flucht und fragt sich laut, warum es immer sie erwischt, warum sie die Aufträge bekommt, die immer nur schlimmer werden. Es gehe um ihn, hatte ihr Chef gesagt. Sie solle ihn verrückt machen, in die Irre führen.

»Mit dieser Geschichte über das Handy?«

»Nein, das war meine Idee. Das ist mir schon längere Zeit im Kopf herumgespukt. Ich musste es irgendwo loswerden, und dann ...« Sie schweigt. »Das haben sie also gehört. Darum musste ich weg. Unauffindbar werden. Tja, Pech gehabt. Ich gehe nirgendwohin.«

Aber nach Hause kann sie auch nicht mehr, das ist ihr klar.

»Wenn ich mich da auch nur blicken lasse, holen sie mich doch noch.«

»Wenn du willst, kannst du zu mir.« Er bereut seine Worte schon, während er sie ausspricht. Seine eigenen Wünsche werden darin zu deutlich.

»Da können sie mich auch holen kommen.«

# 16

## JULES

Sie will in kein Hotel, ihr ist klar, dass sie nicht zurück nach Hause kann, und zu ihm will sie auch nicht – oder doch, genau kann sie das nicht sagen. Sie weiß nur, dass sie das jetzt nicht entscheiden will. Und sie versteht nur zu gut, dass Tauwman sie nicht entkommen lassen wird. Ihr Vorgesetzter wollte sie schon in ein Safe House stecken. Zu ihrer eigenen Sicherheit, bestimmt. Oder eher andersherum, zu der eigenen Sicherheit ihrer Vorgesetzten. Und damit Tauwman abgesichert ist. Erst hatte der Mann nicht einmal eine Ahnung, wer sie war, und jetzt, wo er sie im Blick hat, muss sie sich vor ihm in Acht nehmen.

Sie wird allmählich immer wütender. Man schiebt sie herum wie einen Bauern auf einem Schachbrett, und dieser Bauer hat langsam genug davon. Sie ist zornig.

»Soll ich abwarten, bis man mich irgendwo auf der Straße aufgreift? Kommt nicht infrage. Dann gehe ich lieber direkt zu ihm.«

Das klingt wie der richtige Ansatz, und einfach klingt es auch. Anrufen, einen Termin vereinbaren und hin. Was sollte daran so schwierig sein?

»Alles«, sagt Kenzi.

Wie soll sie diesen Termin vereinbaren? Tauwmans Sekretärin anrufen? Wie will sie das Ganze geheim halten? Was will sie sagen? Was soll sie fragen? Was will sie wissen? Welche Garantien fordert sie ein? Was hat sie zu bieten? Wird sie verhandeln? Womit? Worüber? Wo soll der Termin stattfinden? Wer soll dabei sein?

»Du.«

»Das habe ich mir schon gedacht.«

»Und anrufen kommt nicht infrage, dann schaffe ich es nicht mal an der Sekretärin vorbei. Ich muss direkt zu ihm. Ohne Zwischenpersonen.«

Calder verfügt über diesen direkten Kontakt, sie kann auf ihn zugehen, ohne dass andere dazwischenkommen. Eine Telefonnummer, die an den offiziellen Kanälen vorbeiführt. Kenzi hat das gesehen, er hat dabeigestanden, als Calder sie benutzt hat. Diese Nummer müssen sie sich beschaffen.

»Geht das?«

»Ja, das geht. Wenn du die Chefin danach fragst.« Nach der Konfrontation zwischen Calder und Tauwman ist eines überdeutlich: Die Chefin hat nur noch wenig Geduld mit ihren Kollegen beim militärischen Geheimdienst. Und Kenzi hat nicht vor, seinen im Zusammenhang mit Jules begangenen Fehler zu wiederholen. »Wenn wir etwas unternehmen, tun wir das mit Zustimmung. Mit Absicherung. Wir lassen uns nicht einfach so aufs Armdrücken mit Oberst Tauwman ein. Auf keinen Fall.«

»Alles klar.«

Bleiben noch die weiteren Fragen. Einige sind einfach zu beantworten, weil sie jetzt entschieden haben, wie sie weitermachen. Wann? So schnell wie möglich. Wo? In Absprache mit Calder. Worum soll es gehen? Was will sie wissen? Will Jules verhandeln oder eine Forderung stellen?

»Eine Forderung stellen.«

»Schwach.«

»Ich will nicht aus dem Verkehr gezogen werden. Ich will einfach weiterarbeiten können. Ich will wissen, warum die simpelsten Ermittlungen nicht erfolgt sind. Und ich will ...«

»Genug. Das ist schon zu viel.«

»Ich habe noch viel mehr.«

»Den Eindruck habe ich auch.« Sie hat noch viel mehr, und Kenzi ist jetzt schon schwindlig. Er verspürt ein riesiges Bedürfnis, sie zu packen und an sich zu ziehen, sie zu riechen, ihre Haut zu spüren. Das alles geht in ihm vor. Privat, professionell, jeglicher Unterschied löst sich auf.

»Du hast eine Forderung, und du willst verhandeln. Du willst nicht die Schuld für etwas bekommen, was du nicht getan hast. Darum wollen sie dich aus dem Verkehr ziehen, denn ansonsten wird bekannt, dass euer Dienst lügt. Kannst du das? Verhandeln?«

# 11

## EIN JOINT

*62 Stunden, 41 Minuten und 33 Sekunden*

Beim letzten Mal hat George die Tür geöffnet, und sie sind ohne Erlaubnis hineingegangen. Diesmal klingelt er und wartet geduldig ab. Er ist nervös. Er hört die Schritte im Flur, das Geräusch der sich nähernden Zukunft. Es ist zu spät, um noch wegzurennen. Er kann überhaupt nicht mehr rennen.

Als Wasim ihn erkennt, gelingt es ihm nicht, sein Erstaunen zu verbergen.

»Meneer Antink«, sagt er. »Was wollen Sie hier?«

John schiebt die Tür ein Stück weiter auf und betritt die Wohnung. »Fragen stellen. Wir müssen reden.«

»Kein Problem.« Wasim bewegt sich ein paar Schritte zurück, macht Platz, um ihn hereinzulassen. Er strahlt nicht die geringste Aggression aus, und trotzdem wirkt er bedrohlich. Das versetzt John in einen ständigen Zustand der Verwirrung. Er muss sich an seiner Erfahrung festhalten, an seinem Training im Umgang mit solchen Situationen. Man darf sich nicht darauf verlassen, dass alles gut ausgeht, muss auf das Unerwartete vorbereitet sein.

»Was soll das mit dem Timer?«, will er wissen. Keine Einleitung, keine Höflichkeiten, kein Herumreden um den heißen Brei. Er schiebt Wasim durch den Flur ins Wohnzimmer. »Wofür ist das Ding da?«

»Es zählt die Sekunden. Bis es fertig ist.«

»Verkauf mich nicht für dumm.« John packt ihn und schiebt ihn weiter, gegen den Esstisch. Er schlägt ihn. »Antworte!«

»Was geschieht dann?«

Mit seiner Aggression erreicht er nichts, Wasim scheint sie überhaupt nicht wahrzunehmen. Als John ein weiteres Mal ausholt, duckt er sich weg, taucht unter seinem Arm hindurch, wartet dann ab, was John als Nächstes probiert. Er breitet die Arme aus.

»Schlag nur zu«, fordert er John auf.

Er hat keine Angst. Er stammt aus einem Land, in dem man Schlimmeres gewohnt ist. Warum sollte er sich vor einem alten Mann fürchten, der ein bisschen mit den Armen fuchtelt?

»Schlag nur zu.«

Jetzt, wo er ihn wirklich hart treffen könnte, kann er nicht mehr. John lässt die Hände sinken und bleibt bewegungslos stehen.

»Was passiert, wenn der Timer abgelaufen ist? Sag es mir. Bitte, sag es mir. Sonst werde ich verrückt.«

Wasim nimmt John bei der Hand und führt ihn in die kleine Küche. Die Wohnung ist aufgeräumt, alles, was vorher dort stand, ist nicht mehr da. Die Schachteln, die Tüten und Steigen, alles ist weg. John folgt dem anderen, seine Hand in Wasims, als wäre das die normalste Sache der Welt. Wasim ist imstande, sein Leben fast achtlos auf den Kopf zu stellen. Vor der Anrichte lässt Wasim seine Hand los, nimmt sich eine Zigarette und zündet sie an. Inhaliert und stößt den Rauch langsam wieder aus. John nimmt einen Geruch wahr, der ihm schon sehr lange nicht mehr begegnet ist. Der kleinste Hauch genügt, um ihn in Gedanken in das Land treiben zu lassen, aus dem er kommt, in das Land der Träume und der Albträume. Und wo er das Zeug selbst auch rauchte. Wasim nimmt ihn mit zurück an den Esstisch, John setzt sich auf das harte Sofa. Er hält einen Joint zwischen den Fingern. Rauchringe steigen auf.

»Das Zeug ist nicht gut für dich«, kommentiert John.

»Es gibt so vieles, was nicht gut für einen ist, aber das weißt du besser als ich.« Wasim führt den Joint an die Lippen, nimmt einen Zug und inhaliert, hält den Rauch in den Lungen, ein befremdlich stiller Augenblick, in dem alle Bewegungen aufzuhören scheinen. Wasim schließt die Augen, presst die Lippen aufeinander, einige Sekunden bilden sie eine gerade Linie, bis er ausatmet. Eine süße Wolke dringt ihm aus Mund und Nase. In der gelösten, aufgeräumten Atmosphäre in der Wohnung schwebt der Duft Afghanistans wie das Sonnenlicht. Dunkles, mildes afghanisches Haschisch. In dem kleinen Raum wirkt der würzige Geruch besonders stark und verführerisch. Wasim ist da, das Haschisch ist da, John ist da.

Und jetzt?

»Wie lange bist du schon in den Niederlanden?«

»Lange. Seit die Russen mein Land überfallen haben.« Im Jahr 1980 ist er geflüchtet, vor über vierzig Jahren, damals war er 21. Zusammen mit Tausenden von Landesgenossen, die nicht unter dem russischen Regime leben wollten. Er hätte Teil des Systems werden müssen. Anders wäre es einfach nicht gegangen.

»Wer bist du?«, fragt John. »Heißt du wirklich Wasim? Und wie lautet dein Nachname? Ich kann gar nichts über dich finden.«

»Dann suchst du nicht richtig.«

»Du kannst es auch einfach sagen. Ich bin hier. Ich werde tun, worum du mich bittest, und es wird gelingen. Ich finde diesen Mann. Bestimmt.«

»Davon gehe ich aus.«

»Wer bist du also?«

»Du wirst selbst dahinterkommen. Du brauchst nicht lange zu suchen. Warum solltest du? Wir sitzen hier zusammen, das hier bin ich. Was willst du noch?«

Wasim steht auf und schlendert in die Küche. Er setzt Teewasser auf.

»Was willst du?«, fragt John.

»Hast du das Foto noch?«

John gibt keine Antwort, ihm geht es nicht um das Foto. »Wie kann ich sicher sein, dass ich dir vertrauen kann?«

»Wenn du dir selbst nicht vertraust, ist es egal, ob du mir vertraust oder nicht. Irgendwo muss es anfangen, warum also nicht hier, zwischen uns?«

Wasim trinkt einen Schluck Tee, zieht noch einmal an dem Joint und reicht ihn an John weiter. John zögert. Soll er einfach mitmachen? Haschisch rauchen? Wenn er nicht mitraucht, wird die Distanz zwischen ihnen noch größer, und das will er nicht. Er führt den Joint an die Lippen, nimmt einen Zug und behält den Rauch im Mund, hat Angst vor dem Inhalieren. Angst davor, die Kontrolle zu verlieren. Oder will er eigentlich genau das? Zweifel, Angst und Sehnsucht. Wasim redet, als würden sie einander schon seit Jahren kennen. John inhaliert, saugt den Rauch tief in die Lungen und reagiert heftig. Er ist es nicht mehr gewohnt. Er hustet und trinkt einen Schluck Tee. Unglaublich süß. Er nimmt noch einen Zug. Diesmal inhaliert er ohne Probleme.

»Keine Kinder?«, erkundigt sich Wasim.

Diese Frage hat er so oft gehört, aber noch nie auf diese Weise. Als würde alles davon abhängen, als könnte die Antwort den Unterschied machen, ob sie eins werden oder nicht, ob er lebend aus dieser Situation herauskommt. Es ist das Haschisch. Alles erhält eine neue Bedeutung. Er hat nie befreiende Liebe gekannt. Liebe, die jegliche Verteidigung ausschaltet, Mauern einreißt, Türen öffnet. Liebe, die ein Grund für alles ist. Zum ersten Mal empfindet John etwas, was ein Vorbote davon sein kann, zum ersten Mal, und zwar für einen Mann, der ihn bedroht. Das Verlangen, nachzugeben, ist genauso stark. Wie sein Überlebensinstinkt, der sich über die Jahre viel besser ausgebildet hat als seine Liebesfähigkeit. Der Effekt des Haschisch kriecht ihm durch die Adern in den Kopf. Ins Herz.

»Nein, keine Kinder.«

Wasim schnauft. So klingt es. Vielleicht zieht er auch nur die Nase hoch.

»Habe ich mir schon gedacht«, sagt Wasim. »So siehst du auch aus. Mann, keine Kinder, weißt du.«

»Und du?«

»Ich bin allein«, sagt Wasim.

Diese drei Worte wärmen John das Herz, füllen es mit unbegründeter Hoffnung, mit der er nichts anfangen kann.

»Allein. Ich auch.«

»Weiß ich.«

»Worum geht es dir?«

»Darum, wie leicht du ein Kind zurücklässt.«

Wasim braucht das nicht zu erklären, er spricht über das Foto.

»Am besten frage ich dich das, nicht du mich«, fährt Wasim fort. »Wer bist du eigentlich?«

Wieder eine ganz gewöhnliche, alltägliche Frage, der eine enorme Bedeutung verliehen wird. Wer ist er? Schon die ganze Zeit will er wissen, wer Wasim ist, und jetzt dreht der Mann die Frage um. Wer ist er? Nach wem sucht er? Sucht er nach sich selbst?

»Du weißt es nicht einmal mehr. Deine Eltern werden in einer Vergangenheit vermisst, die du leugnest.«

»In Afghanistan leugnet ihr die Gegenwart.«

»Pfff, die Gegenwart ist auch nicht mehr das, was sie einmal war. Die Vergangenheit schon. Man weiß wenigstens, was man an ihr hat. Nur du nicht. Was hast du denn? Victor de Jolais. Und nicht einmal der bist du. Du fragst mich nach meinem Namen, und selbst duckst du dich weg.« Wie ein strenger Lehrer erhebt er den Zeigefinger. John starrt gebannt auf die Bewegung.

Wie kann Wasim das wissen? Woher kennt er den Namen Victor de Jolais? Und wie kommt er darauf, dass dieser Name auch nicht echt ist? In seinem benebelten Hirn beginnt sich die Zeit zu drehen, John weiß nicht mehr, wo sie anfängt und aufhört. Er schwebt durch den Nebel seiner Vergangenheit. Victor de Jolais ist seine tiefe Identität, verborgen unter dicken Schichten der Adoptionsjahre.

»Woher weißt du das?«, fragt er.

Wasim setzt sich neben John auf das harte Sofa, zündet einen neuen Joint an, nimmt einen Zug und reicht den Joint an John weiter. Dann legt er John einen Arm um die Schulter. Wie Brüder sitzen sie da. Wie Freunde. John nimmt einen langen Zug und inhaliert. Er schwebt.

»Meneer Antink, wenn es sein muss, kann ich deine Geheimnisse öffentlich machen. Und das willst du nicht.«

John zieht ein weiteres Mal an dem Joint, inhaliert noch tiefer. Nein, dass seine Geheimnisse öffentlich gemacht werden, will er nicht. Eine absurde Idee. Welche Geheimnisse meint Wasim eigentlich? Das Haschisch ist stark. Warum tut er das? Um Wasims Vertrauen zu gewinnen. Blödsinn, aber angenehm. Seine Gedanken strömen unkontrolliert. Wasim weiß alles über ihn. Viel mehr, als es überhaupt möglich sein kann.

»Ich folge dir schon so lange«, sagt er. »Darum weiß ich, dass du der Einzige bist, der mir helfen kann.«

# 18

## AFGHANISTAN
### – 2002 –

Sie lagen dicht nebeneinander auf der Erde, auf den Steinen und der staubtrockenen Erde, die Körper von Raubvögeln angefressen. Innerhalb von weniger als zwei Tagen hatte man sie in Teile gepickt und gerissen, ihr Blut war in dunklen Lachen in dem grauen Staub getrocknet, der alles bedeckte. Von den zwei Spähern, die sie vorausgeschickt hatten, zwei jungen afghanischen Männern, noch keine 30 Jahre alt, war nur noch wenig übrig. Sie kannten das Land besser als irgendjemand sonst, und trotzdem waren sie in eine Falle gelaufen und ermordet worden. Ihre Körper hatte man ohne Köpfe zurückgelassen. Hier lagen sie, in einem verlassenen und desolaten Gebiet, ganz in der Nähe der Grenze zu Pakistan. Hier hatte niemand ihre Schreie gehört, jedes noch so laute Geräusch verschwand in der endlosen Leere. A173 lag etwas entfernt, als würde er nirgendwo mehr dazugehören.

Drei Leichen ohne Kopf. Das schockierte John am meisten. Sein Magen krampfte sich zusammen. Die Leichen waren nicht vollständig. Die Köpfe lagen auch nicht neben den Körpern, sie waren nicht mehr da.

Mitgenommen. John wusste nicht, ob die Männer lebend oder

erst nach ihrem Tod enthauptet worden waren. Wenn man sich die Blutmenge ansah, war wohl Ersteres der Fall. Abgehackt und mitgenommen, sodass ihre Körper ohne Kopf im Himmel ankommen würden. Die letzte und tiefste Erniedrigung, die man dem Feind zufügen kann. Ein Abschlachten ohne jedes Mitleid. Nach fast drei Monaten in diesem Land hatte sich John noch nicht an die Leichtigkeit und die Selbstverständlichkeit gewöhnt, mit der die Menschen hier mit dem Tod umgingen. Afghanistan ist ein hartes Land. Die Afghanen sind hart. Das sagten die Leute aus dem Westen hier, aber sie hatten keine Ahnung. Holz ist hart. Stein und Beton sind hart. Eisen. Hart und glänzend. Dieses Land ist grausam. Grausam, als wäre das egal. Mord ist hier kein Mord. Jemand stirbt, egal wie. A186 hatte recht gehabt, jemand hatte die Operation verraten.

Ihr Führer warf sich unter lauten Klagen auf den Boden, er fühlte sich für die Männer verantwortlich, die hier lagen. Von ihnen war nichts übrig, sie konnten die Körper nur durch die Besitztümer identifizieren, die noch bei ihnen waren, in den Hosentaschen oder in den Feldjacken. Der Führer wollte eine der Leichen anheben, und John konnte ihn nur mit größter Mühe davon abhalten. In diesem Land konnte eine Leiche genauso gut eine Sprengfalle sein.

Vorsichtig trat er zwischen dem getrockneten Blut und den entstellten Körperteilen heran. Er war in der Hölle angelangt, und die Hölle war kein ewig brennendes Feuer, in dem einem die Seele verkohlte. Die Hölle war die Leere, die Abwesenheit von allem, was einen Menschen aufrecht hält. Hier gab es keine Hoffnung, keine Zukunft, keine Liebe, kein Gefühl, kein Herz. So laut ihr Führer auch klagte, innerhalb einer halben Stunde würde er sich fragen, ob ihre Handys noch funktionierten und wo ihre Waffen wohl waren. Ihr Führer dachte nicht an die die Risiken und die möglichen Folgen. Wenn ihn John nicht zurückhielt, würde er ohne Zögern seinem eigenen Tod entgegengehen. Ohne Angst, so schien es. Und das stellte eine Bedrohung dar.

Ist es das? Liegt darin das Geheimnis? Dass man einfach so seinem eigenen Tod entgegenläuft? Das Leben ist nichts weiter als das Leben, und wenn es endet, ist es auch nicht mehr als das? Ist überhaupt nichts heilig? Und was ist das eigentlich, heilig? Das, was man nicht begreift? Ist das heilig? Denn warum waren die Köpfe mitgenommen worden?

Fragen, auf die er keine Antwort hatte, und in dem kahlen verlassenen Gebiet würde er diese Antworten auch nicht finden. Hier stieß sein Auftrag zum Kern vor: beweisen, dass der pakistanische Geheimdienst ISI viel maßgeblicher und tiefer mit den Taliban verbunden war, als er jemals hatte zugeben wollen. Informationen waren lebenswichtig, konnten als Mittel dienen, um das gegenseitige Vertrauen zwischen den westlichen Ländern und Pakistan zu stützen.

Das ist die letzte Etappe, bevor sie einen definitiven Durchstoß in den Osten machen, in das Grenzgebiet, wo es noch viel gefährlicher ist als hier. Das weiß er, er hat ein Briefing erhalten, alle möglichen Informationen bekommen, aber wie soll es noch schlimmer werden als das hier? Er kann es sich nicht vorstellen.

# 19

## IM KAUFHAUS

Das Restaurant im Kaufhaus De Bijenkorf ist geräumig und hell. Wenn man seinen Sitzplatz klug auswählt, lässt sich alles überblicken. Ein- und Ausgang befinden sich auf derselben Seite. Es gibt guten Kaffee und leckere Brötchen.

»Nicht, dass Sie davon auch nur einen Bissen in den Mund stecken werden«, kommentiert Calder.

Kenzis und Jules' Bitte wurde von der Chefin positiv aufgenommen, sie hat sich ihren Plan zur Konfrontation von Tauwman angehört und hatte keine Einwände. Zu Kenzis und Jules' großem Erstaunen war sie sofort mit allem einverstanden und sicherte ihnen ihre Unterstützung zu. Allerdings nach ihren Bedingungen, das war klar. Großes Aufgebot an Security, Jules und Kenzi wurden beide mit einem Mikrofon ausgestattet.

»Ich will von allem, was dieser Mann sagt, eine Aufnahme haben.«

Der Lärm im Restaurant macht das nicht leichter, aber wenn die Aktion gelingt, ist das besser, weil der andere weniger schnell davon ausgeht, dass es Aufnahmen gibt. Tauwman hat angekündigt, er selbst werde auch in Begleitung erscheinen, um die Situation im Blick zu behalten. Der Vorteil besteht darin, dass er nicht weiß, dass Calder beteiligt ist. Er denkt, ihm würden nur zwei Agenten niederen Ranges gegenübersitzen. Kein Problem für ihn.

Vor dem Aufbruch sind sie noch einmal die Themen durchgegangen. Calder hatte die Augenbrauen weit hochgezogen, als sie hörte, was Tauwman verschwiegen und welche Maßnahmen er unterlassen hatte. Aufmerksam hatte sie zugehört, welche Informationen Jules besaß und wie sie sie einsetzen wollte. Alles klang gut, solide, aber auch nicht mehr als das.

Jules meint, ihn mit ihrem Wissen ausreichend unter Druck setzen zu können. Calder schätzt das nicht so ein. Sie kennt die Welt besser, sie weiß, dass ein Mann wie Tauwman sich von den Drohungen einer jungen Frau nicht beeindrucken lässt, die in seinen Augen nicht mehr als ein Mädchen ist. Eine Anfängerin. Mit so jemandem verhandelt er aus Prinzip nicht. Sie braucht eine mächtigere Waffe.

»Wenn er nicht darauf eingeht, wenn er behauptet, Sie würden bluffen, wenn er tut, als wäre da gar nichts, wenn er Ihnen ein Treffen verweigert, können Sie Folgendes sagen: Karishma Noorullah ist in Frankfurt gesehen worden. Mehr nicht. Ich habe es zur Sicherheit aufgeschrieben.«

»Und wenn er dann Rückfragen stellt?«

»Reagieren Sie nicht darauf. Nicht jede Frage verdient eine Antwort. Einfach nicht reagieren. Noorullah ist gesehen worden. Das ist alles. Es bedeutet, wir sind ihr auf der Spur. Den Rest kann er sich selbst ausmalen.«

»In Frankfurt?«

»Wenn ich alles richtig einschätze, wird ihn das sehr nervös machen.«

Ob das ein gutes Zeichen ist, lässt sich nicht eindeutig sagen. Jules vermutet, dass Tauwman darauf negativ reagieren wird.

Calder schreibt etwas auf einen Zettel, eine Telefonnummer. Sie gibt ihn Jules.

»Da rufen Sie jetzt an, mit Ihrem eigenen Handy.«

Jules tippt die Nummer ein und wartet. Das Telefon klingelt. Einmal. Zweimal. Dreimal.

»Rob hier.«

Jules verschluckt sich beinahe. Rob.

»Ommaz.«

»Wer?«

»Jules Ommaz. Die Frau, die …«

»Wie kommen Sie an diese Nummer?«

Nicht jede Frage verdient eine Antwort. Einfach nicht reagieren. Tauwmans Reaktion besteht in der Verteidigung durch einen Angriff. Er versucht sich durch Aggression den Ballbesitz zu sichern. Darauf darf sie nicht eingehen. Es gibt gar keinen Ball.

»Wir müssen reden.«

Tauwman tut alles, was Calder vorhergesagt hat. Er verspottet sie, beschimpft sie fast, verweigert ihr einen Termin, reagiert auf alles mit Desinteresse, fragt, warum sie sich nicht längst im Safe House befinde, versucht, sie durch direkte Befehle zur Ordnung zu rufen – zu einer Ordnung nach seinen Vorstellungen. Er ist eine undurchdringliche Mauer. Sie bleibt ruhig und höflich, lässt sich nicht wütend machen, was er auch sagt. Ihre Selbstbeherrschung ist perfekt. Für dieses Gespräch muss sie stärker auf ihre eigenen Reserven zurückgreifen als jemals zuvor, und dabei entdeckt sie in sich eine neue Kraft, einen harten Kern.

Calder deutet auf den Zettel, der vor Jules auf dem Schreibtisch liegt. Die Erinnerung daran braucht Jules nicht.

»Eins noch«, sagt sie. »Man hat Mevrouw Noorullah in Frankfurt gesehen.«

Tauwman zögert, windet sich, versucht weitere Informationen aus Jules herauszubekommen. Genau wie Calder vorhergesagt hat: Diese Mitteilung macht ihn sehr nervös. Ommaz ist durch und durch Selbstbeherrschung.

»Darum müssen wir jetzt reden«, gibt sie zurück.

Sie kann förmlich hören, wie er nachdenkt. Ihm wird offensichtlich bewusst, dass er am Telefon nicht weiterkommt. Über dieses Instrument kann er sie nicht verhören, und das will er. Der Termin wird vereinbart. Und zwar im Restaurant des Kaufhauses De Bijenkorf in Den Haag.

»Wann?«

»Heute Mittag um halb drei.«

Auch das wird akzeptiert.

»Ich komme mit Kuipers.«

»Ich bringe ebenfalls jemanden mit.«

Sie unterbricht die Verbindung und starrt auf das Mobiltelefon in ihrer Hand, verblüfft.

»Ich erkenne mich selbst kaum wieder«, sagt sie.

Calder streckt die Hand aus.

»Willkommen, Agentin Ommaz. Operation erfolgreich.«


Sie sitzen nebeneinander im Restaurant, fast neben der Küche, mit getesteten Mikrofonen, und erkennen Tauwman schon aus einiger Entfernung. Zwei Leute hat er bei sich, einen Mann und eine Frau. Die beiden gehen vorneweg, der Mann setzt sich am Tisch rechts von ihnen hin, die Frau links. Dann kommt er selbst. Nimmt sich einen Stuhl und lässt sich Jules gegenüber nieder.

»Mevrouw Ommaz.« Seine Gesichtszüge sind unbeweglich, er ist nicht in der Stimmung für Small Talk. Er ist geschäftlich hier, und bereit, mit harten Bandagen zu kämpfen. »Worum geht es? Sagen Sie es nur. Was wollen Sie?«

»Ich will nicht die Schuld für Scheiße bekommen, die auf Ihr Konto geht.«

»Und ich will Frankfurt.«

»Langsam, langsam«, ergreift Kenzi das Wort. »Frankfurt fällt vorläufig in unser Ressort. Wer ist Noorullah überhaupt? Diese ganze Story von der Dolmetscherin ist doch Unsinn. Ich will wissen, was mit ihr passiert ist.«

Tauwman schaut ihn mit unverhohlener Geringschätzung an. »Sie haben hier überhaupt nichts zu wollen«, gibt er zurück. »Ich weiß, was Mevrouw Ommaz mit Ihnen anstellen kann, ich habe alles gesehen. Sie haben hier gar keinen Beitrag zu leisten. Wenn ich das will, ist die Sache für Sie sofort vorbei.« Er behandelt Kenzi wie einen billigen Pornodarsteller, und dadurch fühlt sich Kenzi provoziert. Er will reagieren, aber Jules kommt ihm zuvor.

»Ich tue gar nichts für Sie. Sie sind ein armseliger alter Mann mit einem vertrockneten Ding. Wenn ich auf Instagram teile, was Sie alles dafür anstellen müssen, überhaupt Sex zu haben, ist es mit Ihnen vorbei. Gegen die Sozialen Medien kommen Sie nicht an, überlegen Sie sich also gut, was Sie tun. Frankfurt fällt in unser Ressort. Was tut Noorullah dort?«

Mit verzerrtem Gesicht berichtet er, was los ist. Flüssig erfolgt das nicht. Karishma Noorullah, eine Dolmetscherin, jemand, der in Afghanistan Dinge erledigte. All das stimmt. Sie ist unter zusätzlicher Bewachung in die Niederlande geholt worden. Sie verfügt über empfindliche Informationen. Auch das stimmt. Und sie ist tatsächlich entkommen. Mit sämtlichen Informationen. Jetzt hat man ihre Spur verloren und braucht alle erdenkliche Hilfe, um sie wiederzufinden.

»Das wissen wir bereits.«

»Genau.« Tauwman erhöht den Druck. »Diese Fragen sind überflüssiges, amateurhaftes Schmierentheater. Ich weiß gar nicht, warum ich überhaupt darauf eingehe.«

Trotzdem tut er es. Damit macht er deutlich, wie wichtig das Ganze für ihn ist. Nun müssen sie ruhig bleiben, dürfen sich nicht durch seine erniedrigenden Bemerkungen provozieren lassen.

»Jetzt stellen Sie sich nicht so an. Sagen Sie mir, was ich wissen muss. Wo ist sie? Frankfurt ist groß.«

Jules lässt sich nicht beirren. »Sie verschweigen uns etwas. Warum ist es so schlimm, dass sie weg ist? Warum das ganze Theater?«

»Wegen der Intel.«

»Ach so, wegen der Intel. Natürlich, daran muss es liegen. Darauf fallen doch nicht einmal Amateure herein.« Jules weiß, welches Spiel er spielt, und das lässt sie unerschütterlich erscheinen. »Wenn sie diese Intel missbrauchen wollte, hätte sie das längst getan. Darum geht es also nicht. Worum dann?«

Als Allerletztes will er als Ranghöherer zugeben, dass die ganze Handhabung im Fall von Karishma Noorullah missglückt ist. Ein Missglücken gibt es nicht, was geheim ist, muss geheim bleiben. Wenn sie die Frau finden können, lässt sich das Problem lösen.

»Worum geht es?«, fragt Jules noch einmal.

»Sie hatte einen weiteren Auftrag«, sagt er. Damit ist das Entscheidende auf dem Tisch.

Noorullah hat einen Auftrag, von ihm. Sie ist aktive Agentin. Mit einer Mission.

»Sie ist nicht abgehauen. Sie haben sie losgeschickt, und jetzt können Sie sie nicht finden. Eine völlig andere Situation«, kommentiert Kenzi. Er ist wütend, die ganze Suchaktion in Uden war völlig sinnlos. Immer wieder hat man den Geheimdienst angelogen und ihm falsche Informationen geliefert.

»Sie haben doch keine Ahnung«, zischt Tauwman. »Karishma gehört zu mir. Zu niemandem sonst.«

»Zu Ihnen? Zu Ihnen gehört niemand.« Jules legt die flache Hand auf den Tisch. Das ist das Zeichen. »Dieses Gespräch ist beendet.« Kenzi und sie stehen auf, und bevor Tauwmans Agenten reagieren können, rennen beide in die Küche des Restaurants.

Dort hat Calder dafür gesorgt, dass sie schnell verschwinden können. Sollten die anderen ihnen zu folgen versuchen, werden die Türen zur Küche geschlossen. Nur mit brutaler Gewalt gäbe es ein Durchkommen, und das ist in einem vollbesetzten Restaurant keine Option.

# 80

## LÜGEN IST WAS FÜR AMATEURE

*60 Stunden, 3 Minuten und 27 Sekunden*

Das Haschisch rauscht noch in seinem Hirn, es entspannt und beunruhigt ihn zugleich. Hin und wieder scheint es, als würde er schweben. Und fallen. In ihm erwachen Gegensätze zum Leben. Ein Gefühl starker Schwerelosigkeit überkommt ihn, er war schon lange nicht mehr so neben der Spur.

Wasim bedeutet Lebensgefahr. Wenn John bei ihm ist, gerät er in Verwirrung. Der Afghane lässt sich von keiner Bedrohung beeindrucken, sei es physisch oder mental. John hat dem Mann, der ihn während des Gesprächs nur mitleidig angeschaut hat, nichts entgegenzusetzen. Oder war es im Gegenteil ein freundlicher Blick? Hatte dieser Mann das Beste mit ihm vor oder das Schlimmste? Sein Besuch hat sich in die falsche Richtung entwickelt. Er hatte geglaubt, Wasim durch einen Bluff zu überwältigen und in den letzten Tagen vor dem Ablauf des Timers die Situation zu seinen Gunsten wenden zu können. Und sei es nur durch das Wissen, wofür dieser Timer steht und was er tun wird, wenn er den Schützen erst einmal vor sich hat. Dann befände sich John in einer stärkeren Position, wenn er Kontakt zu dem Schützen aufnimmt.

Aber das hat nichts gebracht. Wasim hat die Oberhand behalten. Jedes Mal, wenn John etwas erreicht zu haben glaubte, wurde er zurückgeworfen. Der Mann ist ihm in jeder Hinsicht voraus.

Er stützt den Kopf in die Hände und wartet ab, bis das schwebende Gefühl nachlässt. Er sucht nach seinen Sicherheiten. Es kommt darauf an, zu observieren. Zu beobachten, zu verfolgen, zu beschatten, abzuhören, immer zu verschwinden, bevor man gesehen wird. Mit dem Hintergrund zu verschmelzen. Unauffällig im Leben anderer Personen präsent zu sein. Alles von diesen anderen Personen zu wissen und nichts von sich selbst preiszugeben. Das ist eine Stärke, die ihn jetzt im Stich lässt, denn er weiß immer noch nichts über Wasim.

George kümmert sich intensiv um Lydia, und daran wird sich so schnell auch nichts ändern. Kenzi wird von seiner Chefin eingesetzt, um die Dolmetscherin zu finden. Calder hat Prioritäten angeordnet, denen er sich nicht entziehen kann. Sie glauben, der Dolmetscherin auf der Spur zu sein, und alles andere muss hintenanstehen. Kenzi hat ihm mehr Details geliefert, als er in seinem bekifften Zustand in seinen alten Schädel hineinbekommt. Das begreift er, aber die Konsequenz besteht darin, dass er allein handeln muss. Er schlägt sich mit beiden Fäusten gegen den Kopf, um den Nebel gewaltsam daraus zu vertreiben. Es hilft nichts, er wird warten müssen, bis die Wirkung des Haschischs nachlässt, und das klappt draußen besser.

Er zieht die Tür hinter sich zu und geht hinaus in den Regen. Innerhalb kürzester Zeit ist er klatschnass. Es interessiert ihn nicht, das ist nur Wasser. Er geht in die Balistraat und stellt sich dort hinter einen Volkswagen-Minibus, der dort gegenüber von einem villenähnlichen Haus parkt. Die Adresse hat er von Alisha bekommen. Viele gute Versteckmöglichkeiten gibt es nicht. Egal, er steht, wo er stehen muss. Und er wartet. Im Regen. Ohne

Hut, ohne Regenschirm. Er schaut hin und wartet, bis sich die Haustür des Gebäudes öffnet und ein Mann mit einem Regenschirm nach draußen tritt. Schnell umrundet John den Minibus und überquert außerhalb der Sicht des Mannes die Straße. Dann stehen sie beide still da. Der Mann schaut auf. Ein Auto fährt heran und hält neben ihm. Er öffnet eine der hinteren Türen und steigt ein. Im selben Augenblick tut John auf der anderen Seite das Gleiche.

Der Mann schreit auf. Der Fahrer will eingreifen, aber John sitzt direkt hinter ihm.

»Nicht so laut, Raymond«, sagt John. Er legt Manlaa eine Hand auf die Schultern und beruhigt den Chauffeur. Manlaa flucht. Es gefällt der Spinne überhaupt nicht, so in ihrer eigenen Welt überfallen zu werden, auch nicht von John.

»Weiterfahren«, befiehlt John.

»Nichts da, wir bleiben hier stehen«, erklärt Manlaa. »Der Herr ist hier eingestiegen und steigt auch hier wieder aus. Was willst du, John?«

»Was weißt du über Scorpion?« Diese Frage spukt ihm schon eine ganze Zeit im Kopf herum. Scorpion. Warum war der Mann so gewalttätig? Was ist mit ihm los?

»Nichts«, erwidert Manlaa.

»Du lügst.«

»So etwas darf man nie sagen.«

John könnte sich ohrfeigen. Ein Profi lügt nicht, selbst wenn kein Wort von dem stimmt, was er sagt. Lügen ist was für Amateure. Aber er hat keine Zeit mehr für die Tricks, mit denen sich die Profis von anderen abheben wollen. Wer lügt, der lügt.

»Wie heißt er? Wie lautet sein richtiger Name?«

»Weiß ich nicht.«

»Ist er Soldat?«

»Weiß ich nicht. Ich kenne ihn nicht.«

Mit jeder Frage, die John stellt, prallt er gegen eine Mauer des Trainings. Manlaa gibt keine Antwort, Manlaa weiß nichts, Manlaa ist ganz leer.

»Der Herr möchte aussteigen«, wendet sich Manlaa an den Fahrer.

Der verlässt den Wagen, öffnet die hintere Tür und wartet, bis auch John das tut.

»Jemand wollte dich tot sehen«, sagt John. »Oder hast du das schon vergessen?«

Er steigt aus, die Rückbank ist klatschnass. Wunderbar. Er hat keine Antwort auf seine Fragen erhalten, aber im Großen und Ganzen weiß er genug. Es ist Zeit, Kontakt zu Ghost aufzunehmen. Den Namen »Scorpion« sollte er dabei lieber unerwähnt lassen.

# 81

## VERARBEITEN

*51 Stunden, 7 Minuten und 18 Sekunden*

»Wie geht es Ihrem Knie? Haben Sie die Übungen gemacht?«

Dr. Vanbruine betastet mit seinen langen, starken Fingern Johns Knie. Erst das rechte, dann das linke.

»Die Übungen? Natürlich«, erwidert John. »Ich tue mein Bestes.«

Auf seine ganz eigene Art und Weise hat er sogar recht. Der Arzt braucht nicht zu wissen, was er alles tut, um in Bewegung zu bleiben. Seine Persönlichkeit ist um seine Geheimnisse herum aufgebaut. Im Kern befindet sich das, woran John glaubt. Das Bewahren und Beschützen von Geheimnissen erfordert Standfestigkeit und Vertrauen in sich selbst. Und diese Eigenschaften sorgen dafür, dass man nicht zu viel von sich preisgibt. Was im Inneren ist, bleibt auch dort. Mit diesem Grundsatz ist John immer gut gefahren.

Mit großer Wahrscheinlichkeit denkt der Arzt darüber ganz anders, und John tut alles, um ein Gespräch über dieses Thema zu vermeiden. Er beantwortet die Fragen zu seiner Gesundheit, seinen Gelenken, seinen Beschwerden. Der Arzt überprüft die blauen Flecke, die er hatte, und fragt John, wie es seinen Rippen geht.

»Besser«, sagt John. »Diese Pillen helfen wirklich sehr gut.«

»Zu viel haben Sie aber nicht davon genommen, oder?«

»Nur die Dosis, die ich von Ihnen bekommen habe. Mehr nicht.«

Dr. Vanbruine überprüft Johns Augen, bewegt einen Finger hin und her und tippt Notizen in seinen Computer. Auf seinem Schreibtisch liegt ein Blatt, auf das er während des ganzen Gesprächs immer wieder schaut, als würde er etwas auf seine Richtigkeit überprüfen. John kann seine Augen nicht von dem Blatt abwenden, und als der Arzt von seiner Assistentin in ein anderes Zimmer gerufen wird, steht er auf und geht um den Schreibtisch herum. Die Fertigkeiten, die er in 21 Jahren beim Geheimdienst erworben hat, sind zu eingeschliffenen Gewohnheiten geworden. Er denkt bei seinem Tun nicht einmal nach. Auf dem Papier stehen Informationen, die er haben will, die möglicherweise wichtig für ihn sind, deswegen nutzt er die erstbeste Gelegenheit. Er darf das Papier nicht in die Hand nehmen, nicht anfassen, nicht von der Stelle bewegen. Nur anschauen. Es handelt sich um eine Liste mit Symptomen, die sich Vanbruine als Gedächtnisstütze notiert hat. John liest: Albträume, Schlafprobleme, übermäßige Wachsamkeit, wiederkehrende sich aufdrängende Bilder, Vermeiden von Situationen, Mühe mit dem Erinnern an Details eines Erlebnisses, Konzentrationsprobleme, aggressive Ausfälle, schnelle Reizbarkeit, Kopf- oder Bauchschmerzen, Schreckhaftigkeit, Stimmungsschwankungen, negatives Selbstbild, selbstverletzendes Verhalten, Mühe beim Nachdenken über die Zukunft.

Es ist, als würde er eine Checkliste von sich selbst lesen.

Von den 14 Symptomen könnte er sofort acht ankreuzen. Ohne auch nur nachzudenken. Von den übrigen fallen einige weg. Er träumt überhaupt nicht. Albträume hat er durchaus, aber an die will er nicht denken. Das macht sie nur schlimmer. Übertriebene Wachsamkeit, die gehört zu seinem Beruf, er ist ausgebildet worden, um verdächtige Dinge zu erkennen, sie zu erwarten. Das stimmt also, kein Problem. Wiederkehrende sich aufdrängende Bilder – das hat angefangen, als er das Foto von Wasim gesehen hat. Kopf- oder Bauchschmerzen hat er keine. Über die Zukunft denkt er nicht nach, eine so lange Zukunft bleibt ihm nicht mehr. Aber da ist ein Symptom, das ihm förmlich entgegenspringt: negatives Selbstbild. Da steht es, der Widerwillen, den er sich selbst gegenüber empfindet. Die Erkenntnis ist unmittelbar und scharf. Darunter steht »selbstverletzendes Verhalten«. John weiß, was damit gemeint ist; es geht um Menschen, die sich selbst ritzen oder verletzen, und das tut er nicht. Aber dann zweifelt er. Ist seine Jagd auf Fehler, die er in der Vergangenheit begangen hat, eine Form des selbstverletzenden Verhaltens? Kann es sein, dass er überhaupt nicht versucht, etwas zu reparieren oder wiedergutzumachen? Er seufzt. Je dichter er zum Wesentlichen vordringt, desto heftiger kracht es in ihm. Er weiß, wofür die Symptomliste steht, nämlich für traumatische Ereignisse, die zu Beschwerden führen. Nichts Neues, früher wurde über so etwas nicht gesprochen, jetzt schon. Nicht mit ihm. Verarbeiten hat nie zu seiner Hauptaufgabe gehört. Lieber schlägt er seinen Kopf gegen eine Wand. Der Hausarzt nähert sich dem Kern, und dieser Gedanke scheucht John noch mehr auf. Nicht jetzt, nicht hier. Noch gut 60 Stunden, bis der Timer abgelaufen ist. Was dann geschehen wird, weiß er immer noch nicht. Er hat kein gutes Gefühl, wenn er daran denkt. Bevor der Arzt zurückkommt, steht John auf und geht. Er will nicht darüber sprechen. PTBS. Posttraumatische Belastungsstörung. Bei John kann von »Post-« noch keine Rede sein. Er ist mittendrin.

# 82

## VERABREDUNG MIT GHOST

*39 Stunden, 57 Minuten und 11 Sekunden*

Er tätigt den Anruf mit unterdrückter Nummer. Den Mann überhaupt zu fassen zu bekommen, war eine ganz eigene Aktion, aber jetzt hört er eine tiefe, dunkle, fast flüsternde Stimme in der Leitung.

»*Yes?*«

Mehr sagt er nicht. Keinen Namen, nicht einmal Hallo.

»Spreche ich mit Ghost?«

»Walter?«

John will sich vorstellen, richtig, nicht nur mit seinem Decknamen, aber Ghost würgt ihn ab. Keine Namen. Mit dem Kontakt ist er einverstanden, solange der nach seinen Bedingungen abläuft. John reagiert entsprechend, er erklärt, dass sie einander schon einmal gesehen haben, mehr als das, in Afghanistan. Er nennt die Operationen mit Daten und Nummern. Er nennt seine Kontakte.

»Ich weiß, wer du bist.«

»Dann weißt du auch, was dort geschehen ist.«

»Das werde ich nie vergessen.«

Für John sollte eigentlich das Gleiche gelten: dass er es nie vergessen wird, dass sich die Erinnerung für immer und ewig in sein Gedächtnis eingeprägt hat. Stattdessen erinnert er sich an nichts, an dieser Stelle in seinem Hirn herrscht Leere. Als hätte dort jemand einen Hochdruckreiniger eingesetzt. Bei ihm gibt es einige dieser fehlenden Erinnerungen, aber keine davon wurde so gründlich entfernt wie diese. Es gibt keine, vor der er solche Angst hat. Sobald er auch nur in ihre Nähe kommt, spürt er eine lähmende Kraft, die ihn ins Innere ziehen will.

»Warum rufst du an?« Ghost kommt direkt zum Punkt.

»Die Spinne schickt mich.«

Kurz herrscht Schweigen in der Leitung.

»Okay. Alles in Ordnung mit ihm?«

»Bisher schon. Wir sind einem Anschlag entgangen. Auf offener Straße.«

»*Okay. Thanks for taking care.*«

Ghost redet, als wäre bereits eine Vergeltungsaktion geplant, und dem würde John auch aus vollem Herzen zustimmen. Mit dem Erwähnen der Spinne hat er seine letzte Karte ausgespielt und immer noch das Gefühl, dass sich Ghost in Zurückhaltung übt. Zeit, nicht mehr um den heißen Brei herumzureden.

»Ich habe ein Foto von dieser Operation«, sagt er. »Mit einer toten Frau und einem schreienden Kind.«

»*Check.*« Die Haltung des anderen verändert sich. Es ist, als hätte John eine Schwelle überwunden. »Sag nur, was los ist.«

»Ich brauche dich. Hier. So schnell wie möglich.«

»Wo bist du?«

»In Den Haag.«

Ghost kommt aus England, mit dem Eurostar dauert die Reise aus London vier Stunden und zehn Minuten. Bis er das Gespräch beendet, ist alles geregelt. Ghosts Vorgehensweise ist von beeindruckender Effektivität, und jetzt hat John das Gefühl, dass es gelingen wird, dass er Wasim und Ghost zusammenbringen kann, bevor der Timer abgelaufen ist. Am letzten Tag.

»Ich bringe jemanden mit«, fügt er hinzu. »Ich werde nicht allein zu unserer Verabredung erscheinen. Ist das ein Problem?«

Der andere hat sich so stark abgeschirmt, dass jede Änderung in der Planung eine falsche Reaktion auslösen kann.

»*I'll be there.*«

Mehr sagt er nicht. Ghost bestimmt den Zeitpunkt ihres Treffens, 22 Uhr. John trifft die Entscheidung über den Ort, eine Adresse am Rand von Den Haag, Richtung Naaldwijk, eine Lagerhalle von George.

»Jetzt muss ich nur noch ein paar Leute zusammentrommeln. Vorbereitung ist wichtig.«

Die ganze Sache wird eng. Wenn auch nur eine Kleinigkeit schiefläuft, wird er die Frist nicht einhalten können. Zum ersten Mal in fast zwei Wochen fällt etwas von ihm ab. Stärker als der Timer ist diese unbegreifliche Angst, die ihn vor sich hertreibt. Die Angst, er könnte in seiner Vergangenheit verschwinden und nicht wieder herausfinden.

»George holt dich ab«, sagt John.

»Nicht nötig, ich finde den Weg schon.«

»Das weiß ich. Aber George kommt und holt dich ab.«

Keine Diskussion.

# 83

## DER LETZTE TAG

*18 Stunden, 14 Minuten und 48 Sekunden*

Der Timer scheucht ihn auf. Sosehr er sich auch dagegen wehrt, sein Herzschlag scheint manchmal direkt an die immer weniger werdende Zeit gekoppelt zu sein. Nicht einmal mehr 24 Stunden sind es noch, als John seine alte Kaltblütigkeit wiederfindet. Die Stille im Herzen des Sturms, die Selbstbeherrschung, auf die jeder Geheimagent vertrauen können muss. Es ist Abend, und es fühlt sich an, als würde sich die Welt um ihn herum in Zeitlupe bewegen. Alle Nebensächlichkeiten fallen weg. Zwei Wochen sind vergangen, und er hat den Namen des Schützen in der Tasche, mit einer E-Mail-Adresse, er hat eine Verabredung mit dem Mann getroffen. In 17 Stunden. Zusammen mit Wasim wird er hingehen, und am Ort der Verabredung kann die Abrechnung stattfinden, was auch immer sie beinhalten wird. Aber das gelingt nur, wenn er auch die letzte Bedrohung beseitigt hat, und dafür muss er noch ein letztes Mal selbst los. Lydia und George bilden seine Nachhut, und er wird sie brauchen.

In Leiden klingelt er bei Scorpion. Er hat noch zu viele Fragen. Niemand wusste von der Verabredung, die John mit der Spinne getroffen hatte, nur John und die Spinne selbst. Und Scorpion. Möglicherweise hat die Spinne anderen davon erzählt, einer Sekretärin vielleicht. Trotzdem hat John nicht den Eindruck, dass es an dieser Stelle schiefgegangen ist. Scorpion war der Einzige, der davon wusste, er hatte John selbst die E-Mail-Adresse gegeben, mit der John die Spinne erreichen konnte.

Er klingelt noch einmal, es wird nicht geöffnet. Niemand scheint zu Hause zu sein. Es sind auch keine Geräusche hinter der Haustür zu hören. John späht durch das Fenster neben der Tür und versucht etwas zu erkennen. Drinnen ist es dunkel, vor dem Fenster steht eine Pflanze. Er sieht niemanden.

Mit einem Sparrows-Dietrich öffnet er die Tür und geht hinein. In dem kleinen Flur, in dem er Scorpion vor gut einer Woche zum ersten Mal begegnet ist, schaut er sich vorsichtig um. Er will nicht wieder von dem Mann verprügelt werden, die Auseinandersetzung vom letzten Mal spürt er noch immer in den Knochen.

Drinnen herrscht Totenstille. Leise schließt John die Haustür und wartet ab. Er lauscht, hört aber nichts. Keine knarrenden Dielen, keine sich öffnende oder schließende Tür, keine Stimmen.

Langsam geht er weiter, in das Hinterzimmer, in dem sie gesessen haben, und als er den Raum betritt, fällt ihm auf, wie ordentlich es dort ist, und wie leer. Da steht ein Esstisch mit vier Stühlen. Auf dem Tisch eine leere Vase. Auf einem niedrigen Schrank an der Wand gibt es ein paar Gläser und zwei Kaffeetassen. Er öffnet eine der Schranktüren. Dahinter befinden sich vier Teller und vier Schüsseln. Weiter nichts.

So ein Haus sieht er nicht zum ersten Mal. Die Wohnung von Jules Ommaz war genauso leer, auf die gleiche Weise sauber und steril. Hier ist es ähnlich, ein Haus ohne Leben, und die Chance ist sehr groß, dass auch hier Kameras und Mikrofone hängen, um alles im Blick zu behalten. Hier wird er nichts finden. Während er zu Haustür zurückgeht, wird ihm bewusst, dass er das Wichtigste bereits entdeckt hat. A386 gehört zur JISTARC. Das war wahrscheinlich bereits vor 20 Jahren so, als die Abteilung noch einen anderen Namen trug. Der Mann gehört zu Tauwman.

*Check.*

Auf der Matte hinter der Haustür liegt Post. Drei Umschläge, zwei Reklamebroschüren. Nur einer der Umschläge ist adressiert: an S. Wobbenga.

Seltsam, denkt er. Er steckt sich den Umschlag in die Jackentasche. Wer ist S. Wobbenga?

# 84

## KARISHMA NOORULLAH IM BILD

»Da!«

Der Tag neigt sich dem Ende zu, der Blick ist verschwommen vom vielen Starren auf die Aufnahmen, und plötzlich deutet ihr Finger mit dem blau lackierten Nagel auf den Bildschirm.

»Kuipers! Hierher. Sofort!«

Sie hat die Aufnahme angehalten, die auf einem anderen Bildschirm weiterläuft. Die Überwachungskamera hängt genau gegenüber der Haustür, zwischen Läden. Links ein Schuhgeschäft, rechts ein Gemüsehändler. Auf der Straße ist viel los, Menschen betreten die Läden und verlassen sie wieder. Vor der Tür steht eine Frau. Sie trägt eine Jeans und Turnschuhe, ein Sweatshirt und eine Sonnenbrille. Sie hat blondes, kurz geschnittenes Haar. Auf den ersten Blick sieht sie aus wie eine ganz gewöhnliche Frau aus Europa.

»Das ist sie. Da. Das ist Noorullah!«

Die Frau steht in einer Tür im Viertel einer der Adressen, die man über das illegale Telefon ermittelt hat, wie sie sich bereits gedacht haben. Kenzi überprüft die Daten am oberen Bildschirmrand. Die Adresse, die Zeit. Die Aufnahme ist vor acht Stunden entstanden, heute Morgen. Jetzt ist es halb vier Uhr nachmittags.

Karishma Noorullah hat heute Morgen um halb acht das Haus verlassen.

»Bist du dir sicher?« Kenzi starrt auf die Frau auf dem Bildschirm. Er hatte sie nicht erkannt.

»Hundertprozentig.« Jules hat sie so oft gesehen, in so vielen verschiedenen Haltungen. Beim Stillstehen, im Gehen, beim Rennen, im Sitzen. »Das da ist ihre Nase, das ist ihr Kinn, und so läuft sie, schau mal.« Sie stellt die Aufnahme wieder an, und Kenzi beobachtet den raschen, energischen Gang. Jeder Schritt vermittelt eine unverkennbare Überzeugung. Die Frau bewegt sich nicht schnell fort, auch nicht langsam, nicht nervös oder aufgeschreckt. Sie strahlt eine unglaubliche Ruhe aus. »So ist sie immer herumgelaufen, sie war nicht aus dem Gleichgewicht zu bringen.«

Kenzi schaltet um, die Karte dieses Teils von Den Haag erscheint auf einem großen Bildschirm an der Wand. Karishma Noorullah tritt aus der Tür und wendet sich nach links.

»Da geht sie, von hier ab will ich alle Kamerabilder. Ab halb acht heute Morgen. Ich will wissen, wohin sie geht und wann sie zurückkommt.«

Er gibt in Auftrag, bei allen Aufnahmen von Karishma Noorullah die Auflösung zu verfeinern und sie einzuscannen. Ihr neues Äußeres muss so schnell wie möglich in die Bilderkennung eingespeist werden. Jedes verfügbare System muss nach ihr auf die Suche gehen. Manchmal gibt es Beschwerden, wenn es darum geht, wie der Geheimdienst und die Polizei Personen digital wiedererkennen und observieren, aber das System ist Gold wert. Das wissen alle, die damit arbeiten.

Während er die Anweisungen erteilt und sieht, wie der Apparat des Dienstes wie eine nicht zu bremsende Macht über der Stadt ausgerollt wird, denkt Kenzi an John. An seinen Mentor, den alten Spezialisten. Was sagt der immer?

Ich laufe lieber.

Antink ist der Mann, der die Aktion immer selbst in Gang bringt. Digitale Schleppnetze, Wiedererkennungssoftware, ausgereifte Technologie, Bodyscanner, Infrarotsucher – alles prima. Man muss alles einsetzen, was einem zur Verfügung steht, aber das darf nie die Ausrede dafür darstellen, die Arbeit nicht selbst zu erledigen. Man muss selbst raus auf die Straße, selbst hinschauen, selbst mit Leuten reden, selbst die Kontakte nachvollziehen. Das ist das Schöne am Repair Club: Man macht immer alles selbst.

»Kommst du mit raus?«, fragt er.

»Auf die Straße?«

»Möglicherweise auch in einen Hauseingang, in ein Auto oder ans Fenster im Subway gegenüber.«

Sie verzieht angewidert das Gesicht. »Nicht in einen Subway, da ist es eklig. Echt eklig.«

Erster Kontakt ist das Observationsteam vor Ort. Die Fotos von Karishma Noorullah mit der verbesserten Auflösung haben die Leute bereits über E-Mail erhalten. Sie wissen nun, nach wem sie suchen und in welchem Haus sie sich versteckt.

»Sollen wir schon rein?«

Es ist ein fast natürlicher Drang, so schnell wie möglich drinnen nachzusehen. Kenzi will das nicht. Sie dürfen nichts tun, womit sie Karishma Noorullah bei ihren gewöhnlichen Tätigkeiten stören könnten. Die Routine, der jemand nachgeht, liefert viele brauchbare Informationen. Wenn sich jemand nicht bedroht fühlt, erkennt man am meisten.

Sie sitzen in einer Art Loungebar, auf dem Tisch steht eine große Kanne Tee, und mit einem ordentlichen Trinkgeld lässt sich dafür sorgen, dass der Besitzer nicht ständig kommt und fragt, ob man noch etwas bestellen möchte. In der Gegend gibt es zu Jules' großer Erleichterung weit und breit keinen Subway. Sie reden über Belangloses, und manchmal reden sie gar nicht. Jeder behält seinen jeweiligen Teil der Straße im Auge. Das Observierungsteam sitzt oben in einem leer stehenden Apartment. Dort hat man hinter alten Rollos verdeckt Kameras aufgestellt. Auf Posten ist es immer dasselbe: Anfangs herrscht eine gewisse Anspannung, weil jeden Moment etwas geschehen kann. Mit dem Verstreichen der Zeit, ohne dass etwas geschieht, fließt die Anspannung weg, und die schwierige Phase beginnt: die der Langeweile. Nach zweieinhalb Stunden sind sie in dieser Phase angekommen. Es ist fast halb neun, die Dämmerung setzt ein, im schwindenden Licht ist es schwierig, die Menschen auf der anderen Straßenseite noch gut zu erkennen. Männer, Frauen. Müdigkeit und Dunkelheit sind schlechte Verbündete.

Als die Straßenlaternen angehen, verändert sich die Sicht. Der Lichteinfall ist anders, härter, mehr von oben. Gesichter werden verzeichnet. Um 22 Uhr sitzen sie immer noch da, der Lokalbesitzer wird langsam ungeduldig. In einer Stunde wird er schließen, dann müssen sie hier raus. Um 23 Uhr sitzen sie im Auto, schräg gegenüber vom Eingang, mit Red Bull und gefüllten Keksen. Um halb eins schläft Jules mit dem Kopf an seiner Schulter. Um vier Uhr lehnt sich Kenzi an sie, und sie hält Wache. Die Nacht scheint endlos lange zu dauern. Um sechs sind sie beide wach.

»Du schnarchst«, kommentiert Jules.

»Auch das noch.«

Kenzi besorgt Kaffee und ein belegtes Brötchen, sie trinken und essen schweigend und schauen auf die Straße, auf die Menschen und auf die Tür, aus der Karishma Noorullah vor so vielen Stunden nach draußen gekommen ist. Sie schauen und schauen. Sieben Uhr. Halb acht.

»Möchtest du noch Kaffee?«
Jules reagiert nicht. Sie deutet hin.
»DA IST SIE!«

# 85

## VERFOLGUNG

Noch bevor Karishma Noorullah die Tür erreicht hat, aus der sie gestern Morgen aus dem Haus getreten ist, stehen Kenzi und Jules auf der Schwelle. Superschnell, zu schnell, denn genau genommen haben sie keine Ahnung, was sie jetzt tun sollen.

»Verfolgen?«, fragt Jules. Ihr Bereich ist die Observation, der Personenschutz.

»Aufgreifen«, sagt Kenzi. Sein Auftrag besteht darin, sie zu finden und zum Dienst zu bringen.

»Du und ich? Ich habe dafür keine Genehmigung.«

»Was macht das schon? Wenn sie durch diese Tür da nach drinnen geht, sind wir sie wieder los. Mach schon!«

Er hebt eine Hand, um das Team oben zu warnen. Gibt ein Zeichen. Aktion läuft.

»Du links, ich rechts«, erklärt er und überquert die Straße, läuft in Richtung Tür. Jules zögert nicht mehr, sie hält sich links, sodass sie hinter Karishma Noorullah zum Vorschein kommt. Von zwei Seiten, von vorne und von hinten. Wenn alles gut geht, kommt das Team von oben rechtzeitig nach unten, sodass sie auch die gegenüberliegende Seite abgedeckt haben. Alles wird in aller Eile erledigt. Er schaut. Karishma Noorullah hat eine

Einkaufstüte aus Plastik in der einen und ein Smartphone in der anderen Hand. Noch zwei große Schritte, und er steht vor ihrer Tür, vor ihrer Nase. Über ihre Schulter hinweg sieht er, wie Jules sich nähert.

»Mevrouw Noorullah?«

Sie reagiert nicht, tut so, als hätte sie ihn nicht einmal gehört, als würde sie den Namen gar nicht kennen. Sie geht weiter, ohne langsamer zu werden, und rammt ihm die Schulter mitten in die Brust, hart und zielgerichtet. Es ist, als würde sie mit einem Schlag sein Herz und seine Lungen ausschalten. Sie lässt die Tüte fallen und greift nach seinem linken Handgelenk. Kenzi versucht sich zu wehren, aber es ist zu spät, viel zu spät. Sie hatte ihn längst bemerkt, wusste ganz genau, was sie unternehmen würde. Es ist keine improvisierte Reaktion, sondern ein geübter Angriff, der da über ihn hereinbricht. Sie dreht ihn um und stößt ihn nach unten. Er packt ihr Hosenbein, versucht sich festzuhalten. Sie kneift ihm in den Hals, und sein Körper erschlafft. Sie legt ihn in einer Ecke des Eingangs nieder, öffnet die Tür, schlüpft nach drinnen und wirft die Tür zu. Alles innerhalb von Sekunden. Als er die Kontrolle über seinen Körper wiedererlangt hat, steht Jules bereits neben ihm. Das Team hämmert an die Tür, bis das Schloss nachgibt. Sie stürmen nach drinnen, in einen Flur. Treppenhaus rechts. Auf der anderen Seite eine Hintertür. Die steht offen.

Kenzi ruft Calder an. Sie haben Noorullah gefunden, und sie ist entkommen. Sie befindet sich auf der Straße. Foto geschickt, Angaben überall bekannt.

»Die Jagd ist eröffnet«, verkündet Kenzi.

Während um ihn herum alle lebendig werden und losrennen, wischt Kenzi über sein Smartphone und klickt sich durch die Aufnahmen, bis eine von den Straßen in der Gegend auf dem Display erscheint.

»Hier«, sagt er.

Ein flackernder Punkt bewegt sich durch eine der Straßen.

»Minitracker.« Während des Kampfes hat er einen winzigen Sender an ihrem Hosenbein befestigt, sodass er über eine App auf seinem Handy genau sehen kann, wo sie ist und wo sie hingeht. Er spricht sich mit der Zentrale ab. Zwei Autos sind unterwegs. Er steuert sie an die beiden Enden der Straße, durch die Karishma Noorullah läuft.

»Und sorgt für Ruhe«, weist er sie an. »Kein Geräusch, kein Licht, keine Kennzeichen. Sorgt dafür, dass sie nicht aufgescheucht wird.«

Dann rennen sie durch den Flur, durch die Hintertür, über den Innenhof, durch das Tor, in die nächste Straße. Kenzi hat dabei sein Smartphone nahe vorm Gesicht. Der rote Punkt flackert und bewegt sich.

Nach rechts. Eine unbelebte Geschäftsstraße am frühen Morgen. Die Restaurants sind noch alle geschlossen. Er klickt auf sein Display. Noch dreihundert Meter. Weniger.

# 86

## LAGERHALLE

*3 Stunden, 26 Minuten und 7 Sekunden*

Mittwoch, fünf nach elf, Wasim ist da. Er wirkt kleiner, als ihn John in Erinnerung hat. Er hat keine Angst und ist auch nicht aggressiv, auch dadurch wirkt er ein wenig kleiner.

»Fast«, sagt John.

Wasim schaut ihn fragend an, als würde er nicht begreifen, was John damit meint. »Was, fast?«

»Der Timer. Die zwei Wochen sind fast vorbei. Ich komme gerade noch rechtzeitig.«

»Ach ja, das. Gut gemacht.«

John weiß nicht, was er davon halten soll. Wasim ist ruhig, nicht die geringste Bedrohung geht von ihm aus, er hat keine Eile.

»Hast du ihn gefunden?«

»Was glaubst du denn? Sonst wären wir doch nicht hier.«

»Wo ist er?«

»In der Nähe.«

»Dann sind wir tatsächlich fast am Ziel«, gibt Wasim zurück. »Es gibt immer noch einen weiteren Schritt, den man unternehmen muss, immer noch eine Verzögerung oder eine Umleitung, bevor man dorthin kommt, wo man sein will. Auch gut.« Er wirkt nicht aggressiv, eher erstaunt, weil alles genau so läuft, wie er es erwartet hatte. »Bist du bereit dafür?«

John versteht die Frage nicht. Natürlich ist er bereit dafür, er hat das Ganze doch selbst organisiert. Warum erkundigt sich Wasim also danach?

John will nicht einmal darüber nachdenken, sie müssen weiter. Noch weiter. Sie haben keine Zeit zu verlieren.

»Komm«, fordert er Wasim auf.

Er nimmt Wasim mit in eine geräumige, fast leere Lagerhalle hinter Georges Werkstatt. An der Wand stehen zwei Autos, ein Opel und ein Renault, beides alte Wagen. Ansonsten gibt es eine große Fläche mit einem Tisch und ein paar Stühlen in der Mitte. George und Lydia sind auch hier, und es erfüllt John mit Erleichterung, die beiden zu sehen. In ihrer Begleitung befinden sich drei Personen, zwei stehen in einiger Entfernung, eine von ihnen sitzt am Tisch, ein Mann mittleren Alters, etwa Mitte fünfzig. Er ist ziemlich dick, wie viele Menschen, die einmal sehr viele Muskeln hatten. Beim Aufstehen trägt er sein zusätzliches Gewicht, als würde es gar nicht existieren. John erkennt ihn sofort. Zuletzt hat er ihn in der Nähe der Gebirgskette Safed Koh gesehen, am Weißen Berg, an der Grenze zwischen Afghanistan und Pakistan.

»Ghost.«

Sie boxen sich kurz, mehr nicht. Sie halten Distanz zueinander. Der Mann verhält sich äußerst vorsichtig. Er ist ein ehemaliges Mitglied der *Special Forces*, trainiert für geheime Aktionen. Für das Eingreifen in aussichtslos scheinende Situationen. Er hat vor nichts und niemandem Angst. Bis heute nicht.

»Hast du das Foto?«, fragt er.

John holt die Aufnahme hervor.

»Warum willst du es sehen?«

»Dieses Foto ist der Beweis. Ich rede nur mit Menschen, die das Foto haben. Mit niemandem sonst.«

»Wie eine Art Losungswort.«

»Dann weiß ich, dass der andere es auch weiß. Alle haben eine Meinung, zu allem. Aber nur, wenn du dort gewesen bist, weißt du, worum es geht. Du warst dort, das weiß ich. Ich erkenne dich wieder. Trotzdem will ich den Beweis sehen. Das ist besser als ein Pass. Jeder Idiot kann einen Pass fälschen. Nur ganz besondere Idioten teilen Erfahrungen, die man lieber nicht gemacht hätte.«

Er schaut in Wasims Richtung. »Wen hast du da bei dir?« Er ist auf der Hut. Für ihn ist Wasim ein Unbekannter.

»Dieser Mann sucht nach dir. Dringend. Warum, weiß ich nicht, aber das Foto habe ich von ihm bekommen.«

Wasim macht einen Schritt nach vorn, und Ghost reagiert mit Anspannung.

»Stopp«, befiehlt er. »Bleib stehen.« Er will nicht, dass sich Wasim ihm nähert.

Wasim presst beide Handflächen gegen seine Brust und deutet eine Verbeugung an. Einen Gruß. Ehrerbietung. Dann holt auch er ein Foto aus der Tasche und zeigt es dem Mann.

»Was willst du?«

»Du bist Ghost. Spezialist für Fluchtrouten.«

John weiß, was Wasim damit meint. Ghost hat ihr Team sicher und unauffindbar aus dem gefährlichsten Teil Afghanistans gebracht. Wie er das angestellt hat, weiß niemand, aber in diesem Gebiet ist ihre Flucht legendär. Er war es, Ghost. Der Unauffindbare.

»Wir brauchen dich, aber nur ein Spezialist mit den richtigen Verbindungen konnte dich aufspüren und sich dir nähern. John Antink. Über jemanden aus seinem Team, Mevrouw Wilmen, habe ich ihn gefunden.«

Lydia tritt heran und stellt sich neben Wasim. Die beiden scheinen sich offensichtlich gut zu kennen.

»Über Lydia ist es mir gelungen, John Antink zu finden.« Wasim schweigt und schaut John an, scheint sich für das Geschehene entschuldigen zu wollen.

»Walter«, erwidert Ghost. »Sein Name ist Walter.«

»Okay, Walter. Egal.« Wasim hat keine Ahnung, warum der Mann John plötzlich Walter nennt, aber er will sich nicht ablenken lassen. Alle involvierten Männer haben Decknamen. Ghost auch. Und jetzt ist Ghost hier. Das ist gelungen. Darauf muss er seine Aufmerksamkeit richten. »Allah ist groß, und jetzt brauchen wir dich. Wir, die afghanischen Freunde. Mehr als jemals zuvor. Jemanden, der uns dabei helfen kann, die Routen zu finden und zu schützen.« Es geht um die Kombination, in der Ghost mit seinen Fähigkeiten glänzt, um Flucht und Sicherheit. Die Taliban stehen kurz vor der Rückkehr ins Land. Von jetzt an braucht man Fluchtrouten für die Menschen, die mit dem Westen zusammengearbeitet haben. Wenn sie ihr Entkommen nicht selbst organisieren, werden sie zurückgelassen. Dieses Risiko wächst von Tag zu Tag. Dolmetscher, Organisatoren, Köche, Chauffeure und noch sehr viele andere. Ghost kann diese Aufgabe übernehmen. »Hilf uns. *Please.* Wir haben Geld, wir können dich bezahlen.« Er führt die Hand wieder an die Brust und wiederholt die still angedeutete Verbeugung. Er fleht Ghost an. Sie sind verzweifelt. Die Aussicht, ihrem Schicksal überlassen zu werden, ist allzu real. Nachdem die Amerikaner ihren Abzug aus Afghanistan angekündigt haben, wächst die Bedrohung mit jedem Tag. Die Taliban haben für Verräter wenig übrig.

Ghost wirkt unbeeindruckt, es hat den Anschein, als wäre er noch nicht überzeugt. Sein Schweigen macht Wasim allmählich nervös.

»Hör zu, bitte! Begreifst du, was ich sage?«

»Ich brauche nicht zuzuhören«, gibt Ghost zurück. »Ich brauche hier gar nichts zu tun. Woher soll ich denn wissen, wer du bist? Woher soll ich wissen, dass du nicht genau der Mann bist, um den ich einen ganz großen Bogen machen muss?«

Wasim wirkt völlig ratlos. Wenn es ihm nicht gelingt, Ghost für seine Mission zu gewinnen, war alles umsonst.

»Mir brauchst du nicht zuzuhören, mir nicht. Aber da gibt es noch jemanden.« Wasim wendet sich um, geht zum Eingang und kommt mit Daoud zurück. Mit dem hochgewachsenen jungen Mann, den John bereits zuvor in der Wohnung gesehen hat. Der geht auf Ghost zu, berührt zur Begrüßung die eigene Brust und stellt sich vor.

»Hast du das Foto auch?«

Daoud scheint ihn nicht zu verstehen, mit fragendem Blick wendet er sich Wasim zu.

»Nein, er nicht«, erklärt Wasim. »Er hat etwas anderes.« Er gibt Daoud eine Anweisung, und der junge Mann holt einen Umschlag aus der Tasche. Den gibt er Wasim, und der überreicht ihn Ghost.

»Das hier gehört dir, glaube ich.«

Ghost öffnet den Umschlag und holt eine Patronenhülse und eine gebrauchte Kugel heraus. Er lässt sie in seiner Hand herumrollen, schaut sie an.

»Ist das hier das, wofür ich es halte?«

Mit angehaltenem Atem schaut John auf die beiden Männer und auf die Kugel. Er kann die Augen nicht von dem verformten kleinen Gegenstand abwenden. Er denkt dasselbe wie Ghost – mit dieser Kugel wurde die Frau erschossen. Wasim wollte den Schützen finden, um ihm die Kugel zurückzugeben, um ihm das tödliche Stück Stahl in die eigenen Hände zu legen.

Wasim bestätigt, was Ghost und John denken. »Betrachte das hier als Anzahlung«, erklärt er. »Diese Kugel ist auch das Abgelten einer Schuld von allen Hinterhalten und Sprengfallen.«

Ghost lässt Kugel und Patronenhülse noch immer in seinem Handteller herumrollen. Dann schließt er die Faust.

»Eine Frage«, sagt er. »Warum gibst du das hier mir? Wenn das die Kugel ist, mit der die Frau erschossen wurde, stammt sie nicht von mir«, fährt er fort. Er steht auf und geht zu John. »Dann gehört sie dir. Hier.«

Wie gebannt schaut John auf den Mann, der da unmittelbar vor ihm steht. Er ist groß, breit und schwer. Er streckt die Hand aus, geöffnet, mit dem Handteller nach oben, sodass Kugel und Patronenhülse sichtbar sind. Sie glitzern schwach im Licht. Vor beinahe zwanzig Jahren abgefeuert. Erinnerungen, Bilder, Geräusche explodieren in seinem Kopf. Alles gleichzeitig.

# 87

## PAKISTAN
– 2002 –

Da ist keine Grenze. Wenn man mit beiden Füßen darauf steht, sieht man sie nicht. Nachdem sie die Leichen ihrer Männer gefunden und im harten Boden begraben hatten, waren sie weitergezogen, in das Gebiet südwestlich von Kabul, in das sich die Taliban zurückzogen. Die Leichen der Vorausgesandten bewiesen, dass sich die Taliban ganz in der Nähe befanden.

Die letzte Basis, in der sie übernachteten, war nicht mehr als ein Quadrat von zweihundert mal zweihundert Metern, umgeben von wenigen Meter hohen Erdwällen. Eine primitive Festung, angelegt von Guerillakämpfern in einem anderen Krieg, nicht einmal 15 Jahre zuvor. Innerhalb dieser Wälle standen einige Holzbauten, Hütten, Lager. Alles schmierig und dreckig. Dort wachte John auf, schmutzig und wie gerädert, am anderen Ende der Welt, möglicherweise sogar am Ende der Welt, und entdeckte etwas, was er zunächst nicht einordnen konnte. Es hing an einem Holzbalken zwischen zwei Hütten. Er musste hingehen, um es zu erkennen: die gehäutete Leiche eines Mannes. Sie hing dort wie ein geschlachtetes Tier. Die Grausamkeit war überwältigend, der Anblick unerträglich, und trotzdem vermochte John den Blick nicht abzuwenden. Es war, als könnten seine Augen das Bild nicht loslassen, er musste hinsehen, während sein Körper bebte. Es war schlimmer als grausam. John verlor jegliche innere Orientierung, der Anblick des Mannes brachte ihn völlig aus dem Gleichgewicht. Er begriff das Ganze nicht mehr. War es etwas anderes? Hatte es mit Grausamkeit gar nicht mehr zu tun? Außer man hatte es dem Mann bei lebendigem Leib angetan, dann war es die schlimmste denkbare Folter gewesen. John konnte sich das nicht vorstellen. Der Mann musste bereits tot gewesen sein, als sie ihm die Haut vom Körper gezogen hatten. Das sagte sich John, denn für seinen eigenen Seelenzustand war das besser. Er versuchte etwas Unbegreifliches zu begreifen. Der Mann, der dort hing, war zu einer Botschaft im großen Nichts reduziert worden. Zu einem riesigen an den Feind gerichteten *Fuck you*, wer auch immer dieser Feind sein sollte.

Mit beiden Füßen auf dem so harten Boden verlor John sich selbst. Er spürte es in seinen Sehnen und Gelenken. In seinen Knien und Schultern. Es war, als hätte sämtliche Säure seinen Magen verlassen und strömte durch seine Adern. Er gab einen stummen Schrei von sich. Das hier war mitten in der Nacht geschehen. Er hatte nichts davon gehört, nichts mitbekommen. Er musste sich tief in sich selbst zurückziehen, um nicht verrückt zu werden. Jede Tür warf er zu, jedem Gefühl drehte er den Hals um. Zweifel? Weg damit. Er zweifelte nicht. Zu gefährlich. Wut? Kannte er nicht. Er war nicht verärgert. Zu unberechenbar. Schmerz? Den gab es nicht. Er spürte nichts. Zu verletzlich. Nur noch ein Ziel gab es: Er musste versuchen, hier herauszukommen. Der Auftrag kam zuerst. Konzentration. Er biss sich auf die Lippe. Schlug den Kopf gegen eine Wand. Schmeckte sein eigenes Blut. Es gab ihn noch.

Er schmeckte Hass. Und machte weiter.

Es gab keine Illusionen mehr, er war in einer Parallelwelt gelandet. Normale Gedanken flossen nicht mehr. Der Mann dort am Balken war ein Unbekannter, ein vermeintlicher Terrorist. Ohne seine Haut ließ sich nicht mehr erkennen, ob es sich um einen Afghanen aus der Gegend handelte, um einen Taliban oder Al-Qaida-Kämpfer oder um jemanden aus dem Westen. Fleisch und Knochen an einem Haken. Ich könnte genauso gut dort hängen, sagte er sich. Es ist ihnen scheißegal.

Der Mann war von Menschen gehäutet worden, die zusammen mit dem Westen gegen den Terror kämpften. Durch Bundesgenossen. Durch Freunde. Unwiederbringlich wurde John von der großen Schrottpresse verschluckt. Unter Druck wird alles flüssig, heißt es. Das stimmt aber gar nicht. Wer sich mit dem Verschrotten von Autos auskennt, weiß, dass ein Autowrack mit riesigen Kräften zu einem Block undurchdringlichen Stahls zusammengepresst wird, eben stahlhart. Nichts dringt mehr ein, nichts kommt mehr heraus. Flüssig? Würde das nur stimmen, dann gäbe es noch Hoffnung.

Nicht hier. Dieses Land hatte überall Grenzen, und jeden Tag überschritt er sie. An jenem Tag geschah das irgendwo im ungastlichen Niemandsland zwischen Afghanistan und Pakistan. So fühlte es sich an, als wäre er nirgends mehr. Immer langsamer bewegte sich sein kleines Team durch das Terrain, das ihre Patrouille nicht mehr überprüft hatte. Hier hatten die Amerikaner in vier Tagen 350 Tonnen Sprengstoff über Tora Bora abgeworfen. Afghanistan ist ein großes Land. Ein Jahr nach dem Bombardement bewegte sich John etwa 50 Kilometer südlich von diesem Berg, und von dem gnadenlosen Angriff war nichts mehr zu erkennen.

A173 hätte dabei sein müssen. Market Man, der Spezialist, der in jeder Situation verhandeln konnte, der Türen öffnete, Menschen für sich einnahm und nicht sofort zu schießen brauchte, um Eindruck zu machen. Market Man gab es nicht mehr. Sie liefen blindlings, John in der Nachhut, die US-Marines voneweg und an den Flanken. Es war verräterisch still, und wenn er die Augen schloss, schien es, als befände er sich auf einem Spaziergang durch die Natur. Klare Luft, frisch. Sauber. Für ihn verbarg sich die Gefahr in allem, was sie nicht sehen oder hören konnten.

Welche Grenze hatten sie überquert? Die offizielle oder die der Bewohner hier? Niemand konnte das mit Genauigkeit sagen. Erst als sie eine kleine Niederlassung entdeckten, war wieder eine Orientierung möglich. Ganz langsam, wie in Zeitlupe, näherten sie sich den primitiven Häusern. Ein paar Ziegen liefen dort herum, Menschen waren nirgends zu sehen. Genau die Art Szenario, nach der sie suchten, abgelegen und mitten im Zielgebiet. Hier zogen die Taliban und Al-Qaida-Krieger durch, hier versteckten sie sich, hier wussten die Bewohner, in welchen Tälern und Grotten sich die Kämpfer aufhielten. Hier war die Information zu bekommen, die sie haben wollten.

Zwei Männer gingen voraus, um die Behausungen zu kontrollieren. Der Rest folgte ihnen. Das erste Haus. Tür auf. Den Gewehrlauf zuerst rein. Nachschauen. *Check.*

*Clear.*

Zweites Haus. Die gleiche Prozedur. Vorsichtig weiter. Jeden Schritt ganz bewusst machen, ohne eine unbedachte Bewegung.

Drittes Haus. *Clear.*

Sie näherten sich der Mitte der kleinen Siedlung, als die erste RPG-Granate einschlug. Die Explosion riss die Stille der Natur in Fetzen. Die Granate war zu weit links aufgekommen – niemand getroffen. Innerhalb weniger hektischer Sekunden formierte sich das Team neu, und im nächsten Augenblick brach der Kampf los. Die US-Marines hatten die Angreifer blitzschnell geortet, und die Attacke wurde mit zielgerichtetem Feuer beantwortet.

Die folgenden von den Taliban abgeschossenen Granaten waren noch schlechter ausgerichtet, weil die Marines in einer Hölle der Gewalt und des Lärms einen dichten Kugelhagel zurückschickten. John blieb hinter der Schusslinie, er besaß zwar eine Waffe und hatte auch das nötige Training erhalten, aber er war kein Soldat und durfte sich nur beteiligen, wenn es keine andere Möglichkeit mehr gab.

Unter Ausübung heftiger Gewalt wurde der Angriff abgewehrt. Die US-Marines konnten zwei der Gegner überwältigen und gefangen nehmen, damit fehlte dem Gefecht der Stachel, und die Angreifer zogen sich langsam zurück. Die ganze Auseinandersetzung hatte kaum länger als eine Viertelstunde gedauert. Wie durch ein Wunder gab es auf der Seite der Truppe keine Opfer. Man jubelte und jauchzte. Durch das Adrenalin und die Aufregung blieben alle in einem übererregten Zustand. Die Mission erschien als überwältigender Erfolg: Sie hatten zwei Gefangene, zwei Männer aus einer Taliban-Gruppe, die von Pakistan aus operierte. Wenn sie die Männer gekonnt anpackten, würde das wesentliche Informationen liefern.

Nach dem Gefecht war die Gefahr gewichen. Es geschah fast nie, dass eine Gruppe Taliban-Krieger zweimal hintereinander einen Angriff startete. Nach einer Attacke zogen sie sich zurück und verschmolzen mit dem Hinterland. Sie führten keine Feldschlachten, ihre Taktik bestand aus *Hit and Run*: dem Feind so viel Schaden wie möglich zufügen, Tote und Verwundete hinterlassen und weg.

In der wieder eingekehrten Ruhe stellte sich die Truppe neu auf, die vorausgeschickten Männer erschienen, die Kommunikation wurde reaktiviert, die Sicherung der Gefangenen erfolgte, man bereitete schon den Rückzug vor. Planen, Vorausschauen, Abwägen. Sollten sie zurück denselben Weg nehmen oder eine andere Route?

Fragen, Entscheidungen, Beschlüsse. John stellte sich auf die Befragung der beiden Männer ein. Damit hätte er am liebsten sofort angefangen. Notfalls im hinteren Teil eines der gepanzerten Fahrzeuge. Mit einem Dolmetscher. Briefings. Weitere Entscheidungen. In jedem Fall waren die beiden Gefangenen nicht zusammen unterzubringen, in einem Fahrzeug. Getrennt voneinander musste man sie einsperren und befragen, sodass sie sich nicht absprechen konnten. Auf diese Weise konnten die Übereinstimmungen und Unterschiede sicher bestimmt werden. Das passte perfekt zu der Vorgehensweise, die John im Auge hatte.

Er wandte sich in Richtung des Dolmetschers, der in einiger Entfernung wartete, bis man ihn rief, weil er gebraucht wurde. Mit ihm wollte er zu den Gefangenen. Die erfolgreiche Mission hatte ihm einen riesigen Energieschub verliehen. Er machte ein paar Gesten in Richtung des Dolmetschers, und gerade als er ihn auch rufen wollte, rief der Mann selbst etwas, stieß einen kurzen Schrei aus. John konnte ihn nicht verstehen. Der Mann schrie wieder. Er war zu weit weg. John drehte sich um. Aus einer der Behausungen sah er eine Frau auf sich zu rennen, ein kleines Kind im Arm, auf der Hüfte, ihre weite Kleidung umwehte sie. Ihre Stimme durchschnitt die stille Luft. John schaute hin. Versuchte zu erfassen, was da los war. Sein Dolmetscher zeigte auf die Frau und rief etwas. Dann wieder.

»Bombe!«

John legte das Gewehr an und richtete es aus. Hunderte von Malen hatte er das geübt, auf dem Schießstand und während des Trainings vor Ort. Er wusste, was er zu tun hatte, und erledigte es beinahe ohne nachzudenken. Ausrichten, fokussieren, entsichern. Bis er ihr Gesicht in der Verlängerung des Laufs erkannte. Dann setzte sie ein, in diesem Moment setzte die Verleugnung ein. Er war bereits durch die Schrottpresse gegangen, nicht mehr aufnahmefähig. Er erkannte sich selbst nicht wieder.

Nicht nachdenken. Einatmen. Halten. Ausatmen. Abzug. Eine Kugel, quer durch den Schädel der Frau, der das Kind aus dem Arm fiel.

Danach hörte er das Schreien.

# 88

## DIE KUGEL

»Du?«, fragt Wasim. »Was soll das? Warum hast du nichts gesagt? Warum?«

Weil er das Ganze während all der Jahre verdrängt hat, so tief in sich verborgen, dass er selbst davon überzeugt war, es wäre nicht geschehen. So funktioniert das. Jetzt kommt es hoch. Mit der Kugel in der Hand spürt er den Rückstoß des Gewehrs wieder. Spürt, wie es ihm gegen die Schulter schlug. Im Bruchteil der Sekunde, die ihm für seine Entscheidung geblieben war.

»Du?«

John steht da. Ihm zittern die Beine. Die Erinnerung, die er nicht haben wollte, ist schließlich zurückgekehrt. Und sie nimmt Rache. Er hat die Frau erschossen. Ohne jedes Zögern hat er sie ermordet. Er hat den Schützen gefunden. Er selbst ist der Schütze.

»Das wusstest du doch aber?«, fragt Ghost. »Natürlich hast du es gewusst. Einen einzigen Schuss, mehr hast du nicht gebraucht. *Clean.* Ausgeschaltet in sicherem Abstand von den Männern, bevor sie näher kommen konnte.«

Der ganze Angriff durch die Taliban war ein vorgeschobener Hinterhalt, um die Gruppe in der Siedlung festzuhalten und der Selbstmordattentäterin die Gelegenheit zu geben, sie alle gleichzeitig auszuschalten. Fast wäre es gelungen. Der Zünder des Bombengürtels hatte sich noch in ihrer Faust befunden, eingeklemmt unter ihrem eigenen Körper.

»Diese Frau«, sagt John.

»Nicht nachfragen.« Ghost legt ihm die Hand auf die Schulter.

Es war aber noch schlimmer. Da gab es noch eine Erinnerung, die sich Bahn brechen musste, noch ein Bild, das er auch jetzt nicht zulassen wollte.

»Es gibt noch ein Foto. Ein weiteres.«

»Vergiss es«, erwidert Ghost.

John hat es in all den Jahren vergessen. Jetzt versucht er es wieder. Schließt es weg, stößt es von sich.

»Die Operation war verraten worden«, sagt Ghost. »Wir durften kein einziges Risiko eingehen. Das wusstest du.«

»Wer? Wer hat uns verraten? A386 sagt, ich wäre es gewesen.«

»Wer?«

»Scorpion.«

»Nie gehört, den Namen. Der war nicht in meiner Truppe. Und ich kannte die meisten der Leute, die auf diesem Gebiet aktiv waren. Scorpion gehörte nicht dazu.«

Damit bestätigt er Johns Vermutungen. Scorpion war nicht der, als der er sich ausgab.

»Ich vermute, es war einer der Afghanen«, fährt Ghost fort. »Ein Dolmetscher? Ein Fixer? Wer weiß das schon? Wahrscheinlich einer der Späher. Die Jungs, die wir weit vorausgeschickt haben, ließen sich am schwierigsten kontrollieren.«

»Sie hatten ihre Köpfe mitgenommen.«

»Und dadurch konnten wir nicht genau feststellen, wer da lag.« Die Chance war groß, dass eine der Leichen die einer Person war, die nicht zur Truppe gehörte. Bei einer Leiche ohne Kopf ließ sich das nicht mehr feststellen.

»Ich war es also nicht?«

»*You saved our ass.* Du hast uns das Leben gerettet. Das hier ist deine Kugel. Du kannst stolz sein.« Er wendet sich um, an Wasim. »Und jetzt zu dir.«

John hört nicht mehr, was Ghost und Wasim miteinander besprechen. Er fühlt die Kugel in der Hand und spürt, wie ihn eine neue Ruhe überkommt. Erst jetzt erinnert er sich wirklich, wie Ghost das Team aus dem feindlichen Gebiet geführt hat, über eine ganz andere Route als die auf der Hinreise. Nach dem missglückten Selbstmordattentat war deutlich geworden, dass die Taliban alles über sie wussten. Ghost hatte das Team unter seine Obhut genommen, der Mann besaß ein untrügliches Gefühl für Richtung und lauernde Bedrohungen. Er umschiffte alle gefährlichen Orte, vermied Siedlungen, überwachte sämtliche Radiokommunikation, ohne selbst zu einer Basis Kontakt aufzunehmen, vermied es so, seine eigene Position preiszugeben.

Vier Tage später erreichten sie Kabul, und bis dahin hatte John die beiden Gefangenen erschöpfend verhört. In jeder Hinsicht eine intensive Erfahrung. Eingeschlossen in dem kleinen Raum des gepanzerten Fahrzeugs, ohne Distanz. Erst den einen, dann den anderen. Dort hatte die Verdrängung bereits eingesetzt. John hatte keine Zeit für das Vorgefallene, keinen Platz. Er hatte einen Auftrag, und als er erst einmal im Flugzeug zurück in die Niederlande saß, verfügte er über einen Schatz an Informationen und ein unbelastetes Gewissen.

Nun hat er die Kugel. Einen kleinen, harten Gegenstand. Sie wirkt unbedeutend, er hat schon so viele Kugeln gesehen. Aber diese hier hat eine Bedeutung, die ihn nicht mehr loslässt. Als er seine Gedanken endlich wegschiebt, hört er, dass Wasim und Ghost über Geld sprechen. Es geht um riesige Beträge, die gebraucht werden, um Leute ins Gebiet zu bekommen und Material zu kaufen oder zu mieten. Es geht um eine Operation, die Monate dauern kann, vielleicht sogar ein Jahr.

»Wir haben Geld«, sagt Wasim wieder.

»Wo?«, fragt Ghost. »Wie viel?«

Irritiert schaut sich Wasim um. Er nimmt sein Handy und schaut nach, überprüft seine Nachrichten.

»Sie müsste längst hier sein.«

# 89

## NOORULLAH

In sicherem Abstand folgen sie dem Auto, aus dem Zentrum in einen südlich gelegenen Vorstadtbereich. In Richtung Wateringen.

Kenzi flucht. Während Jules den Wagen lenkt, versucht er John zu erreichen, aber es gelingt ihm nicht. John nimmt keine Gespräche an und schaut nicht auf seine Nachrichten. Typisch für den Alten, er hat sein Handy wahrscheinlich ausgeschaltet. Kenzi muss sich am Autodeckengriff festklammern, während Jules das Auto mit hoher Geschwindigkeit durch die Straßen jagt. Die Verfolgung von Noorullah gestaltet sich nicht einfach, sie hat es eilig, sie rast durch die Stadt und ignoriert sämtliche Ampeln. Erst am Rand von Wateringen reduziert sie ihr Tempo.

»Hier irgendwo hat George eine Lagerhalle«, verkündet Kenzi, und dann wird ihm klar, wohin sie unterwegs sind. »Die Lagerhalle von George. Da sind John und Wasim auch.«

Noorullah zögert bei jeder Seitenstraße. Ganz offensichtlich sucht sie die richtige Adresse.

»Hier nach links«, ordnet Kenzi an. Wenn sie eine etwas andere Route nehmen, können sie schneller fahren und sind sogar vor Noorullah am Ziel.

Jules steuert den Wagen um eine Ecke und tritt unbarmherzig aufs Gas. Wie Partner auf einer Rallye arbeiten sie zusammen, Kenzi brüllt seine Anweisungen über den Lärm des dröhnenden Motors hinweg.

»Nach zweihundert Metern scharf rechts. Dann sofort links.«

Dabei ist Kenzi froh, nicht selbst zu fahren, denn Jules beherrscht das Auto so sicher, als würde es auf dem Asphalt kleben. Gleichzeitig ruft er Calder an und informiert sie darüber, wo sie sind. Die Frage, warum Noorullah diese Adresse aufsuchen will, kann Kenzi nicht beantworten. Er weiß, dass sich John mit Wasim dort aufhält. Er weiß, dass sie mit dem Mann auf dem Foto verabredet sind. Und dass in wenigen Stunden der Timer ablaufen wird.

»Wo ist Tauwman?«, fragt Jules. Sie sagt es laut genug, dass Calder die Frage hören kann. Sie fahren um die letzte Ecke.

»Da«, sagt Kenzi. Jules bringt den Wagen am Rand des Parkplatzes vor der Lagerhalle zum Stehen. Neben einem anderen Auto, das sich bereits dort befindet. Von der gegenüberliegenden Seite nähert sich ein weiteres.

»Ich behalte Tauwman im Auge«, verkündet Calder und unterbricht die Verbindung.

In der plötzlichen Stille schauen Kenzi und Jules auf den Wagen, der vor der Lagerhalle hält, und ganz kurz scheint es, als wäre nichts geschehen. Nur ganz kurz.

»Hinterher«, sagt Jules.

Kenzi packt sie am Arm und hält sie zurück.

»Wir warten hier auf die Chefin.«

»Das dauert mir zu lange. Wir müssen da rein.«

»Diesmal nicht. Diesmal halte ich mich komplett an die Vorschriften.«

Er ist fest entschlossen, nicht überstürzt zu handeln, doch das fällt ihm zugegebenermaßen sehr schwer.

# 90

## DAS DILEMMA DES KRIEGES

Noorullah lässt sich von nichts und niemandem aufhalten. Sie kennt die *War Zone* zu gut, sie hat Jahre dort gelebt, sie hat sie überlebt. Ein Den Haager Vorstadtviertel stellt für sie keine Herausforderung dar. In der linken Hand hat sie eine Tasche. Sie geht direkt auf Wasim zu.

»Du kommst spät«, sagt er.

»Ich wurde kurz aufgehalten.«

»Hast du alles?«

Sie hält die Tasche kurz hoch.

»Das ist Karishma Noorullah«, erklärt Wasim. »Ich bezeichne sie als unsere Finanzdirektorin.«

Während er spricht, bleibt John in ein paar Schritten auf Abstand. Das ist die Dolmetscherin, die Calder sucht, er erkennt den Namen. Er sieht, wie Noorullah einen Laptop aus der Tasche holt und auf den Tisch stellt. Sie schaltet das Gerät an, verbindet es mit einem Hotspot auf ihrem Smartphone und surft zur Webseite einer Bank. Dann wartet sie ab, loggt sich noch nicht ein.

»Wir können jetzt, hier, den Betrag überweisen«, erklärt Wasim. »Mevrouw Noorullah hat alles vorbereitet. Das Geld stammt von einem Konto in Frankfurt, bei einer Bank in Katar, und kann über jede gewünschte Route transferiert werden. Also bitte, ich höre. Wie viel soll es sein?«

»Eine einzige Bedingung gibt es«, übernimmt Noorullah. »Das Ganze muss jetzt passieren. Hier. Unser Zeitfenster ist sehr klein.«

Ghost hört zu, es geht um fast 20 Millionen Dollar – auch für ihn eine große Summe.

»Wie kommt ihr an das Geld?«, will er wissen.

»Das ist nicht dein Problem«, erwidert Noorullah. »Du bekommst es von uns, und ich sorge dafür, dass es sich nicht mehr zurückverfolgen lässt. Mehr brauchst du nicht zu wissen.«

Ghost zögert noch immer. Er ruft seine beiden Begleiter zu sich, und sie beraten sich kurz abseits, sodass man nicht hören kann, was sie sagen. Dann wendet sich Ghost an Wasim.

»Eine Frage habe ich noch«, sagt er. »Warum hast du die Kugel mitgebracht?«

»Um sie zurückzugeben. Um zu zeigen, dass wir Freunde sind.«

»Freunde, das schon, aber was für Freunde?« Ghost gibt nicht nach. »Gute Freunde lässt man nicht im Stich, und schlechte Freunde wird man nie wieder los.«

So lautet das Dilemma des Krieges. Freunde, es gibt überall Freunde. Man glaubt zu wissen, wer man ist, dabei hat man keine Ahnung.

»Hilf uns bei der Flucht.«

Die Bitte scheint so einfach, aber Ghost ist nicht mehr im Dienst. Wasim und Noorullah verhandeln mit Privatpersonen, nicht mit der Regierung, und Privatpersonen haben weder den Zugang noch die Unterstützung, über die eine Truppe der Marines verfügt. Ghost muss alles selbst regeln, alles selbst erledigen, ohne Genehmigung und ohne Rückendeckung. John weiß ganz genau, wie schwierig diese Frage ist. Als Spion im Feindesgebiet – dann wird man seine Existenz immer leugnen.

»Aber so ist es doch«, drängt Noorullah. »Ihr könnt schneller operieren, schneller in Aktion treten. Diese Schnelligkeit ist entscheidend.«

»Ghost, du weißt, dass du es kannst«, sagt John. »Du hast es doch für uns getan.«

Noch immer zögert der Mann. »Es sind zu viele. Tausende von Menschen. Wisst ihr, was man dafür alles braucht?«

»Wenn du die Leitung übernimmst, uns zeigst, wie und wo wir entlang müssen, wenn du die Routen bestimmst und uns zeigst, wie man koordiniert verschwinden kann, können wir es auch.«

Wieder berät sich Ghost mit seinen Leuten, diesmal dauert es länger. Sie wägen die Risiken ab. Im Kopf sind sie bereits vor Ort, das kann John förmlich sehen. Der Blick in ihren Augen verändert sich, ihre Haltung wird kantiger. Er kennt das Gefühl, es gibt da eine Schwelle, und wenn man diese Schwelle überwindet, löst sich das Denken auf, die Vorbereitung beginnt. Der Gedanke wird tastbar. Er wird zur Route, die man festlegt, weil man weiß, man wird sie gehen.

Abrupt unterbricht Ghost seine Gedanken. Er schreit eine Warnung, deutet in eine Richtung, gibt ein kurzes Kommando, und er und seine Männer bilden plötzlich eine Einheit. Alle drei schauen in Richtung des Eingangs. In der Türöffnung steht ein Mann, der langsam und vorsichtig die Lagerhalle betritt. Hinter ihm folgen zwei schwer bewaffnete Männer in dunklen paramilitärischen Outfits. Sie tragen schwarze Overalls, schwarze Stiefel, schwarze Kampfhelme. Ohne auf die anderen Anwesenden zu achten, geht der Mann auf Noorullah zu.

»Karishma, ich habe dir doch gesagt, du kannst nicht entkommen.«

# 91

## TAUWMAN

Ohne Zögern, genauso unvermittelt und mit demselben Überrumpelungseffekt wie bereits bei Kenzi geht sie zum Angriff über. Aus dem Stand springt sie auf und verpasst Tauwman einen Karatetritt mitten auf die Brust. Der fällt um wie ein Baum, und seine Männer reagieren blitzschnell, mit ausgerichteten Waffen. Die Spannung eskaliert innerhalb weniger Sekunden zu purer Aggression, und es ist Ghost, dem es mit seiner imponierenden Gestalt gelingt, die Situation zu beruhigen – gerade noch rechtzeitig, bevor wirklich das Chaos ausbricht. Er tritt mitten zwischen alle und hebt beide Arme.

»*Don't*«, gebietet er. Mehr nicht. »Erst mal alle nachdenken.« Es ist überdeutlich, warum Wasim und Noorullah gerade ihn anwerben wollen. Er ist unerschütterlich, ein Fels, ein Mann mit einer enormen Kraft, die er lieber nicht einsetzen will. Lieber den Ausweg suchen, den Durchgang. Fürs Erste stehen alle still, einander gegenüber, Tauwmans beide Männer gegenüber von Ghosts beiden Männern. Es gibt zu viele Waffen in einem zu kleinen Raum. So groß die Lagerhalle auch ist, bei Schüssen wird sie zu einem kleinen Verschlag.

Tauwman rappelt sich auf, ist unsicher auf den Beinen. Noorullah hat ihn voll getroffen, das Profil ihrer Schuhsohle zeichnet sich deutlich auf seinem Oberhemd ab. Beim Sturz hat er sich verletzt, aus einem kleinen Schnitt an seinem Kiefer tropft ein wenig Blut. Viel ist es nicht. Er tupft es mit einem Taschentuch ab und schaut verblüfft auf den kleinen roten Fleck, der im Stoff zurückbleibt.

»Wer bist du?«, fragt Ghost.

»Geht dich nichts an.«

»Hast du das Foto?«

»Welches Foto?«

Falsche Antwort. Ghost baut sich unmittelbar vor ihm auf, zwischen ihnen gibt es weniger als zehn Zentimeter Abstand. Er fasst Tauwman nicht an. Ganz bewusst nicht, er will die geringste körperliche Provokation vermeiden. Außer es geht nicht anders.

»Wenn du das Foto nicht vorweisen kannst, gehörst du nicht hierher«, sagt er. Gerade durch seine Selbstbeherrschung steigt die Drohung in seinen Worten.

»Leck mich doch mit deinem Foto! Was soll der Blödsinn? Sie hat etwas, was ich zurückhaben will«, sagt Tauwman. »Sie.« Sein Zeigefinger durchschneidet die Luft und deutet auf Noorullah. Seine Stimme ist hart und scharf, aber er schreit nicht. Er gibt sein Bestes, um ruhig zu bleiben, will Ghost in nichts nachstehen. Es gelingt ihm nur halb, er ist gehetzt, als könnte er spüren, dass er zu spät gekommen ist.

Noorullah ignoriert ihn, dreht sich um, wendet ihm den Rücken zu. Sie nimmt ihren Laptop und stellt sich hinter Ghost und seine Männer.

»Was ich habe, gehört nicht dir.« Sie kann die Verträge zeigen, sie hat alles ausgedruckt. Die Anzahl der Heroinkilos, der Smaragde, der Saphire. Große Mengen, die er aus dem Land schmuggeln wollte. Alles vorbereitet, bis ins Detail: die Bezahlung, die

Aufträge, die Route, die benötigte Verschleierung. Alles war wasserdicht. Er hatte nur nicht damit gerechnet, dass ihn Noorullah übers Ohr hauen und er mit einem Schlag alles verlieren würde. Sie wirft die Dokumente in seine Richtung, und aus der einfachen Bewegung ihres Arms wird eine riesige Geringschätzung erkennbar.

Das trifft ihn härter als der Tritt, den sie ihm verpasst hat. Sein Blick schießt hin und her, er versucht die Situation einzuschätzen. Hier, in dieser Lagerhalle, haben sein Rang und seine Funktion keine Bedeutung. Er ist der Chef der JISTARC. Hier besitzt er lediglich Autorität über seine eigenen Leute, und denen kann er schwerlich den Befehl zum Angriff erteilen. Mit der Anwesenheit von Ghost und seinen Leuten hat er nicht gerechnet. Alles ist Kalkül, die Einschätzung von Risiken, Szenarien. Was kann er tun und was nicht? »Nehmt sie mit«, befiehlt er seinen Leuten. »Ruhig, ohne Theater, dann kommt auch niemand zu Schaden.«

Hinter ihm bewegen sich jetzt die beiden Männer. Langsam gehen sie auf Noorullah zu, wobei sie darauf achten, plötzliche Bewegungen zu vermeiden. Mit beherrschten Gebärden fordern sie die anderen auf, einen Schritt zurückzutreten, bis ihnen Ghost als Einziger den Zugriff auf die Frau versperrt. Sosehr die Männer auch versuchen, ihn zur Seite zu drängen – er rührt sich nicht von der Stelle.

»*Spread out*«, befiehlt er.

Blitzschnell beziehen seine eigenen Männer schräg hinter Tauwman Position.

»Wenn du sie nimmst, nehme ich dich«, verkündet Ghost. »Ganz einfach.«

Kurz herrscht Stille. Ghosts Reaktion hat Tauwman überrascht, er ist in ein Schachspiel der Kräfte hineingeraten. In einem Besprechungsraum kann er mit so etwas prima umgehen, hier nicht. Hier sind seine Gegner keine Politiker. Trotzdem probiert er es;

er ist es gewohnt, dass man auf ihn hört, und das ist eine Gewohnheit, die er nicht einfach so ablegen kann.

»Weißt du überhaupt, mit wem du es zu tun hast?«, schreit er. Er verliert die mit so großer Mühe bewahrte Selbstbeherrschung. »Du hast ja keine Ahnung, worum es hier geht.«

»Um Geld.«

Diese simple Antwort bringt alles zum Stillstand. Tauwman schaut drein, als hätte man ihn gerade entlarvt. Gegen Ghost bleibt ihm nicht der Hauch einer Chance, ein einziger Befehl des Mannes genügt, und er wird ausgeschaltet.

»Um Geld«, wiederholt Ghost. »Es geht immer um Geld. Du hast sie bezahlt, und sie hat nicht geliefert. Das ist es doch?« Und als Tauwman nicht antwortet, spricht Ghost selbst weiter. »Was denn? Was glaubst du für das ganze Geld gekauft zu haben? Soll ich raten?«

Ghosts unerschütterlicher Klarheit hat Tauwman nichts entgegenzusetzen. Wieder schweigt er, bis die Antwort aus einer entfernten Ecke durch die Halle schallt.

»Heroin und Edelsteine.«

Calder betritt die Halle, mit Kenzi und Jules im Schlepptau. Die Chefin des Geheimdienstes hat ihre Hausaufgaben gemacht und alles über Tauwmans Deal herausgefunden. Er hat versucht, einen Handel mit dem Exportprodukt Nummer 1 aus Afghanistan aufzubauen. Nach ein paar kleinen Testlieferungen wollte er sich mit einer riesigen Ladung seinen Anteil sichern. »Das hast du mit dem Geld gekauft, Heroin von allerbester Qualität und Smaragde. Das sollte sie für dich regeln.« Calder deutet auf Noorullah. »Aber dieser Plan ist geplatzt, denn sie ist mit deinem Geld abgehauen, und jetzt stehst du mit leeren Händen da. Darum wolltest du sie finden. Darum sollte ich dir helfen. Angeblich ging es darum, eine verschwundene Dolmetscherin aufzuspüren, eine Frau, die Informationen über unser Netzwerk von

Agenten an andere würde durchgeben können. Eine potenzielle Terroristin. Und ich bin auch noch drauf reingefallen.« Das wird sie ihm nie verzeihen.

Ihr so überraschendes Auftauchen gibt Calder einen Vorsprung, und den nutzt sie aus, so gut es geht. Sie versucht, mit einem Schlag alles aufzulösen, und ignoriert die anderen Anwesenden. Sie hat nur ein Ziel: den Mann, der sie und ihren Dienst für seine eigenen Belange missbraucht hat, den Falschspieler, dem sie vom ersten Tag an misstraut hat. Sie geht auf ihn zu, bellt militärische Kommandos in Richtung der beiden paramilitärischen Figuren in ihren schwarzen Kampfanzügen.

»Waffen weg!« Ihre Autorität kommt aus ihrem tiefsten Innern, und ganz kurz sieht es so aus, als würde sich Tauwman ergeben. Ganz kurz. Dann hält er es nicht mehr aus. Seine Belange sind zu groß, er kann nicht mehr zurück. Sein Versuch, sein afghanisches Netzwerk zu missbrauchen, um einen Riesendeal landen zu können, ist ihm um die Ohren geflogen. Karishma Noorullah hat er blind vertraut. Zu blind. Sie hat für ihn den Kontakt mit den Bauern und Händlern hergestellt, die für einen Rekordbetrag Heroin liefern konnten, bevor die Taliban wieder die Macht übernehmen und den Drogenverkehr wieder begrenzen würden. Die Chance war einmalig und zu groß. Mit Noorullah als Assistentin konnte er überallhin, sie verhandelte, sie regelte alles, sie machte es möglich. Zehn Dollar Gewinn für jeden Dollar, den er investierte. Durch Anzapfen der verschiedenen Geldadern und Finanztöpfe, die für die legalen und geheimen Aktivitäten im Land bereitstehen, hatte er 20 Millionen Dollar zusammengerafft und auf ein Zwischenkonto in Frankfurt überwiesen, das Drehkreuz, über das so unbeschreiblich viel Geld verteilt wird, dass seine Dollars dort nicht auffallen würden. Das Ganze lief wie geschmiert, die ersten beiden Testsendungen wurden bezahlt, geliefert und mit Militärtransporten in die Niederlande gebracht.

Alles tadellos. Bei der dritten, der großen Lieferung waren sie so gut aufeinander eingespielt, dass Noorullah das Ganze übernehmen konnte. Sie sorgte dafür, dass das Geld seinen Weg zu den Lieferanten fand, und sie kam selbst in die Niederlande, um hier zusammen mit Tauwman die letzten Hürden zu überwinden. Alles lief glatt, bis sie verschwand, an dem Tag, an dem die Sendung in den Niederlanden hätte ankommen sollen.

»Und wofür? Für Geld. Mann, wie armselig.« Calder hat nur Geringschätzung für ihn übrig. »Hattest du nicht genug?«

»Genug? Genugtuung, meinst du wohl. Eine Belohnung. Dafür, was ich getan habe.« Er ist beleidigt und empört. »Ich hätte schon längst Chef des militärischen Geheimdienstes werden müssen, Chef von dem ganzen Laden. Aber was tun sie? Sie suchen sich irgendeinen Manager.« Er spuckt das Wort förmlich aus. Er hätte auf Calders Parallelposition sitzen müssen. »Wenn ich nicht bekomme, was mir zusteht, nehme ich es mir. Darum!«

Aber es kam nichts. Da war nichts. Da ist nichts. Karishma Noorullah hat die Aussicht auf die heranrückenden Taliban ganz anders interpretiert. Das Ende des Drogenhandels interessierte sie nicht, für sie bedeutete die Rückkehr der Taliban das Ende ihrer Sicherheit, und der Sicherheit von Hunderten, Tausenden anderen. Scheiß auf die Drogen. Ihre Priorität lag bei den Menschen, und mit 20 Millionen konnte sie für sehr viele von ihnen die Flucht erkaufen.

Und darin besteht Tauwmans Verlust. Die Investition von 20 Millionen, die riesigen Gewinne, mit denen er das illegal verwendete Geld zurückzahlen und selbst mehr als genug übrig behalten konnte. Und sie hat er verloren, Karishma, die Frau, mit der er sich reich gewähnt hatte, die Frau, die dasselbe wollte wie er. Sie war seine Partnerin, hatte er geglaubt, seine Vertraute. Zusammen besprachen sie alles, das Leben, die Zukunft, ihre Träume. Sex hatten sie nie gehabt. Nicht, weil er nicht gewollt hätte. *Sie* wollte es nicht. Geh das Ganze professionell an, hatte sie gesagt. Halte es eindeutig, bleib fokussiert. Bald, wenn alles abgewickelt ist, kommt die Zeit für alles andere. Auch davon hatte er geträumt. Indem sie ihn abwies, hatte sie sich selbst wie einen Köder vor seiner Nase platziert.

Jetzt steht sie hinter Ghosts Rücken, unerreichbar, und macht kein Geheimnis daraus, dass sie ihn überhaupt nicht will – nie gewollt hat. Das braucht sie nicht einmal zu sagen, er sieht es an ihrem Gesicht. In ihm explodiert eine ungebremste Wut.

# 92

## VERZWEIFLUNG

Wie aus dem Nichts hat Tauwman eine Pistole in der Hand, eine Glock 17. Die Standardhandfeuerwaffe der Landstreitkräfte. Effektiv bis zu einem Maximalabstand von vierzig Metern. Zwischen dem Ende des Laufs und Calders Gesicht ist nicht mehr als ein Meter Abstand. Sogar weniger.

Ihr Training lässt sie nicht im Stich: Calder reagiert nicht. Sie duckt sich nicht weg, dreht sich nicht, rennt nicht los. Sie bleibt eiskalt. Sie sieht die Verzweiflung in Tauwmans Blick und weiß, dass sie ihn nicht über den Rand stoßen darf. Über den Rand, über die Grenze. Wenn man darauf steht, sieht man sie nicht. Jeder, der schon einmal im Krieg gewesen ist, weiß das. Calder auch. Die Grenze zwischen Verzweiflung und Wut und Wahnsinn ist genauso unsichtbar wie die zwischen Afghanistan und Pakistan. Und genau wie dort gibt es nicht nur eine Grenze, sondern mehrere, und wo man die Grenze sieht, hängt von der Blickrichtung ab. Sie stehen einander unmittelbar gegenüber, Calder und Tauwman, und jeder von ihnen sieht etwas anderes. Und keiner von beiden sieht, was John sieht.

John hält es nicht mehr aus. Vor seinen Augen spielt sich eine Wiederholung des Angriffs in Afghanistan ab. Eine Frau, eine

Pistole. Eine einzige Kugel. Alisha Calder. Wenn ihr etwas zustößt, wird er sich das nie verzeihen. Er muss zu ihr, und langsam setzt er sich in Bewegung. Mit kleinen Schritten. Aus dem Augenwinkel nimmt er George und Lydia wahr, die Distanz halten. George weicht nicht mehr von ihrer Seite. Sie trägt den Arm vor der Brust in einer Schlinge, fixiert. Die anderen bewegen sich allmählich auch, alle in Tauwmans Richtung. Es ist wie ein schweigendes, lautloses Ballett. Ghost und seine Leute, Tauwmans beide Helfer, Kenzi und Jules, sogar Karishma kommen näher. Als würden alle spüren, dass sie Tauwman nicht den geringsten Platz zugestehen dürfen. Als könnten sie seine Verzweiflung stillen, indem sie einen immer engeren Kreis um ihn schließen.

Es scheint zu gelingen, bis er völlig die Beherrschung verliert und zu schreien beginnt, laut und eiskalt, es hallt durch die Halle. Er brüllt Befehle, dass alle zurücktreten müssen, dass sie ihn nicht anfassen dürfen, und sie bleiben stehen. Gehen nicht weiter. Zeigen, dass sie auf ihn hören. Bis auf John, der mit jedem kleinen Schritt näher kommt. Calder sieht ihn. Sie will ihn warnen.

»John!«

Eine Fehlentscheidung. Im Bruchteil einer Sekunde schaut Tauwman zur Seite, begreift, wo John ist. Zu nahe. Er wendet den Blick wieder Calder zu, macht eine kleine Bewegung mit der Pistole und feuert sie ab. Der Knall hallt laut und scharf durch die Halle. Die Kugel pfeift über ihren Kopf und schlägt gegen das Wellblechdach. Seine Helfer schauen ihn erschrocken an. Sie wissen nicht mehr, was sie tun sollen. Der Schuss ist als Warnung gemeint, und um Zeit zu gewinnen.

Zeit, oder das, was noch davon übrig ist.

# 93

## CALDER

Der Schuss kommt trotz allem völlig unerwartet. Automatisch macht sie einen Schritt nach hinten. Der Knall ist in nächster Nähe erfolgt, es piepst in ihren Ohren. Ihr Herz klopft so heftig, dass sie es in ihrem Brustkorb spüren kann. Diese Reaktion hält nur ganz kurz an, schon sehr bald übernimmt der Profi in ihr wieder das Kommando. Die von ihr gerufene Unterstützung muss in Kürze hier ankommen. Kenzi und Jules stehen zu weit weg, um etwas tun zu können. Tauwmans Männer schließen die Verteidigungslinie rund um ihren Chef. Noorullah und der afghanische Mann verstecken sich hinter den anderen drei Männern, die Calder nicht kennt. Wer sind diese Leute? Sie sehen aus, als würde es sie nicht die geringste Mühe kosten, jeden beliebigen Menschen auszuschalten, aber sie tun es nicht, bleiben ruhig und still. Abwarten. Ohne Kommando tun sie nichts. Sie winkt ihnen.

»Hierher«, befiehlt sie.

Aber Ghost und seine Männer bleiben, wo sie sind, rühren sich nicht von der Stelle. Warten ab.

»Das hier ist nicht mein Krieg«, sagt Ghost. »Findet eine Lösung, oder wir sind weg.«

Blitzschnell beurteilt Calder die Lage und führt eine Einschätzung der Möglichkeiten durch. Die sind begrenzt. Solange Tauwman mit gezogener Pistole vor ihr steht, kann sie tatsächlich wenig ausrichten. Er hat schon einmal geschossen, und wie durch ein Wunder ist das nicht in eine Schießerei ausgeartet. Was sie auch tun, ein Feuergefecht in dieser Halle muss verhindert werden. Wieder überprüft sie die Positionen von allen. Es ist, als wäre sie minutenlang beschäftigt, doch in Wirklichkeit verstreichen nicht mehr als ein paar Sekunden. Alles, was sie sieht, nimmt sie so schnell auf, wie ihre Gedanken arbeiten. Auf ihrer mentalen Uhr kann sie eine Sekunde endlos in die Länge ziehen. Kenzi, *check*. Jules, *check*. Es hat sich nichts verändert. Die Situation scheint eingefroren zu sein. Oder doch? John bewegt sich. John tritt in Aktion.

Du lieber Himmel, denkt sie. Was macht der verrückte Alte denn jetzt?

# 94

## DER LETZTE SCHRITT

In der allgemeinen Bestürzung durch den Schuss steht alles still. Sämtliche Aufmerksamkeit ist auf Calder und Tauwman gerichtet. Sämtliche Blicke bohren sich in die beiden. Sämtliche Gedanken kreisen um die Frage: Bleibt es bei einem einzigen Schuss oder wird er wieder schießen? Im Raum dieser Frage trifft John seine Entscheidung. Er überbrückt den letzten Meter und stellt sich zwischen Tauwman und Calder. Mit seinem eigenen Körper blockiert er die Sicht auf seine Nachfolgerin. Er nimmt sie aus dem Schussfeld, sodass sie frei zum Handeln ist, frei zu tun, was sie tun muss. Verstärkung organisieren und hereinlassen, die anderen organisieren.

Tauwman darfst du nicht trauen, hatte die Spinne gesagt, und dieses Gefühl beruht auf Gegenseitigkeit. Er steht jetzt so dicht bei ihm, dass er ihn riechen kann, und was er da riecht, gefällt ihm nicht. Ein Eau de Cologne aus einem teuren Fläschchen, gemischt mit dem Duft eines frustrierten Machos. Der Lauf der Pistole berührt ihn fast. Das macht ihm nichts aus. Wenn das hier der letzte Schritt ist, den er im Leben getan hat, dann ist das so. Irgendwann muss man den letzten Schritt tun. Lieber hier als irgendwo anders. Lieber für Alisha als für nichts. Hier steht er also jetzt.

»Was kann ich für Sie tun?«, erkundigt er sich mit einer boshaften Dienstbeflissenheit. Einmal ein Spion, immer ein Spion. Das scheint genetisch so angelegt zu sein. Darin besteht der Unterschied zwischen ihnen. Tauwman ist nicht so, der Mann ist Soldat. Das ist auch etwas Gutes, sogar etwas sehr Gutes, aber es bedeutet anderes genetisches Material. Er hat nicht die natürliche Veranlagung, nicht da zu sein. Im Gegenteil, er will seine Präsenz immer geltend machen.

»Wenn jemand dran glauben muss, sollte das lieber ich sein. Finden Sie nicht auch?«

Als würde er sich selbst aus der Kalkulation nehmen, als würde er nicht zählen. Um ihn herum stehen vier Männer mit gezogenen Waffen, die alle auf ihn und Tauwman gerichtet sind. Eine falsche Bewegung, und die Hölle bricht los. Wenn hier noch einmal geschossen wird, sind sie alle dran. Dann beginnt der Kampf, und man muss angreifen. Manche Regeln sind so einfach.

Was sein muss, muss sein. John hat einen zenartigen Zustand erreicht, er hat keine Angst mehr vor dem Ende, und das macht ihn unbesiegbar. Er tritt noch einen Schritt näher. Die Waffe berührt jetzt sein Gesicht, aber wenn er daran vorbeischaut, sieht er, wie Tauwman von Zweifeln in Besitz genommen wird. Die Pistole verleiht ihm Macht, aber es wird immer schwieriger, diese Macht einzusetzen.

»Kenzi, hast du einen Schraubenzieher dabei?«, ruft John.

»Einen kleinen«, antwortet Kenzi, und er kommt rasch auf ihn zu.

Tauwman wendet den Blick von John ab, um zu sehen, wo Kenzi ist und was er tut. Der junge Mann hat eine Hand in der Jackentasche. Darum schaut Tauwman noch ein wenig länger hin – den Bruchteil einer Sekunde zu lang.

Ablenkung, um mehr geht es nicht. Um eine Öffnung, ein Loch in seiner Verteidigung. Mehr ist nicht drin.

Als Tauwman den Blick abwendet, schlägt John so fest zu, wie er kann. Die Pistole fällt zu Boden, Tauwman bückt sich, um sie aufzuheben, und John stößt sie ihm aus den Fingern, weg. Scheppernd rutscht die Waffe über den Betonboden. Tauwman richtet sich auf, und jetzt taucht John weg, geht in die Knie, kommt dann sofort wieder hoch. Mit aller Kraft rammt er seinem Gegner die Schulter in die Brust, an dieselbe Stelle, wo ihn vorher Noorullah getroffen hat. Dieser zweite Schlag entwickelt die doppelte Kraft, weil der erste noch nicht wirklich verarbeitet wurde. Jeder Schlag auf diese Stelle verursacht einen Schock in der Herzgegend, und der Effekt ist lähmend. Tauwman bleibt stehen, mit weit geöffnetem Mund, als bekäme er keine Luft mehr. Er wirkt wie erstarrt, nur seine Hände bewegen sich, in Richtung seiner Brust. Er greift sich ans Herz.

John muss den Impuls bezwingen, ihn noch fester zu schlagen und auszuschalten. Genauso wie er Vera ausgeschaltet hat. Damals hatte er keine Wahl. Jetzt schon. Er hebt die Pistole auf und tritt von Tauwman zurück. Der scheint noch immer unter Schock zu stehen. Seine Helfer kommen auf ihn zu, halten ihn fest und setzen ihn auf einen Stuhl. Jemand holt Wasser.

Mit jedem Schritt entfernt sich John weiter von der Konfrontation, mit jedem Schritt sinkt sein Adrenalinspiegel, und er spürt seine Knie. Die Aktion war an der Grenze dessen, was seine Gelenke noch aushalten. Ihm wäre nichts lieber, als all das hier hinter sich zu lassen, am liebsten wäre ihm, er müsste Tauwman nie wieder sehen, das würde ihm ganz ausgezeichnet gefallen. Mit unverhohlener Geringschätzung schaut er auf den Chef des Joint-ISTARC-Kommandos, der langsam wieder zu sich kommt, und ihm wird klar, dass er hier noch gar nicht wegkann. Es gibt noch eine Frage, die er stellen muss. Noch eine Antwort, nach der er sucht.

Mit der Pistole in der Hand geht er zu dem Mann zurück, der

geschlagen auf dem Stuhl sitzt. Er beugt sich über ihn, bis ihre Gesichter dicht beieinander sind.

»Lydi«, sagt John. »Das warst du, richtig?« John winkt sie heran, sie stellt sich neben ihn.

»Ich …«

»Warum? Warum musste sie etwas abbekommen? Was hat sie dir getan? Was geht in deinem kranken Kopf vor, dass auf sie geschossen werden muss?« Jetzt, wo er die Frage gestellt hat, wird er immer wütender. Alles, was er unterdrückt hat, alle Emotionen, kommen mit einem Knall zum Vorschein. Es muss Tauwman gewesen sein. Jemand anders kommt nicht infrage. Wasim nicht. Calder nicht. Daoud schon gar nicht. Nur Tauwman bleibt übrig, seine Belange, seine Agenda, sein Heroin, seine vergiftete Zukunft. »Warum sie?« Am liebsten würde er schreien, und wenn er nicht bald eine Antwort bekommt, wird er das auch tun. »Warum?« Er packt Tauwman am Ohr wie ein unartiges Kind und zieht. Reißt. »Warum Lydi?«

Tauwmans Ohr gibt nach, Blut läuft aus der Wunde. Tauwman schreit – bis John ihn loslässt. Er reibt sich das Ohr.

»Warum?«

»Weil sie einen Schritt zur Seite gemacht hat«, sagt Tauwman. »Dadurch wurde sie getroffen. Wenn sie einfach geradeaus weitergelaufen wäre, dann …«

Er schweigt. Die Stille ist mit den Händen zu greifen. Was der Mann nicht gesagt hat, hängt wie ein dichter Nebel zwischen ihnen.

»Wenn sie keinen Schritt zur Seite gemacht hätte, wäre ich getroffen worden«, sagt John. Er selbst war das Ziel, ihn wollte Tauwman ausschalten. Diesem Mann darfst du nicht trauen, damit hat die Spinne nicht gelogen. »Du wolltest mich aus dem Weg räumen, ist es das?«

Tauwman begegnet seinem Blick mit einem Hass, den John

nicht einordnen kann. Warum sollte dieser Mann eine so große Verachtung für ihn hegen, dass er zum Angriff übergegangen ist?

»Raus damit, Arschloch!«

Während Calders Verstärkung die Lagerhalle betritt und Position bezieht, bröckelt Tauwmans Selbstsicherheit, und die seiner Männer, weiter weg. Gegen eine solche Übermacht haben sie nicht den Hauch einer Chance, und endlich fängt Tauwman an zu reden. Es ging die ganze Zeit um Noorullah, und um die Millionen, die er verloren hatte. Es ging um Geld und um Macht. Als Noorullah entkommen war, stürzte seine sorgfältig aufgebaute und geplante Zukunft in sich zusammen. Ohne sie stand er mit leeren Händen da, übrig blieben riesige Schulden, die er nie wieder würde begleichen können. Ohne sie waren seine Aussichten düster. Wenn sein Betrug jemals ans Licht käme, war eine Verurteilung unvermeidlich. Darum musste Tauwman alles Erdenkliche unternehmen, um Noorullah wiederzufinden. Alles war erlaubt. Die Suche nach Noorullah gestaltete sich schon ohne John Antink mühsam genug, denn von der afghanischen Dolmetscherin war keine Spur zu entdecken. An dem Tag, an dem man ihr Bewegungsfreiheit zugestand, hatte sie sich mit Personen hier im Land in Verbindung gesetzt, die außerhalb des Blicks des Geheimdienstes operierten. Wasim und die Hilfsorganisation, bei der auch Lydia ehrenamtlich tätig war.

»Und dann bist du aufgetaucht, mit deinem dämlichen Repair Club. Ihr seid doch verrückt. Sobald ihr euch eingemischt habt, war es unmöglich, noch den Überblick zu behalten. Ihr verdammten Amateure!«

Tauwman wusste, dass Calder und Antink miteinander in Kontakt standen. Aber er wusste nicht, womit sich der Club befasste. Er hatte keine Informationen über John und seine Leute und konnte das Risiko nicht eingehen, dass sie herausfanden, was hinter Noorullahs Verschwinden steckte.

»Ich wollte euch aus dem Weg räumen.« Um Kenzi hat er sich mit Jules gekümmert und für den alten Antink eine drastischere Lösung vorgesehen. Die Geringschätzung, mit der er über den Repair Club spricht, beweist, dass ihm das Ganze kein bisschen leidtut. Ein Amateur mehr oder weniger, das ist ihm gleichgültig.

Der Mann hat den Kontakt zur Realität verloren. Die Konsequenzen seiner Entscheidung haben ihn völlig enthemmt. John sieht es, er begreift es, aber was soll er mit diesem Wissen anfangen? Die Erkenntnis, dass Lydia eine Kugel von ihm abgehalten hat, trifft ihn tief. Ob sie das jetzt bewusst getan hat oder nicht, ist egal. Ohne sie hätte er dort auf der Straße gelegen, wäre er im Krankenhaus gelandet, oder es gäbe ihn vielleicht gar nicht mehr.

Lydi. Sie steht neben ihm und versucht dafür zu sorgen, dass er ruhig bleibt. Vergeblich.

# 95

## DAS GELD

Die ganze unterdrückte Frustration wird zu mächtig, als dass er sie noch länger in sich behalten könnte. Sie muss sich entladen. Er springt auf Tauwman, beide stürzen mit dem Stuhl und allem Drum und Dran zu Boden. John ist wie von Sinnen, er bearbeitet den anderen mit den Fäusten. Was er da macht, hat mit Kampftechnik nichts zu tun, es ist pure, unverdünnte Wut. In einem gewöhnlichen Kampf wäre er Tauwman unterlegen, aber das hier ist kein gewöhnlicher Kampf. John schlägt zu wie ein Besessener, wie jemand, dessen Kräfte ihm ungebremst zur Verfügung stehen und der seine ganze Wut unmittelbar in seine Muskeln steckt. Gegen so jemanden lässt sich unmöglich kämpfen, jeder Schlag wird härter als der vorherige. Es ist, als würde John versuchen, durch den Mann hindurchzuschlagen.

Starke Hände packen ihn von hinten und ziehen ihn weg. Mit drei Mann heben sie ihn hoch und stellen ihn ein paar Meter weiter wieder auf den Boden, mit beiden Füßen. Sie halten ihn weiterhin fest, denn er hat sich noch immer nicht beruhigt.

»John«, sagt Calder. »Genug jetzt.«

Als würde sie mit einem Hund sprechen, und sie hat recht. Er gebärdet sich wie ein Verrückter. Er braucht Minuten, bis er spürt, wie die Aufregung in seinem Körper abebbt. So hat er sich noch nie gehen lassen. Auf seine alten Tage wird er sentimental. Verletzlich gegenüber seiner eigenen Gewalt.

»Danke dir«, sagt Calder. »Ich stehe in deiner Schuld.«

John befreit durch Schüttelbewegungen seine Arme und dreht sich um, weg von Tauwman, der von den Leuten des Geheimdienstes festgehalten wird. In der großen Wut der Welt fällt er nicht einmal auf. Weg mit ihm.

»Alisha, wenn wir nicht aufeinander aufpassen, wer sollte das dann tun?«

Calder gibt Anweisungen, und Tauwman gerät immer stärker in Bedrängnis. Schreiend wiederholt er seine Drohung, ihren geheimen Zugang zu russischem Kapital öffentlich zu machen, aber das lässt sie kalt. Inzwischen ist ihr egal, was Tauwman über sie weiß, selbst wenn alles bekannt wird, selbst wenn er sie noch mit in die Tiefe reißt, sich selbst kann er nicht mehr retten. Sein Schicksal ist schwerer als ihres, manchmal besteht darin die einzige Gerechtigkeit, die man bekommt. Wenn er erst einmal demaskiert ist, wird niemand mehr auf ihn hören. Auch das ist ein Ausweg.

Das Attentat auf die Spinne geht ebenfalls auf sein Konto. Er hat alles Mögliche angestellt, um Noorullah von der Sicht anderer abzuschirmen. Calder und ihren Dienst, die konnte er in Schach halten, mehr nicht.

Das wird noch Theater geben. Was auch immer geschehen ist, Tauwman bleibt der Chef der JISTARC, niemand, der sich einfach so festhalten lässt. Zwischen Calder und ihm wird ein Kompetenzgerangel entstehen, und John weiß, dass er sich davon fernhalten muss, so gut es irgend geht. Dass Tauwman einen Schuss abgefeuert hat, um Calder zu zwingen, scheint er bereits vergessen zu haben. In seinem kranken Hirn ist er davon überzeugt, sich selbst noch immer durch Argumente befreien zu können.

Calder lässt sich nicht mehr überraschen, ruhig und in stoischer Haltung lässt sie ihn abführen. Sie weiß, dass dem Mann kein Ausweg mehr bleibt.

Langsam kehrt wieder Ruhe in der Lagerhalle ein. Die Männer mit den Waffen ziehen ab, bis sie endlich wieder unter sich sind, der Repair Club und der Rest. Wasim kommt auf ihn zu.

»Wir haben noch einen Augenblick Zeit«, sagt Wasim. Seine langen, zierlichen Finger schließen sich um Johns Hand, und er führt ihn an den Tisch, wo Noorullah und Ghost die Verhandlungen wieder aufgenommen haben. Kurz hat John eine Vision, in der er sich selbst mit Wasim über einen Markt im Osten Afghanistans schlendern sieht. Wasim hält seine Hand, als wäre das das Normalste von der Welt. Die Gewalt und die Aggression, die vor so kurzer Zeit noch alles beherrschten, sind weggeflossen. Auf dem Tisch steht der Laptop, Ghost und Noorullah sind nebeneinander und schauen zusammen auf den Bildschirm. Das Ganze gleicht einem Marktstand. Und es ist auch eine Art Marktstand.

»Schau«, sagt Wasim. »Dank dir wird das Ganze doch noch gelingen.«

Auf dem Bildschirm ist zu sehen, wie Noorullah Daten eingibt und Aufträge erteilen will. Niemand bemerkt, dass Calder, die Tauwman endlich hat abführen lassen, geräuschlos hinter sie getreten ist. Bevor Noorullah einen Auftrag erteilen kann, unterbricht Calder sie.

»Das Geld muss zurückgebucht werden«, sagt sie. Trocken und sachlich. »Es wurde unrechtmäßig eingesetzt und ist Eigentum der niederländischen Obrigkeit.« Sie sagt in förmlichen Worten, worum es geht, und sie hat recht. Dagegen lässt sich nichts vorbringen.

»Dafür ist es jetzt zu spät«, erwidert Noorullah.

»Es ist nie zu spät. Solange wir das Geld auf einem Bildschirm sehen können, befindet es sich auf irgendeinem Konto, wo auch immer das sein mag, meinetwegen auf einem Bankkonto auf den Kaimaninseln, aber dort ist es, also kann man es auch wieder zurücküberweisen. Das Ganze wird nur schwierig, wenn Sie Schwierigkeiten machen.« Noorullah berührt dreimal den Trackpad, dann ist der Bildschirm leer. Mit starrem Blick nimmt sie die Hände von der Tastatur und steht auf.

»Machen Sie nur«, sagt sie, und der Ton ihrer Stimme ist ein Angriff auf Calders Autorität. »Wenn Sie das so gerne wollen, dürfen Sie das Geld zurückholen.«

Sie starren auf einen leeren Bildschirm, ohne Icons, die zu Programmen oder Dokumenten führen. Calder seufzt. Warum müssen alle ständig irgendwelche Probleme machen?

»Wenn ich das Gerät mitnehmen und von den Leuten in der Cyberabteilung auseinandernehmen lasse, dann dauert das Ganze etwas länger, aber dann komme ich auch an das Geld.«

»Nun, dann gibt es doch gar kein Problem, würde ich sagen.« Noorullah lässt sich nicht aus der Ruhe bringen. Sie klappt den Laptop zu und schiebt ihn Calder hin. »Bitte sehr, viel Vergnügen. Nur eins noch. Auf diesem Computer gibt es nichts, nicht einmal einprogrammierte Verbindungen. Sosehr Sie sich also auch anstrengen werden, Sie werden nichts finden. Und falls doch, ist das Geld lange nicht mehr dort, wo es jetzt ist.«

»Dann muss ich Sie auch mitnehmen«, verkündet Calder eiskalt.

Auf diese Weise drängen die beiden Frauen einander in die Ecke. Jede ist davon überzeugt, dass sie recht hat und über eine eigene große Kraft verfügt. Noorullah zu verhaften und mitzunehmen ist eine schlechte Idee, John darf gar nicht daran denken. Was Wasim und sie erreichen wollen, ist gerechtfertigt, es muss geschehen. Die niederländische Regierung hat noch keinen Finger gerührt, um den Menschen in Afghanistan zu helfen, und wenn die Taliban erst einmal heranrücken, ist es zu spät. 20 Millionen, ein Haufen Geld, aber sein wahrer Wert entsteht dadurch, wofür es ausgegeben wird. Er ist dort gewesen, Calder nicht. Das macht einen Unterschied. Er weiß, wie schwierig es wird, wenn die Taliban zurückkehren und das Land dicht machen. Er weiß, was nötig ist, um dann noch einen Ausweg zu finden. Außerdem ist es nur Geld.

»Alisha, lass es geschehen. Als Tauwman den ganzen Betrag auf ein Konto von Noorullah verschoben hat, war es weg. Weg aus den Niederlanden, raus in die Welt. So funktioniert das.«

»Darüber weißt du ja nur zu gut Bescheid.«

Auch das stimmt. In der Vergangenheit hat John selbst Trustfonds eingerichtet, die hinterher nicht mehr erreichbar waren. Diese Grenze hat er schon längst hinter sich gelassen.

»Und der Unterschied besteht darin, dass du es vom Feind gestohlen hast. Sie nicht. Sie stiehlt es von uns.«

Kurz vor dem Mauerfall, kurz bevor Ost- und Westdeutschland wieder ein Land werden konnten, hat John Fondsgeld vom KGB weggeschleust. In dieser Phase suchte eine bisher unbekannte Summe an Kapital aus der Sowjetunion einen Weg in den Westen. Der Geheimdienst und die Kommunistische Partei wussten genau, dass ihre Gelder dort sicherer wären. Und dabei hatte John ihnen geholfen, im Dienst der niederländischen Regierung. Das stimmt.

»Diese Leute stehlen nicht«, gibt John zurück. »So darfst du es nicht sehen. Sie geben es für etwas aus, wofür die Niederlande verantwortlich sind. Für die Sorge um Menschen, die uns dort geholfen haben.«

»Das muss die Regierung erledigen. Nicht wir.«

»Und wenn die Regierung es nicht tut? Was dann? So lautet die unbequeme Frage. Wenn die Regierung ihrer Verantwortung nicht nachkommt, müssen wir das dann einfach akzeptieren? Oder nicht?«

»Lass es mich anders formulieren«, fährt John fort. »Würdest du deine Leute dort sitzen lassen? Oder würdest du jeden verfügbaren Euro einsetzen, den du in die Hände bekommen kannst?«

Calder antwortet nicht. Sie wartet ab. Sie will, dass John ihr alles ganz deutlich sagt.

»Gut, noch mal anders. Folgst du der Politik, oder erledigst du deine Arbeit?«

»Das ist keine faire Frage.«

»Wenn ich mit diesem Geld zehn Leuten aus dem Land helfen könnte, würde ich es tun. Du auch. Das weißt du. Man lässt seine Leute nicht zurück. Das ist eine Frage der Ehre, das kann man nicht Politikern überlassen, die wissen nicht, was das ist. Also lass es zu.«

Zwanzig Millionen. Eine große Sache. Calder protestiert, sie will sich nicht einfach überzeugen lassen. Obwohl sie in der Tiefe ihres Herzens weiß, dass John recht hat. Man lässt seine Leute nicht zurück. Genauso, wie er sich zwischen sie und Tauwman gestellt hat. Man lässt seine Leute nicht im Stich. Die Politik kann damit nicht umgehen, Politiker wollen dann im Detail wissen, wer unsere Leute sind und wer nicht, und wie man den Unterschied feststellt, und ob die Angehörigen unserer Leute auch unsere Leute sind. Alles schöne Fragen, ernste Fragen, gerechtfertigte Fragen, die dazu führen, dass nichts geschieht, dass man das Ganze verschiebt, bis man Klarheit erlangt hat. Für viele Menschen ist es dann bereits zu spät. Wenn man sich verantwortlich verhält, handelt man.

»Ich tue es für dich, das weißt du«, sagt John.

Calder schweigt. John hat die ganze Sache zu einer persönlichen gemacht, und sosehr der Profi in ihr auch protestiert, aus der Sache kommt sie nicht heraus.

»Wir sprechen uns noch«, sagt sie. Schweigend schauen sie ihr nach, bis sie die Tür hinter sich geschlossen hat. Dann klappt

Noorullah den Laptop wieder auf und erteilt die definitiven Aufträge. Sie sind fast fertig, es geht jetzt nur noch um administrative Details. Ghost will den Betrag nicht in einer einzigen großen Transaktion, er möchte zehn kleinere auf verschiedene Konten. Auf diese Weise lassen sich die Bewegungen schwieriger nachvollziehen, und er hat die Möglichkeit, von verschiedenen Bankkonten aus zu arbeiten.

Noorullah erledigt alles. 20 Millionen Dollar flitzen durch den digitalen Kosmos, verpackt in ein paar Bytes.

Weg ist das Geld.

# 96

## DAOUD

Die Vereinbarungen werden konkret. Unter dem Deckmantel der Hilfsorganisation kann Ghost mit seinen Leuten nach Afghanistan reisen, und wenn sie erst einmal dort sind, werden sie von Mitarbeitenden vor Ort aufgenommen.

»Ich weiß, wie das funktioniert«, sagt er. »Ich war schon dort.«

Er erhält Namen, E-Mail-Adressen und Telefonnummern. Die Vorbereitungen haben angefangen, alles wird real. Ghost hat den Auftrag angenommen, jetzt braucht er einige Wochen, um sich vorzubereiten.

»Ich schicke noch diese Woche jemanden voraus.«

Eine winzig kleine, fast unschuldige Bemerkung. Ghost wird jemand vorausschicken, einen Quartiermacher, einen Späher. Diese Worte pressen John das Herz ab. Ghost wird jemanden vorausschicken, genau wie er selbst das getan hat. Market Man, A173, war derjenige, den John vorausgeschickt hat und der nie zurückgekehrt ist. Das fiel in Johns Verantwortung. Man lässt seine Leute nicht zurück. Wenn man es doch tut, verfolgen sie einen für immer.

Alles ordnet sich, und gerade als er glaubt, es zu begreifen, als er das Gefühl hat, seinen Platz in dieser ungewöhnlichen Gruppe

Menschen zu kennen, einen Beitrag geliefert zu haben, gerade als seine schmerzenden Gelenke sich allmählich melden, seine Knie, seine Hüften und seine Schultern, gerade als er sich fragt, wie lange er hier noch weitermachen kann, geschieht etwas, womit er nicht gerechnet hat.

Aus einigem Abstand hört John Ghost, Wasim und Noorullah zu. In Gedanken befindet er sich in dem harten afghanischen Land, und so bemerkt er nicht, dass Daoud zögernd auf ihn zukommt. Er nimmt nicht an den Gesprächen teil, genauso wenig wie John. John ist nur anwesend, weil er etwas herstellen, als Katalysator fungieren musste. Er hat Wasim, Ghost und Noorullah zusammengebracht und damit die Tür zu seiner eigenen Vergangenheit geöffnet, einen Spalt breit.

Dicht vor ihm bleibt Daoud stehen. Der junge Mann scheint etwas sagen zu wollen. Es gelingt ihm nicht, er bleibt in seinem gebrochenen Englisch hängen. Er macht Handbewegungen, als wollte er etwas von John haben.

»Was möchtest du?«, fragt John.

»Foto.«

Daoud ist fast einen Kopf größer als John, was ein Gespräch noch mehr erschwert. John muss ständig nach oben schauen, um zu sehen, was der andere nicht mit Worten auszudrücken vermag.

»Ach, das Foto.«

Er gibt es Daoud, das Bild eines Jungen mit seiner toten Mutter. Schweigend schaut der es sich an. Dann dreht er das Bild um, sodass John es sehen kann, und deutet mit einem langen mageren Finger auf den kleinen Jungen. Und dann auf sich selbst.

»*Me*«, erklärt er zögernd.

John stockt der Atem, Tränen springen ihm in die Augen und laufen ihm über die Wangen. Daoud ist der kleine Junge, der schrie und schrie, bis es John das Herz brach. Der kleine Junge, der im Blut seiner eigenen Mutter hockte, die winzigen Hände nach ihrem Kopf ausstreckte. Der sah von vorne noch relativ gut aus, doch der hintere Teil war von dem Schuss weggerissen worden. Daoud ist der kleine Junge, den John aus seinem Gedächtnis verbannt hat, weil er das Ganze nicht aushielt. Irgendwann hatte er sich dann umgedreht und war weggegangen. Jemand anderes hatte sich des Kleinen angenommen, John hatte sich zu hundert Prozent auf seinen Auftrag gerichtet, das Verhör der Taliban-Kämpfer. Jeder Gedanke an das Kind war verstörend, stellte sein ganzes Denken auf den Kopf. Er musste sich auf seinen Auftrag konzentrieren: herausfinden, bis zu welchem Grad der pakistanische Geheimdienst die Taliban unterstützte. Das war möglich, indem man innerhalb des pakistanischen Geheimdienstes Informanten anwarb, um an Details zu kommen. Oder man konnte den Gegner im Feld aufspüren und befragen. So lautete Johns Aufgabe. Das schreiende Kind konnte er dabei nicht gebrauchen. Dieses Kind befindet sich jetzt hier vor ihm. Es ist, als würde die Zeit stillstehen.

»Es tut mir leid«, sagt er, er ringt um Worte. »Ich hatte keine andere Wahl. Wenn ich nichts unternommen hätte, wärst du zusammen mit deiner Mutter in die Luft gesprengt worden. Das war ihr Plan. Der Sprengstoffgürtel war echt, und sie hat dich festgehalten, sie hatte einen Arm um dich gelegt. Sie trug dich auf der Hüfte, du hingst mit dem Hintern halb auf dem Sprengstoff, ohne es zu wissen. Es ist Zufall, dass du noch lebst, dass der Zünder blockiert hat, dass irgendwo in dieser gottverlassenen Welt einmal etwas schiefgegangen ist, wodurch etwas anderes gut ablief. Darum lebst du noch. *Shit!*« Er flucht, er kann nicht anders. Als er den Schuss abgefeuert hatte, war er davon ausgegangen, beide, die Frau und das Kind, würden bei der Explosion sterben. Das hatte er in Kauf genommen. Niemand rechnete mit einem Defekt, einer Störung oder einem Zufall. Er hatte auf die Mutter geschossen und damit das Todesurteil des Kindes unterschrieben. Das dachte er damals. »Es tut mir leid.«

Denn es war die Mutter des Jungen. Was auch immer sie tat oder tun wollte.

Unbeweglich steht ihm Daoud gegenüber, die dunklen Augen starren John an, und John kann seinen Blick nicht deuten. Ist Daoud böse oder nicht? Hat er Rache im Sinn? Wird er aggressiv reagieren? Wird er John schlagen? Schon im Feld in Afghanistan hatte John Mühe gehabt, die Emotionen von Menschen zu erkennen. Es war, als hätten sie eine andere Körpersprache als die Menschen im Westen, als würden sie ihre Gefühle verbergen. Oft bestand das Problem darin, dass John nicht wusste, worauf er achten musste, und deswegen Signale übersah.

Jetzt hat John dasselbe Gefühl, er steht Daoud machtlos gegenüber. Er hat Daouds Leben zerstört, als der Junge noch zu klein war, um begreifen zu können, was dort geschah, und hier, in einer Lagerhalle in Wateringen, wird ihm erst richtig bewusst, was er da getan hat. Auch wenn er das Richtige getan hatte und ihm alle dankten, ihm auf die Schulter schlugen, ihn zum Helden erklärten. Die andere Seite, die Schuld, wurde durch die überschwänglichen Gratulationen auch weggeschoben.

»Es tut mir leid«, sagt er noch einmal.

Langsam nimmt Daoud das Foto in beide Hände und reißt es in der Mitte durch. Dann noch einmal. Die Schnipsel lässt er fallen. John sieht, wie sie durch die Luft segeln, und als das letzte Stück den Boden berührt, verpasst ihm Daoud einen erbarmungslosen Schlag seitlich gegen den Kopf. John wankt, verliert das Gleichgewicht und sackt in sich zusammen. Daoud packt ihn am Kragen und zieht ihn wieder hoch.

»It's OK«, sagt er. »It's OK.«

Und noch einmal.

John hat das Gefühl, innerlich zusammenzubrechen, er spürt,

wie sein stärkster und härtester Schutzwall zerbröckelt und sich auflöst. Während dieser ganzen Zeit hat er sich auf Wasim konzentriert, während Daoud vor seiner Nase stand. In der Wohnung haben George und er den Jungen verfolgt, ihn gepackt und wieder nach drinnen gezerrt. John hat ihn befragt, und dabei hat er nicht gewusst, wen er da vor sich hatte. Und jetzt ist der Junge hier und schlägt ihn zusammen. Nicht so, wie Scorpion es getan hat. Das hier ist anders. Bei Scorpion herrschte der Hass vor, eine tiefe Abscheu. Die Gewalt war nur gedacht, um so viel Schaden wie möglich anzurichten. Um John bis an den Rand der Vernichtung zu schlagen. Bei Daoud gibt es keinen Hass.

»*It's OK. It's OK*«, wiederholt er die ganze Zeit. Es ist, als wollte der junge Mann die alles verzehrende Schuld aus ihm prügeln. Mit jedem Schlag spürt John eine Vergebung, von der er nicht sicher ist, ob er sie verdient hat. Ganz langsam dringt zu ihm durch, dass Vergebung kein Geschenk ist. Kein gutes Gefühl, das man umsonst bekommt. Er wehrt sich nicht, gar nicht. Das hier hat er verdient, und er würde gern stundenlang auf dem Boden liegen bleiben, in der Gewissheit, dass er bezahlt hat.

# 97

## ER WEISS ES NICHT

Als ihm Ghost aufhilft, ist Daoud nicht mehr da. Das sollte eine Erlösung sein, es fühlt sich aber an wie ein Ersticken. Daoud weiß es nicht, er weiß nicht, was dort in den Weißen Bergen in Afghanistan geschehen ist. John erinnert sich inzwischen an alles, durch die Abrechnung des jungen Mannes mit ihm ist der letzte Teil seines Gedächtnisses entriegelt worden, und jetzt explodiert alles in seinem Kopf, überflutet sein Herz, lähmt seine Glieder. Ghost hält ihn am Arm fest.

»Geht es?«

Nein. Es geht nicht. Es geht überhaupt nicht. Der Schutthaufen wird nur immer größer. Lieber nicht nachfragen.

»Er hat alles heil überstanden. Wusstest du das?«

John versucht etwas zu sagen, aber die Worte wollen noch nicht kommen.

»Unglaublich.« Ghost schaut dem jungen Mann nach, der auf dem Weg zum Ausgang ist. Mit seinem Onkel Wasim und Noorullah. Ihre Mission ist geglückt, sie haben den größten und wichtigsten Schritt gemacht. Sie haben jetzt die Unterstützung von Menschen mit einzigartiger Erfahrung auf diesem Gebiet.

»Er weiß es nicht«, sagt John.

# 98

## AFGHANISTAN
### – 2002 –

Rache. Es war nicht einmal ein bewusster Gedanke. Es war ein Gefühl, das er nicht zurückhalten konnte, das ihn überwältigte. Er wollte Vergeltung. Genugtuung. John dachte nicht mehr nach, er sah nur noch das Bild eines Mannes vor sich, das Bild von Agent 173, Market Man, ohne Kopf, sein dunkles getrocknetes Blut auf den kahlen Felsen. Er sah die Schuhe seines Dolmetschers Farzai, in denen noch die Füße steckten. Das durfte nicht ungesühnt bleiben, jemand musste den Preis dafür bezahlen. Diese Grausamkeit war ansteckend und glühte wie ein heftiges Fieber in seinem Körper. Eine einzige dumme Kugel war nicht genug für die Frau.

Das Kind hatte man mitgenommen, jemand aus dem Team hatte sich seiner erbarmt. Sie konnten den Kleinen nicht mitnehmen, also musste man in der Umgebung nach einer Unterbringungsmöglichkeit suchen. Wie und wo das geschehen sollte, wusste John nicht. Es spielte sich außerhalb seines Bereichs ab. Sie waren in einer Siedlung, und obwohl die meisten Häuser leer standen, wirkten sie nicht verlassen. Überall hatten sie Anzeichen dafür gesehen, dass die Behausungen bewohnt waren. Wahrscheinlich würde man das Kind in einer der Hütten zurückzulassen, wo es Essen und Trinken gab. Dort würde man den kleinen Jungen schon finden, wenn die Truppe erst einmal weitergezogen war und die Bewohner zurückkehrten.

Die beiden Gefangenen hatte man in einem der gepanzerten Fahrzeuge eingesperrt. Sie waren mit dem Packen beschäftigt, man bereitete sich auf den Aufbruch vor, je eher sie sich wieder in Bewegung setzten, desto lieber war es Ghost. Er hatte die Rolle des Anführers, er war der Mann, der sie mit heiler Haut zur Basis zurückbringen musste. Man durfte nie zu lange am Ort eines Gefechts bleiben.

John stand allein auf der offenen Fläche zwischen den Häusern, einem Platz aus festgestampfter, sehr harter Erde und Felsen. In seiner Mitte lag die Frau, und das Einzige, was John empfand, war Hass. Ganz kurz hatten sie alle zusammen um sie herumgestanden, im Moment des Fotos, weil sie den Sprengstoffgürtel nicht sehen konnten, der unter ihrem weiten Gewand verborgen war. Ghost hatte den Sprengstoff als Erster entdeckt, und auf sein trockenes Kommando hin hatten sich alle so schnell wie möglich in sichere Distanz zurückgezogen. John stand immer noch vor der Frau, in den Falten des Gewandes konnte er den Sprengstoffgürtel um ihre Taille sehen. Ihre linke Hand, die unter ihrem Körper eingeklemmt war, und den Zünder, den sie auch im Tod noch festhielt. Dort befand sich der Schalter.

Das Gewehr noch in den Händen schaute er sich um. Niemand kam in die Nähe der Frau, dafür war die Gefahr zu groß. Nur Ghost sah ihn. Er schien etwas zu rufen. John hörte es nicht, in ihm wütete ein tödlicher Sturm. Er sah die Hand um den Zünder, und er wollte, dass das Ganze vorbei war, wollte den Krieg in seinem Kopf beenden. Ausschalten. Er zielte, wusste, er konnte die Hand der Frau treffen. Schätzte den Abstand ein, überprüfte noch ein letztes Mal, dass auch niemand in der Nähe war. Kühl. Keine Spuren hinterlassen. Das Chaos beseitigen. Weg mit dieser

Frau. Diese Leute blasen dich aus den Schuhen, wenn sie die Chance bekommen, sie häuten dich. Auch für diese Frau gab es keine Ruhe im Jenseits, oder wohin auch immer die Toten gingen. In dieser Sekunde vor dem Betätigen des Abzugs fühlte er sich kalt und allein. Als würde er nicht mehr in die Zeit passen.

# 99

## DAS ZWEITE FOTO

»*Clean shot.* Das werde ich nie vergessen«, sagt Ghost. »Und den Knall auch nicht.«

Er ist der Einzige, der es gesehen hat. Alle anderen der Truppe dachten, der Zünder wäre irgendwann aus der Hand der Frau gefallen und der Sprengstoffgürtel dadurch explodiert. Nur Ghost wusste, dass John die Explosion ausgelöst hatte. Nur Ghost und John hatten ihn wirklich gesehen, den alles versengenden Feuerball. John hatte den Blick nicht abwenden können. Er wollte die Frau in Flammen sehen, er konnte ihr verbrennendes Fleisch noch riechen, durch den penetranten Geruch des Sprengstoffs hindurch. Noch immer erschreckt ihn seine eigene Grausamkeit, noch immer fällt es ihm schwer zu akzeptieren, dass sie einen Teil von ihm ausmacht. Sie haben nie darüber gesprochen. Für Ghost war das Ganze ein Zeichen, dass sie noch schneller aufbrechen mussten.

»Es gibt noch ein Foto«, berichtet Ghost. Das hatte man wenig später aufgenommen. Darauf war zu erkennen, was von der Frau nach der Explosion des Sprengstoffgürtels übrig geblieben war. Abgerissene, zerstückelte, verkohlte Gliedmaße, nicht zu erkennende Überbleibsel ihres Körpers. Von dieser Frau war nichts mehr da. Wo sie gelegen hatte, befand sich ein Loch im Boden.

»Kein sehr schönes Foto. Aber ein wichtiges. Das hast du doch auch?«

»Ich hatte überhaupt kein Foto«, gibt John zurück. »Ich hatte nicht einmal meine Erinnerung.«

»Dann wird es schwierig. Wenn man irgendwo herauskommen will, muss man den Weg kennen, man braucht Orientierungspunkte auf der Route, der man folgen will.« Der Fluchtspezialist weiß, wovon er spricht. Man muss das Terrain kennen, die Umstände, die Markierungen und Hinweise, die sicheren Routen und die gefährlichen Stellen.

»Man kann der Gefahr nur ausweichen, wenn man weiß, wo sie ist.«

Wie kein anderer begreift Ghost, dass man eine Bedrohung nie ignorieren darf. So hat er seine Truppe immer wieder in Sicherheit gebracht. Aus diesem Grund wollten Wasim und Noorullah ihn finden. Er versteht auch, dass John all die Jahre um seine eigenen Erfahrungen herumgelogen hat, die schlimmste Bedrohung befand sich mitten in seinem Inneren.

»Wir sind von diesem Ort entkommen, aber du hast das eigentlich nie geschafft«, sagt er. »Du bist mit einem Gefängnis in deinem eigenen Kopf nach Hause zurückgekehrt.«

Das Gefängnis in seinem eigenen Kopf. Jetzt, wo John davon weiß, fragt er sich, wie es so lange hat dauern können, bevor er es entdeckt hat. Zwischen allen Geheimnissen, die er mit sich herumträgt, konnte sich die Erinnerung an den Hass gut verbergen. Die Liste mit Symptomen beim Hausarzt erscheint wieder in seinen Gedanken: Vermeiden von Situationen, Mühe mit dem Erinnern an Details eines Erlebnisses, Konzentrationsprobleme, aggressive Ausfälle, schnelle Reizbarkeit, Kopf- oder Bauchschmerzen, Schreckhaftigkeit, Stimmungsschwankungen, negatives Selbstbild, selbstverletzendes Verhalten, Mühe beim Nachdenken über die Zukunft. Für all diese Symptome hatte er eine Erklärung. Zum Beispiel für die Mühe beim Nachdenken über die Zukunft. Er fand, dass er zu wenig Zukunft hatte, um überhaupt darüber nachzudenken. Die Beweisführung war der Beweis.

Aus der Jackentasche holt Ghost das zweite Foto.

»Hier, du kannst es haben. Ich lasse mir zu Hause einfach noch einen Abzug machen.«

Das Bild der in die Luft gesprengten und verbrannten Frau ist schrecklich. Eigentlich kann John es sich gar nicht ansehen. Trotzdem tut er es, er zwingt sich, das Resultat seines eigenen Handelns anzuschauen. Schön ist es nicht.

»Und was haben wir damit erreicht? Was hat es gebracht?«

»Diese Frage darfst du dir nicht stellen«, sagt Ghost. »Wir gehen irgendwohin, um etwas zu holen oder zu entfernen oder zu stoppen. Manchmal gelingt das. Es kostet Geld, aber wir sind keine Firma. Darum geht es nie.«

In einer idealistischen Phase stimmt John dem zu. Die Operation hatte Informationen geliefert, durch die sich die Zusammenarbeit mit den Leuten in Pakistan deutlicher umreißen ließ. Schärfer. Die Parteien wussten genauer, was sie voneinander zu halten hatten. John hat einen kleinen Teil für die große Maschine geliefert, die sich noch zwanzig Jahre lang drehen und die noch viele weitere Menschenleben kosten sollte. Darin bestand sein Beitrag. War er gut? War er schlecht? Durfte man diese Frage nicht stellen? Unsinn. Man darf jede Frage stellen, solange man weiß, ob sie in den Bereich der Wirtschaft fällt, oder in das Gebiet der Emotionen, der Mathematik oder des Vertrauens, ob sie elektrisch ist oder mechanisch. Er gehört zum Repair Club, er kennt die Unterschiede. Das eine lässt sich zählen, das andere kann man spüren. Und wenn man etwas reparieren will, muss es erst einmal kaputt sein. So lautet eine der Regeln des Clubs. Dieses Stadium hat er erreicht.

# 100

## DER TIMER

Zwei Minuten und sechs Sekunden.

  5.

  4.

  3 ...

Der Timer liegt auf dem Tisch, mit jeder Sekunde wächst der Druck in Johns Brust, irgendwo wird etwas explodieren. Oder auch nicht. John ist sich nicht sicher.

»Noch ganz kurz.«

Lautlos ist Wasim zurückgekommen und hat sich neben ihn gestellt.

»Kannst du ihn anhalten?«

»Sicher. Das kannst du auch. Aber es hilft nichts, das weißt du.«

Wasim tut nichts, er wirkt völlig entspannt.

Eine Minute und drei Sekunden.

Ganz still stehen sie nebeneinander und schauen auf die mit jeder Sekunde vergehende Zeit. John ist in einer Art Trance gelandet. Es ist, als würde ihn jede Sekunde tiefer in sein inneres Selbst schicken. Er hat keine Ahnung mehr, wo er ist. In Georges Lagerhalle. Alle sind weg, alle außer Wasim und ihm.

Es fühlt sich an, als würde er sich langsam in eine Wolke ohne Ego auflösen, in einen Nebel. John hat alles getan, was von ihm erwartet wurde, er hat Ghost gefunden und zu Wasim gebracht, er hat die Tür zu seiner eigenen Vergangenheit geöffnet und sie sich angesehen. Wenn jetzt alles vorbei ist, wäre das schon eine Enttäuschung.

0 Minuten und 23 Sekunden.

»Was wirst du nach dem hier tun?«, erkundigt sich Wasim.

»So weit reichen meine Gedanken nicht.« Er nimmt Wasims Hand und hält sie fest. Ihm kann nichts passieren. So fühlt sich das an.

0 Minuten und zwei Sekunden.

1.

0.

Wasim schließt die Augen.

»Bumm«, sagt er. Vorsichtig legt er John einen Arm um die Schulter, und ein paar Sekunden lang stehen sie bewegungslos nebeneinander.

»Ich dachte, du wärst der Feind«, sagt John.

»So sollte das auch sein.«

»Es ist nichts explodiert.«

»Nicht hier, nein. Dort. Der Krieg findet dort statt. In meinem Land. Immer noch. Und jetzt geht es wieder los. Die Taliban kommen.«

Es ist Mai 2021, Frühling in den Niederlanden. Der Regen hat aufgehört.

»Und jetzt?«, fragt John.

Wasim schließt den Deckel der Kassette und reicht sie John.

»Wir hatten zwei Wochen, um alles in Stellung zu bringen. Ich habe monatelang nach Ghost gesucht, der Mann war nicht zu finden. Aber zum Glück habe ich Lydia gefunden. Und dich.«

# 101

## GRILLROOM

Sie haben sich im selben Lokal verabredet, schräg gegenüber von seinem Haus. Von dem Augenblick an, in dem sie auf seine Nachricht geantwortet hatte, war er aufgeregt. Schon fast zwei Wochen wohnt sie in seinem Kopf, fast hatte er aufgegeben, weil sie einfach nichts von sich hören ließ. Schon das war eine nicht falsch zu verstehende Antwort.

Am selben Ort.

So lautete ihre WhatsApp-Nachricht, und mehr braucht er nicht. Ihr Name funkt durch sein Hirn und macht aus allem eine angenehme Form des Kurzschlusses. Jules. Seit dem Ende der Aktion haben sie einander nicht mehr gesehen oder gesprochen. Sie wollte diese Distanz, er nicht. Beim militärischen Geheimdienst änderte sich nach Tauwmans Verhaftung alles. Sie brauchte Zeit, um ihren neuen Platz zu finden und sich zu überlegen, was sie selbst eigentlich will. Alles überzeugende Begründungen, Kenzi kann sie verstehen, aber es gibt Grenzen. Sein Herz klopft schneller, das Leben ruft lauter nach ihm als jemals zuvor, die Sehnsucht auch, sie überrumpelt ihn, alle Geheimnisse des Dienstes sind mit einem Schlag unwichtig. Überflüssig. Unsinn. Das hier, darum geht es wirklich.

Er stößt die Tür zum Grillroom auf. Der Laden ist fast leer, für einen Donnerstagabend ist es auffällig ruhig. Meist gibt es durchaus ein paar Kunden mehr. Heute nicht, heute sitzt da nur eine einzige andere Person, und das passt ihm gut. Privatsphäre im Grillroom. Nichts kann seiner guten Laune noch etwas anhaben.

»Eine Cola light«, ruft er Brahim hinter dem Tresen zu und geht direkt zu dem Tisch hinten an der Wand. Denn dort sitzt sie bereits. Auch mit einer Cola light.

Er setzt sich ihr gegenüber hin und sagt nichts. Schaut nur. Sie tut genau dasselbe. Ihr Blick erledigt die ganze Arbeit. Gute Arbeit.

»Wollen wir's noch mal probieren?«, fragt er.

»Ich würde sagen, das tun wir bereits.«

# 102

## DER REPAIR CLUB

In der geräumigen Küche seiner Wohnung steigen würzige Dämpfe vom Herd auf. Lydia lehnt sich an ihn, nicht schwer, sie ist leicht, erleichtert. Ihre Anwesenheit macht vieles gut, es ist, als könnte John freier atmen. George sitzt mit einem Bier am Tisch und schaut über die Stadt. Sie sind wieder zusammen, und das ist es, was zählt. Es gibt so viele Fragen, die noch beantwortet werden müssen, so viele Antworten, die er noch gerne hätte. Aber nicht jetzt.

»Du kannst kochen? Das wusste ich gar nicht.«

»Habe ich im Libanon gelernt. Lange her. Dort gab es so was täglich.«

John bewegt sich vorsichtig, er ist noch empfindlich, weil er in letzter Zeit so viele Schläge abbekommen hat. Sein Hausarzt hat ihm tief in die Augen geschaut und gefragt, wie er an die ganzen Prellungen und blauen Flecke kommt. Wie gewöhnlich hat er darauf keine Antwort erhalten, John hat nur um ein weiteres Rezept für die starken Schmerzmittel gebeten.

»Das letzte Mal«, hatte der Arzt verkündet, während er das Rezept tippte und per E-Mail an die Apotheke schickte. Auf dem Nachhauseweg konnte John das Medikament abholen.

»Ich weiß nicht, was Sie da so treiben«, kommentierte Vanbruine. »Aber ich denke, es wird Zeit, dass Sie damit aufhören.«

John hatte darüber gelacht wie über einen guten Witz, soweit ihm das gelungen war, denn im Prinzip hatte der Arzt recht. Der Tag wird kommen, an dem es nicht mehr geht, das weiß er. Aber er braucht diesen Tag nicht willkürlich herbeizuführen. Wenn es so weit ist, merkt er es schon.

Mit der Nase über den Töpfen ist dieser Gedanke wieder weit weg. Aus dem Kühlschrank holt er drei Bier, eins für Lydi, eins für sich selbst und eins für George, der noch immer die Aussicht über sein Den Haag genießt. Auch George hat sich verändert, in letzter Zeit hat er sich um Lydia gekümmert. Nach dem Abholen aus dem Krankenhaus hat er sie kaum noch allein gelassen. Die ansonsten so auf ihre Privatsphäre bedachte Lydia scheint das gerne anzunehmen. Es ist, als hätten sie einander nach all den Jahren erst jetzt gefunden.

»Ich bin nicht mehr so sicher, was mich selbst angeht«, sagt sie.

Unsicherheit. John kennt dieses Gefühl. Die körperlichen Beschwerden, die Einschränkungen, die mit jedem Tag ein wenig schlimmer werden, er weiß, wovon sie da spricht. Bei ihr sind die Beschwerden heftiger, die Kugel hat mehr beschädigt als nur ihre Schulter. Auch das kennt er.

»Ich habe Wasim gefragt, ob er auch kommen kann, aber er hat zu viel zu tun. Morgen reist er nach Kabul.«

»Schade.« John versucht, gelassen darauf zu reagieren, aber in seinem Herzen ist ein »Schade« zu schwach. Er hätte Wasim gern in seinem Haus willkommen geheißen. Nach allem Vorgefallenen ist seine anfängliche Schwäche für diesen Mann nur stärker geworden. Inzwischen kennt er auch Wasims wahre Identität. Der Afghane ist über Deutschland ins Land gekommen und hat sich erst hier in den Niederlanden Wasim genannt. Sein richtiger Name lautet Hamid Saleh, er ist einer der vielen Söhne der

Familie Saleh, die schon seit Jahrzehnten großen Einfluss in Afghanistan besitzt. Einfluss, der genauso lange zu Konflikten und Machtkämpfen geführt hat. Ein tödliches Karussell aus Rache und Ehre. Dem war Hamid durch seine Flucht ins Ausland entkommen. Er hatte sich für eine andere Zukunft entschieden. Jetzt ist seine Rückkehr unvermeidlich, der Hilfe vor Ort muss dort Gestalt verliehen werden. Ghost und sein Team befinden sich bereits im Land, die Vorbereitungen haben begonnen. Wenn John den Nachrichten glauben darf, vollzieht sich der Aufmarsch der Taliban rasch und weitgehend lautlos. Seit die Amerikaner ihren Abzug angekündigt haben, gibt es nur noch wenig Widerstand. Die niederländische Regierung tut, als wäre nichts. Wie so oft.

Tief in seinem Herzen ist John davon überzeugt, dass Wasim eines Tages wieder vor seiner Nase stehen wird. Und wenn das nicht so ist, wird er ihn aufsuchen. Dieser Vorsatz hat sich allmählich in seinem Herzen eingenistet und scheint dort einen festen Platz gefunden zu haben. Außerdem verleiht er John eine unerwartete Ruhe.

Einer nach dem anderen kommen alle herein. Kenzi und Jules, die beiden Unzertrennlichen. Und sie wollen immer nur Cola light, sonst nichts. Als Letzte klingelt Alisha, und damit ist der Club komplett – mehr als komplett.

Die Schüsseln werden auf den Tisch gestellt, John hat sich riesige Mühe gegeben. Er hat einen Couscous gemacht, mit viel Gemüse, Merguez-Bratwurst und Huhn. Mitten auf dem Tisch steht eine Vase mit frischen Kräutern, Koriander, Petersilie, Minze, Schnittlauch, Majoran und noch mehr.

»Ich mache das genau einmal vor«, verkündet John. Er pflückt ein wenig Minze und Koriander, ein paar Stängel Schnittlauch, und zerreißt alles über seinem Teller. »So wird das gemacht.« Er erhebt das Glas.

»Auf den Club!«

Auf dieses Zeichen haben alle gewartet. Es wird Essen aufgetan und es werden Getränke eingeschränkt. John hat so etwas noch nie zuvor gemacht. Früher, als Vera noch lebte, hatten sie manchmal die Nachbarn zu Besuch. Nicht zu häufig. Dann kümmerte sich seine Frau um alles, und er brauchte sich nur an den Tisch zu setzen. Seit sie nicht mehr da ist, hat er es nicht mehr getan, sozial ist er nicht eingestellt.

Jetzt schon, denn jetzt ist er unendlich erleichtert. Durch Wasim und seinen Timer hat er die schwarze Lücke in seinem Gedächtnis aufgedeckt, er hat das Gefühl, sich selbst repariert zu haben. Es ist, als wäre er leichter geworden. Er schläft auch ein wenig besser. Sie essen, trinken und reden. Über alles, es gibt so viel. John setzt sich zu Alisha. Da ist noch eine Frage offen.

»Der Name Wobbenga, sagt der dir etwas? Kennst du jemanden, der so heißt? S. Wobbenga?«

»Nie gehört. Hast du den Namen mal gegoogelt?«

»Mit genau einem Treffer. Eine Mevrouw A. Wobbenga, geboren 1880. Das ist nicht die, nach der ich suche.«

»Sag den Namen noch mal«, bittet ihn Kenzi, und als John das tut, steht er auf, nimmt sein Handy und scrollt durch seine Fotos. »Hier«, sagt er. »Schau mal. Meinst du die?«

Auf dem Display erscheint das Foto eines Umschlags, an S. Wobbenga gerichtete Post.

»Wie kommst du an das Foto?«

»Das habe ich in Uden gemacht. Ich habe auch gesucht, und A. Wobbenga war auch die Einzige, die ich finden konnte.«

»Dann weiß ich genug.« S. Wobbenga ist in Uden und in Leiden, an beiden Orten in einem Safe House vom Militär. Der Verrat in Afghanistan wurde nicht von ihm begangen, nicht einmal von seiner Frau. Der Verrat wurde von jemandem begangen, der damals schon seine Bauern aufstellte, und Wobbenga war ein solcher Bauer, eine Schachfigur. In Afghanistan hat John gelernt, dass er jemanden töten kann, umlegen, aus der Nahrungskette entfernen. Der Krieg steckt in ihm und wird sich nie wieder entfernen lassen.

Lydia ruft seinen Namen, reißt ihn aus seinen dunklen Gedanken. Sie sitzt mit ihrem Arm in einer Schlinge da und isst so gut das geht mit einer Hand. Die Schlusswunde ist verheilt, aber es bleibt die Frage, ob sie ihren Arm wieder wie vorher wird benutzen können. Durch den entstandenen Schaden ist sie in der Bewegung eingeschränkt. Auch sie hebt das Glas und prostet allen Anwesenden zu, und in dem danach folgenden Schweigen räuspert sie sich.

»Ich muss euch etwas sagen«, verkündet sie. »Diese letzten Wochen haben etwas verändert, und ich fürchte, der Repair Club ist für mich Geschichte.« Ihr bricht die Stimme, Tränen treten ihr in die Augen. Am liebsten würde sie noch so lange wie möglich mit dem Repair Club weitermachen, aber ihr fehlt jetzt das Geschick, ihr Arm und ihre Hand können nicht mehr, was sie früher ohne Mühe hinbekamen. Deswegen hört sie damit auf. Sie will nicht, aber sie muss. George findet das gut. Mehr noch, er steigt auch aus.

»Ohne Lydia weiß ich einfach nicht, was das Ganze soll.« Damit fasst er in Worte, was John so intensiv empfindet. Ohne Lydia wird es nicht mehr dasselbe sein. Sie war der Anker, sie war der Ruhepol. In jedem Sturm. Wenn Lydia und George Schluss machen, bedeutet das das Ende einer Ära. Dann ist der alte Repair Club unwiderruflich reduziert. Diesen Gedanken spricht er laut aus.

»Das weiß ich, aber es ändert nichts. Ich will nicht dasselbe Schicksal erleiden wie Jaap.«

»Niemand will dasselbe Schicksal erleiden wie Jaap.«

John steht auf, geht um den Tisch herum und umarmt seine alten Freunde. Ihr gemeinsames Leben, ihre Missionen, die

Gefahren, die ihnen begegnet sind und die sie immer überstanden haben. Das gegenseitige Vertrauen. Keine Liebe, aber schon verdammt ähnlich. Ist es ein Abschied oder ein Ende? Oder beides? Bedeutet das Abtreten von Lydia und George das Ende des Repair Clubs? Wird John allein mit Kenzi weitermachen können? Zu zweit ist es nicht dasselbe. Kenzi verfügt nicht über die tiefe geteilte Erfahrung, die ihn mit Lydia und George verbindet, die Erfahrung, durch die sie einander so gut verstehen.

Die Gläser klingen ein wenig ungeschickt beim Zuprosten. Lydia ist erleichtert, weil sie ausgesprochen hat, was sie auf dem Herzen hatte. George ist froh, weil er sich für eine Seite entschieden hat. John sitzt da und macht gute Miene zum bösen Spiel. Er freut sich für die anderen, aber nicht für sich selbst.

»Vielleicht kann ich ja auch mal mitmachen?« Alisha stellt diese Frage mit einer gewissen Scheu, als würde sie eine Grenze überschreiten, der sie nicht völlig vertraut.

Ihre Frage überfällt John, das ist wirklich das Letzte, womit er gerechnet hat. Seine Nachfolgerin beim Geheimdienst möchte in den Repair Club.

»Wieso?«, erkundigt er sich. »Trittst du in den Ruhestand?«

»Wer weiß. Aber darum geht es nicht.«

Nichts lieber als das. Alisha und er sind im selben System groß geworden, sie kennen dieselben Belange und Gefahren, sie haben eine vergleichbare Vergangenheit und vergleichbare Geheimnisse. Und John ist davon überzeugt, dass sie genauso mühelos ein Bügeleisen auseinandernimmt und wieder zusammensetzt wie eine M16.

»Gern«, sagt er. »Wann?«

»Sobald du in dieser Kommission sitzt, mache ich mit.«

»Das ist Erpressung.«

»Na und?«

# 103

## DIE KOMMISSION

An dem Tag, als die Befragungen beginnen, ist John schon früh vor Ort. Er möchte den Raum gern vorher sehen. Sich umschauen, die Dimensionen in sich aufnehmen und die Lichtverhältnisse studieren. Er mag es sehr, einen Ort zu kennen, bevor er ihn nutzt, von ihm abhängig wird.

Im Gebäude der Zweiten Kammer gibt es für solche Sitzungen einen besonderen Saal. Die Kommission lässt sich an einem langen Tisch nieder, Personen, die Rede und Antwort stehen, nehmen an einem kleinen Tisch genau gegenüber Platz, sodass man einander in die Augen schaut. Fernsehübertragungskameras befinden sich an festen Stellen in ausreichendem Abstand. Alle sprechen in ein Mikrofon, alles Gesagte wird aufgezeichnet. Es ist kein Gerichtssaal, es sind keine Richter oder Anwälte anwesend, nur die Kommissionsmitglieder und die Betroffenen, die versprechen, dass sie die Wahrheit sagen werden. Das ist schon eine ganze Menge, denn die Erfahrung lehrt einen, dass in Erinnerungen viel von der Wahrheit verloren geht.

Die Vorbereitungen der Kommission haben Monate in Anspruch genommen, aus allen Abteilungen wurden Akten angefragt und sorgfältig durchgesehen, Gesprächsprotokolle und

Berichte aus Meetings gelesen, Tausende Seiten Archivmaterial in endlosen Reihen von Aktenordnern. Auf diese Weise haben sie versucht, sich ein Bild von der Art und Weise zu machen, wie man in den Niederlanden gegen die organisierte Kriminalität vorgeht und wo diese Vorgehensweise an ihre Grenzen gelangt und versagt. Jetzt beginnt der Teil der Arbeit, bei dem sie die Beteiligten direkt dazu befragen können, warum diese bestimmte Entscheidungen getroffen haben und welche Belange dahinter stehen. Für John ist es, als würde er mit einer Mission beginnen, nur ist diese Mission nicht geheim. Er sitzt direkt im Blickfeld der Kameras, er ist der Vorsitzende, alle können ihn sehen und hören. Aber der Auftrag ist derselbe wie früher: Finde die Intel.

Einige Mitglieder haben bereits zuvor in einer solchen Kommission gesessen und wissen, wie das Ganze funktioniert. John tut sein Bestes, er ist ein Außenseiter, die anderen gehören dem Parlament an. Im großen Saal haben sie alle schon einen festen Platz, er kennt ihre Namen auswendig. Was das betrifft, hat er sich sehr bemüht, denn er weiß, wie wichtig das ist. Die ersten Schritte sind getan, und John spürt, dass er heimlich genießt, wie ihm die anderen begegnen. Er ist der Experte höheren Alters, der weise Mann, der mehr weiß als die anderen. Dieses Mehr an Gewicht setzt er beim Erstellen der Agenda und der Fragen ein. Die Kommission erhält Unterstützung durch ein paar Mitarbeitende und Boten, was sie aus den Archiven brauchen, wird ihnen in Ordnern und Kartons gebracht. Damit haben sie bereits bei der ersten Zusammenkunft angefangen, und es wird so weitergehen, bis sie ganz fertig sind.

Während alle ihren Platz an dem langen Tisch einnehmen, kommt ein Bote auf John zu und überreicht ihm einen Ordner.

»Darum hatten Sie gebeten«, erklärt er.

Dieser eine Ordner wird separat gebracht, hier geht es um Informationen, die John bereits ganz am Anfang seiner Kommissionstätigkeit angefragt hat und die er erst jetzt erhält, fast zwei Monate später. Er schaut auf den Ordner und sieht sofort, warum es so lange gedauert hat. Das ist der Vorteil einer Rolle in einer solchen Kommission, ganz besonders von einer wie dieser, die untersuchen muss, warum die Niederlande es nicht schaffen, die organisierte Kriminalität in den Griff zu bekommen. Die Kommission darf alles anfragen, nur in besonderen Fällen erhält sie keine Einsicht. Und selbst dann muss es für eine solche Weigerung eine Erklärung zum Grund geben. Eine bessere Situation könnte sich John nicht wünschen.

Er öffnet den Ordner und schaut sich das Foto an, das ganz oben liegt: Agent 386, Scorpion. Auf dem Foto sieht er aus wie ein Verbrecher. Das ist der Mann auch. Der Name auf der Akte lautet S. Wobbenga. Sytze.

»Was hast du denn da?«, erkundigt sich das Kommissionsmitglied neben ihm, Karin Landeer, eine Frau mit rascher Auffassungsgabe und einem verräterisch scharfen Blick.

John hat herausgefunden, dass sie aus geringem Abstand fast genauso gut Dinge über Kopf lesen kann wie richtig herum. Wenn sie jemandem gegenübersitzt, der sich Aufzeichnungen macht, kann sie oft einfach mitlesen. John wird fast eifersüchtig deswegen.

Er schlägt den Ordner zu.

»Nichts«, gibt er zurück. »Eine im Sande verlaufene Spur.«

Sobald alle sitzen, alle Stift und Papier bereitgelegt haben und die Wassergläser gefüllt sind, eröffnet John die erste Sitzung dieser öffentlichen Verhöre. Die Kameras laufen, die Mikrofone sind eingeschaltet. Bis zu diesem Augenblick hat die Kommission hinter geschlossenen Türen gearbeitet, von nun an stehen die Türen offen. Das ganze Land kann zuschauen und zuhören. John ist sich der Wichtigkeit dieser Arbeit bewusst; es wird immer schwieriger, die organisierte Kriminalität zu bekämpfen, sie stellt einen neuen Feind dar, der den Rechtsstaat von innen heraus bedroht. Wenn Rechtsanwälte ermordet werden, fällt auch das Gesetz. Es ist eine Entwicklung, die viel schlimmer und schwerwiegender ist als die Verwirrung rund um Misstrauen und Fake News. Eine Kugel ist kein Fake.

John begrüßt die Kommissionsmitglieder und alle anderen Anwesenden, er verleiht der Hoffnung Ausdruck, dass die Befragungen gut verlaufen und dazu beitragen werden, dass sich die Kommission ein noch klareres Bild von der Situation machen kann. Er ermutigt seine Leute, keiner auch noch so unangenehmen Frage aus dem Weg zu gehen. Sie alle sitzen hier nicht für sich selbst, sondern für das Land und für eine sichere Zukunft. Dann wird die erste Zeugin der Kommission angekündigt.

»Mevrouw Calder.«

Durch eine Seitentür betritt Alisha den Saal. Unter dem Arm hat sie einen Ordner mit Dokumenten, von denen sie glaubt, sie zu brauchen. Ein Mitarbeiter geleitet sie zu dem kleinen Tisch gegenüber der Kommission und schenkt ihr ein Glas Wasser ein. Nach den einleitenden Worten über die Wahrheit und die Rolle Gottes kommt John zur Sache.

»Mevrouw Calder«, sagt er. »Bis vor Kurzem waren Sie die Chefin des Allgemeinen Nachrichten- und Sicherheitsdienstes. Ist das korrekt?«

»Das ist korrekt. Vor anderthalb Monaten habe ich gekündigt. Nach sechs Jahren an der Spitze des Dienstes war es an der Zeit, meinen Platz für jemand anderen zu räumen.«

»Und was tun Sie jetzt?«

Calder muss sich anstrengen, um ihre Gesichtszüge unter Kontrolle zu halten.

»Ich repariere Dinge«, sagt sie.

»Das trifft sich gut«, erwidert John. »Das tun wir hier auch.«

# NACHWORT

Im Februar 2020 kam es in Katar zwischen den Vereinigten Staaten und den Taliban zu einem Abkommen über den geplanten Abzug der Vereinigten Staaten von Amerika aus Afghanistan. Im September desselben Jahres folgten die eigentlichen dahingehenden Verhandlungen. Also blieb weniger als ein Jahr, bevor es zu spät wäre. In dieser Zeit hätte man viel vorbereiten können. Das ist nicht geschehen.

Im April 2021 gaben die Vereinigten Staaten bekannt, sich tatsächlich aus Afghanistan zurückzuziehen. Einen Monat später, im Mai, begann der Aufmarsch der Taliban. Drei Monate später fiel Kabul.

Trotzdem beteuert die niederländische Regierung immer wieder, von den Entwicklungen überrascht worden zu sein.

Das Schicksal vieler der Afghaninnen und Afghanen, die den Niederlanden während ihrer Mission geholfen hatten, war von den Anstrengungen der Niederlande abhängig. Diese Anstrengungen stellten sich als unzureichend heraus. Teilweise liegt das an der mangelhaften Vorbereitung auf die Evakuierung, doch zu einem anderen Teil lässt es sich auf die Entscheidung zurückführen, so wenigen Menschen wie möglich eine sichere Ausreise zu gewährleisten. So wenig Geflüchtete wie möglich, lautete das Motto. Während entscheidender Wochen und Monate blieben das Außen- und das Verteidigungsministerium taub gegenüber dem Ruf aus Kabul nach Vorbereitungen.

Die niederländische Regierung hat letzten Endes viel getan, um noch einige Tausend Menschen sicher zu evakuieren. Was das betrifft, hat sie verglichen mit anderen Ländern Großes geleistet. Aber es ist die vorherige Entscheidung, Menschen dort ihrem Schicksal zu überlassen, die noch lange schmerzen wird. Für viele Menschen besteht keine Hoffnung mehr auf Hilfe durch Ausreise. Im Oktober 2022 verkündete die Regierung das Ende der Evakuierung von Dolmetscherinnen und Dolmetschern.

Ich habe mir die Freiheit genommen, mir Ergänzendes für einen kleinen Teil dieses Problems auszudenken, indem ich es den Menschen in die eigenen Hände gelegt habe.

Großen Dank für die Informationen schulde ich Emiel de Bont und Paula Sastrowijoto vom Team Afghanistan. Außerdem Barry Mellor, Kathy Royle, Sally Schofield, Andy Ormerod, Andy Rogers und Stewart Smith. Sie alle sind beim JFC Brunssum tätig und kennen viele Berichte über die Operation in Afghanistan. Ich danke Dick Berlijn, ohne dessen Hilfe ich wahrscheinlich nie Einlass bei der JFC Brunssum gefunden hätte.

Zum Schluss gilt mein Dank dem Team von HarperCollins Holland.

Emiel de Bont, *Onder Taliban en krijgsheren*
Joeri Boom, *Als een nacht met duizend sterren*
Colin Berry, *The Deniable Agent*
Steve Coll, *Directorate S*

Einigen in Afghanistan spielenden Szenen liegen Informationen aus diesen Büchern zugrunde.

Auch diesmal gilt: Alles ist Fiktion.